国家社科基金项目
"技术现象学视域下文艺基本理论问题研究"
(项目编号: 12BZW017)成果
中央高校基本科研业务费专项资金资助(HIT. HSS. 201843)

模仿与虚拟

——技术现象学视域下
文艺理论基本问题研究

王妍 张大勇◎著

中国社会科学出版社

图书在版编目（CIP）数据

模仿与虚拟：技术现象学视域下文艺理论基本问题研究/王妍，
张大勇著. —北京：中国社会科学出版社，2021.7
ISBN 978-7-5203-7978-6

Ⅰ.①模⋯　Ⅱ.①王⋯②张⋯　Ⅲ.①文艺理论　Ⅳ.①I0

中国版本图书馆 CIP 数据核字（2021）第 038167 号

出 版 人	赵剑英
责任编辑	郭晓鸿
特约编辑	杜若佳
责任校对	师敏革
责任印制	戴　宽

出　　版	中国社会科学出版社
社　　址	北京鼓楼西大街甲 158 号
邮　　编	100720
网　　址	http://www.csspw.cn
发 行 部	010 - 84083685
门 市 部	010 - 84029450
经　　销	新华书店及其他书店

印　　刷	北京明恒达印务有限公司
装　　订	廊坊市广阳区广增装订厂
版　　次	2021 年 7 月第 1 版
印　　次	2021 年 7 月第 1 次印刷

开　　本	710×1000　1/16
印　　张	20.25
插　　页	2
字　　数	272 千字
定　　价	118.00 元

目　录

引　言 ……………………………………………………… （1）

　第一节　基点与路线 …………………………………… （1）

　第二节　背景与框架 …………………………………… （3）

　第三节　结构与方法 …………………………………… （10）

第一章　虚拟艺术现象与感性学的技术视角 ……………… （17）

　第一节　"洞穴"的坍塌:"洞喻"哲学的瓦解 ………… （17）

　第二节　"仿像"的逆袭:"模仿论"的失语 …………… （36）

　第三节　技术现象学视域下的感性学问题 …………… （44）

　本章小结 ………………………………………………… （54）

第二章　交感技术与艺术的发生学考察 …………………… （57）

　第一节　基于诗性思维的交感技术 …………………… （57）

　第二节　原始仪式与原始艺术 ………………………… （64）

　第三节　模仿与虚拟:艺术的双螺旋基因要素 ……… （77）

　本章小结 ………………………………………………… （85）

第三章　技术类型的差异与感知技术的审美偏向 ………… （89）

　第一节　东方与西方:技术类型及其感知模式的差异 ………… （89）

第二节　模仿与虚拟:感知技术的差异性选择 ……………… (113)

第三节　意象与仿像:基于感知技术的审美偏向 ……………… (147)

本章小结 ……………………………………………………… (166)

第四章　感官技术演进中的艺术类型及其模仿与虚拟 ………… (171)

第一节　"感官技术"的发展与艺术类型的嬗变 ……………… (171)

第二节　身体感官技术与身体艺术 …………………………… (179)

第三节　感官媒介技术(Ⅰ):工具技术与符号艺术 ………… (187)

第四节　感官媒介技术(Ⅱ):视—听感官技术与影像艺术 …… (199)

第五节　传感技术与虚拟艺术 ………………………………… (209)

本章小结 ……………………………………………………… (217)

第五章　作为技术现象的感知模式与审美范式 ………………… (221)

第一节　作为技术现象的感知模式与审美经验史 …………… (222)

第二节　感知模式的变革与审美体验的变更 ………………… (235)

第三节　技术革命与审美范式的嬗变 ………………………… (247)

本章小结 ……………………………………………………… (266)

第六章　增强感官技术与当代文艺理论的"经验转向" ………… (271)

第一节　从模仿到虚拟:感官技术的汇聚与感官的增强 ……… (271)

第二节　虚拟技术:交感技术的数字化革命 ………………… (283)

第三节　虚拟艺术:数字媒介革命与文艺理论的

　　　　"经验转向" …………………………………………… (291)

本章小结 ……………………………………………………… (312)

主要参考文献 …………………………………………………… (314)

后　记 …………………………………………………………… (319)

2

引　言

第一节　基点与路线

艺术创造方法是艺术存在的基本前提，是一切艺术理论的基础。它规定着艺术的样式和人们对世界的体验模式及体验意味。

在西方文化中酝酿生成的"模仿说"及其理论体系，一直是文艺理论与文艺批评的主流话语。究其原因，一方面在于，模仿说是西方哲学思想的伟大结晶，是人类智慧的集中体现，从哲学层面揭示了艺术的创造本质；另一方面在于，西方文化在推动世界进入近现代文明的历史进程中起了重要的作用，特别是民主与科学的现代精神对世界其他文化影响深远。因此，在西风遍吹之下，在西方文化主导的现代世界中，非西方文明世界的艺术理论或主动或被动地接受了西方美学整体框架，掩映甚至几近湮没于模仿说的话语体系中。西方艺术理论在现代世界艺术理论中具有绝对的引领地位，"模仿说"成为文艺理论普适性的基本核心。

然而，即使是西方学者，如贡布里希，也不得不正视一个现实，那就是，中国艺术、埃及艺术及其他文化艺术，甚至西方艺术中的某些艺术样态，都无法用"模仿说"加以圆满的解释；贡布里希、奥利弗·格劳们发觉，西方文化立场和西方文论体系不能涵纳全部人类艺术创造的样貌。19 世纪以来的现代主义、后现代主义艺术，特别是当代电子—数字技术创造的虚拟影像、互联网虚拟现实、日常生活的虚拟实践，都使模仿理论面临着艺术史上最大的危机——艺术不仅是模仿的，艺术的基本要素——作品、作者、实在、受众都因"虚拟"技术的突变发生了深刻的变革；面对艺术的巨大变化和传统艺术观念的颠覆，震惊之余，也促使我们从技术的角度去考察艺术的问题，这是时代赋予我们的重要使命。

当我们从广义上把艺术界定为超越现实性的创造，我们就不能不正视在前数字化时代就已经存在的"虚拟"实践，以及它是如何在人类各个历史时代存在和起作用的。当我们把"模仿"与"虚拟"看作艺术创造的两类技术模式，就会发现，"模仿现实"和"虚拟现实"是技术/艺术发展的内在动力，同时也是技术/艺术发展的结果，只不过其超越现实的模式不同而已。

从技术的视角来看，自古以来"技""艺"不分，技术与艺术，是人类的生存方式和存在方式。不同的生存环境使先民选择了不同的造物形式，形成了不同的造物技术。不同技术模式有着不同的操作逻辑和操作媒介，以此构造对象、建构世界，因此势必造成不同的艺术形式，创造出风格迥异的审美形态，培养了人们不同的审美趣味，铸成了对世界的认知模式与体验模式的差异。而对创造过程及成果的经验总结，则形成了不同概念范畴与逻辑体系的文艺理论系统。因此，可以认为，人类创造艺术的方式，不只是"模仿"，还有模仿之外的其他有效途径，而这个途径，在新技术的条件下日益显现出来，那就是"虚拟"。

人类的技术模式是多种多样的，我们试图抓取"模仿"与"虚拟"的主线，进而实现对艺术发展的总体风貌、艺术在历史各时期的社会功能，以及在人与自然的关系、人工自然的创造及其本质的全面把握，从而更加合理地解释与艺术相关的诸多问题。

因此，我们将"模仿"与"虚拟"看作文艺基本理论问题的肯綮所在，从技术出发去理解艺术的本质、接近艺术的真谛。无论中外艺术理论体系融会着多么复杂的文化思潮，艺术的本质、艺术史和审美理论等文艺理论的核心问题，都可以在此基础上得以开拓。

由此，我们选择以"模仿"与"虚拟"为基点，以虚拟艺术为切入点，在高度技术化的当代语境中反思艺术的"元问题"，回到最基本的范畴，以技术现象学的方法为理论背景，立图在多元文化的背景下，追本溯源，探究艺术理论的基本问题，描述艺术的历史和审美范式的变革，探讨当代艺术的基本走向和新出现的美学问题。

研究路线见图0－1。

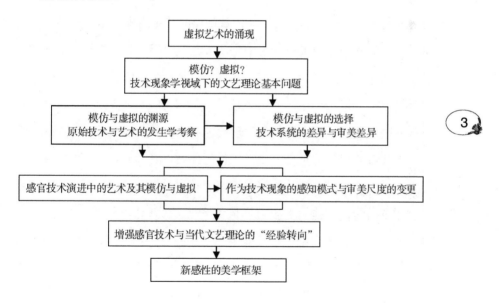

图 0－1　本书研究路线

第二节　背景与框架

以古希腊文化为基底的西方艺术本质论是以"模仿说"为基础的。

模仿说的前提，是绝对存在的"本原"与艺术"仿像"的二元对立。虽然"本原"几经变迁：或者是理念（柏拉图），或者是自然（亚里士多德），或者是上帝（中世纪）……不过，模仿说也并非江山永固。在哲学本体论不断转向的背景下，在主体性哲学、经验主义哲学及现象学哲学的挑战下，从有意味的形式（克莱夫·贝尔），到情感的形式（苏珊·朗格），再到意识的暂时休歇（叔本华）、潜意识的外化（弗洛伊德）……模仿说的大厦在西方文化内部悄然瓦解，基于"本原论"的"模仿说"已经岌岌可危。托马斯·E. 沃顿伯格（Thomas E. Wartenberg）的《艺术的本质》（*Nature of Art*）精选了 28 篇西方文论经典论述，从古希腊柏拉图的"艺术即模仿"到道格拉斯·戴维斯的"艺术即虚拟"①，他似乎希望通过鸟瞰式的宏观视域，勾勒出西方艺术思想理论的轨迹。托马斯·E. 沃顿伯格把西方艺术理论基本问题的研究路径概括为三种路向：一种是给艺术下定义，这样的努力从柏拉图开始，一直持续到 20 世纪后半叶。第二种途径从质疑的角度理解艺术。分析哲学流派的莫里斯·魏兹和大陆哲学流派的雅克·德里达作为怀疑论者，对定义艺术的可能性提出了质疑，他们一致认为，将定义艺术的本质作为艺术哲学的目标，是个严重的错误。他们从各自不同的角度认为，解释"艺术"的概念系统（或语言）本身的运转方面存在不足，而传统的"本质论"也不同程度地存在偏见。第三种途径则是对艺术背景的探讨，发端于黑格尔的历史主义艺术观。黑格尔之后的艺术哲学家继承了他关于"艺术是对其所在的历史和文化背景的表达"这一观点。从哲学家瓦尔特·本雅明，到艺术家、教育家道格拉斯·戴维斯，他们不再试图去给艺术下一个单一而抽象的定义，而是专注于艺术的社会角色的转变；不是把艺术当作一种独立的现象，而是强调社会条件的改变对艺术本质的改变所产

① ［美］托马斯·E. 沃顿伯格：《什么是艺术》，李奉栖、张云、胥全文、吴瑜译，重庆大学出版社 2011 年版。

生的影响。德国哲学家卡尔·马克思独具慧眼，他把经济或物质视为艺术的基础，认为物质基础的发展对于理解文化的转变具有决定性的作用，在理解艺术时，应关注艺术生产模式的转变，以及社会总体物质结构的改变。这启发了马克思主义的追随者，批评家们开始关注拍摄技术、复制艺术品、电脑技术制作图形的事实。本雅明认为，正是这些物质或技术的发展，从根本上改变了艺术的本质。本雅明、麦克卢汉、鲍德里亚从不同的角度和领域，在 20 世纪 30 年代、60 年代和 70 年代发表了技术改变人的感知尺度、瓦解模仿说的判断标准，推动了从模仿、复制到拟真变革的相关论著；中国学者也在数字技术的浪潮中，深切感受到数字技术对人类物质生活和艺术生产的深刻影响，从对视觉文化的关注开始，学者们分别从哲学、美学、艺术学、技术美学、社会学、心理学等领域，展开了技术参与人类的意义世界建构的深入探讨。

技术的发展对于艺术的影响具有决定性作用。文艺理论关注的焦点转向了这样的问题：艺术的生产技术和媒介形态如何影响艺术形态的发展？艺术媒介形态的变迁又如何影响审美范式的变迁？

在这样的大背景下，对"模仿"的思考再度成为文艺理论的重点问题。作为文艺理论的基础，"模仿说"因其复杂性成为文艺理论史上聚讼不已的难题。马修·波特斯基（Matthew Potolsky，2006）认为，模仿的内涵从最初的 mimesis，经古希腊、文艺复兴至近现代的 imitate、simulacra 发生了本质的变化。鲍德里亚（1981）更是以"仿像"理论彻底地颠覆了"模仿"的秩序。西方学者发现，西方艺术史并非全是模仿艺术的历史，艺术理论研究不应局限于欧洲中心主义（贡布里希，1950）；中国学者从东方的立场考察，认为"模仿"虽是跨文化的人类本能，但在中西不同的文化背景中，模仿的对象、方式都有所不同（顾明栋，2008；丁峰，2005；彭树欣，2008；陈龙海，2010；等等）；一些学者的东方视角似乎更加彻底，拨开模仿说积淀千年的瓦砾，以一种本质直观的方式审视中国艺术等东方艺术，认为东方艺术所秉承的并非模仿说原则，而属于写意的虚拟性艺术（周蕾，2001；曾玉冰，2008）。通过数字技术现象反观东方传统哲学，有学者指出，象数观可看出数字化技术的思想源头（丘亮辉、郭彧，2004；李树菁，2007），中国文论中的"境界"与虚拟时空相通（蔡茂月，2008）、魏晋玄学追求的心灵宁静即"虚拟理想"（谢俊，2009）、"虚拟意象"关系可取代"虚构"（马大康，2005），虚拟现实即通过数字化编码方式可以感觉到的意识，意象即虚拟（张如良，2008）。

全球化背景下，西方文化中心主义已经不攻自破，模仿说的美学秩序框架已然瓦解。

那么，新的秩序从何建立？又依何建立？

一些学者将虚拟纳入文明创造的模式进行考察。认为虚拟同样创造"真实"，其所对立的不是真实而是实存（德勒兹，2003）；虚拟现实是原生自然和人工自然之后的虚拟自然——世界4（孙慕天，2000；张之沧，2001），"虚拟"贯穿一切人类文明史，依时代发展有实物虚拟、符号虚拟、数字化虚拟等方式（王锦刚，2007）；虚拟是建构文明史的方式之一，透过现象学变更理论视角可见虚拟空间人之生存结构的本质（杨庆峰，2010）。

一些学者从艺术体验的角度发现，小说模式的虚拟体验与虚拟艺术的虚拟现实一脉相承，后者是前者从虚拟模式到经验模式的媒介转变（Jean M. Ippolito，2009；Voland，2007）；达·芬奇作品中也存在虚拟现实（Cami Nelson，2009）；奥利弗·格劳《虚拟艺术》（2003）从图像角度对虚拟艺术进行了史学的钩沉，他认为，从古罗马的全景壁画，到巴洛克教堂的天顶画、近代展馆的人工地形，直到IMAX影院，沉浸式图形图像，是一脉相承的"虚拟"艺术。

一些学者从心理学的角度讨论模仿与虚拟的问题。西方学者认为，人类的"视觉智能""超心理"的需求、艺术的交互目的性、传统艺术与技术日益整合所形成的计算机体验式混合文化界面等是推动虚拟发展的文化假想（童芳，2006）；模仿不只是人本能的"照相"式复制行为，还与知觉、认知等经验现象有关（Matthijs et al.，2009；Michael J. Spilka et al.，2010）；模仿应看作使用交感思维的行动过程和表现、表演或象征活动体系（张秀娟，2005），而虚拟也是人类特有的思维方式、行为方式、创造方式和先验的能力（殷正坤，2000；桑业明，2007；刘聪，2009；刘国建，2010）；虚拟技术是虚拟能力的延伸和产物（王永峰等，2006；王磊，2008），该技术是人借助于中介系统在现实性与非现实性之间实现双向转化的符号化建构（张世英、陈志良，2001；南海，2002；周甄武，2006）；虚拟现实的心理基础是人的意象思维（Losik George，2008；Volodina Kate，2008）和人特定的感知框架（翟振明，2007）；"虚拟"是人类情感体验的一种审美实践（朱珊，2010），表现了人超越现实性的本质（周甄武，2007）；学者们还从不同角度探寻了虚拟思维的本质特征（王业建，2006）、生成逻辑和表达与构建（刘国建、刘晔，2010）。

有的学者甚至将研究的目光投向了历史的更深处。罗伊·阿斯科特穿越了古代与现代的壁垒，在网络虚拟现实和原始巫风时代的两端漫溯、徜徉、体味、反思，发现巫风时代的"植物现实"[①] 与当代的"虚拟现实"在精神本质上是相同的，而中间相当长时间占据人们头脑的"验证现实"[②] 原则，由于其是建立在主客二元的逻辑之上对世界的描述，而失落了一元整体观把握的诗意世界[③]。

上述研究规模宏大、问题深邃、多维多元、建树丰厚，对我们的研

---

① 植物现实，是指萨满巫术中利用植物技术对意识的转变。

② 验证现实，是指观看与存在的常识，是理性看待世界的方法。

③ ［英］罗伊·阿斯科特：《未来就是现在——艺术，技术和意识》，袁小潆编，周凌、任爱凡译，金城出版社2012年版，第158页。

究有着重要的启发意义。然而，对于重建美学框架、重构文艺理论基本问题——艺术创造、艺术史、艺术审美史、艺术本体论（作家、作品、受众、艺术）的任务，在这个文化格局大变动的时代来看，面临的问题仍然很多，例如：

第一，模仿说的复杂性、局限性，在多元文化中"模仿"艺术的本质区别等问题受到重视；模仿与虚拟的关系引起注意；艺术史并非仅仅是模仿的历史，亦非从模仿到虚拟的演变过程，这些方面已有了诸多共识，但探讨模仿与虚拟理论的历史关联、描述艺术史样态的工作尚待展开。

第二，"虚拟"的研究具有哲学深度和人类学的宏观视野，但虚拟艺术理论的成果还局限在数字艺术层面，虚拟作为艺术创造的思维与技术方式及其建构艺术的方法、规律、价值体系还需在多元艺术理论中做历史的总结梳理。

第三，运用中国文论解释、建构虚拟艺术理论有了较多的尝试和初步成果，但尚处于零散、局部的探讨。以东方文论话语参与建构文艺理论体系的工作尚待深入展开。

第四，由于研究目的、视角、方法各有不同，虽然从技术的角度、运用现象学方法研究艺术问题渐成趋势，但目前尚未形成以技术现象学为方法论、从技术史的宏观史学视野考察文艺基本问题的理论体系。

综上所述，文艺理论基本问题的研究已经凸显出这样一个迫切的需要，那就是，在技术文化的历史中重新审视艺术问题，在多元美学话语体系中重新建构具有普适意义的文艺理论基本体系，而"模仿"与"虚拟"，正是上述问题的关键。

据此，我们设定了以"模仿"与"虚拟"技术为基点的基本框架：

第一，以模仿与虚拟的知识考古为基础，梳理原始仪式艺术中模仿与虚拟的技术系统；

第二，以东西方文化情境背景下模仿技术与虚拟技术的差异性选择，结合东西方的艺术经典案例，以及对东西方艺术创造的想象、知觉、体验和理解方式及其理论体系的文本细读，揭示东西方审美差异的历史根由；

第三，从艺术的技术规定性出发，探究不同主导技术媒介时代的模仿与虚拟的模式和艺术的样态，描述"模仿"与"虚拟"双螺旋结构的艺术发展史；

第四，通过考察技术对感知比率与感知模式的改变，探讨不同媒介形态的审美体验及其带来的审美范式变革；

第五，在上述研究基础上，运用技术现象学的方法解读当代数字虚拟艺术，建构新感性的美学框架。

总之，技术是艺术最为基础、最为活跃、最富变革性的因素，技术要素中的材料、动力、控制的变革，都会引起艺术形态、审美体验、审美范式的变更。从某种意义上说，技术构成了艺术的内部结构秩序，同时也赋予了艺术的外观形态。艺术反映出人类对自然与自身认识的深度和广度，反映出各历史时期人类文化生产力发展状况，这构成了对艺术进行历史研究、美学研究的基础。

我们选择技术为线索研究艺术的问题，设定研究框架，期望能避开艺术研究中存在的问题，例如，受分析者的文化语境和审美偏好左右的艺术史研究（任何地方本位主义复原后的艺术史都不可能是真正的艺术史，不可能是具有全面性和客观性的人类艺术史）；对艺术不同的定义都反映出艺术的一个或一定的侧面，不能为人们所公认；不同的艺术史分期方案总有其可取之处，但也总可以找出若干欠缺；等等。而从艺术的逻辑要素——技术入手，或许能够使我们的研究站在更加宏观的、整体性、总体性的研究立场，进而描绘出一个符合历史真实的艺术样貌。

9

第三节　结构与方法

本书之所以选择文艺理论的"基本"问题作为出发点，表明我们所关注的是浩瀚的艺术长河和浩繁的艺术文化中最为本质的那些方面。无论是历时性的梳理还是共时性的比较，我们都只是选取了那些具有代表意义的、我们认为是极为重要的理论观点作为依据，而不是把所有的材料悉加囊括和论析。在有限的篇幅中，我们将研究分为六章内容。

第一章，虚拟艺术现象与感性学的技术视角。重点分析虚拟艺术的出现对传统艺术理论"模仿说"的解构。以虚拟技术的"CAVE"和塞尔蒙的"远程通信之梦"等虚拟艺术案例，论述其对柏拉图的"洞喻""床喻"等"模仿说"基本理论的瓦解；以虚拟艺术为切入点，以技术现象学为理论视角，确立研究的逻辑思路。

第二章，交感技术与艺术的发生学考察。通过对原始诗性思维和原始仪式艺术的考察，研究原始交感技术中模仿与虚拟的要素，在艺术的发生学考察中探究模仿与虚拟创造方法的形成，进而总结出模仿系统和虚拟系统的媒介要素特征，为分析东西方艺术的审美差异、描述艺术形态的创造方式和艺术发展的历史、审美范式变革的历史奠定基础。

第三章，技术类型的差异与感知技术的审美偏向。分析东西方技术系统的差异性选择，以及各自技术系统中的动力系统、材料系统、控制系统、转换系统，在比较中研究两种技术系统所创造的审美范式及其差异；同时，通过史学的纵向考察，探讨东西方艺术自身发展中，模仿与虚拟的双螺旋构象。

第四章，感官技术演进中的艺术类型及其模仿与虚拟。把艺术史的研究放到技术媒介发展史的宏观视界中考察。身体为中心视域下的技术史，就是感官技术发展的历史，而艺术史就是感官技术发展史的映射。通过分析主导性艺术类型——身体艺术、符号艺术（文学艺术、绘画、雕塑、建筑艺术）、影像艺术、交互艺术及其模仿与虚拟的创造方式，尝试建构感官技术语境下的艺术史。

第五章，作为技术现象的感知模式与审美范式。把美学史的研究放到技术革命发展史的背景下加以考察。从作为技术现象的感知比率与感知模式出发，研究在身体艺术、符号艺术、影像艺术到交互艺术发展的历程中，从身体尺度的感官沉浸、远身感官的拟像移情到具身感知与虚拟沉浸的审美范式及其变革史。

第六章，增强感官技术与当代文艺理论的"经验转向"。将文艺理论的转向问题放在感官体验变更的审美历史中考察，通过对虚拟技术和虚拟艺术的全方位分析，探究当代数字艺术的本质特征，梳理美学从主体论转向、语言学转向、视觉转向到经验转向的发展趋势，建构基于新感性的美学框架。

艺术属于人文学科的范畴，研究艺术有美学的、艺术学的、社会学的、文化学的多种方法。然而，正如哈登所言，传统的方法常常是"从一个纯主观的角度"阐释艺术，根据所谓"艺术的经典"将物品进行分类。"这些经典有可能是某个国家或种族进行艺术批评的系统规范"，"在批评另一个国家的艺术时，种族的偏见可能会导致我们很难以一种同情的态度面对异域艺术"①，这就造成了一个现实问题：艺术研究很难找到共同的基点。因此，哈登决定选择从一个客观的、共同的基点出发，他认为美学中的美感毕竟是依赖于个人的喜恶，人类艺术的共同基点是"受制于所有生物遵循的总体法则"，他从艺术的生物学角度进行了艺术的人类学研究，这种研究思路对我们有极大的启发。

----

① ［英］哈登：《艺术的进化：图案的生命史解析》，阿嘎佐诗译，广西师范大学出版社2010年版，第257页。

因此，我们尝试通过技术的视角来研究艺术，因为艺术与技术的关系越来越引起人们高度的关注。20 世纪早期本雅明就敏感地惊叹技术的发展消弭了艺术的灵韵，60 年代中期麦克卢汉"技术改变了人的感知比率"的观念已经深入人心，科学技术的研究已经走入了艺术的范围。我们在分析艺术带来的愉悦感时，不仅要考虑人类感官的构造和个人的、文化的因素，以及它们引发的审美心理、感觉和意义，我们还应把目光转向创造艺术的技术问题。因此，如果不涉及技术，就不可能全面地研究文艺理论的任何一个主题。

借助这样的思维与态度，我们试图把握技术在什么意义上参与了艺术的构造，并不断重构艺术的四大基本要素；技术的发展创造了何等的经验和知觉；如何改变了艺术作品的感知形态、感知模式、感知对象及感知尺度，进而推动美学的发展。

本书以"模仿"与"虚拟"作为研究的基点，以艺术发展作为透视框架，以技术现象学和跨文化宏观比较的理论视野，运用共时性与历时性相结合的方法，对文艺理论基本问题展开系统梳理和理论研究。

本研究的初衷，是选择一个相对具体的研究课题来研究文艺理论基本问题，希望通过对"模仿"与"虚拟"的缘起、内涵、沿革、关系进行考察，同时通过多元视角，发掘西方话语圈之外的、以中国优秀传统艺术为代表的东方艺术精神和美学思想体系的精髓，建构多元文化视野下的美学框架，以弥补"模仿说"理论不能诠释人类全部艺术现象的缺憾，在深化与拓展文艺基本理论研究方面，尝试做一些力所能及的工作。

然而，艺术是如此宏大而艰深的课题，在艺术理论的知识考古中，在跨文化、跨领域、多视角反思、对比与辩难中，发现言说的方法理路、寻求阐释的合理性，是一项十分艰辛且令人如履薄冰、战战兢兢的工作；通过技术现象学的视角眺望艺术的历史，梳理艺术理论的逻辑与框架，在宏廓而漫涣的艺术流变中捕捉审美范式微妙的嬗变，在当下文化语境中探索艺术的奥秘与发展的规律，在当代高技术的背景下探讨艺术的本质问题、建构新感性的美学框架，这些显然是极大的困难和挑战。

但是，艺术作为人类的超越性存在，令我们满怀自豪与惊赞，在艺术世界中瞻望人类的理想境界，是一个获得激励、享受幸福的过程。

在社会的发展过程中，正是技艺带来了理性、感性和意志的发展。正是技艺把现在的人类变成最完美的动物……正是技艺使人类平等，使上帝发愁；技艺无疑将从道德和物质的挣扎危机中解救人性。

　　　　　　　　　　　　——［法］马塞尔·莫斯

第一章　虚拟艺术现象与感性学的技术视角

第一节　"洞穴"的坍塌："洞喻"哲学的瓦解

一　计算机技术的发展与虚拟艺术的涌现

1946 年 2 月，世界上第一台能够完全自动控制算术和逻辑运算的电子计算机"埃尼阿克"（Electronic Numerical Integrator And Calculator，ENIAC）在美国宾夕法尼亚州州立大学诞生。在接下来的 30 多年中，电子管、晶体管、集成电路等技术不断改进，20 世纪 70 年代末，伴随着互联网民用化，计算机技术进入了个人 PC 时代，一种新的艺术样式——电子艺术——应运而生，其标志就是 1979 年奥地利北部城市林茨举办的 Prix Ars Electronica 电子艺术节，同年美国的 Siggraph 年会和 Computer Graphics（电脑绘图）展览，这些计算机艺术标志着新技术对艺术的改变获致成效。

自 1987 年起，奥地利的林茨因电子节"Prix 大奖赛"成为最有声望的科技艺术聚会地。继之，世界各地陆续开办了电子艺术展：自 1989 年起的名古屋（日本）双年展、1991 年起的里昂（法国）双年展、1992 年起的卡耳斯鲁艺术与媒体艺术中心 ZKM（德国）双年展、1995 起的光州（韩国）双年展、2007 年起的上海电子艺术节（eArts）

等，这些电子艺术节展现了从图形图像处理到网络艺术、人工智能、情感计算、机器人、交互艺术、远程遥控等前所未有的新模式，由虚拟现实技术构成的、由智能技术控制的虚拟空间和虚拟影像主导了蔚为景观的艺术变革。

电子艺术作为一种新的艺术样式，因其赖以实现的数字技术而备受关注。20世纪90年代以后，电子艺术的名称和定性也在多层面上被加以讨论。直到1995年，道格拉斯·L. 戴维斯（Douglas L. Davis）在 *The Work of Art in the Age of Digital Reproduction* 中首次用"Virtual Art"来命名那些运用数字技术的电子艺术创作。1998年，Tanya Szrajber 的 "Virtual Art History：A Special Issue of the Journal Computers and the History of Art"一文讨论了 *Computers and the History of Art* 期刊中的特殊议题，认为该刊围绕计算机与艺术史的关系展开了对新艺术形式的全面讨论，以艺术的技术模式为基础将这类新的艺术形式称为"Virtual Art"。2000年，莫里斯·西尼利亚罗（Maurice Cirnigliaro）的 *Virtual art：an exploration of how information technology can alter and enhance the interaction between art and the viewer*（University of Technology，Sydney）讨论了信息技术引起的以艺术与接受者之间的互动作用为特征的"Virtual art"。2003年，奥利弗·格劳（Oliver Grau）的 *Virtual Art：From Illusion to Immersion*（MIT Press，2003）以"沉浸式幻觉"为线索，通过研究 Virtual Art 的技术史，对 Virtual Art 进行了知识考古式的研究。2006年，中国学者陈玲将奥利弗·格劳的这部著作译成中文，名之为《虚拟艺术》，由清华大学出版社出版，"虚拟艺术"便成为中国学界命名那些数字技术赋予新特性的艺术样式。

总之，随着计算机技术的快速发展，以计算机图形学、计算机仿真技术、人机接口技术、多媒体技术及传感技术为基础的电子艺术，到90年代初，已经由最初集计算机技术发明和艺术创造于一体的艺术实验项目——新媒体艺术，发展为 90 年代的数字艺术，这些作品日益呈现出强烈的真实感，呈现一种等同"实在"的"虚拟现实"，被学术界称为"虚拟艺术"。

虚拟艺术的涌现是全方位的。首先，各种传统艺术类型都转换出虚拟艺术样态。

（一）虚拟文学：从作家到虚拟作者

1998 年 3 月，一篇名为《背叛》①的小说引起了文学界的关注，因为它是美国一台电脑的处女作，是通过主题设定和相应的数学算法由计算机完成的小说。小说的作者"布鲁特斯"（Brutus）Ⅰ型是当时世界上最先进的电脑作家，是由美国伦塞勒工学院的塞尔默·布林斯乔德及其同事研制成功的人工智能计算机系统，它不仅能掌握名词、主语和动词之类的逻辑思维，而且还能够处理身份、性格、场景、情绪甚至更为复杂的问题，构思情节并用文字表达出来。

另一类虚拟作者的小说，是通过计算机创作或通过有关计算机软件生成的文学作品进入互联网络，它们呈现出与传统文学的既成品不同的形态，这类作品可能是由几位作家、几十位作家甚至数百位网民共同创作的、具有互联网络开放性特点的"接力小说"等。

虽然这些小说内容看起来平淡无奇或荒诞不经，与大师们的作品还差得很远，但是，机器学习的进度表明，一旦机器学会了丰富的生活经验以及敏锐的感觉能力，很难说计算机就成不了文学大师。

（二）虚拟绘画：从架上艺术到电子艺术

意大利虚拟现实团体 F. A. B. R. LCATORS 与叶斯·迈哈拉·司和弗朗兹·菲仕纳勒合作，使用 CAVE 技术创作可漫游的三维环境，将达·芬奇最著名的作品《最后的晚餐》的静态画面还原成一个动态的过程。

---

① 《背叛》（电脑小说），《科学之友》（上半月）1998 年第 11 期。

访问者在《最后的晚餐》虚拟空间中观察作品的图形表达，油画人物的动画表现方式，还能使用在真实世界中不可能的邻近度和视角观察作品，例如，观众可采用奇特视角在晚餐房间内部来回走动观察，而架上绘画作品的观众就不可能拥有这种视角。①

在 2010 年上海世博会的中国馆，"智慧长河"展区中，数字版《清明上河图》通过高科技手法生动表现出北宋年间世界最大城市汴京的繁盛景象。这幅"清明上河图"不仅能动，还分白天和黑夜两个版本，给观众更真实的感觉。为了使作品更具生动性，创作者利用桌面视频技术，把《清明上河图》的一部分制作成一个动态的生动的小故事。例如《清明上河图》中段描述汴河码头繁忙，一只大船正通过虹桥，船夫们有的用竹竿撑，有的用长竿钩住桥梁，有的用麻绳挽住船，还有几个人忙着放下桅杆，围观的百姓也在指指点点地给船夫出着主意帮他们过桥。这段动画具有丰富的镜头变化，近处人物的表情和远处的景色表现得恰到好处，船夫与围观百姓一起努力，最终顺利通过虹桥。与其说它是一张《清明上河图》，不如说它更像是一部拥有 IMAX 宽屏的清明上河影像。由静态到动态，绘画经典终于突破了"永恒的瞬间"。

缪晓春（中央美术学院摄影与数码媒体工作室）将米开朗基罗巨幅油画《最后的审判》 （西斯廷礼拜堂油画 Sistine Chapel，1536—1541）的视角还原为立体。

毫无疑问，传统架上绘画是必须从正面看的。"如果从背面看《最后的审判》，会是什么样?""绕到背面看"——缪晓春提出了观画的不同角度问题。60 块有机玻璃板拼贴在一起。画面上 400 多个赤身光头的人物在扭打、争抢、吵闹。这是一场决定谁上天堂谁下地狱的"末日

① 童芳：《新媒体艺术》，东南大学出版社 2006 年版，第 196 页。

图 1 - 1　缪晓春《最后的审判》（2006）局部

大审判"。但是审判没有结果，因为 400 多人都是同一个人——缪晓春本人的 3D 模型。"如果从背面看，我想，原先重要的人物会变得不太显眼，次要的处在边角上的人物会成为主要角色，而这幅画的原先意义也会发生巨大的戏剧性变化。"很自然地，画上的人物不分善恶，没有审判者和被审判者的区别，也没有东方与西方、古代与现代的区别，自省与反思消解了原画的宗教意味。由二维到三维、由"凝视"到"围观"——绘画的变革与传统价值观的解构总是相辅相成。

　　如果说上述案例还只是电子艺术早期利用新媒介对传统艺术的再创作，那么 2016 年德国研究人员卢德和他的团队利用深度神经网络和算法成功提取了康定斯基、毕加索、马蒂斯、蒙克和梵高等知名画家的艺术风格[①]，并将这些风格应用至视频。这给我们提出了一个问题：当艺术风格可以被随意复制，当用户可以编辑这些风格，甚至将多种风格组合，艺术作品本身的意义是否需要重新定义？

　　（三）虚拟建筑：从物理空间到虚拟空间

　　网络技术和虚拟现实技术的结合，为搭建虚拟建筑和虚拟漫游提供了技术基础。人们可以在虚拟建筑的"游历"过程中，与建筑、文

----

　　① 新浪科技，http：//tech. sina. cn/it/2016 - 05 - 11/detail-ifxryhhh1924458. d. html？from =
wap，2016 年 5 月 11 日。

物和人物互动，游客能更深入地了解它们的用途和建造过程及其人文历史。最大规模的虚拟建筑当数 2010 年上海世博会，全世界的人们足不出户就可以浏览世博会园区和展馆，就是在世博会闭幕后，网上世博也可以继续欢迎全球嘉宾的访问，成为一届"永不落幕"的世博会。

（四）虚拟雕塑：从物质材料的"加减法"到精准的 3D 打印

雕塑艺术是对物质材料作"加减法"的造型艺术。去料谓之雕，堆料谓之塑，艺术家用各种可塑材料（如石膏、树脂、黏土等）或可雕、可刻的硬质材料（如木材、玉石、金属等），创造出空间中可视、可触的艺术形象。因此，传统媒介的优秀雕塑艺术不仅因其精湛的技艺，也因其材料的不可再生性和唯一性显得弥足珍贵。自从 1999 年美国 Pixologic 开发出数字雕塑软件 ZBrush，雕塑家可以运用数字雕塑软件，在电脑三维数字化模型上实施交互式堆料去料等操作过程，这就是虚拟雕塑。有了虚拟雕塑手段，艺术家再也不用担心材料的问题，只要设计出最理想的造型，通过 3D 打印技术或程序控制的雕刻刀进行雕刻，再由人工加以精细调整，完成最终的作品。虚拟雕刻可以直接用于生产制造，甚至可以复制为完全一致的产品。它一方面为艺术家提供了自由创作的设计工具，另一方面也使雕塑艺术陷入了产品复制的窘境。

（五）虚拟音乐：从自然乐音到电声模拟

虚拟音乐，是运用专业虚拟音乐软件生成制作的音乐作品。最为著名的是 CRYPTON FUTURE MEDIA 以 Yamaha 的 VOCALOID 2 语音合成引擎为基础开发贩售的虚拟女性歌手软件。这款软件只需输入音调、歌词就可发出声音，也可以调整震音、音速等"感情参数"。VOCALOID 家族是所有语音合成软件的总称，包括起音 MEIKO、始音 KAITO、初音ミク、镜音リン·レン、巡音ルカ等。初音ミク（初音未来）之名可以说暗寓着"VOCALOID 所象征的将来音乐之可能性"。初音ミク被打造成世界上第一个使用全息投影技术举办演唱会的"虚拟偶像"（Virtual Idol），电声音乐已经达到了"渐进自然"的境地，看到初音未来在舞台上载歌载舞，谁又能再说"丝不如竹，竹不如肉"呢？〔（晋）陶渊明《晋故征西大将军长史孟府君传》〕

图1-2 初音ミク与"她"的唱片和虚拟演唱会

23

（六）虚拟戏剧：从表演到后有机表演

戏剧是由演员表演出来的艺术。演员现场表演是戏剧与其他艺术最大的不同之处。美国斯坦福大学、麻省理工学院、卡耐基·梅隆大学、纽约大学等纷纷尝试创造"智能体""人工生命""合成角色"，探索"后有机表演"和"网络戏剧"、"虚拟戏剧"。上海戏剧学院也成立了虚拟合成实验室，力图运用虚拟现实技术实现戏剧演出的设计、搭建、彩排与演出。台湾春水堂创始人张荣贵和个宏网合作，将真人拍摄和2D、3D动画等网络制作软件相结合，共同创造出网络戏剧《175度色盲》。

数字技术拓展了戏剧的虚拟性。用程序来控制虚拟角色，用多媒体控制表演空间、虚实角色的互动，增加了戏剧性，也给传统戏剧制造了强烈的危机感。

图 1-3　虚拟演员和虚拟扮演

（七）虚拟影像：从"角色"到"阿凡达"

虚拟技术进入电影艺术，为电影带来观念上的革命。2009 年 12 月 16 日，一部名为《阿凡达》（*Avatar*）的电影上映了。影片以阿凡达（梵文意谓"化身"，与自身的"法身"相对）为名，十分耐人寻味。主人公杰克的"法身"被囚禁在特殊的装置里的时候，他的"阿凡达"却在"潘多拉"星球自由奔跑、坠入爱河、冒险激战……杰克成了拯救潘多拉的英雄。最终杰克选择了抛弃地球的生活，以"阿凡达"的身份留在了潘多拉。

图 1-4　电影《阿凡达》演员动作捕捉与角色生成

从电影艺术的角度来说，"阿凡达"如同一个隐喻，演员可以是真人，也可以是电脑合成的角色，电影已经可以由"阿凡达"（虚拟角色）来表演了，真人角色与"阿凡达"——虚拟角色演对手戏，虚拟角色与真人在现实世界完美地结合。这对电影表演来说具有颠覆性。演员们已经不是在真实或模仿真实的场景中表演，而是在绿幕前拍摄的，宏大的场面和难以实现的场景都由后期合成；数字蒙太奇则实现了无缝连接，完成流畅的时空转换。

图1-5 电影《指环王》绿幕拍摄和电影画面合成

电影这种映现在一块银屏上的艺术，从传统影院到IMAX剧院、环幕影院、CAVE等新的空间，变成了一种更具沉浸感的展示媒介。

总之，艺术在当代越来越综合，传统艺术形态发生着根本的变化，我们已经很难再按传统的八大艺术类别去认识它们，艺术在数字技术时代创造出更加令人惊异的、崭新的艺术世界，产生了新的艺术类型审美特征。

（1）电子游戏艺术

2011年，美国联邦政府下属的美国国家艺术基金会正式宣布："电子游戏是一种艺术形式。"这个说法获得全世界的认同，电子游戏从此成为继绘画、雕塑、建筑、音乐、文学、舞蹈、戏剧、电影之后的"第九艺术"。与所有传统艺术的物质媒介性不同，电子游戏是在计算机或计算机网络媒介上实现的，具有交互性、开放性、虚拟现实特征的超媒体艺术形态。

建立在二进制计算基础上的电子游戏世界，原本是以非此即彼、非输即赢、非好即坏的二元对立为逻辑的，但是越来越多的电子游戏正在尝试提供给玩家多元的可能性，以此来对应现实生活中的不确定性，越来越热衷于模仿人生。Linden Lab推出的一款以"合作、交融和开放"为特色的大型3D模拟现实网络游戏《第二人生》，每个人与同在这个虚拟世界中的其他人发生各种各样的关系，实现自己在第一人生中没能实现的梦想，仿佛给了人"第二人生"。科幻题材游戏《质量效应3》具有十余种不同的结局，玩家的每一次选择都决定了其未来命运的走向。

图1－6　《第二人生》（2003）截图　　图1－7　《心灵杀手》（2011）截图

在《辐射3》或《上古卷轴》系列中，玩家可以和大量的"非玩家控制角色"（NPC）进行互动，而且对方可以根据玩家的表现做出不同的反应。在《黑色洛城》中，NPC已经进化到可以呈现出细微的表情变化，而玩家则需要根据这种变化判断其内心状态。动作捕捉技术的大量应用，使电子游戏已经具备了"表演"的能力。在虚拟世界里，玩家既能够扮演创造者，也能够扮演毁灭者，这已经不仅是模仿，"互动性带来的选择性，是电子游戏独立于其他艺术形式的特征"[1]，人们沉迷于游戏乐此不疲，因为在这里，人们除了如同现实一样的生存，还获得了选择的"自由"与"创世"般的快感。

（2）虚拟交互艺术：观众——从受者到参与者

①互动展陈艺术

2004年7月7日，卢浮宫3.5万件馆内公开展示的藏品以及13万件库藏绘画上传互联网站，并提供了法语、英语、西班牙语和日语四种版本的3D虚拟参观项目。观众下载指定的媒体播放器之后，就能在网上进行3D"虚拟参观"。2009年在北京规划展览馆的3D艺术品，会说

---

① 周健森：《电子游戏："第九艺术"？》，《北京日报》2013年7月25日第18版。

中国话的"蒙娜丽莎"通过语言行为与观众交互，让观众对蒙娜丽莎画作有了深入认识，使高贵的艺术平添了几分"亲民"的趣味性。

图 1-8　会说中国话的蒙娜丽莎

（《北京晨报》2009 年 8 月 19 日）

2010 年 6 月，"乌菲齐博物馆虚拟画展"在上海美术馆正式开幕，不仅数字图像的分辨率高达 4000 万至 1.5 亿像素，参观者还可以根据作者名字、作品名称、所在展馆或历史时期进行搜索和观赏。此外，还通过 9 台设备展出乌菲齐博物馆收藏品中达·芬奇的《圣母领报》、波提切利的《圣母颂》与《维纳斯的诞生》、提香的《乌尔比诺的维纳斯》、米开朗基罗的《圣家庭》、拉斐尔的《金莺圣母》、卡拉瓦乔的《酒神》等最重要的 9 幅作品。观众通过触摸互动的方式，就可以近距离观赏这些无价之宝，并能够无限放大、翻转这些名作，原本只能"观看的"艺术成为"可触摸的"艺术。

②视听互动艺术

日本知名影音艺术家黑川良一的"影音的雕塑"，声音与影像已经成了不可分割的整体，不是用声音去模拟视觉形象，也不是用视觉再现去追求对声音的强烈感受，而是两者混合在一起，互为主体交缠不分。《流变：五个视野》（*rheo*：*5 horizons*，获得"奥地利电子艺术节"2010

图1-9　乌菲齐博物馆虚拟画展（2010）

年金尼卡大奖）创作灵感来自古希腊哲学家赫拉克利特的名句"一切皆流"（诸行无常，万物恒变），运用大量的电脑即时运算与声音、视觉元素的采样拼贴处理，现场的视觉和听觉氛围强烈刺激着观者感官，使人体验到"时空的流动是永恒的"的感受。

图1-10　《流变：五个视野》视听装置音乐会现场

（中国新闻网，2010年11月25日）

③虚拟交互艺术

我们把以机器读取、学习人们的动作、思维等各种信息，进而呈现智能化主体特征的艺术称为虚拟交互艺术。例如，艺术家创建的装置能够感应身体信息，跟踪人的动作与手势，从而主动对人们的行为进行交互。在中国台湾桃园机场第二航站楼的出境大厅，放置着一台互动展示装置，屏幕中呈现出仿真的蝴蝶兰，当有人靠近时，蝴蝶会轻轻地飞出来，蝴蝶兰以各种不同的姿态绽放，当人们在屏幕前停住，花瓣会掉落到人们身上，仿佛正经历一场花瓣雨。

图 1-11　桃园机场互动装置

以身体为导向的人机界面形式脱离了传统的人机界面形式，令数字艺术更广泛地融入人类生活。

（3）虚拟现实艺术

①遥在艺术

我们将那些不仅能感知相隔遥远的远程环境，还能作用于该环境及环境中的事物的远程临场称为遥在艺术。

由伯克利大学加州分校机器人学教授、伯克里中心新媒体主任、机器人和自动化社会技术活动的主要负责人肯·戈德堡开发的 *Telegarden*（《远程花园》），是一个让网络用户查看并与一个种满活生生植物的"远程花园"进行互动的一种艺术装置，用户可以通过一个工业机器人手臂的轻轻动作来种植、浇水并监测种子的生长过程，通过互联网操纵机器人照料花园。尽管培育者对种子没有物理感觉，但种植那样遥远的种子仍然激起了培育者的期望、保护、养育等感觉。即便只是通过一个调制解调器，你也能够明显地感觉到花园的脉动和号召力带来的生命颤动。"电子艺术中心"网站这样描述该项目："《远程花园》

29

一端是电脑空间，另一端则是真真切切的实际环境，它跨越网络联结两者。"① 遥在艺术是科学、技术、艺术与哲学结合的产物，意在探究人的遥在体验。

图1-12　《远程花园》　　　　图1-13　增强现实游戏

②增强现实艺术

增强现实（Augmented Reality，AR），是一种实时地计算摄影机影像的位置及角度并加上相应图像的技术，最早于1990年提出。这种技术的目标是在屏幕上把虚拟世界套在现实世界并进行互动，将真实世界信息和虚拟世界信息"无缝"集成在一起，把原本在现实世界的一定时间、空间范围内很难体验到的实体信息（视觉信息、声音、味道、触觉等），通过电脑等模拟仿真技术，将虚拟的信息叠加到真实世界，为人类感官所感知，从而达到超越现实的感官体验，因此，增强现实艺术也是虚拟现实艺术。

从"此在"到"遥在"，从"隐在"到"显在"，虚拟现实艺术将艺术所创造的"平行世界"更加感性地展现在人们的面前，并允许人们进行"等同现实"的实践活动。

二　虚拟技术与虚拟艺术的"创构"性

1993年美国科学家波迪（G. Burdea）和菲利普·科菲特（Philippe

---

① http：//www. artlinkart. com/cn/article/overview/596iyvm/genres/critique/K.

Coiffet）在世界电子年会上发表"Virtual Reality Systems and Applications"一文，指出虚拟现实的三个最突出的特征是：交互性（interactivity）、沉浸性（immersion）和想象性（imagination），即虚拟现实的"3I"特性。事实上，从本质上来看，交互性、沉浸性和想象性也是艺术的基本特性。艺术创造"虚拟现实"，因此，即便是传统媒介艺术也同样具有这三个特征。但是，运用数字技术创造虚拟现实的虚拟艺术，其交互性、沉浸性和想象性都发生了巨大的飞跃，不仅停留在想象层面，还发生在现实当中，显示出虚拟艺术的创构性。

其一，虚拟艺术交互的创构性。传统艺术的交互性是一种心灵的互动，是受众借助艺术品的形式，如绘画的点、线、面、体、色等形式媒介，唤起内在情感的心灵互动。这种互动不可能发生在同一时空。如当代的中国人观看达·芬奇的绘画，只能是在意识中向遥远的过去、遥远的西方与作者"对话"，互动只是发生在受众"此在"的意识中，只是停留在心灵的层面。而虚拟艺术的交互指的是受者与虚拟艺术之间以"自然的方式"进行交互。从萨瑟兰"终极显现"中提出利用感官与计算机交互的设想开始，技术就不再仅仅聚焦在如何全息立体地再现现实，而开始探索如何让主体能够与这些再现的现实产生如同真实世界那样的互动效果，例如自如地观察 3D 模拟场景，对场景中的物体进行抓取、移动、装配、操纵、控制，以及在空间中自由行走、旋转等。无交互不艺术，虚拟艺术一改传统艺术主客之间审美静观的方式，实现了身体力行的互动创造过程。艺术的存在正是这一交互的过程和结果，因此，虚拟艺术的创构性更是现实性的。

其二，虚拟艺术沉浸的创构性。传统艺术的沉浸性是通过联想和想象，唤起感官的记忆和意象，达到一种想象的沉浸效果。与传统艺术相比，数字技术创造出任何其他技术所无法比拟的"感官真实"的体验感，除了具有视觉感知外，还有听觉感知、力觉感知、触觉感知、运动感知，甚至包括味觉感知、嗅觉感知等多感知的真实体验感，实现了身体感官的临场感，达到了全感官沉浸。虚拟世界是由主体在虚拟艺术中多感知创构的真实世界。

其三，虚拟艺术想象的创构性。虚拟技术出现以前，虽然在文学艺术、宗教神话及科学创造等任何一种思想文化现象中，"想象性"都起着非常重要的建构作用，但是，艺术品的完成还主要通过理性的逻辑或定量的计算，即便是文学写作也需要通过联想、推理和逻辑判断等思维过程，人们只有借助想象力和理解力才能"还原"出艺术品及其所蕴含的意义。而借助于虚拟技术，人们则有可能从定性和定量集成的虚拟环境中，根据自身在系统中的行为，按照自己的"想象"，主动地寻求、探索信息，直接获得自主创造的成果，而不是被动地接受与想象，它强调人在虚拟系统中的主导作用。虚拟艺术显然已经超越了"想象性"，使艺术品成为受众"创构"的成果。

总之，虚拟艺术使受众在其所创构的虚拟现实里，沉浸其中、超越其上、进退自如并自由交互。虚拟艺术是真实世界和虚拟世界的信息集成。无虚拟不艺术。艺术已经不能满足模仿现实、表现现实，数字技术为艺术提供了真正创造虚拟现实的可能性。正是这一思维方向上的改变，使虚拟现实技术显示出比以往任何再现现实技术都更加广阔甚至是无可限量的发展空间。如果说，传统媒介艺术是在二维或三维的空间的存在形式，受众只能通过联想和想象，把世界呼唤到心灵中，建构一个遥在的时空，那么数字媒介艺术则通过对时空的重构来创造现实中延展出的虚拟时空，各个时空通过赛伯空间节点来连接，这个时空已经不再是想象中的心灵时空，而是一个与现实融通的虚拟现实了。

三　Cave vs. "洞喻"：感觉（aisthēsis）vs. 智析（noēsis）

虚拟现实技术以 Cave 最有代表性，英文全称 Cave Automatic Virtual

Environment，中文译为"洞穴状自动虚拟系统"。Cave 是一种基于投影的沉浸式虚拟现实显示系统，以计算机图形学为基础，把高分辨率的立体投影显示技术、多通道视景同步技术、音响技术、传感器技术等完美地融合在一起，创造出一个被三维立体投影画面包围的、完全沉浸式的虚拟环境。

虚拟现实系统以"Cave"——洞穴——为名，实在是一个微妙的巧合。说它巧合，是因为，Cave 之名，与古希腊柏拉图的"洞穴之喻"遥相对应；说它微妙，是因为后者正是西方乃至世界传统美学的根基。这是对传统的延续呢，还是对传统的戏谑？

柏拉图在《国家篇》第七卷里有一个著名的"洞穴之喻"。

有那么一群囚徒，世代居住在洞穴里，由于被锁住而不能走动、环顾左右，只能直视洞壁的情景。他们每天面对着洞壁上摇曳不定的影像，相信眼中所见即是真实的事物。然而有一天，一个囚徒挣脱锁链，回头第一次看到他们身后，一堆火在燃烧，火与人之间有一堵矮墙，墙后有人举着雕像走过，火光将雕像投影在他们面对的洞壁上，形成了变动的影像。这让囚徒明白了：影像原来是假的，雕像比影像更真实。当他进一步向上，走出洞外，第一次看到太阳下的真实事物，原来生长的万物比雕像更真实，当他最后抬头望天，直接见到太阳，这才知道太阳是万物的主宰。从影像到实物再到万物的原因——太阳，这个认识上升的途径及对上方万物的静观，就好比是灵魂上升到可知世界。影像、事物是可感的世界，而太阳则代表可知的世界——它是众多、相对、变动、暂时的事物之外的那个单一、绝对、不动、永恒的理念，人们只有通过灵魂的静观，才能获得真正的认识。

"洞喻"有两个理论核心：其一，区分了两个世界——理念世界（可知世界）和现象世界（可感世界），这是柏拉图整个哲学的出发点和基本原则。其二，以"洞穴"代表"眼"所见的现象世界是为感官所及的世界，一切事物都处在生灭变化中，是相对的和暂时的、感官认知的和不可信的；以"洞穴外面的真实事物"代表"灵魂"上升到理智世界，只有上升到这个世界，他才能认识到正是太阳造成了四季和年度，主宰着可见世界中的一切，它是万物的原因（参见《国家篇》514A），是万物所以正确和美的原因（参见《国家篇》517B－C）；理念世界是稳定的、绝对的和永恒的，是现象世界的根据，只有理性才能认知世界的真相。

在《斐多篇》中，柏拉图虽然提出了感官和具体事物是通向真理的"提醒"，没有这些视觉、触觉或其他感觉，我们便得不到"理念"的知识（参见《斐多篇》73C－75A），似乎指出了由"感觉"直接上升到"理念"的途径。但是，在《泰阿泰德篇》柏拉图提出了"感觉"（aisthēsis）、"真实的意见"（alēthēs doxa）和"系统知识"（epistēmēi）的区分。感觉（aisthēsis）只能感知简单的"成分"，对复杂的"事物"则须动用思考，获得"判断"或"意见"。前两者属于认知的范畴，借助的手段主要是"感觉"（aisthēsis），而"系统知识"（epistēmēi）属于心灵的独立活动，借助于理性或理智（nous, logismos, dianoia）。依靠理性释解（logos）的"协助"，智析（noēsis），即"智"或"心智"（nous）的运作得以理解存在（onta）（《蒂迈欧篇》28A）。理性是高贵的，而感性是卑微的。感觉是不靠谱的，看到和听到的东西都是不准确的，视觉和听觉不能给我们带来真理，其他低于它们的感觉更不用说了。灵魂（理性）和肉体（感觉）在一起时，会受到视觉、听觉、快乐、痛苦等的扰乱和欺骗，所以只有灵魂离开肉体越远才越能认识真理，哲学家的灵魂极端卑视肉体，努力要避开它让自己单独存在（《斐多篇》5A－D）。柏拉图将二者明确对立为两极：由此在理论上奠定了西方传统美学感性与理性二元对立的基调和"模仿说"的理论框架。

然而，CAVE 技术的出现，首先抹去了柏拉图真实世界与感觉世界之间的界限，将柏拉图以来建立在感性与理性二元基础上明晰、整饬的"模仿说"秩序彻底打乱了。虚拟世界不是实存的，但却是真实的；世界是现实世界与虚拟世界的集成；现象就是真实存在本身。这完全颠覆了柏拉图世界的本原与现象的二元秩序。

其次，感觉与感官经验也不仅仅是通向真知世界的"提醒者"，而就是真知的"获得者"。德勒兹说，"感觉的一面朝向主体……另一面朝向客体（'事实'、地点、事件）……既是主体又是客体；它是现象学家所说的世界中的存在：我在感觉中生成，同时某事也因为它发生。最终，同一个身体既给予它也接受它，而这个身体就既是客体又是主体"①。事实上，我们从未面对过一个形式的、非具体的、普遍的客体，只面对过由能力的某一确定属性限定和具体化的这个或那个客体。人们可以看到、触摸、记住、想象或构想同一个客体，当所有的能力一道把它们的给定因素关联起来，并把它们自身与客体中的认同形式关联起来时，客体的本质才能被识别出来。

例如，本杰明·布拉顿与考古学家密切合作创作的虚拟拉斯科岩洞。首先它并不是真实的岩洞，也不是全盘模仿岩洞的摹本，但是人们可以在关闭拉斯科岩洞后依赖由布拉顿创作的这种"虚拟现实"对其仔细探索。这曾引发了关于客观性（真实的岩洞）和艺术的仿像（虚拟的岩洞）的有趣争议。但是，作者布拉顿认为，在将拉斯科岩洞表现为虚拟环境诠释的过程中，要艺术家保持客观性是不可能的。他认为对于艺术家而言，更重要的是掌握工作对象的文化和精神核心，并通过精心制作，令观众与文化精神核心产生互动，而不是用虚拟的拉斯科岩洞景观来控制、支配观众。② 交互是具体的，具体的感

①　［法］德勒兹著，陈永国、尹晶编：《哲学的客体：德勒兹读本》，陈永国译，北京大学出版社 2010 年版，第 21 页。

②　http：//www. hamiltonarts. net/lascaux. html.

官和感觉——直观的东西挑战了抽象的一般性，这才是拉斯科岩洞的真实价值。

图 1-14　本杰明·布拉顿"虚拟拉斯科岩洞"（1998）

感官获得真知的过程不是像灵魂那样对理念世界的回忆和静观，而是以某种交互的行为——这种行为总是独特的、独一无二的，不具有相似性；交互是一种独特的直觉，没有任何概念能充分地表现它。虚拟交互中，事件由身体引起，身体与事件的混合是现实的，存在于当下，是其他身体的影响因素，并导致新的混合。这些虚拟事件反过来也对身体发生一种"准因果式的影响"。这是一种"生成的哲学"。在身临其境的沉浸感受中，感觉是虚拟的，交互也是虚拟的，但是效果却是真实的。

可见，并非只有智性才可以——感觉也可以直达真理，依靠的是多元性的直觉认识。柏拉图洞穴之喻在 CAVE 的挑战中坍塌，西方美学传统受到了严峻的挑战。

第二节　"仿像"的逆袭："模仿论"的失语

一　模仿的仿像：柏拉图之"床"

在《国家篇》里，柏拉图（公元前427—前347）用"三种床"的比喻，描述了"象"（eidos）、"仿像"（eikōnes）、"虚像"（eidōla）①的等级序列（《国家篇》597A6 – 7）。

第一种"真正"的睡床存在于"自然"（phusis）之中的"象"（eidos），由神明创造，是最完美的。

第二种木制的生活"产品"——睡床由木工模仿神明的睡床的"象"制作的 eikōnes（仿像）。

第三种床由画家制作的睡床，是模仿工匠制作的睡床（仿像）的 eidola（仿像的仿像）。

"象"即"永恒的存在"，木制的床和画出来的床，是面向"永恒存在"真实性的不同程度的模仿。工匠和画家制作（产品的）活动是对真理模仿和逐次离异的过程。画家只能模仿事物的颜色和形状（《国家篇》601A），有所取舍地模仿床的某个方面，仿制它的表象（phantasma）。因此是一个模仿者（mimētēs），其"生产"的产品（eidōlon）"三度离异于真理（eidos）"（《国家篇》597C – 598C）。"仿像"即仰望"象"的模仿创造，是艺术家模仿事物所创作的艺术品，也叫"幻象艺术"（phaniastike）。它以人为的改动取代模仿对象的外观和部分间的比例，或"歪曲"或"扭曲"事物的模样，制造"真实"的艺术效果。这些艺术品以假乱真，结果只能使人产生假象。

与"象"论相对应，柏拉图以"模仿"（mimēsis）为区分的原则，同时也建立起了"仿像"论"象"—"模仿"—"仿像"的三元维度。

首先，柏拉图的"模仿"有两种不同的层面，一是广义的模仿。广义的模仿是作为区分表象与实质的手段。宇宙是效仿"智性"的"仿像"（eikōn）；世界是本原之"象"的仿物（mimēma）；一切可变

① 《国家篇》第十卷将画家绘制的形象和诗人制作的虚像归为一类，统称 eidōla。柏拉图用 eidōlon（eidōla 的单数形式）、phainomenon 和 phantasms 指艺术家传送给观众和听众的 mimēma。《国家篇》里的 eidōlon 与在《普罗泰戈拉篇》312C – D、《克拉底鲁篇》432B 里 eikōn 一样，指"形象"或"虚像"。

动和正在变动的事物（或物质）都是对永恒实体（eidos）的模仿（mimēmata，39D－E，另见48E和50C等处）。模仿（Mimēsis）也是制导人文世界"产生"的法则。人间所有的政府都是对一种绝对善好的政府形态和机制的不完善模仿（《政治家篇》），包括诗在内的各种艺术都是"模仿"或"模仿艺术"，艺术的再现（即模仿）、行为的效仿、语言的描述等统统纳入模仿的范畴（《法律篇》）。二是狭义的模仿，这就是柏拉图在《国家篇》第三卷里阐述的，演员通过扮演（impersonation），表现人物的喜怒哀乐，而为了进入角色，诗人必须模拟别人的行动，消隐自己的"存在"。模仿者（mimētai）试图通过"模仿"（mimētēs）努力使自己"像"或"近似于"模仿对象。艺术家只能"仿制"出"制作"品，即模仿产生的虚像。

其次，柏拉图区分了模仿的两种不同层次：一是"凭知识"的模仿；二是"出于无知"的模仿。柏拉图认为，"凭知识"的模仿可以模仿（mimēsthai）事物的实质，而"出于无知"的模仿重现它的表象（《智者篇》）。"出于无知"的"模仿艺术"（mimētikai technai）和"模仿"不是同一个概念。美的"象"是人的"灵魂天然地曾经观照过的永恒真实界"，即"上界景象"，艺术家是在"美之象"的召唤下，专长于制作eidōlon（图像、模拟）的人。画家或雕塑家只是肤浅和轻率的模仿者，用逼真和现实主义的机械模仿去模仿人和事物的，只是那些在无知的民众看来漂亮的表象，他们"对描述的对象一无所知"，不能抓住和反映它的实质。柏拉图指出，那些上演悲剧的人们，无论是用短长格或英雄格表述，全都是无知的模仿者（mimētai）。他们的作品只能算是"出于无知"的模仿。只有那些优秀的造型作品能够准确地表现"象"的风貌、色彩和形状；音乐亦可模仿正确的原则；舞蹈可以反映人的精神面貌和道德情操。"模仿"是一种趋同方式，凡是对美的趋同的模仿，才算是凭知识的模仿。

总之，柏拉图以三张"床"的理论建立了西方仿像艺术范式的理论框架。按照模仿说，模仿既是艺术的方法，又是艺术的本质。艺术是理念（eidos）的摹本（eikōn），它永远是对理念的回忆。柏拉图建构了象（eidos）与仿像（eikēnes）的二元范式、象（eidos）—模仿（mimēma）—仿像（eikēnes）和象（eidos）—仿像（eikōnes）—虚像（eidōla）的三元维度、心（nous）之象与眼（aisthēsis）之像的二元对立的宏大格局和世界秩序。① 对于艺术来说，床的 eidos 规定了"睡床"的真实性，艺术家所画的"床"只是一个虚假的"仿像"。

二　模拟的拟像：大野洋子之"床"

自从古希腊柏拉图框定了艺术理论的基本框架，两千多年来，尽管其后各个历史阶段对模仿说各有发展，但是可以说后世的理论都是从各个角度对柏氏学说的注脚。按照理想，科学、理性、逻辑必定将人类引向永恒的真理，抵达美的国度，过上和谐的日子。但是，直到近现代，科学、理性、逻辑带来现代物质文明的同时，殖民战争造成的文化对抗、世界大战的爆发、技术对人的压迫等，这一切给西方思想世界带来巨大的震撼。对理性的质疑，形成了 19 世纪末 20 世纪初挑战和颠覆传统理性主义的现代主义艺术思潮。超现实主义、未来主义、象征主义、表现主义、意象派等各种艺术流派，反对传统艺术"模仿"外部世界的创作方法，怀疑认识"真实"世界的可能性和终极意义上的"真理"，而纷纷转向对内在感受、心理印象和内心情感的关注。

1969 年，在荷兰阿姆斯特丹，皇后伊丽莎白酒店 1742 号房间，行为艺术家大野洋子（［日］1933—）和她的丈夫列侬（［英］1940—

_____

① 王妍：《意象与仿像》，社会科学文献出版社 2015 年版，第 92—107 页。

1980）上演了最著名的行为艺术作品 *Bed-in for Peace*。这个作品，是为反对美国对越南战争而创作的。*Bed-in for Peace* 意在"为和平而卧床"。任何人都可以通过躺在床上一星期而获得和平，在寻求和平的各种方法中这是最简单又最有效的。大野洋子与列侬两人整整 7 天一直在床上，开着房门，并且以床上的装束，接待记者和政治人物的访问。在这 7 天里，这张大床和半裸体的列侬与大野洋子成为全世界瞩目的焦点，列侬也成为最著名的反战明星。

列侬与大野洋子的"卧床"是一种表演或者说是拟像，他们在以身体为媒介的行为艺术过程中，将自身的体验与观众、环境进行充分的交流，打破了柏拉图"象"与"仿像"、"原本"与"摹本"的区分，或者说根本否定了两者的区分，行为艺术是事实本身，也是艺术本身。艺术不再是现成品，而是由时间、地点、行为艺术者的身体，以及与观众的交流过程。经由这种交流传达出日常生活中的深刻性、行为体验的审美性。观众的参与消解了艺术家与观众之间的距离，增强了观者对艺术创造行为的认同感，艺术不仅是艺术家通过"有意味的"行为过程展示，而且是观众参与共同创造的艺术作品。

大野洋子二人不再是模仿，而是一种拟仿。现实中的"床"的意义是真实的，它并不像理念的"影子"那么虚幻，它是美好人生、和平幸福的象征。大野洋子的床（Bed-in for Peace）看似对传统美学的轻慢与挪揄，实则具有强烈的反叛意味和审美的深度。

三　虚拟的拟真：塞尔蒙之"床"

法国学者让·波德里亚（1929—2007）独具慧眼，从符号与现实对等这一原则出发，发现了一个惊人的秘密——"仿像"已经与"本原"无关，也与任何现实的"原本"无关，它是纯粹的仿像 simulacra［《仿像与仿真》（*Simulacra and Simulation*），1981］。他指出，在传统的模仿

图 1 – 15 大野洋子的"Bed-in for Peace"(1969)

艺术观念中,一个形象(摹本)的创造是和特定的原本(模特、风景等)密切相关的,两者之间永远存在着差异,而机械复制技术使艺术可以不再循某种"原本"来复制,而是自我复制。"它们之间的关系不再是原型与仿造的关系,既不再是类比,也不再是反映,而是等价关系,是无差异关系。在系列中,物体成为相互的无限仿像。"① 波德里亚慨叹道:"这是起源和目的性的颠覆,因为各种形式全都变了,因此它们不是机械化生产出来的,而是根据他们的复制性本身设计出来的,是从一个被称为模式的生产核心散射出来的。"② 到了虚拟技术时代,与机械复制的"仿像"不同的是,仿像起源于 0 与 1 这"二进制系统那神秘的优美","所有生物都来源于此;这就是符号的地位,这种地位也是意指的终结"。③

　　艺术家很快将这种思考付诸实践。

　　1992 年 6 月,艺术家保罗·塞尔蒙(Paul Sermon)受芬兰电信委托创作了作品 *TelematicDreaming*。这个作品使用 ISDN 数字电话网将一个电视会议系统的两个远程终端联系起来。在第一个终端,被安置在一

---

① ［法］让·波德里亚:《象征交换与死亡》,车槿山译,译林出版社 2006 年版,第 7 页。
② 同上书,第 78 页。
③ 同上书,第 82 页。

张双人床上方的一个录像镜头,以鸟瞰的方式拍摄床上发生的一切,一个人躺在床上的图像由录像机摄入后,经由 ISDN 电话线传到另一个远程终端。在第二个终端,数字图像再转变成模拟录像信号,输入安置在另一个双人床上方的投影仪中。这样,在第一个终端拍摄的录像被投射到第二个终端的双人床上。相同的是,也有一个人躺在这第二张双人床上。安置在投影仪旁边的第二台录像机,将第一个人的录像投影与第二个人躺在同一张床上的图像拍摄下来,直接传输到安置在床边的两台监视器中,并通过 ISDN 电话线传送到第一个终端,在床边安置的 4 个监视器上同时显现。几乎在同一时间,人的身体确定无疑地跨出了荧屏,延伸到远方。在 Telematic Dreaming 中,触摸感换成了视觉感,手指的神经末梢放在了远程人体之上,因此出现了感觉的变化,用眼看就像用手摸一样真实。

图 1 - 16　塞尔蒙:*Telematic Dreaming Kajaani Finland 1992*①

如果说大野洋子的"物理实在的床"颠覆了柏拉图"理念的床",塞尔蒙的"虚拟实在的床"则颠覆了"物理实在的床"。塞尔蒙的"床"对柏拉图的"床"的秩序提出了激烈的挑战:艺术无须模仿"原本"(eidos),艺术创造"实在"。

---

① https：//oss. adm. ntu. edu. sg/yihan001/research-critique-telematic-dreaming-1992/.

表 1-1　　　　　　　　"艺术"与"实在"关系的历史演变

	本原	技术	艺术
柏拉图模仿的"床"	理念的床终极的本原（实在）	木匠模仿理念的"床"	画家模仿木床的"床""歪曲"现实（"假"）
塞尔蒙虚拟的"床"	"本原"消解	技术虚拟的"床"	艺术家虚拟的"床""等同"现实（实在）

保罗·塞尔蒙的"床"不再是一幅画所营构的虚幻的空间，而是超越距离的虚拟的空间，在这里，人们可以通过技术实现跨时空的"身体交流"。在跨越两千多年的历史对峙中，柏拉图通过"仿像"建立的"第三秩序"轰然瓦解——艺术不再是模仿了，创造艺术的手段也不只是模仿技术，艺术家创作的"床"也不再是"理念"的"摹本的摹本"，不再是"理念"的"类似物"，而是"理念"的"等价物"。虚拟的"床"本身即是"仿像"又是"等同现实"的存在——艺术不再只是一个隐喻，而是真实的存在——仿像（simulation）与现实具有同一性。

人们不得不承认，柏氏清晰明朗的线喻或洞喻，无法解释眼前这复杂的世界。仿像与现实（真）的关系由对应反映，到完全无关，不再是本原的摹本，仿像自身就是本原。仿像就是产生、创造意义的场所。这让所有习惯于模仿美学惯例的人着实感到惊诧。

总之，虚拟已成为新时代的实践基础和所有关系的内核，成为我们这个时代艺术的面貌。虚拟性不仅强调模仿性，即逼真的现实性，而且强调从潜能性到现实性的转变。模仿说（模仿、镜子说、反映论）已

43

经不能全面解释艺术的本质。

第三节 技术现象学视域下的感性学问题

一 现象还原：技术作为艺术形态的"操作逻辑"

今日英文中 art 一词出自拉丁文 ars，而 ars 又是出自希腊文"Τέχνη"。原义是指相对于"自然造化"的"人工技艺"，泛指各种手工制作的艺术品以及音乐、文学、戏剧等，甚至包括制衣、栽培、拳术、医术等方面的技艺。直到中世纪，甚至晚至近代开始的文艺复兴，art 都表示技艺，也即制作某种对象所需之技巧。所有这些技巧都被称为"艺术"。举凡艺术都须以某种规则之知识为其基础，是以无规则或方案便不能成其为艺术。柏拉图将这类"凭知识"产生的人工技艺称为"艺术"，而将非理性的模仿逐出艺术的舞台。古罗马时代的盖仑（129—199）将艺术定义为：一组普遍、妥当、有效之格式，效命于一固定之目的。这个纲领一直被奉为圭臬，直至 1607 年哥克伦纽斯的百科全书中仍保留着这样的表述。

虽然古代人和经院学家从未将艺术与技艺区分开来，但是，他们还是通过"劳心"和"劳力"这两个出发点，将艺术区分为"自由的艺术"和"粗俗的艺术"，中世纪又称后者为"机械的艺术"，但"自由的艺术"也并非用来指称当今我们所说的八大艺术，像绘画、雕塑、建筑也因为是"劳力"的艺术归为后者；唯一被列入其中的是音乐，而逻辑、几何、天文等今日所谓的哲学、科学，那时也被算作"自由艺术"。至于"诗"，当时被列入哲学的门下。迟至 16 世纪，工艺、科学与艺术逐渐有了分野，人们意识和把握了艺术之间的类似性，经过了 18、19 世纪近两个世纪的磨合，"艺术"的内涵才最终定位在今日所言的八大传统艺术①。

这种情形在各个文明中都相差无几。在中国先秦时代，艺，泛指技能、才能（经术、道术、数术、技术）。孔子（公元前551—前479）言："求也艺。"（《论语·雍也》）指冉求有各种技艺在身。"艺"有时与"术"联言为"艺术"，其义偏于今日所谓"技术"。《后汉书·伏湛传》："永和元年，诏无忌与议郎黄景校定中书《五经》、诸子百家、艺术。"李贤注："艺谓书、数、射、御，术谓医、方、卜、筮。"可见，直至汉代，"艺术"一词仍泛指术数方技等各种技术技能。

上述可见，艺术的技术规定性并不是现代以后才发生的。无论是西方的"art"，还是中国的"艺术"，在字源上都包含着"技术"的意思，技与艺在源头上是不分彼此的。

然而，虽然技术与艺术自古以来相伴而生，技术对艺术的发展有着不可估量的巨大影响，史前艺术史甚至是由技术水平来标识划分的，如旧石器艺术、新石器艺术、青铜艺术、铁器艺术、陶器艺术、玉器艺术等。但是，艺术的技术性特征本身并没有成为一个被美学关注的主题，向来没有进入艺术美学思考的核心。技术在艺术史的发展中一直扮演着无名英雄的角色。而当技术与艺术在文化的门类发展中分道扬镳，美学作为哲学的分支在近代成立以后，同样是把技术遗弃在思维对象之外。

翻开西方美学史，常见的讨论主题有本质、真理、自由、实在、模仿、自然、科学、灵魂、表现、净化、认识、逻辑、艺术、美、美感、风格、形式、本质、创造，但就是没有技术，技术美学在整个古代西方美学史上不曾被深入思考，这与西方美学的基本走向有关。在西方文化中一直据于主导地位的是孜孜不倦地追求那些看不见摸不着的本体、始基、终极存在，注重超越普遍、必然的确定性和规定性的建

---

① ［波］瓦迪斯瓦夫·塔塔尔凯维奇：《西方六大美学观念史》，刘文谭译，上海译文出版社2006年版，第13—17页。

构，而鄙视自我亲身的直接体验与感受；西方古典哲学下的美学，一向崇尚思辨的理性，在柏拉图—亚里士多德的哲学传统下，工匠和艺术家的制作技艺是次级和更次级的模仿，是理论科学（包括第一哲学或神学、自然哲学、数学）、实践科学（包括政治学、伦理学）、创制科学（包括手工制作、艺术创作等）三等知识中最下一等；技术的存在始终是等而下之的。

中国传统美学思想则是以人文关怀为重。中国美学史讨论的主题往往是道与象、有与无、虚与实、美与味、善与美、文与质、比与兴、群与怨、意象、意境、情感、风骨等问题，技术从未成为艺术理论所关心的核心。

直到近代社会以来，西方科学革命和工业革命之后，技术给人类的生活带来巨大的改观，技术成为一个凸显的、无法回避的问题，技术哲学才脱颖而出。而在中国，在产生了近代资本主义萌芽的明代，仍然选择坚持农业社会模式、重伦理轻技艺的文化传统，使中国直到晚近的现代社会才实现工业化，技术进入哲学、美学思考就更晚于西方一步。

对技术的本质进行哲学思考，始于近代西方启蒙思潮。英国文艺复兴时期的思想家弗朗西斯·培根（1561—1626）指出了这样一个事实：操纵时代、改善人类生活的力量既不是宗教和政治，也不是思想，而是"机械技术上的发明"①，可谓技术美学的先觉者。但是，直到20世纪30年代，技术作为艺术隐蔽的主题才被真正明朗化。本雅明（［德］1892—1940）发表了《机械复制时代的艺术作品》，艺术理论才第一次直面艺术的技术问题。20世纪六七十年代后，麦克卢汉（［加拿大］1911—1980）、居伊·德波（［法］1931—1994）、波德里亚（［法］1929—2007）等哲学家发表了一系列论著，宣告了一个必须正

---

① ［日］大沼正则：《科学的历史》，宋孚信等译，求实出版社1983年版，第55页。

视的现实——艺术是技术构成的技术之物，它随技术模式的变更而产生深刻的变化；艺术不仅仅是"模仿"，甚至不再是"模仿"了。

那么，又回到了最初的问题：艺术是什么？

现象学哲学给了我们一种新的哲学方案。在现象学家的眼中，那些表面看来个个独立的对象，实际上处在一个隐蔽的"相互牵引"的势场之中。因此，要想认识事物的本质，必须"回到事实本身"。那么，如何能够"回到事实本身"？

在《现象学观念》一书中，胡塞尔（［德］1859—1938）依次把日常生活事物（包括自己的身体）、科学（自然的、社会的和历史的）中研究的现实事物、宗教信仰中的超验世界，甚至数字与逻辑的对象，都一一放在括号中悬搁起来。所有的事例以及被我们经验到的或想象中被给予我们的都无关紧要了，这样我们会发现隐匿其中的常项，这个常项就是事物的一般本质，即 eidos。这个 eidos，不仅是一种心理事实，而且是客观本质。如此，要想认识艺术的本质，必须回到艺术本身。

当我们回到艺术本身，按照现象学还原的方法，我们拆除堆积在"艺术"问题上的各个历史阶段的著名学说或不同文化对艺术的定义、概念、思想体系的瓦砾，跳出艺术与实在、自然、社会的关系问题，悬搁形式、风格、象征、文化等预先的结构，把不确定的、因人而异的东西作为前提放进括号里"悬搁"一旁，不让它们起作用，去掉艺术史上的时代、地域、社会文化、媒介特征等一切变更的多样性和差异的复杂性因素这些"预先被给予者"，我们会发现，艺术作为"制作物"，它的出现就是依赖"技术"，"技术"的原则从一开始就是支配艺术的科学。技术并不是艺术的他律性原则和外在性原则，而就是艺术自身的内在性。

经过这一番寻根的"逆思"和"考古"，我们将从"技术"这个崭新的角度重新审视人类创造艺术的方式，关注作为具体"技术物"的艺术，及其体现感知、想象、图像思维、符号意义、判断、联想、欲望等问题的方式、方法，寻找艺术的 eidos。由此看来，技术并不是艺术的"他律性"，技术就是艺术本身的操作逻辑和内在机制。

二 本质直观：艺术作为技术本质的"感性显现"

"本质直观"（ideation）是胡塞尔在《逻辑研究》中提出的一个方法，"直观"是不用通过任何推理或中介的直接的"观"，是表象的直接呈现。它无须概念、逻辑的保证，排斥盲目的信仰与独断，搁置权威与传统，超越了知觉经验的肉眼的"看"，是对本质世界的"心观"。

"心观"的使命，就是去寻找那些"预先被给予者"，从而发掘事情的真相或曰事实本身。19 世纪中叶，马克思（［德］1818—1883）把"工业"作为"预先被给予者"，将技术放在基础和核心的地位，指出工业"揭示出人对自然的能动关系，人的生活的直接生产过程以及人的社会生活条件和由此产生的精神观念的直接生产过程"[1]，"工业的历史和工业的已经产生的对象性的存在，是一本打开了的关于人的本质力量的书"[2]。技术决定着人与自然关系的演化，决定着人的本质；技术决定着社会生产力的进步，决定着生产关系的变革和经济时代的变迁；技术使人类发生了"异化"，人类要获得自由，最终将消除这种异化，走向解放。

从现象学的角度来看，马克思进行的社会—政治批判还可以进一步"还原"。舍勒（［德］1874—1928）将技术的本质放在人的"目的性"的方向进行考察，独具慧眼地指出，欲望（目的性）的内容是关注"不变性""规则性""稳定性""一致性"。随着预见和预测的被验证，

---

① 《马克思恩格斯全集》第 23 卷，中共中央马克思恩格斯列宁斯大林著作编译局编译，人民出版社 1980 年版，第 409 页。
② 同上书，第 127 页。

就出现了控制的欲望。有目的的技术起源于无目的的欲望①。当前最通行的技术的定义就是面向人的目的性的角度给出的；关于技术的本质，尽人皆知的答案是：技术是合目的手段；而事实上，技术的根本在于种种无目的的欲望，而艺术就是这"无目的"的欲望（目的性）的显现。

如敖德嘉（［西班牙］1883—1955）所言：人不仅像动物那样为着"生存"的目的而利用自然，人还有很多"特有的""目的"，这些"特有的""目的"并非那种现实的"目的性"。我们将他的观点②概括如下。

首先，技术满足"非必需"目的。

人一有需求、不足、麻烦、痛苦，就实际地消除它们。但实际上，技术并不限于满足这类需求，与发明"取暖""进食"之类的工具、程序同样久远的，有很多这样的发明：它们旨在获取看起来"非必需"的事物、状态。例如"醉意"——使身心处于快慰的兴奋或愉悦的恍惚，再如原始器具之中的"乐弓"——这些事实表明，原始人觉得，"精神的愉悦"和"满足最低需求"同样必需，客观上必需与客观上多余同时需要。

其次，技术意在"超自然"世界。

技术有时出于"非必需"目的，这意外地揭示出人之构造的奇特——人不与环境一致，只不过置身其中，人有时能摆脱它，退入自身内部，处于一种超越自然的生存状态。在这种状态中，人沉迷于自身特有的所谓"技术行为"，它建构出一个新的自然、城市、制度、道德和文明，一种介于人和自然之间的"超自然世界"。

再次，技术向着"理想性生存"。

从单纯活着的角度，动物是完满的，无须技术。但人对生存、对

49

---

① 吴国盛：《技术哲学经典读本》，上海交通大学出版社2008年版，第9页。
② 同上书，第266—281页。

"活在世上"的渴求与对"活得好"的渴求是不可分的——甚至不是"活着",而是"活好",是人的基本需求。"活好"——这"客观上多余的东西"被人视作必需。对于人类来说,技术不仅是维持机体生存,让主体适应环境,更重要的是促成好的生活,让环境适应主体的意愿。一切技术从表面上看来,实现了人类的目的性——"希望省劲儿","省下来的劲儿"用在了那些"空出来的地方"——那些"非生物性"的即"无目的"事——诸如创作出来的小说或戏剧,以及那些各种各样的艺术里;在那里,人处于"人的生存"状态,体味着"活得好——幸福"的真谛。技术为人在自然中开出的闲适,让人"有空"去"成为他自己"。他"超自然存在"所栖身的世界,就表征为艺术。

归根结底,敖德嘉认为:"人""技术""活儿好",内涵相同。没有技术,人就不成其为人。技术就是为了活儿好,活儿好——就是美。艺术作为制作物,是技术本身内在"合目的性"本质的必然结果。"由于技术之本质并非任何技术因素,所以对技术的根本性沉思和对技术的决定性解析必须在某个领域里进行,该领域一方面与技术之本质有亲缘关系,另一方面却又与技术之本质有根本的不同。这样一个领域就是艺术。"①

因此,运用现象学本质直观的方法,可以发现以下几点。

一是技术与艺术是合目的性的创造活动及其成果。技术不是单纯的、赤裸裸的工具,而是表现出人对自身的感官力量增强的欲望;艺术则是最集中地承载着人类目的性的制造物,也是欲望、情感、意志的可感知形态。

二是技术运用特定手段,按照美的规律,塑造感性形象,以反映人

---

① [德] 海德格尔:《技术的追问》,载吴国盛编《技术哲学经典读本》,上海交通大学出版社 2008 年版,第 319—320 页。

类生活的社会意识形态。艺术是人的"目的性"的凝聚化和物态化，是人类对客观世界审美掌握的高级形式。

这给了艺术研究一个崭新的视角：从感官技术的演进去考察艺术形态的变革，从作为技术现象的感知比率与审美尺度去考察审美史，从技术系统的差异去考察艺术审美差异的问题……总之，对技术的了解可以帮助我们理解为什么艺术家要使用某种特殊的创作方式，或者为什么他们要追求某些艺术效果。特别是，这是一条很好的途径，能使我们认清艺术的本质。

三　技术现象学视域下的 Aesthetic

现象学的一贯传统，是将人类的身体及其知觉视为知识产生的条件，并将技术设备置于与人类知觉的主要关联之中。唐·伊德（［美］1934—）承袭了海德格尔（［德］1889—1976）、梅洛·庞蒂（［法］1908—1961）等人的思想传统，他的技术现象学着眼于人类经验和知觉的变化过程，他认为，体现关系（embodiment relations）是人类与技术之间最基本的关系。人类与技术融为一体，人类经验为技术的居间调节所改变，不同技术对经验和知觉会产生不同的影响，而这种影响是潜移默化的，人甚至不曾注意到技术的存在。他以眼镜作为典型的示例。他认为，眼镜对视觉放大—缩小的结构，是以人类的眼睛——最原始的感觉器官的直接知觉与居间调节知觉之间的对比为基础的。眼镜成为收集信息的方式和体验客体的手段。它改变了被经验物与经验过程，改变了人类的知觉方式，不仅扩展了人类的视觉，而且在广度和深度上放大了客体的微观或宏观特征，并使人类的视觉经验发生改变。眼镜已经成为身体的一部分了，成为人类身体的延伸。推而广之，正如海森堡所预言的："也许我们的许多技术设备对于人类在将来会不可避免地像壳对于蜗牛，网对于蜘蛛一样……到那时，技术设备确切些讲也许会成为

51

我们人类有机体的一部分。"①

技术改变了人类的身体与感官，技术的制造方法和手段，决定了艺术创造的操作方式和动力方式，因而也决定了人们的感受方式、感知模式和感知尺度、感知经验的方式。可见，技艺最初就是包括技术方法与审美经验两个方面。因此，在技术现象学视域下探讨感性学——美学问题，着实是一个令人兴奋的方案。

早在20世纪30年代、60年代、70年代，本雅明、麦克卢汉、波德里亚分别在发表了技术改变艺术的相关论述，认为技术祛退了艺术的"灵韵"，改变了人的感知尺度、取消了摹本的"原本"，这些讨论无不揭示出模仿说令人震惊的困境。"技术的影响不是发生在意见和观念层面，而是坚定不移、不可抗拒地改变人的感觉比率和感知模式。"② 当代虚拟技术是以计算机图形学、计算机仿真技术、人机接口技术、多媒体技术及传感技术为基础发展起来的，每一个方面都指向人的感官，都在改变着人的感知比率。虚拟艺术就是用虚拟技术生成的一种特殊"环境"，人可以通过使用各种特殊装置将自己"投射"到这个环境中，并操作、控制环境的艺术形式，乔恩·拉尼尔（〔美〕Jaron Lanier，1960—）称之为"虚拟现实"。电子技术时代的"虚拟现实"集中体现出人类渴求的"超自然世界"。梅恩·柯尤革（〔美〕Myron Krueger，1942—）在《人工现实》（*Artificial Reality*）一书中宣称："设计这种人性化科技如同工程技术一样，是一个美学问题。我们必须意识到，我们是否能够理解和选择我们造成的结果。"1994年美国的*Futurist*杂志刊登文章说："人文科学在21世纪也许会在两个领域取得突破，将会促使艺术的全球视野和哲学背景发生深刻变化，从而影响艺术的美学观念和哲

① 邹珊刚等：《技术和技术哲学》，知识出版社1987年版，第38页。
② 〔加〕埃利克·麦克卢汉、弗兰克·泰格龙编：《麦克卢汉精粹》，何道宽译，南京大学出版社2000年版，第239页。

学整体观。"①

　　虽然虚拟艺术是虚拟技术出现之后的概念，但广义的虚拟艺术正在并不被认为是一个新问题。奥利弗·格劳（［德］Oliver Grau，1965—）以"沉浸式幻觉"为出发点，以西方艺术发展为考察对象，从当前的IMAX 影院，到近代的人工地形、巴洛克式教堂穹顶画，直推到古罗马建筑中的全景画，他把历史上带有"沉浸感"的艺术一一分析出来，冠以"虚拟艺术"的标签，勾勒出虚拟艺术的宏观历史，用事实表明，艺术并非只是模仿，任何时代都存在虚拟艺术。② 虚拟艺术根系于以往每一个时代所使用的媒介技术所创造的沉浸式幻觉的艺术史。奥利弗·格劳将崭新的图像技术置于深厚的艺术史背景下，从沉浸感幻觉的制造进行艺术的考古学研究，开创了新的理论框架，极具启发意义。

　　总之，新媒体艺术的"新"，在于其技术的人性化及其交互性和多感官性，"它作为艺术，允许我们通过一个技术接口，沉浸在图像中，并与它进行交互"，"从事虚拟艺术的艺术家与传统艺术家的区别是他们将美学和技术的整合"。"虚拟艺术，在一个技术时代提供了一种新的思考人类价值的模型。"③ 对 21 世纪的艺术家来说，"对网际网络、生物电子学、无线网络、智能型软件、虚拟实境、神经网络、基因工程、分子电子科技、机器人科技等等的兴趣，……关系到艺术的新定义"，这种技术产生的并非"'外形'美学（Aesthetic of Appearance）"，而是"在互动性、联结性和转变性中艺术的'出现'或'形成'的美学（Aesthetic of Cominginto-Being）"。④

53

---

① 参见张哲《21 世纪的艺术》，《国外科技动态》1996 年第 10 期。
② Oliver Grau, *Virtual Art from Illusion to Immersion*, The MIT Press, 2004, p. 360.
③ Popper Frank, *From Technological to Virtual Art*, The MIT Press, 2007, p. 1.
④ 罗伊·阿斯科特：《艺术与转化的科技》，http://www. Artda. cn/www/3/2009 - 05/1822.
html。

文艺理论必须正面崭新的时代，对艺术美学的基本问题进行深入的再思考。

本章小结

20世纪末，计算机技术创造的"电子艺术"，为各类传统艺术带来了新的面貌和活力，并且创造了第九大艺术——电子游戏艺术。各种传统艺术纷纷转型，艺术形态发生了由单一感官向复合感官的多感知性、由二维向多维的虚拟实在性、由观看到参与的互动性的变革。虚拟现实技术系统构建的"Cave"，将"现实"与"仿像"混融为一体，解构了柏拉图的"洞穴之喻"及其理性秩序，瓦解了西方乃至世界传统美学的根基；艺术家塞尔蒙"远程通信之梦"之中的"床"再一次挑战了柏拉图在《国家篇》中建构的"三种床"的等级序列：艺术无须模仿原本（eidos），艺术创造"实在"。虚拟技术坚定不移、不可抗拒地改变人的感觉比率和感知模式、感知尺度。虚拟现实艺术提出了感性学Aesthetic的新课题。它提醒我们，技术并非艺术的"他律性"，从"技术"这个崭新角度重新审视人类创造艺术的方式，是深入探讨艺术本质的必由之路。

自然是一座神殿，庙柱都有生命，不时发出一些含混的语音；人们穿过象征的林海，森林露出亲切的眼光对人注视……芳香、色彩、音响全在互相感应……一种无限物的扩展力量，仿佛琥珀、麝香、安息香和乳香，在歌唱着精神和感官的热狂。

　　　　　　　　——《感应》[法] 夏尔·皮埃尔·波德莱尔

第二章　交感技术与艺术的发生学考察

今天的艺术是多元文化的。然而，人类文化学研究表明，艺术的发生却有着惊人相似的基础。原始时代，虽然世界各地先民所处的环境条件各有不同，但彼此相距遥远的民族却形成了大致相同的制度、信仰和风俗，存在着大量类型相似的艺术模式，比比皆是的相似性——这个基本的历史事实将我们的思考指向一个根本问题，那就是原始艺术相同的思维发生机制。人类文化学证明，在原始人眼中，万物有灵、万物互通，这是人类对大千世界的本能反应和诗性的哲学，也是包括艺术思维在内的一切人类创造发明的共同根源。

第一节　基于诗性思维的交感技术

一　诗性思维与原始巫术

起初，人类身无长物。原始人只能从自身的感觉出发，去理解世界。当天空翻转着令人惊惧的巨雷，闪耀着疾电，他们就以为是"天空"在咆哮或呻吟，在像他们自己那样表达着暴烈的情欲，因为他们认为天空也像人一样，是个巨大的有生气的躯体。以己度物，这是原始人通常的理解世界的方式。他们认为万事万物——动物、植物乃至山河湖海，都和人一样是一个生命体，具有灵魂和情感。他们本能地将个体的主观情感过渡到客观事物上，使客观事物成为主观情感的载体，令本无感觉的事物也"有"了感觉和情欲，能感到情欲和恩爱。维柯（［意］Giovanni Battista Vico，1668—1744）将这种原始思维方式称为"诗性思维"。其所谓的"诗"，源自希腊文 Posis，意谓"创造"，"诗人"即"制造者"或"创造者"，"诗性思维"即创造性的思维。① 原始人用"依己类推"的思维方式产生"同情"，这种心理机制是对世界本能的、"富有诗意"的反映，是他们生来俱有的"诗性智慧"，这种感性哲学与感性思维在文明早期发挥着极大的效力，运用这样的感性逻辑，人类得以"创造"了属人的世界。

人类学家列维－布留尔、列维－斯特劳斯以及恩斯特·卡西尔等人，则运用了大量的田野考察和调研分析，以实证主义的态度和大量的案例探究，得出了更具客观性的结论。

58

列维－布留尔（［法］Lucien Lévy-Bruhl，1857—1939）以许许多多世代相传、具有神秘性质的"集体表象"为研究对象，指出所谓"集体表象"并不是"智力过程的产物"，因为在它的组成中还包括了情感和运动因素。他发现原始人不像我们那样感知事物，"经验"（作者注：指知识）对原始人是行不通的，"集体表象"之间的关联不受逻辑思维的任何规律所支配，它们是靠"存在物与客体之间的神秘的互渗"来彼此关联的。"互渗"，英译本为 Participation，即"共同参加"。动物、植物、人体的各部分，客体、土地、手工制品的形状各自具有的神秘属性，神灵无处不在，存在物或客体通过一定方式（如巫术仪式、接触等）占有其他客体的神秘属性。② 可见，原始人感知的"实在"既是"自然"的又是"超自然"的。

---

① ［意］维柯：《新科学》，朱光潜译，人民文学出版社 1987 年版，第 162—164 页。
② ［法］列维－布留尔：《原始思维》，丁由译，商务印书馆 1986 年版，第 495 页。

　　列维 – 斯特劳斯（［法］Claude Levi-Strauss，1908—2009）对"原始人"的思维结构、社会结构、神话结构等进行了考察，指出未开化人类的思维有"具体性"与"整体性"的特点，[①] 心灵自由且生机蓬勃，与自然万物相融，其本质出于情感、本能和直觉，但却同样充满智慧、想象和逻辑性。当然，我们理解，他所说的"逻辑性"并非今日我们所理解的"逻辑性"也即"理性"，而是原始人的感性逻辑。

　　恩斯特·卡西尔（［德］Ernst Cassirer，1874—1945）将原始思维称为神话思维，认为文化生存的基本形式起源于神话意识，各种象征都产生于原始神话思维的一些最初形式里。通过对神话思维的考察，他发现，"一切思想、一切感性直观以及知觉都依存于一种原始的情感基础"。[②] 一切生命和生命的总体被看成一个"不中断的连续整体"。物我之间和物物之间并没有泾渭分明的界限，一个事物可以转化为任何其他的事物。自然万物是交相感通的，人类对世界的建构运用着"不自觉的""象征性思维"。

59

　　虽然上述研究者的研究背景不同、立场不同，甚至观点也有分歧，但是他们对原始思维的研究成果不约而同地得出了这样一个结论：原始人运用着强旺的感觉力和生动的想象力，规定了原始人主客不分（同情）、以己度物（隐喻）的思维方式，具有情感—具象性、身体—感官性、整体—总体性以及联想—想象性、符号—象征性、夸张与变形等诗性特征。

　　诗性思维是"最初的、也是最基本的玄学，是一种感觉到的、想象出的玄学……原始人……浑身是强旺的感觉力和生动的想象力。……是他们生而就有的一种功能（因为他们生而就有这些感官和想象力）"[③]。

---

　　① ［法］列维 – 斯特劳斯：《野性思维》，李幼蒸译，商务印书馆1987年版，第5页。

　　② ［德］恩斯特·卡西尔：《神话思维》，黄龙保、周振选译，中国社会科学出版社1992年版，第108页。

　　③ ［意］维柯：《新科学》，朱光潜译，人民文学出版社1987年版，第161—162页。

诗性的玄学创造了一个万物有灵的世界。人们相信，可见的世界充满着不可见的影响力量，人通过与万灵之间的沟通，可以理解世界、掌握世界，这种沟通术最集中的代表，就是基于诗性思维所发明的原始巫术。

文明早期，风行世界各地的原始巫术被统称为萨满。萨满一词源自西伯利亚满洲—通古斯族语 saman，sa 意指"知道"，saman 即"知者"。"知"是一种微妙的思维活动，"知者"既是巫师，又是沟通万灵的媒介。巫师可以使他的灵魂离身漫游，与神灵互动，神灵也可附着在巫师身上，通过巫师的肉体传达出神的意志。原始人相信通过巫术能调整自然、秩序世界，正是借助巫术的神秘力量，人可以与超自然的影响力量沟通，对某些人、事、物施加影响或予以控制，以达到自己的愿望。原始人基于感官的、具体性的、象征性的、通感与互渗的原发性思维机制——诗性思维——他们在巫术操作中本能地、浑然不觉地熟练运用这种思维，理所当然地运用着这种方式去思考世界。

原始巫术逐渐形成了特定而复杂的操作系统。巫术包括三个要素：①参与者，包括施巫者和受者。②媒介，包括服装、道具、装饰、场所等。③行为，包括咒语、巫歌、巫舞、表演。

其中，要素②是在巫术中起辅助作用的物质媒介。例如，萨满手中的鼓和铃，今天看起来是普通的乐器，但巫术中却是与神沟通的工具和媒介，是降神送神、与神搭言的通神器具，是人神沟通、获得神启的重要渠道；要素③是巫术过程中起象征作用的符号媒介。萨满的咒语、巫歌、巫舞、表演是歌、舞、乐、戏剧表演的原始形态，各种语言符号和行为符号从中酝酿，创造出人类与神沟通的特殊语言。

巫术发生效力最为关键的是要素①，即施巫者和受者。作为施巫者，萨满在与神沟通时，神灵附体，铃鼓大作，节奏繁促，肉身震颤，似乎有一种难以名状的强烈情绪在主宰着他的肉体，汹涌的心潮统摄整个身心，迫使他不由自主地向天界升腾……萨满与神沟通的心理体验并非个人独享，而是通过他肉体的迷狂状态展现给参与的受众。作为受者，在要素②和要素③营造的"心物场"中，在萨满的引导之下，所有人都在交互中体验着这种迷幻、癫狂、神秘、激动。巫师代神立言，宣启神谕，受众感同身受，深信不疑。可见，巫术过程中，这种物与物、心与物（原始时代，心也即物）的神秘感应作用，是巫术效力赖以实现的最重要的物质基础，而这种神秘的感应作用，是一种心理的力，它是非物质的，但却发挥着强大的力量。

这种神秘的感应被人类学家詹姆斯·G.弗雷泽（［英］1854—1941）称为"交感"。原始巫术源于人类掌控世界的精神动机，因此，交感技术是人类应对世界的最早的、企图"超越自然"的技术发明。

二 交感技术：基于相似性的模仿与基于互渗律的虚拟

弗雷泽在大量考察了原始巫术的运作机制后指出：如果我们分析巫术赖以建立的思想原则，便会发现它们可归结为两个方面：第一是"同类相生"或"果必同因"；第二是"物体一经互相接触，在中断实体接触后还会继续远距离的互相作用"。前者可称为"相似律"，后者可称作"接触律"或"触染律"。巫师根据第一原则即"相似律"引申出，他能够仅仅通过模仿就实现任何他想做的事；从第二个原则出发，他断定，他能通过一个物体来对一个人施加影响，只要该物体曾被那个人接触过，不论该物体是否为该人身体之一部分。基于相似律的法术叫作"顺势巫术"或"模拟巫术"，基于接触律或触染律的法术叫作"接触巫术"。随之他又指出，基于相似律的模拟巫术与基于触染律的接触巫术并不能截然分开，在实践中这两种巫术经常是合在一起进行，"或者，更确切地说，顺势或模拟巫术可以自己进行下去，而接触巫术，我们常发现它需要同时运用顺势或模拟原则才能进行。因为两者都认为物体通过某种神秘的交感可以远距离地相互作用，通过一种我们看不见的'以太'把一物体的推动力传输给另一物体。因此，巫术可以统称为'交感巫术'"①。

实际上，弗雷泽不仅指出了两种巫术的作用方式，更为重要的是，弗雷泽的分析事实上指出了巫术作用的心理机制包括这样两个前提：①现实事物之间的"相似"或"类同"；②心与物的"互渗"与"交感"。例如，世界各地的"面具"头像及其"巨眼"的制作是一种"形式"上的"相似性"，其夸张的形态是对神秘力量的模仿，而面具震慑人心的作用则来自心灵与神秘力量的"交感"。相比于相似律的模仿技术，虚拟的交感技术更关注于"现实物"——面具——作用于精神和心灵的"感应"技术。巫术活动中，所有人都是参与者，精心的装扮、反复的吟唱、重复有力的动作、一致的腾挪跳跃、巫具的影像、参与者的舞蹈与唱诵、鼓铃敲击的声响等冲荡着每个人的心灵，所有人在活动中相互作用，模仿的声音、图像、动作等都是"交感"的媒介，通过这些媒介唤起了神秘的感应，获得了精神的力量。在这里，媒介的呈现是基于相似的模仿，心灵的交感则是基于互渗的虚拟。

"模仿"（Mimesis）一词可以追溯到公元前 5 世纪，无论是被看作一种"仅通过语言的意义模仿"的形式，一种宗教的仪式，还是指古希腊的一种戏剧类型，"早期的关于模仿或相关的词汇，更主要是指人们通过自然的身体姿势或声音的模仿，而很少倾向于绘画和雕塑的模仿。即使是早期的应用，mimesis 也绝不是简单地意味着 imitation。最初，它可以描述有关相似性或等效性的许多形式，从视觉上的相似到行为上的仿真，以及真实和理想世界抽象的对应关系都可以涵盖其中"（Halliwell，2002：15）②。原始人的"模仿"（mimesis）显然与我们通

---

① ［英］詹·乔·弗雷泽：《金枝》，徐育新、汪培基、张泽石译，中国民间文艺出版社1987 年版，第 19—21 页。

② 转引自 Matthew Potplsky, *Mimesis*, Routledge, 2006, p. 16。

常所说的"模仿"（imitate）并非一回事。"模仿"是基于"相似律"进行的。"相似"也并非"摹本"与"原本"的"相似"，而是取决于原始人心灵中非逻辑的神秘互渗，具体来说，体势模仿、图像、影子、回声、梦境、倒影、某物的部分，甚至是足迹，都可以被认为是"相似"性的。[①] 事实上，在原始人的头脑里，巫术发挥何等的效力，全在于原始人如何通过交感思维获得的想象的效力。如果说，模仿主要基于模仿律和触染律实现感知的逼真性，那么，交感则主要依靠互渗律实现心物交感的现实性。我们认为，这种心物交感的心理能力就是"虚拟"。虚拟（virtual）一词虽最早见于中世纪的司各脱（John Duns Scotus，1266？—1308）创造的拉丁语词 virtualis，用来描述人所具备的一种"可产生某种效果的内在力量或者能力"，以及"虽然没有实际的事实、形式或名义，但在实际上或效果上存在或产生"的存在样态［virtual："Existing or resulting in essence or effect though not inactual fact，or name."（《美国传统辞典》）］。但是，作为一种心理的力，"虚拟"从原始时代起，就帮助人们构筑了这样一种现实：这种现实可以是对现实物理环境的模拟，也可以是想象力营造的虚拟幻景，人们运用这种虚拟的心理力，为了实现自己的目的，创造一种现实中实际不存在，但在心灵体验上却等同实存的非现实性的生存空间和社会关系。原始巫术的效力就依赖于心物交感的技术，原始时代的交感技术就是最初的"虚拟现实技术"。"交感"的心理能力在巫术的过程中发挥着举足轻重的作用，甚至可以说，"交感"的心理力是发动巫术的内在机制，其所营构的"超经验"的真实存在感是最初的虚拟现实。

　　可见，交感技术包括"模仿"与"虚拟"两个方面。具体来说，

---

① Matthew Potplsky，*Mimesis*，Routledge，2006，p. 16.

原始人通过模仿创造出一种相似、相同的"现实"之物，再通过联想、想象等心物交感，创造出一种"心理现实"——虽然它不是实存的，是非物质的，但在原始人的感知中，它就是确凿无疑的真实现实。"模仿"与"虚拟"的创造活动，正是原始巫术文化的始作俑者，也是人类创造文明的有效利器。"模仿"与"虚拟"的长期运用，逐渐积淀为原始艺术特定的创造模式，也自然地内化为艺术创造的思维机制，成为深隐于艺术思维的集体无意识。

总之，模仿与虚拟同源共生、水乳交融，其心理机制是相辅相成交互作用的。从巫术的实例可见，通过"相似律"的交感技术，更注重眼中所见的事物外观，通过事物之间的相似性来唤起心灵中互渗的秘密通感；而通过"接触律"的交感技术，更依赖内心意识的观念。模仿与虚拟都是将一种抽象的力量（生命力、情感力量）变成可以感知的力量（生命力的可视化、情感的可视化），它们正是人类区别于动物的分类特征。我们应在本体论的意义上来理解作为"人类技巧"的"模仿"与"虚拟"，将它视作人类的本质和艺术的原发属性。

64

第二节　原始仪式与原始艺术

一　原始仪式与原始艺术的发生

我们于今所见的早期艺术不可能是人类有意识创造的最早艺术品，而应是相对成熟的早期艺术了。至今发现的最早的人类骨骼大约可以追溯到10万年以前，这些分布在非洲、亚洲西南部的人类祖先们是如何在沙地上或木头上刻画，如何用色彩装饰身体、描绘图案，或者如何表演一些复杂的舞蹈，他们那些用植物、皮毛、丝麻等制作的工具、服装及其装饰物，以及用木头建造的房屋等，于今早已化为腐朽，湮没无闻。但仍有一些石质、骨质的工具或雕刻品、珠宝饰物，以及在非洲、亚洲和欧洲的摩崖、洞窟中，那些令人惊叹的绘画存留了下来，"这些逼真的绘画中所体现的凌厉之力是后世文明社会的人们永远无法超越的"①。虽然它们最初被创造出来可能并非我们今天所谓的"艺术"，但是去除其功利性，我们仍然可以感觉出，那些图像或造型"是超越诸如食、住等生活基本需要的一种艺术图案。这种来自自我认同意识的现象，似乎不为早期灵长目动物所拥有。只有人类才能为自己和其他人类创造符号"②。例如，生活在冰川时期的克罗马农人在弯曲深邃的石灰岩洞穴内，画下成群的驯鹿、山羊和野牛，细心观察就可以发现，绘画中的某些形象表明，一些长矛正在刺向动物，在牛鼻子上画有一些令人困惑的彩点，看上去似乎要表现一支长矛刺进一头巨大公牛面部，种种情形表明，这里的绘画其实是一种原始的狩猎仪式。在长达数百年的时间里，克罗马农人同动物们一起，随着季节的变更来而复往。他们在这条长长的、宽窄不等的通道里留下大约 1500 个岩刻和 600 个绘画。面对这些栩栩如生的图画，仿佛看到冰川时期一代又一代的原始人，手举着火把，用苔藓或自然界的矿物颜色涂画着洞壁，神情庄重而神秘。对于洞窟中的先民来说，这些动物形象是真实动物的替代物，绘上刺入其身的长矛，意味着猎人对以这种方式能猎获真实的猎物深信不疑。

那么，为什么克罗马农人非要把这么精美的绘画层层叠叠地画在同一处幽暗狭仄的洞穴里？有学者认为，"在古代，动物很可能是表现大自然进程的一些符号，制作这样一些生动的动物形象可能意味着先民们

①　[美]威廉·弗莱明、玛丽·马里安：《艺术与观念》，宋协立译，北京大学出版社 2008年版，第 2 页。
②　同上书，第 11 页。

65

在讨论、理解关于周围世界的意义，以及希望将这些观念留传后世。这些洞穴可能是先民们举行巫术仪式的圣所"①，这里是最早的"文化中心"，是"表达多种人类情感的主要场所，如讲述故事、政治说教、记事存储、家庭或宗族祭拜和娱乐场所。……他们在这里对人类经验以及他们周围的世界进行创造性的解释"②。就在这些场所中，巫术活动逐渐凝结为固定的仪式，举行仪式和参与仪式形成了人类的仪式文化。

原始仪式是一切艺术的综合载体，仪式上的绘画、装饰、歌舞、符号等都是艺术的原始形态，正是原始仪式的土壤酝酿了原始艺术的发生。

二 原始仪式艺术中的模仿与虚拟

原始仪式是原始文明的基础结构，它不仅是一种行为模式，还是一种思维方式。仪式为原始人混沌的诗性思维投入了理性的光芒。意大利美学家马里奥·佩尔尼奥拉用"仪式思维"的概念来指称这样一种思维方式。仪式思维是一套特殊逻辑，他用"过渡""模拟""仪式的仪式"等概念来诠释仪式思维的内涵。过渡的概念与同时性经验、存在性以及现时扩展性有着根深蒂固的联系。实际上，"过渡"使人处于一种临时状态和一种不确定状态，它突出现在、在场。"它还带着一种滑向空间层面的意思在里面，有着一种转换、替代以及分散的意味。""过渡"是指"从同一向同一的运动"，而其中的"同一"指的并不是"等同"。"模拟"则指"一种令人晕眩的模仿"，模拟"作为复制的复制"，同样具有真实的、独一无二的价值。"模拟""中间地带"，以及"同一"的永恒回归构成了其所谓的"埃及效应"，即一种特殊过程，在这一过程中，物获得了人类特征；反之亦然，人也失

---

① ［美］威廉·弗莱明、玛丽·马里安：《艺术与观念》，宋协立译，北京大学出版社2008年版，第2页。

② 同上书，第11页。

去了感觉；"仪式的仪式"，代表着举止和行为模式从它们的功用性和目的性之中解放出来，不但如此，它们既不是"非理性的"，也不是"无感觉的"，恰恰相反，它是以某种思维方法、某种思考模式、某种暗含的哲学为前提的。①

马里奥指出了这样一个基本事实：人类的思维机制并不存在原始与现代、理性与感性、诗性与逻辑等二元对立的鸿沟，人类思维方式的真实面貌是：模仿与虚拟这两种产生于原始仪式的交感思维方式始终存在于人类的文明创造活动中，无论是原始仪式还是现代仪式，都集中体现出这一独特的心理机制。这一思想对我们理解艺术的发生具有重大的启发意义。

（一）仪式："模拟"与"过渡"、"模仿"与"虚拟"

用马里奥的"模拟"与"过渡"理论来考察原始仪式可见，原始仪式活动最基本的手段，也是原始艺术的基本表现形态。例如，澳大利亚阿德莱德（Adelaide）附近部落中的"奔跑仪式"，是至今遵循着的古老的礼仪之一，在奔跑的同时猎人不停地唱着歌：

67

用鹰羽毛束（用于成年礼的）打它（野狗）/用腰带打它/用头巾打它/用割礼的血泼它/用女人的经血泼它/让它睡觉……

奔跑，是袋鼠、负鼠、鸸鹋和野狗等动物的生存行为，土著人相信，这样与动物相似的奔跑行为，加上歌唱描述猎击动物行为的咒语，确保他能够发现猎物，可以降服那些难捉的猎物，尽管有时动物拼命抵抗，但是他们还是在树顶上抓住了它，并杀掉这个难捉的猎物（Teichelmann 和 Schurmann，1840：73）②。奔跑（模拟行为）、唱歌（互渗）

① ［意］马里奥·佩尔尼奥拉：《仪式思维》，吕捷译，商务印书馆2006年版，第33—45页。

② 转引自［法］马塞尔·莫斯、爱弥尔·涂尔干、亨利·于贝尔原著，［法］纳丹·施郎格编选《论技术、技艺与文明》，蒙养山人译，罗杨审校，世界图书出版公司2010年版，第83—84页。

和狩猎技术之间的关系显而易见，身体行为、咒语行为和技术行为，对行动者来说是混合在一起的，这些象征性的姿势，真实的、具有身体效用的姿势与猎得猎物具有同一性，产生强大的心理力量，使原始人相信猎物一定会那样被俘获，打猎一定会成功。

因为任何结果都可以通过"模仿"产生，因此，人的需要催生了基于相似律的"形式"创造。人的身体动作、装饰物以及"相似"的制造物——这些都是模仿行为创造出的"物质形式"。

"模仿"的"形式"不仅体现在外观上的相似性，有时还是功能上的，甚至是假定的相似性。贝专纳武士在头发中间夹上牛毛，在斗篷上缝着青蛙皮，那是因为青蛙光滑，被拔去毛发的牛没有角，所以很难被抓住；因此使用了这些魔法的武士相信他们自己就与这种牛和青蛙一样很难被敌人抓获。①

68

图 2-1　拉斯科洞穴（旧石器时代）

在拉斯科洞穴，一个井状坑底部一块突出的岩石上，画着一幅著名的古老场景：一头野牛正冲向一个鸟人，鸟人附近有一只鸟站立在枝头，野牛身上则已被一支矛刺穿，腹下流出大量的肠子，但还挣扎地向人冲去。图中的人物很值得注意，其形态被图案化了，长着鸟头或是戴着鸟冠，右手握着顶端呈钩状的工具，可能是矛棒或标枪，双手各生长着四个指头，脚下还残留着矛棒的断片，似乎受了伤的样子。有人认为

---

① ［英］哈登：《艺术的进化：图案的生命史解析》，阿嘎佐诗译，广西师范大学出版社2010年版，第199页。

该鸟人是伪装成动物的猎人，有人认为是巫师正在为祈求狩猎的丰收施行巫术。人们选择将画画在洞穴的黑暗的最深部，在某些地点的岩壁往往被一画再画，似乎原始人并不在乎形象的轮廓已被重叠，究其原因，很可能是第一幅画被认为已发生了预期效果，于是为巫术的灵验他们在同一地方会一画再画；再者，不少动物形象身上有长矛或棍棒戳刺的痕迹，显示出原始人作画时"效能相似"的模仿思维以及他们期待打猎成功的功利目的。这些洞穴绘画，从造形上来看，显示出原始模仿艺术的努力，而从绘画的内容来看，表达出绘画向"现实""过渡"，与"现实"（猎杀动物）的"同一"性，这便是"虚拟"艺术了。

同理，那些现存最大量也最普遍的古代巫术相关遗存，是造型各异、变形夸张、令人惊惧且引人无限遐思的"面具"和人面的影像，还有面具上的"巨眼"。"巨眼"似乎是原始艺术中的一种共同标志。遍布世界各地的那些暴凸的眼睛构成了各路面具的一个不变的特征，也是一个原始艺术极有代表性的例证。

列维–斯特劳斯考察了北美地区流传的面具构形及其神话后认为，面具起源于一种仪式化的再生模式。眼睛这些非比寻常的样式，因其重要的意义，在这些仪式上占据最重要的地位，发挥重要的作用。在整个北美地区的神话里和仪式上，斯瓦赫威面具的圆柱形眼球代表一种把握和固定相距遥远的事物，并使之产生直接的沟通的能力。甚至到了1786 年，当拉贝胡兹（9 世纪法国海军军官和探险家）的船队驶近海岸时，特林吉特人赶忙制造出一些奇怪的望远镜。他们以为，突出的眼珠可以使目力大增。同样，阿拉斯加北部以及地居偏东部的因纽特人，他们把暴凸眼珠跟目光犀利联系起来，加拿大东部的阿尔冈基亚人（Algonkin）的萨满师挖空杜木，制成有魔法的望远镜。舒斯瓦普人的"风神"也有一颗大脑袋和一对鼓眼睛。北美五大湖区的梅诺米尼人（Menomini）、南美洲弗拜斯（Vaupès）的图卡诺人（Tukano）中间都有类似的面具。看来它们都跟这个象征的想象世界有关：这些面具形态特殊的眼睛反而表明，它们能够看穿一切。①

图 2-2　萨利希人的斯瓦赫威面具

（图片来源：《面具之道》，第 13 页）

图 2-3　余杭良渚反山 12 号墓中出土的玉琮

（编号 M12：98，新石器时代）

---

① ［法］克洛德·列维-斯特劳斯：《面具之道》，张祖建译，中国人民大学出版社 2008 年版，第 90—94 页。

图 2 - 4 三星堆铜纵目青铜面具（距今约 3100 年）

图 2 - 5 宁夏贺兰山岩画（约新石器时代晚期）

71

在中国，玉琮上的兽面与青铜面具的"纵目"，与世界各地的面具巨眼有着惊人相似的造型。良渚玉琮（1986 年浙江省余杭市反山出土）上的神人兽面像，图案下方的神兽有一双很夸张的巨眼。其实，在比良渚时期更早的崧泽文化时期，这种巨眼图案就已比比皆是。在良渚文化产生到消亡的 1000 多年时间里，这双巨眼贯穿始终。玉琮上的巨眼是雕凿在玉石上的，因此它突出的幅度是受材质所限的。到了青铜时代，浇铸和焊接技术造就出更加夸张的面具和巨眼。三星堆的青铜面具（1986 年 8—9 月出土）瞳孔呈柱状凸起，像柱子似的眼球，大到涨出了眼眶外。《华阳国志·蜀志》称蜀人先王"蚕丛""其目纵，始称王"，因此人们认为，它可能是蚕丛的形象①。这反映了当地的一种观念，即具有特殊身份的王者有一双形状奇异的眼睛，"其管状的突出部分只夸大了瞳仁，凝视的目光成了一种有形的、雕塑的实体，向观者突射出来，以其纯粹的物质形体对观者施加影响"。② 远古时代的艺术家们似乎是通过对人类自然形象的变形来赋予他们所创造的形象以超自然的性质。③

"巨眼"的威力还可以从反面来印证。例如，与三星堆夸大的纵目面具不同，另有一组裸体跪坐奴隶石人像的眼睛引人深思。他们的眼睛被省略或被减弱，他们特意被制成"盲目"的样子。郭沫若考证，青铜铭文中"民"（奴隶）、"盲"字"作一左目形而有刃物以刺之"④。这从反面证明了巨眼的政教意义。巨眼神兽的图案不仅出现在玉琮上，在象征权力的玉钺、贵族使用的三叉形冠饰、锥形器、玉璜、玉牌饰等器物上也都有这种纹饰。其后的青铜器上更是最为普遍的纹样。眼睛就是智慧，眼睛就是权力，眼睛就是一切。在远古时代，具有一双能够窥视自然秘密的巨眼就是通神的大巫，就是王者。

巨眼模拟着窥视天地奥秘、沟通上下界的重要功能，隐喻着秩序之"道"。列维－斯特劳斯用"面具之道"⑤ 命名他的人类学著作，是一个暗藏玄机的双关语——法语 la voie（道路）一词，与 la voix（声音）是谐音的，面具之道，言外之意是："面具的述说。"面具不仅仅是静止不动的审美对象，同样也在"说话"，披戴着它举行仪式，不用那些统

---

① （晋）常璩著，刘琳校注：《华阳国志校注》，巴蜀书社1984年版，第181页。

② ［美］巫鸿：《礼仪中的美术》，郑岩、王睿编，郑岩等译，生活·读书·新知三联书店2005年版，第80页。

③ 同上书，第84页。

④ 郭沫若：《甲骨文字研究》，人民出版社1952年版，第33—34页。

⑤ ［法］克洛德·列维－斯特劳斯：《面具之道》，张祖建译，中国人民大学出版社2008年版，第90—94页。

治者说话，面具已经在"说话"。

人们正是在这模拟的巨眼面具造型上，将"生存之道""过渡"到自己的心上，接受了等级与秩序的"同一性"规范。

以上大量的事实表明，原始仪式各种要素中，无论是物质媒介的创造、符号媒介的创造还是身体媒介的表演，主要依靠模仿的力量。即便是神灵，也是人类依据可见之物而模仿创造出来的。虽然今天看起来，这些模仿的创造物造型怪异、夸张、神秘甚至令人费解，但是却形象逼真地表述了原始人眼中的世界、心中的世界，仪式参与者凭借这强烈冲击性的外观形象，凭借感觉力营构的"超经验"的真实存在感，借由现实的形象进入一种非现实的幻觉，在非现实的世界里获得一种体验的真实，获得认知的快感和情绪的满足。总之，基于相似律的行为、形态、效能等的"模仿"行为，通过"过渡"完成了基于互渗律的"虚拟"，这种从"同一"向"同一"的仪式思维，也创造出原始时代的模仿艺术与虚拟艺术。

（二）"仪式的仪式"：艺术形态的萌生

当原始仪式经过不断的重复逐渐凝结为固定的形式，仪式上的歌乐舞蹈、彩饰纹形，最终便成为一种"仪式性"的"形式"——艺术的形态由此萌生，它们并不指向食以果腹的现实目的，但通过可重复性建立了一套特殊逻辑"事实"——政治和秩序、文化模式和心理模型，进而构建出人类的理想性生存——"虚拟现实"——人类一切活动的终极目的。

人类为了向自身表述自己的思想，需要"把它们落实于一些物质性的东西，象征它们"。这些"物质性"的媒介是必需的也是强制性的："它们就如强大的磁铁，将集体意识牢牢地吸附在上面。"① 例如，图腾

---

① ［法］马塞尔·莫斯、爱弥尔·涂尔干、亨利·于贝尔原著，［法］纳丹·施朗格编选：《论技术、技艺与文明》，蒙养山人译，罗杨审校，世界图书出版公司 2010 年版，第 14 页。

仪式。图腾文化产生于人类对自身的探究。原始人无法科学地认识到自身的来路，他们根据某种神秘的互渗，将自然界中的某种事物认作祖先并加以膜拜。图腾，是原始人的一种虚拟关系。依赖这些被选中的对象以及它们的象征转换，这其实出于人类的交感思维的本能。他们把某种事物作为自己的始祖并对之加以膜拜，在图腾这种超日常的集体仪式中，图腾、巫王、受众三者互动，人人都沉浸在图腾之像、场所中的器物之像、装饰之像，以及参与者共同营造的"仪式场"中，非现实的图腾与个人体验、社会群体体验相融通，从而获得情感的安慰和归属感的满足。

正如涂尔干所说，"那些集体性的观念，例如真理、道德、责任，乃至社会经常是抽象的和复杂的"，图腾仪式是"对社会的情感和表征的有形表达"。[①]"图腾"是一个综合的整体，如果我们将图腾仪式分解为"爆炸图"的形式，可以更清晰地看出构成仪式各个部分的艺术"形式"，以及艺术所建构的意义世界（见表2-1）。

74

表2-1　　　　　　　　图腾中的艺术及其建构的意义世界

图腾仪式		
"记忆"形式	模拟·模仿	转换·虚拟
图腾	形、像	变形
器物	雕、塑	隐喻
装饰物	纹、饰	符号、替换
身体	歌、舞	同情
场所	建筑空间	意象空间
艺术类型	模仿艺术	虚拟艺术
仪式艺术		

由我们所列的表2-1可见，仪式上的图腾、器物、装饰物、身

---

① ［法］马塞尔·莫斯、爱弥尔·涂尔干、亨利·于贝尔原著，［法］纳丹·施朗格编选：《论技术、技艺与文明》，蒙养山人译，罗杨审校，世界图书出版公司2010年版，第14页。

体、场所等都是抽象而复杂的观念的具体化、可感知化。这种具体化、可感知化的"形式"在漫长历史中的一再重复和精确的模仿，形成了满蕴情感的"记忆形式"。这种具体地、感性地、具体而微地、细节地、有一定程序序列地再现出来的"记忆形式"——仪式上的歌、乐、舞、影像、装饰、雕刻、空间、建筑、程序等，让人们在重复这些形式的时候，便会唤起其内心狂热的激情，这在原始文化建构中起着重大的作用。图腾仪式"如同一个集体记忆的贮存器，在集体欢腾消散后，在人日常平淡的生活之间，重新唤起超个体的社会感"①。在场的人们借由对这些模仿的形式、虚拟的形式的体验，完成了社会价值的体认，进而最终把自身从物质需要中解放出来，人们参与仪式已经不再局限于当初仪式的功利目的，而是在仪式中陶醉于那些歌、乐、舞的情感和动作的宣泄。对这些形式的热爱和享受成为参与者的一种心理状态。

总之，在一定的时空场域里，通过人们在场的重复、转移以及融合的"模拟"，调动变形、隐喻、符号和转换、同情、替代、分散的"过渡"的手段，将伦理关系、政治关系、等级秩序和神圣意义灌注进有形的、具体的物体——如动物、植物、图像、雕塑、装饰物或身体歌舞，这些可见的或可感的媒介就逐渐凝结为艺术原初的各种形态。图腾仪式通过模仿现实、虚拟现实的创造活动，建构出原始时代的古代聚落、社会体制、政治秩序和宗教思想，艺术也便在模仿与虚拟的过程中，化茧成蝶，完成了从原始仪式向艺术形态的华丽蜕变。

（三）艺术：模仿现实与虚拟现实

诚如维特根斯坦所言，人是"庆典仪式的动物"，人们把仪式从

75

---

① ［法］马塞尔·莫斯、爱弥尔·涂尔干、亨利·于贝尔原著，［法］纳丹·施朗格编选：《论技术、技艺与文明》，蒙养山人译，罗杨审校，世界图书出版公司 2010 年版，第 14 页。

"使用"的概念及其功用性和功利性的束缚中解放出来。[①] 从猎取食物的巫术仪式到整饬社会的图腾仪式，仪式艺术的模仿现实和虚拟现实建构了最初的原始文明。因此，不仅模仿是人类的天性，虚拟也是人类与生俱来的一种能力。如果说模仿体现了人类再现现实的能力，虚拟则体现了人类超越现实性的本质。人类文化学揭示了这样的事实：与模仿力相比，在人类创造文明历史的初期，虚拟力更是发挥着主导性作用。"虚拟"——超验的联想力和构想力，在传统的理性主义和科学主义的观念下，是非理性、混乱而暧昧的思维活动，然而正是这种超凡的构想力与想象力，创造了一种"真实"的"非现实性"的虚拟体验，为人类提供一种在现实与非现实间转化的潜能，使人类"不仅仅囿于一切从现实出发，而要确立非现实性的合理性、超越性、创新性"[②]。人们凭借这种虚拟思维，超越了现实性的局制，创造出人类的生存世界。正是这个世界，彻底划分了人与物的界限。上文分析可以见出，原始仪式文化赋予了艺术独特的内在禀赋。

首先，艺术凸显出人类成为"建序者"（Order parameter，哈肯）的欲望，表现出强烈的"建序"的目的和倾向，这一点从西方的"art"一词可以窥其端倪，其拉丁文"ars"源自印欧语系的词根"ar-"，代表"秩序"[③]，中文"艺术"一词，也与"先王""决犹豫，定吉凶，审存亡，省祸福"（《晋书·艺术传序》）密切相关，这彰显出人们对掌控必然世界的向往。

其次，艺术所包含的巨大意义使艺术与其所指称的事实有神秘的互通性，艺术能够模拟和表征事实。由此，仪式艺术建立了一个"模仿—过渡"的网络系统，人们在仪式重复的、模仿的活动中，培养习惯、遵

---

① ［意］马里奥·佩尔尼奥拉：《仪式思维》，吕捷译，商务印书馆 2006 年版，第 37 页。
② 张世英、陈志良：《超越现实性哲学的对话》，《中国人民大学学报》2001 年第 3 期。
③ ［意］马里奥·佩尔尼奥拉：《仪式思维》，吕捷译，商务印书馆 2006 年版，第 88 页。

循秩序、获得教化，通过模仿——模仿"秩序"和模仿"模仿"，文化从"同一"过渡到"同一"，文化史才能绵绵相续，永远充盈着蓬勃的生机。

最后，艺术永远追求在场的互动。在场体验的独一无二性，使个体获得了对局限性的超越和自由的满足，由此形成了艺术"非目的性"和审美性的特质。从实到虚，人们借由艺术形式在内心的升华，构建出虚拟存在的审美经验。

艺术从仪式文化中破茧成蝶，以独特的方式承担起模仿现实、虚拟现实、探究世界、关怀人生的使命。

第三节　模仿与虚拟：艺术的双螺旋基因要素

我们可以用一个图示来勾勒出模仿与虚拟在艺术构造中的格局，如图 2 - 6：

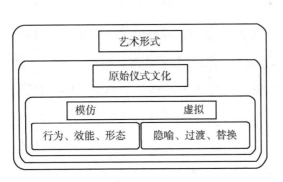

图 2 - 6　模仿与虚拟：艺术的双螺旋基因要素

模仿与虚拟，作为艺术与生俱来的双螺旋基因要素，各自形成了特殊的结构模式和形式逻辑，还是以图腾艺术为例，体现在以下四个方面。

一　情感逻辑与符号逻辑

图腾是依靠情感逻辑实现社会建构的。情感逻辑是一种"元逻辑"。当原始人的意识中浮现先祖的意象时，他的身心立刻为涌动的情感浪潮所支配。这种情感那样狂烈，以至于他们的认知完全淹没在包围着他的情感中。情感是构成在自然生物的社会与社会群体的社会之间"等价关系"的重要通道，这种"存在于构成个别机体的部分与构成社会的功能类之间"的"等价关系"表明，"社会本身被看成是一个机体"。情感，是图腾制度的基本"逻辑"①。作为同一图腾佑护的同一机体，族群中人与图腾、人与族群、人与人都是情感相通、血肉相连的。仪式进行时，图腾中神秘的图像、舞蹈、歌咏，以及那些可以加剧、加强这些集体表象的情感性质的一切艺术形式，都传达或引起强烈的情感、情绪、热情，也正是这些情感构成了这些艺术形式的灵魂。这些原始的艺术形式与观念意象的情感力量，使参与仪式的人既有一种情感的依赖，又有观念上的神圣与敬畏。当代人很难想象这些原始艺术的力量有多么强大，它们不仅通过艺术的形式以映象或意象的形式为意识所感知，而且令人们感悟到图腾必须尊重、绝对执行的"命令"性质。这完全依赖于情感的逻辑。情感逻辑是"原始人对集体需要，对集体情感的回答，在他们那里，这些需要和情感要比上述的合理解释的需要威严得多、强大得多、深刻得多"②，"最雄辩的逻辑可靠性也要退避三舍"③。图腾体现出情感建构的虚拟现实。原始人在心中构建出图腾的意象，并认为它是实在的，而且"希望着或者害怕着与这客体相联系的什么东西，它们暗示着从这个东西里发出了某种确定的影响，或者这个

---

① ［法］列维－斯特劳斯：《野性思维》，李幼蒸译，商务印书馆 1987 年版，第 119 页。
② ［法］列维－布留尔：《原始思维》，丁由译，商务印书馆 1986 年版，第 17 页。
③ 同上书，第 85—86 页。

东西受到了这种影响的作用。这个影响时而是力量，时而是神秘的威力，视客体和环境而定，但这影响始终被原始人认为是一种实在，并构成他的表象的一个主要部分"①，因而图腾仪式赋予了原始艺术虚拟性。

图腾是一种可以转换的符号系统。列维－斯特劳斯指出，对于原始族群成员来说，"图腾的表现相当于信码（code），这就有可能从一个系统转到另一个系统"②，虽然它是一种实物，但它还是一种语言，它还是规定或禁止一些行为方式的某种道德的基础，是行为规则的"标志"系统，例如图腾表现方式与饮食禁律和族外婚规则之间具有十分普遍的联系。这就使图腾在原始语言中表现得相当形式化，通过十分简单的转换，可以同样良好地表现于等级制度的语言中，"人们能利用这些单元来拟制出一个系统，这个系统扮演着观念与事实之间的综合者的角色，从而把事实变成记号。于是思维就从经验的多样性过渡到概念的简单性，然后又从概念的简单性过渡到意指的综合性"③。可见，图腾在情感逻辑的基础上构造出一种抽象的符号逻辑，在情感逻辑的推动下，图腾及图腾仪式上的诸多器物、形式同时也建构了符号与意义对应的逻辑体系。

由此，产生于原始图腾仪式上的艺术形式，既是情感的，也是符号的，于是就有了不同的创造艺术的角度和思维方式——基于情感互渗的类比思维，或基于符号区分的分类思维。

二　类比思维与分类思维

原始社会的情感逻辑是一种社会化的情感逻辑。"除了那些纯粹个人的和依赖于有机体的直接反应的情感以外，在原始人那里，没有任何东西比情感更社会化了。"④ 在与构成社会集体的那些个体存在的关系

---

① ［法］列维－布留尔：《原始思维》，丁由译，商务印书馆 1986 年版，第 27 页。
② 同上书，第 111 页。
③ 同上书，第 147—149 页。
④ 同上书，第 103 页。

上来说，社会集体存在的本身往往被看成（与此同时也被感觉成）一种互渗，一种联系，或者更正确地说是若干互渗与联系。

情感的社会化是依靠互渗律的类比思维的结果。人类学研究告诉我们，虽然"原始人用与我们相同的眼睛来看，但是用与我们不同的意识来感知"①。原始人以最多种多样的形式来体验"互渗"，如接触、转移、感应、远距离作用等。季节序代，风霜雨雪，动物迁徙，族群的兴衰，这一切在原始人看来，都与图腾的神秘力量有关，与举行的一定仪式有联系。人们将自我与图腾、族群、客体、事物同一起来，进而实现集体表象和集体意识的"同一"，集体的成员之间以及相关的动物或植物之间实现的共生感，以及某种实在的共同性。那些表演、舞蹈或激起情感的艺术形式，更鲜明也更集中地"包含着个体与社会集体之间以及社会集体与周围集体之间的可感觉和可体验的互渗"②。"不寻常的相互依存性则成了不可动摇的信念。"③ 类比思维是原始文明建构的基本方法论，蔓延在原始文化的各个层面，仪式上的每一种艺术形式也都被赋予特殊的神圣的情感意象。例如，阿龙塔人的珠灵卡（Churinga），这些椭圆形的木块或石块，通常都装饰着神秘的图案，被小心翼翼地保存在神圣的地方，它被看成个体的体外灵魂，是祖灵的媒介，也许还是这些祖先本人的身体，是生命力的储藏器。土人们把珠灵卡想象成，或者更正确地说感觉成有生命的东西，它与祖先有内在的联系，它像他们那样有情感④；在个人和社会生活中所起的作用上，中国古代文化中的"玉"也是如此。石之美者为玉。与石器和青铜器、铁器时代相伴而存的是一个神奇瑰丽的漫长的玉器时代。传说夏人"刻玉为鸠，置于表端"，即用玉石雕刻成鸠鸟的形态，装饰在旗杆顶上，鸟是夏族的图腾，

---

① ［法］列维-布留尔：《原始思维》，丁由译，商务印书馆1986年版，第71页。
② 同上书，第430—432页。
③ 同上书，第442页。
④ 同上书，第86页。

玉是美丽坚固的物质，永恒不灭的象征。

类比思维具有综合性、复合性和不可分析性。类比的本质是一种基于情感体验的虚拟。类比思维是人们对具体事物的体验所产生的意象，因此它不能像记号那样被置换，但这意象却是可以通过交感和移情的方式获得共通的体验，也是具有普遍性的，体现的是感情方面的价值。因此，玉那清、温、坚、润的玉精神，也成为君子人格的象征。

伴随着人类文明的积累，这种互渗状态下的物我不分也体现出一种认知上的局限，图腾及其符号逻辑的同类性和有序性的规则化产生了分类思维。分类思维的特征是能够对不同等级的一般概念及其关系任意地分析和综合。

最初的分类也并非"科学"的分类，而是基于互渗律的。对于图腾社会的原始人来说，任何动物，任何植物，任何客体，即使像星球、太阳和月亮那样的客体，都因情感的关系来分类。原始人按照情感的神秘的互渗，将周围的实在——每个存在物，每件东西，每种自然现象分成"等"和"亚等"。他对自己的图腾、等和亚等的组成拥有权力和义务，他们也因为自己的图腾及其等和亚等与其他图腾之间有明显的区分。

列维－布留尔指出："当原始民族的思维成长到比较能让经验进得去，这时，这种思维也变得对矛盾律比较敏感了。"伴随着文明的积累与进步，当社会集体认为那些最重要的互渗是借助中间环节或者"媒介"来保持，而不是更直接地被感知和实现的时候，当一个人发现，相形之下，其所在的社会集体的其他家族、其他个人以及相邻的社会集体，都对自己所属的圈腾或神秘的媒介及其互渗不感兴趣，不那么关心，不大有切身之感，以不大神秘因而更为客观的方式来看待它的时候，思维方式就发生了变化。神秘互渗的原始分类逐渐"让位给那些神秘性较少的、奠基在一种与社会集体的分类根本不同的东西上的分类"；新的分类方式开始向着"概念"的那个方向发展了。"智力的、认识的因素在这些表象中开始占着越来越大的地位了。""集体表象趋向于获得概念的形式，概念越是明确起来，固定下来，它们的分类越是清楚。因而，由智力造成的逻辑要求随概念的明确性和限定性一起增长，于是，逻辑要求与那些靠经验获得的知识一齐增长了"①，基于"客观"的眼光越来越影响着人们对世界的认知。然而，互渗神秘性的消失，并不意味着类比思维的弱化。事实上，在人类的文明历史进程中，两种思维长时期并存，不同文化类型各有偏向，这也是世界多元文化思维方式的差异、世界观差异的深层原因。在历史进程中总是会有某一先进文化来引领历史前行，而该先进文化的思维类型，必然对人类文明各自做出独特的贡献。

类比思维以己度人，以己度物，通过"意象"传达情感与经验，意象通常是内在的，只可意会不可言传，具有体验的独一无二性；分类思维是基于观察与反省，通过对事物进行分类，并力图将同一类别采用同一个"形式"来表示，早期的"形式"通常是具体的事物，发展的过程中逐渐具有了形式符号的能指性。总之，类比是情感逻辑的，分类是符号逻辑的；情感逻辑依靠意象媒介，符号逻辑依靠形式媒介。

三　意象媒介与形式媒介

情感逻辑和类比思维是一种整体性思维、具体化思维，基于互渗律的情感逻辑使得人们无意于关心其客观属性、客观经验和客观价值，也绝不像我们习惯的那样去进行抽象；情感逻辑并不以一定的次序和概念的逻辑同类性来安排或组合概念，它感知的是那些似乎永远天经地义、从不改变的集体意象，以及自身与集体意象之间的类比与互渗，而这些类比、互渗的集体意象又几乎永远是比所谓"概念"的内涵复杂得多。

①　[法] 列维-布留尔：《原始思维》，丁由译，商务印书馆 1986 年版，第 440—445 页。

　　布留尔将情感逻辑与类比思维的结果称为"心象—概念"，这是一种特殊化了的媒介。它的特点是用具体化的"心象"去描述概念。他考察发现，塔斯马尼亚人（Tasmanians）没有表示抽象概念的词；他们虽然对每种灌木、橡胶树都有专门的称呼，但他们没有"树"这个词。他们不能抽象地表现硬的、软的，热的、冷的，圆的、方的，长的、短的等性质。为了表示"硬的"，他们说像石头一样；表示"长的"就说大腿；"圆的"就说像月亮、像球一样，如此等等。同时，他们说话时总要加上手势，力图把他们想要用声音来表现的东西传达到听的人的眼睛中去。① 类比思维中，事物既没有"类"也没有"种"的概念，各样橡树、松树、草都有自己单独的名字。一切都以"心象—概念"的形式呈现出来，亦即以某种最细微特点的画面呈现出来。

　　我们认为，布留尔所谓的"心象—概念"与中国传统美学中的"意象"在本质上是相通的。它是一种承载记忆的结构体，是连接感觉与信息关系的媒介。情感逻辑、类比、互渗、集体意象作为一种综合的"心象—概念"，其复杂的内涵只能通过意象媒介来传达。对原始人来说，"同一个人既是他自己，同时又是其他什么人；这个人在这个地方；同时又在另一个地方；他既是个体的东西，同时又是集体的东西（当个体与其集体同一时），如此等等"，他们"完全满足于这些论断，因为它不仅看见了并理解了它们的真实性"，而且由于"神秘的共生的那种东西，它还感觉了、体验了它们的真实性"②。原始人的想象力是从感受中的个别事物把握想象性的"类"概念，并保存为意象的原型。于今，一切语言中大部分涉及无生命事物的表达方式，仍然大都是采用人体及其各部分的名称，或者用人的感觉和情欲的隐喻来形成的，可以说这种表达方式是意象媒介的文化标本与遗存。

----

① ［法］列维－布留尔：《原始思维》，丁由译，商务印书馆 1986 年版，第 162—165 页。
② 同上书，第 443 页。

意象是"如画"地说，是一种个别化，描写那种能够感知和描绘的东西。这些语言"永远精确地按照事物和行动呈现在眼睛里和耳朵里的那种形式来表现关于它们的观念"①，这些意象包含着神秘的力量，是转移、接触、传染、远距离作用以及其他许许多多方法和行动来实现神秘力量的作用和表现的"物质媒介"，完全不顾逻辑及其基本定律——矛盾律的要求②。意象并不是真正的一般概念，但由于它拥有了在一定程度上代替集体表象的功能，因此，尽管它是具体的、感性的，但在它们不间断地被使用，很容易地适用于无数场合，它们又是极端广泛的。从这一点看来，意象媒介与逻辑分类的概念所发挥的那种作用具有相同的意义。

相比于意象媒介的内在体验性及其抽象性，"形式"是最为直观的媒介。仪式上的一切事物，都是可直观感知的形式媒介。它们使互渗意象成为可读的、可感知的、可交流的，通过这些形式实现本质与生命的互渗，形式媒介使互渗意象以直接的感官方式被感觉到，形式的客观属性作为神秘属性的标记，承担起媒介的意义。

形式媒介包括视觉形式（线、色、形、体、动态）、触觉形式（温凉、材质）、听觉形式（声音）、嗅觉形式等等。这些形式"符号"所表现的最重要关系是相似关系，以及形式与其所蕴含的神秘力量的互渗联系。巫鸿研究公元前 4000 年前后的河姆渡文化发现，从数量上看，在同层出土的有动物装饰的遗物中，饰有鸟图像的遗物占了总数的65%，说明河姆渡艺术中"鸟"主题的流行程度。考古表明，当时的人们明显已经认识到礼器艺术的三个层面——器、纹、质③，这种现象也普遍存在于古埃及和古中亚地区。

---

① ［法］列维－布留尔：《原始思维》，丁由译，商务印书馆 1986 年版，第 150 页。
② 同上书，第 459 页。
③ ［美］巫鸿：《礼仪中的美术》，郑岩、王睿编，郑岩等译，生活·读书·新知三联书店 2005 年版，第 14—16 页。

可见，互渗的意象越来越转向建立在精美的器型、珍宝的材料、反复出现的纹样的基础之上。可视可触的特性如形状、结构、质地、装饰、铭文和空间等成为意象的物质媒介，艺术的形式在初始阶段，固然还彰显着鲜明的宗教和政治内涵，但是，固态化了的静止形式本身，也越来越指向某种永恒的意义。

总之，意象是一种隐喻秩序，形式是一种换喻秩序。两种创造艺术的角度、方式和方法，对艺术存在的样态起着决定性的规定作用。

本章小结

艺术发源于原始诗性思维。在原始巫术文化中，基于相似性的模仿因素与基于互渗律的虚拟因素共存的交感技术表明，人的心灵既是理性的又是非理性的，既是现实的又是超越的。如果说基于相似律的模拟巫术与顺势巫术强调模仿的力量，那么，基于互渗律的交感则实现了万物互联，通过感觉力营构的"超经验"，表达出以人类内在需要作为"序参数"，在世界中"建序"的真实存在感，创造了早期文明的虚拟现实。原始仪式酝酿了艺术的萌芽。经验的增加和互渗律的弱化形成了主客体的分离，媒介成为沟通物—物、人—物互联的独立系统，它包括两个子系统：一是虚拟系统，即情感逻辑、类比思维、意象媒介；二是模仿系统，即符号逻辑、分类思维、形式媒介。模仿与虚拟，是艺术创造的双螺旋 DNA。艺术的创造既是模仿的又是虚拟的，综合二者才能全面解释人类的艺术实践活动。

一开始，上帝就给了每个民族一只杯子，一只陶杯，从这杯子里，人们饮入了他们的生活。

———［美］露丝·本尼迪克特

第三章 技术类型的差异与感知技术的审美偏向

第一节 东方与西方：技术类型及其感知模式的差异

一位名叫拉蒙的美国印第安人部落首领曾伤感地说："一开始，上帝就给了每个民族一只杯子，一只陶杯，从这杯子里，人们饮入了他们的生活。现在我们的杯子破碎了，没有了。"① 土著人描述这种生存变化的无奈与感伤的语言是具体性的、诗性的。露丝·本尼迪克特（Ruth Fulton Benedict，1887—1948）说得更明晰：欧洲人在美洲推行殖民地的铁蹄踏碎了土著人的"杯子"，意味着打破了"那些曾赋予他的人民的生活以意义的东西，他们自家的饮食仪式，经济体制内的责任，村中礼仪的延续，跳熊舞时那种着魔状态，他们的是非准则，这些东西都已丧失。随着这些东西的丧失，他们生活原有的那些样式与意义也消失了"。② 土著人的生存技术被彻底破坏了，他们的感知模式就被打破了，文化特质被其他文化同化了，其文明形式也即告消失了。

"生存之杯"——饮食的仪式、是非的准则、生存的样式——为生

① ［美］露丝·本尼迪克特：《文化模式》，王炜等译，生活·读书·新知三联书店1988年版，第23页。

② 同上。

存技术所塑造，"但是他们不是随心所欲地创造，并不是在他们自己选定的条件下创造，而是在直接碰到的、既定的、从过去承继下来的条件下创造"。（马克思《路易·波拿巴的雾月十八日》，重点号为著者加）直接碰到的、既定的、从过去承继下来的条件，是人们指在自然界中所遇到的地域环境和气候条件，以及在此条件下形成不同的人种体格和智慧模式，积累下不同的生产方式和经济类型等，构成的独特的物质文化语境，是人们感知生活、感知世界的独特媒介，一旦这些技术层面发生了变化，人们的生存模式也就发生了改变。人类文明历史的进程，可以说就是这样一个个"生存之杯"被打破再被重建的过程，在这个过程中，文明冲突、融合、重构、扩大，镕铸成新的"生存之杯"，最终形成了东方与西方的世界文化格局。①

---

① 关于"东方"与"西方"：

第一，关于印度、中东的西方文化属性。

通常认为印度属东方文化，但是，自公元前 1750 年前后雅利安人入侵，印度河城邦即告消失。之后外族不断入侵，公元前 1000 年印度河文明销声匿迹；公元前 187 年孔雀帝国灭亡；近代遭受英国入侵后英语成为通用语、梵文消失；从语系上来说，印度与欧洲同属印欧语系。可见印度文化受西方文化影响深远。

"中东"这个欧洲中心的地理名词，使得人们大多认为阿拉伯文化属于东方文化。特别是公元 6—7 世纪以来的宗教纷争，使得阿拉伯似乎成为与西方文化迥异的世界。事实上，它与西方文化有着千丝万缕的联系。首先中东是指大致位置，包括古代波斯、巴比伦、埃及等，而这些地方是历史上希腊化最彻底的地方，阿拉伯人征服这些地区后，帝国的文化是建立在许多繁荣的希腊化的城市基础之上的；其次，阿拉伯民族为欧罗巴人种，属地中海类型，和犹太人一样同属闪米特人，创建犹太教和基督教的希伯来人和首传伊斯兰教的古来氏人都是闪米特人的后裔，阿拉伯人的母语，属闪含语系闪米特语族；再次，他们将希腊几乎所有重要的古希腊科学和哲学著作典籍翻译成阿拉伯语，可见古希腊文化对阿拉伯文化的影响之深；对阿拉伯保存下来的古希腊著作的再发现是 14 世纪文艺复兴运动兴起的原因之一，可以说阿拉伯文化在本质上与欧洲文化是同质的。

第二，"东方"与"西方"世界文化格局的形成。

公元前 300 多年，埃及、两河流域、伊朗、中亚到印度全部被希腊攻占。至 1 世纪，希腊文化塑造了希腊化的西方世界。公元前 1 世纪，罗马帝国攻陷希腊，在接下来的 500 年中，横跨欧洲、亚洲、非洲称霸地中海的大罗马帝国，将希腊文化传遍了欧洲，并深植于长达千年的中世纪文化。由于领土之争、财富之争、宗教之争等，西方欧亚大陆上征战不断，各种文化形成了你中有我、我中有你的交融。14 世纪后，希腊文化精神再度被大力弘扬，近代以来，随着探险、殖民、商贸以及传教活动向新大陆的开辟，美洲、非洲、大洋洲都在近代西方的殖民运动中被迫接受了西方文化，甚至有的文化已经没有了自己的语言。古希腊的哲学 （转下页）

　　构造"生存之杯"的生存技术系统由三个部分构成，包括生存技术与产业形式、经验技能与信息方式、组织技术与规则体系。我们可以从考察东西方技术系统的差异性及其对东、西方人感知模式的塑造，进而分析东西方人感知模式的差异性特征，探究东西艺术审美差异的成因。

一　基于生存技术—产业形式的感知模式及其差异

　　农耕技术是东亚大陆人的生存技术，农业是东方人的主导产业形式，农业生产是东方人最基本的生产活动。中国最早的文字甲骨文（公元前 14 世纪—公元前 11 世纪）中，就记有禾类、黍类、稷类、麦类、菽类、稅类等农作物，有求田、省田、垦田、耤田、作大田、尊田、附人耕等治田方式，有种植、管理、收藏等一系列系统模式，求禾、受禾、求年、受年等与农业有关的活动[①]，以及"仓""廪"的字样；在中国，"社稷"为"国家"的代称，"社"为土神，"稷"为谷神，二者是中华民族最重要的原始崇拜物，以农为本的生存模式对东方文化来说已经铭入骨髓。中国最早的经典诗歌总集《诗经》（公元前 11 世

91

（接上页）精神、科学精神、民主精神、艺术精神，也传播到美洲、澳洲、印度等地，形成现代泛西方的地域格局。再来看同一时期亚洲大陆东部，公元前 200 多年，秦始皇结束了自春秋战国 500 年来诸侯分裂割据的局面，推行车同轨、书同文、行同伦，统一文化风俗，建立起中国历史上第一个多民族共融的中央集权制国家。公元前 150 多年，汉帝国的版图，东部以太平洋为自然疆界，向西通过西域诸国，与中亚的大宛国接壤。希腊的巴克特里亚王国在最盛时曾占有大宛，古希腊马其顿人的国家曾经到达过与中国的新疆和西藏一带相接壤的地区，也许是浩瀚的沙漠与无垠的高原阻止了他们的脚步，他们的势力也就止于此地。在东方，夏、商、周三代，奠定了华夏礼乐文明的基础，秦、汉帝国进一步巩固发展，中央集权不断加强。汉代开始，汉文化传播到东亚和东南亚国家。周边国家和地区不仅接受了汉字，而且接受了礼乐文明、儒家文化，在历法、绘画、医学、建筑、音乐、礼仪、习俗和服饰等方面都受到深刻的影响。自然地理作为天然屏障，成就了东方与西方不同的物质文化语境。总之，环地中海为中心的、欧—亚—非相交接的广大地域，陆陆相连、海陆相望，华夏汉文化在东部漫长的太平洋海岸线和西部高原构成的相对封闭的内陆中发展。这种因自然疆界形成的东方与西方的物质文化格局长久持续，一直到近代社会也没有太大的改变。

　　① 彭邦炯：《甲骨文农业资料选集考辨（一）》，《农业考古》1988 年第 1 期；《甲骨文农业资料选集考辨（二）》，《农业考古》1989 年第 1 期。

纪—公元前 6 世纪中叶）中，记载了砍伐器具、掘土器具、中耕锄草器具、收获器具、储藏器具、农业运输器具（箱、车、方、舟）及劳动保护器具（蓑、笠）等多种多类①。《诗》中的《七月》《信南山》《楚茨》《甫田》《大田》《丰年》《良耜》、《尚书·周书》内的《金縢》《梓材》《康诰》《洛诰》《无逸》诸篇诗文里，都有农事的记载，《诗》中还有描述周人"千耦其耘"（《周颂·载芟》）、"十千维耦"（《周颂·噫嘻》）的宏大农耕场面。

从火耕、耜耕、犁耕到牛耕，东亚大陆始终保持着渐进式农业革命推动下的农业发展。农业生产养成了东方人的天人观。东方人深知"夫稼，为之者人也，生之者地也，养之者天也"（《吕氏春秋》），生存必须依靠"天"（自然），人在春耕、夏耘、秋收、冬藏中，体会天的好生之德，天、地、人相互依存而各自独立。最精深的技术藏于农书。古历书《夏小正》与《月令》就是这方面的重要文献。先秦典籍《周礼·地官》《尚书·禹贡》《管子·地员篇》《吕氏春秋》都论述了"土宜""审时""任地""辨土"等科技方法。农业的技艺被称为"藝术"——艺，甲骨文写作，是一个农人张开双手栽培苗木的样子；汉语中，最美的味是"香"，最美的景色是"秀"，都与农作物"禾"有关。

总之，东亚大陆相对封闭，自给自足的农业模式下，人们刀耕火种、固守田园，他们渴望安定、崇尚自然，关注"关系"与"和谐"，提倡中庸与伦理，葆有情感理性。

与东方大陆累世定居、土地家园代代相传的生存模式不同，西方——欧—亚—非三大陆之间，山水相连，唇齿相依，隔海相望，远古时代的游牧民族渴望探索、追求财富，商贸活动是最基本的生产活动。考古学表明，在公元前 2000 年以前，古巴比伦国、西帕尔城等都是重

---

① 陈朝鲜：《〈诗经〉中的农具研究》，《农业考古》2008 年第 4 期。

要的商业中心，王室经济的商业代理人垄断着国内外的大宗贸易，经理国家税收，并进行高利贷活动和土地经营，许多奴隶主拥有私人经营的商贸产业。现存埃及最早的文献"梅腾自传"（公元前 27 世纪①），以及新王国时代（公元前 1553—公元前 1085）租用女奴文献和地契文献等资料，记载了他们以实物进行土地买卖活动。古代埃及虽然农业繁荣，但是其社会繁荣更加依赖航海通商。从埃及出土的一艘约公元前 4700 年的古船可见当初的航海技术与规模。他们还采用一种较轻型的、捆绑而成的芦苇船横渡大西洋，便捷地进行贸易活动。与古埃及人通商最频繁的，是生活在今巴勒斯坦、叙利亚、黎巴嫩沿海地区的最早部族腓尼基人（他们自称迦南人），他们在公元前 3000 年初至公元前 2000 年前就活跃于古代地中海东岸地区，以海上贸易为主。腓尼基人不仅善于经商，还会多种手艺。与埃及人、苏美尔人广泛交往通商，将后者优秀的文化融合到自身的文明。腓尼基人以其卓越的航海技术以及向未知世界探索的勇气闻名于世。希罗多德记载了埃及赛斯王朝的法老奈科委托腓尼基人围绕非洲航行的创举。腓尼基人聪慧过人，手艺高妙，他们的工艺品通过地中海销往欧洲各地，将古埃及、古苏美尔和古印度②文明联结在一起。希腊人学习他们远海航行的技术，将他们的舰船设计改进后制造了更先进的商船和战舰，效仿他们美术作品中的某些图像主题，如生命树图案、鸷首飞狮，膜拜他们的性感护佑女神阿施塔忒（希腊人改叫阿佛洛狄忒），并全盘接受了他们的字母——腓尼基字母表。希腊人，可以说是集西方古老文明大成的西方文化的传承者，并因其辉

①　第三王朝末至第四王朝初。"梅腾自传"时代约为埃及国家成立后最初几世纪的资料。

②　在哈拉帕地区发现的种类繁多的印章形象中，独角兽是迄今为止最为普遍的。在印度人类学家谢伦·拉格纳格看来，这表明独角兽部族在哈拉帕社会中享有支配性的地位。在公元前 1000 年的印度民间传说中，独角兽是生于童贞、半神圣的超人力量的化身。根据独角兽印章出土分布情况看，该部族的成员与生活在美索不达米亚和伊朗的遥远文明的人们有贸易往来。（参见［美］戴尔·布朗《失落的文明：古印度神秘的土地·第一章》，华夏出版社、广西人民出版社 2002 年版）

煌的文明成就，成为西方世界的塑造者。

海上贸易最重要的技术是通航，航海技术是古西方人最重要的生存技术①。奴隶制城邦形成时期（约公元前 8 世纪—公元前 6 世纪），希西阿德写了一部教谕诗《田功农时》，其中特别用四分之一的篇幅，说到了航海技术。航海通商创造了许多环地中海的商业、工业和文化中心，濒水的海岸屹立着宏伟的庙宇、剧场、体育场，与一系列的军用和商用码头、堆栈相连。在公元前 800 年前后希腊人开拓的航路上，建立了许多像那波利湾（现称伊斯基亚）近海小岛上那样的贸易中转站。征服战争伴随着商船和商品的流通，对希腊商品和文化的狂热追捧，成为西方各地人们的文化取向，迎来了遍吹西方的希腊化时代。

通商活动基于发达的手工业技术和航海技术，也基于资源匮乏与物质繁荣的渴求，希腊人属意于远在西欧的银、铁、铜和锡，西欧人则沉迷于希腊人的葡萄酒、香料，以及器皿、首饰、武器和金属制品。约 4 个世纪后，就在崇尚希腊文化的伊特鲁里亚治下的一个位卑势弱的台伯河村落，一个深受其影响的民族罗马人横空出世，他们灭除了伊特鲁里亚政权，继承发展了希腊文化，公元前 250 年以后，罗马人成为主宰西方的强大力量，奠定了西方文化的基调。

总之，西方人在欧、亚、非三大陆之间往来贸易、纵横冲突，崇尚自由与契约、光荣与梦想，关注"关系"如何"合法"。

正是地域环境和生产模式，决定了东西方不同的主导产业模式，东方人选择了农耕技术，西方人选择了通商贸易，技能经验、数理知识和信息方式也都是围绕着主导产业模式而形成和发展的。农耕与航海技术的差异，规定着人们感知的外在环境信息的焦点与方式，赋予了他们不同的"感知模式"。

①　以下有关古代西方的资料和引文均出自林志纯主编《世界通史资料选辑》（上古部分），商务印书馆 1974 年版。

二　基于经验技能—信息方式的感知模式及其差异

不同的生存方式、产业模式，决定了东西方人不同的经验技能和信息传达方式，因而也就形成了感知模式的差异。东西方基于经验技能—信息方式的感知模式的差异表现在如下两个方面。

1. 经验技术及其感知模式：感通与思辨

农耕技术系统关注自然物事的动态和关系，商贸技术系统重视事物间的科学度量。这决定了东西方看待自然的视角、方式和方法的巨大差异，并由此规定着东西方世界观的巨大差异。

东方农耕模式最关注的是自然的变化。对于中国古代先民来说，"天"——包括天上的日月星辰，气候节令的风、雨、雷、电，自然地理的山、林、泉、石。人们密切关注寒来暑往、月圆月缺、动物的活动、植物的荣枯——这些变化无不关涉生存的状况。"四时行焉，百物生焉"（《论语·阳货》），天地自然厚德载物，生育万物。因此，"观""天"成为一项至关重要的能力，掌握规律性天象（气象、星象）与物候，是中国先民生存技术的绝窍。能"观象授时""观象制历"便能保民生息，其贤德大者，被奉为圣王。燧人、伏羲、神农等传说中的圣人，就是利用自然物候的发现与发明，缔造了东方的远古文明。《尚书·尧典》记载了星象与四季的对应关系，《夏小正》则详细记载了物候对农时的天启作用，这些经验累积成为中国古代的"物候学"。候，乃征兆，事物在变化中的情状、时节；候，也是伺望、观测与等待，对变动不居的事物的研判。因此，"观"的学问，乃是打开全部感官的感知与体验技术，中国古代的所有科技都建立在这种体验技术之上。就连政论哲学，也都是以五味、五音、五色论之。政治家常以"烹调和味"喻政，"治大国若烹小鲜"（《老子·居位第六十》）。不仅天文学、算学和农学运用"观"的技术，医学也以"望"为首，望（视觉）、闻

（嗅味觉）、问（联觉或感通）、切（肤觉）四诊并用，将脏腑之间精气血脉的关系做整体观察，总结出脏象学和经络学，来医病治疾。虽然至今从解剖学来说仍无法证实经络实体，但是现代科学测试表明它们的真实存在。总之，中国人以一种整体思维关注事物间动态的关系，中国古代的四大科技——天文学、农学、算学、医学，其基本经验技能都建立在对自然的阴与阳、动与静、繁与简、盛与衰的探究，可以说是一种注重体验的交感技术，属于感通的科学。

西方人认识世界的出发点也在于"观"，但方式和结果都与东方人不同。上古时代古埃及人、古苏美尔人的统治者将对天象、物象观测得来的数的法则垄断在手中，用于神秘的宗教领域和政治统治。古希腊人继承了古埃及、古苏美尔人的科学成果，但是现实主义和实用主义的商贸生存模式，使他们更加关注对客观世界本身的追问。"静观世界为之出神"，极为精妙地描绘了古希腊人"观"的状态。如果说东方人关注体验"物"与"象"的关系，古希腊人则更关注"因"与"果"、"本质"与"现象"的分析与界定。他们试图通过抽象与归纳、演绎与推理、数学测量和逻辑思辨，来揭示宇宙的普遍规律，并且在一个基本问题上达成了共识——万物流转、兴替枯荣，只凭它们是无法获得确定的知识的，在这流转纷繁的现象世界背后，一定存在一个永恒本体，那才是世界的本质。公元前 6 世纪，米利都哲学家提出了西方哲学史上第一个哲学范畴——"本原"（arche），即世界与宇宙的始基、根源或本性问题。从此，"本原"成为西方哲学中"永存""法则""原因"的代名词，古往今来，西方人始终表现出"探索宇宙和自然万物的起源，甚至要在万物中寻求某种唯一的根源——本原"[1] 的努力。他们相信通过对自然界的考察，可以揭示永恒的、理想的和完美的物质世界的"秩

---

[1]　汪子嵩：《希腊哲学史》第 1 卷，人民出版社 1997 年版，第 69 页。

序";通过把世界的事物加以"分类",给每一类事物一个"共名",就可以描述这一类事物的"共相";通过建立一套精密的文法逻辑和理性逻辑,就可以建构出说明宇宙奥秘的"工具"。对宇宙自然的观测计算总是解析式的,包括对人本身也是一种客观主义的分析态度,从古埃及人制作木乃伊,到古罗马人盖仑、16世纪的维萨里,再到现代的解剖学,西方人一贯以对象化研究方式,将人本身的一切生理器官、身体结构和神经血脉等放到了"解剖刀"下,可谓极尽科学实证之能事。古希腊著名雕塑家波利克里托斯(Polyclitus)的《法则》一书,按照数学原理建立了关于人体各部分比例的理论,人体比例始终是西方各种设计生产的基本单位。总之,西方人关注事物的普遍原理,是一种对象思维,这使得西方哲学从发轫之始,便踏上主客对立的分途。世界是"本原"的仿像,透过这个仿像揭示终极的原因,是人的使命,必须采用一种注重实证的技术,属于思辨科学。

2. 信息技术及其感知模式:字象与符号

经验的积累依靠信息技术的发明,文字是人类最伟大的信息技术革命。没有文字,人类的文明无从谈起。文字史上的"一熟期"文字最初都是具有图画特征的象形字。这些象形字最初都是在原始巫风时代强化、传播、传承观念的需要推动下的形式化活动的结果,因此也被视为神秘的"圣书字",如古埃及的圣书字、古代中国的甲骨文等。

文字产生之初便具有感觉极和理念极的两极。"音"与"形"是"感觉极"——仪式意义的重要感知形式,也是文字的"理念极"——原始观念——的现象存在。透过视觉与听觉形式的"感觉极",人才能领会"理念极"神圣的意义,才能对人的社会行为、情感、价值观加以引导和控制。作为观念现象的"音""形"二重现象,给文字在记录意义的方式上提供了两种选择方式:以"音"为介质的文字系统或以"形"为介质的文字系统。

伴随着东西方文化类型的成熟与发展，文字形态发展的结果大相径庭：汉字重"形"，"形"具有语义的主导性，意义可以只与视觉记号"字"联系，只在视觉层次上表达和传递，而与相应的音声记号不必有必然的联系；同时，汉字不仅在"形"——视觉层次上，而且在听觉层次、行为层次，甚至精神层次上表达和传递意义，这完全有赖于汉字的"象性"特征。汉字的"象性"决定了"在本质上是写意而非写实的，它们并非是对事物的忠实模仿"[①]，而是创造性的虚拟之"象"。汉字系统正是一个"象象并置""意象环生"的动态系统，是超越事物具象之"形"的"字象"系统。字象是有形的，但成形在心；字象是无形的，却历历在目。有形，决定了汉字的符号性；无形，解放了汉字的表意功能，决定了汉字表意的生成性。汉字的"形"是全知视角获得的"象"，超越了感官（眼睛）所见之"形"的局限，交流方式并不全然在于文字的形，而是依形而唤起的"象"。汉字"象形""象事""象声""象意"的构形原则，形成了汉字"形象""事象""声象"，构成"意象"无往而不适的"字象"系统。汉字用少数的部件和简洁的模件组合规律，实现了包括宇宙的信息功能，形成了东方记录世界的方式，也形成了东方人感知世界的媒介。

通过古埃及圣书字的考察可见，同样是象形文字，圣书体则字之"形"与字之"象"完全是两个层次上的观念[②]。西方的古代象形文字注重摹绘眼所见之"形"，局限于眼中所见事物的具体之"形"。而西方的文字形式几度更迭兴替，最终简化为字母文字，形成了与汉字不同质的文字系统。

从现象上看，西方文字的兴替是文化间征服与被征服的必然结果，

① 黄亚平、孟华：《汉字符号学》，上海古籍出版社 2001 年版，第 69 页。
② 王妍：《意象与仿像——艺术表意范式的中西对比与当代建构》，社会科学文献出版社 2015 年版，第 226—232 页。

然而从技术背景看，西方文字的兴替是商贸技术生存模式内在的本质需求——记录的科学性和书写的便捷性。

以古埃及圣书体为代表的西方古代象形文字摹绘眼所见之"形"，但是，绘形模态的方式使文字无法跟上无限纷繁的大千世界和高度繁荣的经济贸易活动，为此他们不得不为象形文字不断地增加表音、表意的冗余符号，也许正是这种冗余和繁复，使他们转而选择了以"音"为思维介质的符码化道路。约公元前 2500 年，苏美尔书写系统中，所有的图形要素几乎全变成声音单位，精通商贸的腓尼基人立即看中了字母本身的灵活性和适应性，毅然抛弃了象形的文字形式，用 22 个字母，轻松搞定全部的往来事务经济账簿。到公元前 1660—公元前 1450 年，古希腊大陆迈锡尼人所使用的书写体系也已经从象形文字变为线形文字，1952 年，英国学者文特里斯（1922—1956）成功释读了希腊出土的线文 B，线文 B 的泥板大多是有关经济的公文书，其中有很大一部分是有关登记人数和分配口粮的记录，这从一个侧面证明，西方古代文字的变迁与商业经济发展的需求是密不可分的。

到了公元前 1450—公元前 1200 年，与腓尼基通商密切的希腊人对腓尼基字母做了一项重大改动：将全是辅音的腓尼基字母扩展为包括 A、E、I、O、U、长音 E、长音 O 七个元音字母的"希腊字母表"，线形文字又一次发生了重大变革。希腊字母文字的简洁性和便利性助推了希腊文化的迅速繁荣。由希腊文学金碧辉煌的纪念碑——荷马史诗《伊利亚特》和《奥德赛》（公元前 6 世纪）可见，用象形文字书写记录这样宏大的历史画卷是无法想象的，若没有简洁便利的字母文字，后人也许永远无缘与它们遇见。这也许就是造成西方古代文学长于史诗、东方古代文学长于抒情诗的信息媒介技术背景。

"希腊字母表"成为各类西文字生发的源头（与此同时东方的殷商甲骨文已经成为汉文化成熟的文字系统），希腊的哲学、历史的著述方

99

式、悲剧和喜剧、民主和政治、生物学、几何学，以及人体雕塑和纪念性建筑——这一切都有赖于希腊人对字母文字的媒介革命，并最终决定了西方思维、西方文化今日的面貌。

到了公元前1世纪，罗马人将"希腊字母表"稍加改造，成为"拉丁字母表"①（而这时正是中国秦代，古汉文字第一次规范化和简化的小篆文字体系完成）。拉丁语用"性""格""时态""人称""语气""语态""体""数"等一系列语法规则，通过一些人为的规则来限定其义。由于罗马帝国的影响力，拉丁字母成为西方世界通行的字母。从中世纪至20世纪初叶，罗马天主教皆以拉丁语为公用语，直到现在，一些学术的词汇或文章的命名规则等仍使用拉丁语。虽然现在已经被认为是一种死语言，但在英语和其他西方语言创造新词的过程中，拉丁语一直是最基础的语言要素。

从文字构造方式来说，汉字"是与宇宙万物相对应的框架图式"。汉字的结构方式体现出汉字的空间思维，是汉字形码的一个重要结构特征，也是两维空间排列的汉字有别于一维线性排列的拼音文字之明显特征②；从组合规律来看，汉字是模件组合。世上万物品类繁盛，"象形"是永远无法穷尽的，因此，汉字采用了智慧的方式——空间化与模件化的组合方式。其实，"在前现代文明中有很多由模件体系组成的文化系统"，但是，"其中最复杂的就是汉字系统，是模件体系的完善典范"③。汉字模件是有限的，但模件组合可以拼成多达90000多个汉字，用少数的部件实现了"包括宇宙"的功能。

方块框架下的汉字模件组合具有以下基本特征：其一，汉字模件

---

① ［新西兰］史提夫·罗杰·费雪：《文字书写的历史》，吕健中译，博雅书屋有限公司2009年版，第154页。

② 喻柏林、曹河沂：《汉字结构方式的认知研究》，《心理科学》1992年第5期。

③ ［德］雷德侯：《万物——中国艺术中的模件化和模件化生产》，张总等译，生活·读书·新知三联书店2006年版，第5页。

排布的空间性。汉字基本可以分为三种基本结构：上下、左右、包围和半包围等杂合结构。汉字个体的独特性与唯一性皆取决于模件的选取、模件的数量以及模件的位置。其二，汉字模件的可置换性。其三，汉字模件位置的相对固定性。模件组成整字虽然有自由性，然而这种组合方式并不是随意的，但是又要被一些规则和条件束缚。规则和惯例限制着可能的排列模式。模件从不更改拼写方向，没有模件会在构形的时候上下左右翻转①。其四，汉字模件的层次性。复杂的模件可以包含其他比较简单的模件，例如"言"字，它在"警"字中是作为其中一个模件存在的，但其本身还包含着"口"字这样简单的模件。其五，汉字模件具有形态可变性。模件的比例、大小会根据模件所处的位置发生变化，以保证汉字整体的和谐。如果"亻"被用在上半部分，它的形态就会发生变化，会更像一个"人"字，比如在"金"字中的"人"字。

汉子模件的组合，使汉字呈现"象象并置，万物寓于其间"的"字思维"特征。而由模件构成的汉字与汉字的汉语，正符合"中国古典哲学中道生一后而二而三而万物的宏大命题。因此汉字具有超越自身、无比灵动的本质"②。模件组合在构形上法象自然，讲求阴阳调和、左提右挈、上下感激、对交制衡之"形势"，具有高度的构字智慧，汉字"部件之间正反、尊卑、轻重、抑扬、长短、开阖、明暗、浓淡、高低等不同质的对立都化作阴阳调和的生化过程——它们不是二分的，而是互动的感兴与会意"③。模件之间的排布体现出多维参照系的空间关系，使汉字具有"空间层化结构"的透明性。汉字象象并置，激发新

①　[德] 雷德侯：《万物——中国艺术中的模件化和模件化生产》，张总等译，生活·读书·新知三联书店 2006 年版，第 23 页。
②　石虎：《论字思维》，《诗探索》1996 年第 2 期。
③　王妍：《意象与仿像——艺术表意范式的中西对比与当代建构》，社会科学文献出版社 2015 年版，第 248 页。

义，富于生动的活感性①。

总之，汉字是对事物和事物关系的会意。汉字以空间为框架、以模件为单位、以意象为魂魄，是华夏文明独特魅力的标志，阴阳互动的构字方式和思维始终支配着中国人的世界观，形成了独特的汉字思维。汉字思维是一种"直觉思维图式"②，汉字"以象构思，顾及事物的具体的显现，捕捉事物并发的空间多重关系的玩味，用复合意象提供全面环境的方式来呈示抽象意念"③。"这种意象的表现，显现了思想流动的过程。……对于中国而言，没有象征没有意象就不可能有中国古典哲学和文学"④，也就不可能有中国的传统文化和传统艺术。因此，汉语以"字象"为思维介质、象象并置、"势多不定"的时—空完形思维意向结构，赋予了汉字语言为媒介的中国意象美学虚拟性审美文化特征。可以说，汉字与汉字思维是东方文化始终保持着与西方文化的差异、在世界文明进程中始终显现出独特个性的最重要的原因之一。

从腓尼基字母、希腊字母到拉丁字母，由象形字一变而为拼音字，西文字"书写发展的关键步骤是音化，也就是从图像过渡到音标符号"⑤。最本质的变化是字形与字义的分离。与形分离的字最终变成了"符号"，"这切断了系统外部参照物的关连，并且赋予该系统新的潜能……这意味着那个语音具备了独立的价值"⑥。语音的差别在表意的过程中起着举足轻重的作用。因强调语言符号的能指和所指的分离性而将所指悬置，形成了符号的任意性原则（索绪尔）。"声象"（sound-im-

---

① 王妍：《意象与仿像——艺术表意范式的中西对比与当代建构》，社会科学文献出版社 2015 年版，第 235—236 页。

② 石虎：《论字思维》，《诗探索》1996 年第 2 期。

③ 叶维廉：《东西比较文学中模子的应用》，载《饮之太和》，时报出版社 1980 年版，第 267—268 页。

④ 傅道彬：《诗可以观》，中华书局 2010 年版，第 43—49 页。

⑤ ［新西兰］史提夫·罗杰·费雪：《文字书写的历史》，吕健中译，博雅书屋有限公司 2009 年版，第 28 页。

⑥ 同上书，第 31 页。

age）成为其所指涉的概念（signified）的"像"，语义需要通过"声象"转化，由某些字母按线性排列组成一个单词，而语义则是在格、位、性、复数、时态等要素和前缀、后缀等冗余符号等重要的识读标志与线性逻辑中获得。按照鲁道夫·阿恩海姆所言：西语言"是词在一个维度上（直线性的）连续排列，因为它被理性思维用来标示各种概念出现的前后次序"，"一个接一个地按顺序结合在一起"①。声音之"象"是靠字母的线性排列和识记符号的线性解读完成的，话语只能透过有限的符号系统来仿现语义。这种线性特征和上下文的语法逻辑造成"声象"的"像性"，表音书写、线形书写方式以及语法的线性逻辑，使文字成为事物的符号标记，即事物的"仿像"。拼音文字形成的过程，就是西文字放弃对事物"形"的描绘，以"声象"为思维媒介的过程。

因此，西文字思维的本质是模仿。早在古希腊，柏拉图就指出了字母文字的线性思维及其"声象"模仿的本质。他说："一个名称……是用声音对被仿物的模仿；模仿者通过声音称呼他所模仿的事物。文字具备表现"实质"的潜力。"（《克拉底鲁篇》426C）。此后在长达两千多年的历史时期里，文字与"原本"的对应关系成为自足的横向关系系统，这个关系系统即表现为"模仿"性。指代与被指代，人们思维时，被指代者仿佛不过是指代者的影子或反映。② 文字是"构成性的语言"，左右着组织信息和概念表征的方式。字象与符号、模件组合与线性逻辑，中西文字信息技术的差异，造成了东西方思维方式的巨大分野。而作为信息记录的方式，文字决定了经验技术传承中的感知模式，因而影响着中西审美范式的差异。

103

---

① ［美］鲁道夫·阿恩海姆：《视觉思维》，滕守尧译，光明日报出版社 1987 年版，第 361 页。

② ［法］雅克·德里达：《论文字学》，汪堂家译，上海译文出版社 1999 年版，第 49—50 页。

三 基于组织技术—规则体系的感知模式及其差异

基于生存技术—产业形式的感知模式、基于经验技能—信息方式的感知模式，决定了东西方人组织技术、规则体系和文明架构的差异，因此决定了东西方人不同的人伦尺度及感知模式和情感模式。

（一）天人秩序的感知模式：天下与世界

自然与生存的天然关联，决定着人们对生存世界的秩序方式。

对于古代农耕技术的东方世界，天（自然）是一个充满恩情的存在。对于人来说，"上天有好生之德""天地之大德曰生""天地有化育之恩"，因此，中国人的"天"其实也是相当肉体化的，而它照顾与养育的对象也是"人"的"生"。"天"，是"有情的"肉体感官化体验式的认同的对象，中文用"体验"与"体会"一类词语形容这种感通技术。"体"是感官的认知模式。天—地—人是情意相通的关系，把天象与人间秩序结合起来，"天道"就是"人道""大道"。"天"垂"宪象"，观"象"而治——这是中国古代一切文化的思想基础。历象有序是圣王之道，圣王之道因而有了"天道"的神圣性、合理性的依据。虽然今天来看，把物候、天象与政治人事相关联看起来是十分牵强的比附，但实则反映出古人"象天法地"的思维方式对人事世界的现象建构。古代汉民族以"天象"为"法象"，把世界称为"天下"，形成了效法"天象"而秩序"天下"的规则体系：以"数"的变易之象为"易象"的哲理世界的现象建构，以"乐象"为"秩序"的人伦世界的现象建构，形成了中国古代世界的天、地、人三位一体的宇宙模式。"天下"一统，圣王为"天子"，天下之众生为"子民"，天—地—人和谐存续、荣损与共。这样的天人观是"中国人将智力感情化的结果"[1]，思想与感

---

[1] 孙隆基：《中国文化的深层结构》，广西师范大学出版社 2004 年版，第 19 页。

情浑融一体，是东方文化特有的情感智慧，是一种"有机哲学"和"有机技术"（李约瑟）。

与东方"天""地""人"三位一体的世界系统不同，西方的"天"却是外在于人的独立系统——"实有"（being），人的使命就是透过自然界中的现象去发现"事实"，这是一种人对自然的探索、挑战与征服的姿态。最有代表性、影响最为深远的，是毕达哥拉斯学派所发现的"数"，这在西方哲学史上是一个重要的创举。一方面，数与地球上的实体有关，它毕竟是物质性质的一种表示；另一方面，"数"的确与它所描述的物质实体有区别，它将物质实体从数学概念中剔除，将"数"抽象化，"数"是"一般性"也即"共相"。人们为他们所发现的事实甚感惊异：物质世界的各种各样的现象，都显示出相同的数学特征。这一发现促成了演绎的思辨体系，奠定了西方秩序世界的方法论基础，创造出以古希腊人宇宙精神为核心的西方世界。按照这样的思辨逻辑，希腊人运用形式逻辑和实验方法，试图发现深隐的、终极的、超越时空的"本原"。例如，欧多克索斯将球面几何用于天文研究，用纯数学的描绘，建构了一个以地球为中心的同心球理论。虽然今天看起来这个理论是荒谬的，但是，却表现出人类凭理性的力量建立起自然界的数学秩序，通过科学理性，建构起合乎逻辑的自然界的努力。

（二）人伦规范的感知模式："仁"之"君子"与"自由"、"公民"

在东方"天""地""人"三位一体的世界系统中，三者的动态和谐关系是维系系统平衡最重要的因素，而人际的和谐是重中之重。在长久的农耕文明中，孕育出崇尚人际和谐的重要理念——"仁"。如果说甲骨文"仁"字尚存在争论，那么，甲骨文中诸多关于人际相亲相爱的文字，如"夰"（人与人之间，互相亲爱）、"夾"（夹，像两小人在大人臂以下，隐喻提携扶持之意）、"化"（二人靠背而眠之风俗）、"乘"（二人抵足而眠）、"尼"（会二人相背嬉戏亲昵之意）、"兒"

105

（儿，二人相向拥抱之形）、"身"（同孕，表示母子之爱）、"申"（二人重叠暗示男女媾精）——这些字的双人结构①则证明，仁者，亲也。"仁"，即尊尊亲亲的伦理情志，只有以亲爱相处，才能处理好人与人的关系，因此，"人"最重要的基质是人际关系中所表现出来的"仁"。在汉字发展的进程中，本于类聚群分、同条共贯的简化原则，重文符号"二"的使用，最终在殷末周初形成了从"人"、从"二"（《说文解字》）的"仁"字。

从最初带有血缘亲族色彩的"仁"，到孔子（公元前551—公元前479）"人己对称"之"仁"，"仁"字的内涵转义为"仁爱""仁厚"——内在的道德情志，有着陶冶人们性情，启发个体主体的内在功能。"夫仁者，己欲立而立人，己欲达而达人"，"己所不欲，勿施于人"，这在很大程度上已经超越了古老的血缘群体的樊篱，使所有的人都有资格进入"仁"的新世界，将"人"从血缘群落引向社会人，为东方的伦理和谐提供了理论的根据。

"仁"这种道德情志与"身"这种感觉能力是二而一的存在。中国人习惯用"身"来指称自己，如"本身""自身""终身""安身立命"。每个人通过感知的"身"，推己及人，通过"由吾之身，及人之身"的心意感通，"将心比心""以心换心"，在一个包含人与我的"人情的磁力场"中自我完成②，升华人格。仁者，人也。只有能够处理好人与人的关系的人，才能成其为"人"，这样的"人"是谓"君子"。

"君子"最初是对统治者的称谓，经孔子儒家学说的转化，成为"见美反本""见贤思齐""见善思敬"的道德人格和"情感认知系统"。君子在社会中安身立命，就是在"君臣、父子、夫妇、兄弟、朋友"这"二人"相耦的五常关系中找到自己的位置，通过内省与道德

---

① 武树臣：《古文字中的"仁"》，《殷都学刊》2015年第1期。
② 孙隆基：《中国文化的深层结构》，广西师范大学出版社2004年版，第11页。

体认，认清自己的责任和义务并践履之，人人如此则会实现人伦社会的和谐。在东方人看来，家国天下遵循同一个伦理。统治者是"天子"，但要以"父母"自居，要"爱民如子"；而被统治者也以"子民"自认；天子是"国"这棵大树的主干，子民是大树的枝叶；所有人都知道，树干倾颓、枝叶焉附，枝叶枯萎、树干无覆的道理。国、家和个体是一荣俱荣、一损俱损的关系，"天下"是由亲情编织而成的亲密无间的统一整体。因此，"君子"是克服人我界限的"社会人"，君子注重内在自省，追求身心和谐、温柔敦厚、文质彬彬，当然，也追求自强不息、勇于担当，总是以天下为己任，先天下之忧而忧，后天下之乐而乐，甚至在需要的时候，杀身成仁，为安天下而献身。

对于西方人来说，"天"是独立于主体之外的客体，每一个"人"也都是一个独立的客体，是一个个独立的主体存在。西方人个体的独立意识，其文化基础导源于西方的城邦文明。城邦培育了民主制度，也培育了西方人的"公民"意识。

与古代中国一以贯之的封建宗法制不同，在公元前 6 世纪以前，西方各地逐渐打破了原始氏族血缘关系的社会结构，建立了以地域关系来划分居民，并按照财产的多少划分等级的城邦。诸城邦呈现出多中心的游牧形态，"并不存在什么能够有权要求管辖全希腊的，或甚至某个地区的最高政治权力"①。这些小小的城邦不仅是独立的主权国家，而且"每个城邦向它的邻邦要求它的自由和自治"②，对于希腊人而言，一个有着共同语言和理想的独立民族的文化统一体——城邦——就是"国家"的主要含义。城邦——polis，由土地、人民及其政治生活三个因素构成，是"至高而广涵的社会团体"（亚里士多德《政治学》）。居于polis 中的人被称为 Polites，为属于城邦的人，即"公民"。可见，"公

---

① *Herodotus and Thucydides*, by R. W. Macan, ch. 19, Vol. V, c. a. h.

② *The Growth of Greek City-states*, by Adcock, ch. 26, Vol. N, c. a. h.

民"首先是脱离了血缘关系的独立个体。

"公民"是"自由民"。公元前 594 年，雅典的梭伦（约公元前 638—约公元前 559）实行了改革，在城邦中实行公正立场，设立了新的最高权力机关——四百人会议，选举行政官。一切公民，不管是穷是富，都有权参加公民大会，公民与城邦的关系、城邦中的政治生活被厘定为全邦的政治制度，即"宪法"，政体或政府被称为 Politela，以"宪法"为核心的各种法律保障了公民"自由"。继之而起的古罗马承续了古希腊的民主城邦制度，并进一步打破了城邦政治狭隘的静态的眼光，不分民族和地域，统一安排公共生活，建立了协调大型国家中社会关系的政治与法律机制，强化了"民主"和"公民权力"这些基本理念和精神。这种自信与独立，成就了西方人的"思辨"意识和独立的"公民"意识。

自由不仅表现在个体与人伦关系中的独立性，而且表现在个体与自然关系中的独立性。希腊人在关注人的社会关系的同时，更关注在宇宙中的各种事物体系中人的命运。与东方血缘亲情的"人伦世界"不同，西方的世界是永恒存在的有序设计，世界是神的秩序。人作为该设计的一部分，也具备神性。因此，一方面公民素养体现为热心政治、积极进取的责任心，遵守秩序、自我肯定，追求"智慧、荣耀、睿智、贤明、勇猛、忠诚、公正"，又有探究自然、探索宇宙的理性精神；另一方面表现为热情、幻想、自我否定、好强争胜、热情冲动、追求忘我的"迷醉"。在灵与肉之间、人与神之间的悖立与挣扎，是西方文化中永远的矛盾存在。

（三）政体规则的感知模式：礼治与法制

"仁"是人与人之间的情感关联，落实到秩序社会的规则，便是"礼"。

"礼"的精神内核是"仁"，在东方人看来，建立在宗亲血缘关系基础上的亲缘之爱是"天命"之"人性"的内在欲求，这是"礼"能秩序社会的根本原因。"礼"是一整套具体化为制度性的、可操作的"知识"①，落实于外在形态的器物制度、礼乐仪典。礼的"观念"附丽于其所创造的器、物之上，使器与物在为"用"的同时，更成为"治"的手段——具有规范秩序意义的思想符号，这便是"尚象制器""象以典刑""示民以常"。

　　关于尊卑刑罚的理念不仅体现在衣（服制）、食（鼎器制度）、住（明堂、城郭制）、行（舆制）等器物上，还体现为一整套的礼乐制度。从器物之象到礼乐之象，是技术文明所推动的文化革命，例如：养蚕业和缫丝业的发明和发展，产生了"丝附木上"的琴、瑟、筝；有了冶炼技术，石磬演变成金属的磬，出现了金属的钟、钲、铙等乐器。《诗经》中提及的即有鼓、钟、钲、磬、缶、铃、箫、管、埙、笙、琴、瑟等 29 种，这些乐器在周代按制作材料分为：金、石、土、革、丝、木、匏、竹八类，称作"八音"。在八音的伴奏下，仪典上歌、乐、舞三位一体的《诗》，不仅调节情志，而且起到道德教化、道德评判的作用，因而，这些诗乐也被称为明示礼的秩序的"象乐"。尊尊亲亲、长幼有序、朋友有信、男女有别等人伦规范，都是通过体验这些仪式艺术而内化于人心，并使人乐于为"仁"。中国古代哲学《易》，也是从天、地、人的伦常关系出发的哲学著作。中国人利用这种道德自觉的"沉浸式"体验方式，创造出执简驭繁、劝善惩恶之"礼治"之道，在东方漫长的历史岁月中秩序社会、统治天下，发挥着巨大的整饬人心的作用。中国人眼光始终落在人伦、社群、集体关系的理想化政治。

　　东方以"礼治"为核心的政治体制，是建立在家、家族、家国这一"伦理情感"结构上的东方政体，而西方以"律法"为核心的法制思想，是基于商贸文明所需要的"理性"精神。

109

---

　　①　葛兆光：《中国思想史》第一卷，复旦大学出版社 2001 年版，第 19 页。

古代苏美尔、古埃及的古代文献证明，古代西方最重要的文献多为法律文书、公簿账契，如乌鲁克文明（约公元前 20 世纪）的字典、文法形式及法律程序，古埃及的"伊浦味陈词"（公元前 1750 年前后）等。古代西方最早的法典——古巴比伦国王汉谟拉比（约公元前 1792—公元前 1750 年在位）颁布的法律汇编中，除一些关涉道德、义务的内容外，还包括租地、经济纠纷、果园、实物租赁、商贸、托送、人质、债务、寄存保管、医疗、理发、建筑、船业、租业、委托放牧、雇工、关于奴隶的纠纷等，这些都是与经营商业相关的法律契约。在巴比伦第一王朝时代（公元前 1894—公元前 1595），私法文书泥板保存了买卖、交换、雇佣和租赁的文据，这些文书编制详尽、规定明确的法律公式表明，存在各式各样的各个人间的商业关系。古代罗马共和国时代的《十二铜表法》（公元前 451—公元前 450），虽然残缺不整，但从片段条文中，仍可以窥知一斑，从债务法、父权法、监护法、获得物法、占有权法、土地权利法，到伤害法、公共法、圣法、补充条例，可谓事无巨细，全面笼罩了现实生活。同样，古代印度的《法经》《法典》（约公元前 11 世纪中期，一说当为公元前 6 世纪），乃是民法、刑法、祭典和习惯的法令简编。阿育王铭文、孔雀王朝的《政事论》，以及后来的《摩奴法典》《那罗陀法典》——国家政令都是以法的形式规定的。

律法总是与数字密不可分的，这一点出土文献可以证之。乌鲁卡基那改革（公元前 2378—公元前 2371）原文以苏美尔文写成，全文充斥着具体的数字表示。"哈里斯大纸草"以拉美西斯三世（公元前 1204—公元前 1173）的名义发表的文告，六部分中前四个部分的叙事部分都附以统计报告（神庙财产的清单、神庙臣民每年交纳赋税的定额、拉美西斯三世私人的赠物、新旧节日的特别捐赠），第五部分做出了数字的总计，第六部分是神庙臣民交纳的货币税与实物税。同样，与古巴比伦相邻的埃什嫩那国王俾拉拉马的法典，楔形文字的两块泥板上存文 59

条，几乎每一条都是数字表示。数字表示法几乎排除了一切暧昧含混的、带有主观情感表达的方式，而表现出法制观念的理性特征，体现出理性主义的"律法精神"。

（四）内心秩序的感知模式：情感理性与宗教性理性

"仁"与"礼"，将东方人的感情与理性融为一体，创造出基于感情作用的内心秩序，形成了东方特有的情感理性。情感理性以"仁"为核心，"仁"是建立在人人关系基础上的伦理情感，其实质也就是"情理"。每一个人，注定是伦序中某一个人生的角色，因此，在人间秩序中找到自己的位置，将它当作天赋命运一般地予以安守，是超越于人世间之上的"天理"，知情理就是"知天命"。对人民的"养"与"教"，解决"民食"与"镇止民心"是君子们"平天下"的理想，是"中国式的宗教行动"，"而中国式的僧侣集团也就是'政治挂帅'的士大夫阶层"①。他们始终系怀于"仁政"与"民生"。在中国文化里，是没有西方式的"上帝"的，就是西传而入的佛教，在中国也转向禅宗，转向众生，每个人可以即心即佛，都可以超生。中国人尊崇"天人合一"，但相信"天道远，人道迩"（《左传·昭公十八年》），"未能事人，焉能事鬼？""未知生，焉知死？"（《论语·先进》），可见，本质上"天道"就是"人道"，把存在的意向完全集中在这个人间世上，充满现世关怀的情感理性。

西方人目光总是定格在超越于尘世的终极性存在，将其自然精神、自由精神、神秘精神、理性精神、科学精神和思辨精神推向超然的极致，"用'智慧'和'思辨'去追寻'物'之'源'的深度和领悟'形'而'上'的高度"②，我们将这种理性精神称为宗教性理性——一

---

① 孙隆基：《中国文化的深层结构》，广西师范大学出版社 2004 年版，第 262 页。

② 高师宁：《西方宗教社会学中的宗教定义与宗教性的测定》，《世界宗教文化》1993 年第 4 期。

种追求信仰，直至达到忘我迷狂的理性精神。宗教性理性表现在以下三个方面。

一是"形上"精神。无论是对"物"自体、"物"之上（或"物"之后）的"本原"，还是"理念"的反思，西方人对"物"的认知都达到了一种升华和超越。这一方面开辟出科学地认识世界的道路；另一方面导致了以西方基督教为代表的"绝对一神"的宗教精神。"自然之探"和"超然追求"使西方传统文化具有神学的宗教特性，在"现实"与"永恒"、"此在"与"彼岸"、"现象"与"终极"之间，表现出对"形而上"问题的极大关注。

二是"内省"精神。与对"物"的认知相并列的，是西方人对"己"的内省。这标志着西方传统思想对"主体精神"的关注，导源于古希伯来民族因屡遭磨难而产生的自身"有限"和自我"救赎"，以及古希腊人对"认识你自己"（苏格拉底）的反思。西方文化彰显出一种危机感、危难感和悲剧意识，探求过程中深感"我知我无知"的悲剧性，以及与命运对抗的悲剧精神。认识"自我"和超越"自我"的努力，激发了发达的"主体意识""主体哲学"，人们总是企图在人类的理性中发现神，在神圣理性的照耀下完善自身。

三是"契约"精神。无论是以古罗马为代表的以平等为原则的社会契约、人际契约，还是宗教文化中以救赎为目标的人神契约，西方文化用契约精神建立起国家和法律，用人类的理性来达到治世目的。

总之，古希伯来文化、古希腊文化以及古罗马文化培养出西方文化的宗教性理性，"体现出其逻辑性和现实性，展示为极为明显的体系化和系统化，以及理性、严谨、秩序和规律。但另一方面又充分表露出'神秘主义'，体现出'启示'难以洞究的唯灵性和超理性"。①

---

① 高师宁：《西方宗教社会学中的宗教定义与宗教性的测定》，《世界宗教文化》1993 年第 4 期。

通过上述分析可见，面对生存环境与生存世界，人们的生存实践活动一方面表现出现实性，另一方面则会表现出超越现实性的虚拟性。由于东西方的人们所面临的现实问题不同，因而他们的世界观和技术系统也是不同的。东方文明注重关系的变化，通过"心"的感觉力营构天人一体的宇宙观、人心相通的"良知系统"，礼由"仁心"的感化政治，通过"字象"的信息方式、技术媒介对生存世界的信息转换与意义建构，借由情感理性建构了"超经验"的天人秩序、人伦规范和规则文明，以及东方色彩的理想性生存境界；西方文明选择了模仿技术系统，建立了人我两分的世界观，又通过人为符号的信息方式，以"理性"精神建构世界的逻辑秩序，强调主体精神的自由意识、注重契约律法，建立了勤于法律的民主政治，通过模仿的力量建构"实在"世界的"仿像"——"理想国"。

113

第二节　模仿与虚拟：感知技术的差异性选择

东方与西方的生存技术都是原始诗性思维的延续。但是，生存模式和技术类型经过长期的积累与磨砺，表现出明显的选择倾向：东方文化偏于虚拟系统（情感逻辑、类比思维、意象媒介）；西方文化偏于模仿系统（符号逻辑、分类思维、形式媒介），形成了东西方感知技术的差异性选择。事实上，技术系统不仅本身是外在的一套文明形态，也是内化的思维方式，技术实践活动方式一经在主体观念中形成思维定式，就会以先行的模式观照着思维对象、决定着思维主题的运动方式，以及思维结果的存在方式和表达方式，培育出该文化的精神、科学、力量和文明的伟大艺术。正是这不同的选择和不断的体认，形成了东西方文化行为方式、社会价值、目标取向的迥然相异，决定了人类艺术创造行为的多种可能性。

因此，由原始仪式艺术发展而来的歌（文学）、乐、舞、绘画、雕塑、戏剧、建筑各类艺术，在东西方时空环境中逐渐发展出各自的品格与特征，虚拟与模仿在东西方艺术中分别得到了长足的发展。以下，我们将以技术系统的三要素——动力系统、操作系统和媒介系统——的差异为背景，勾勒古典艺术①发展时期，模仿与虚拟的"双螺旋"艺术史构象。②

一 动力系统：眼与心——凭所见（saw）与凭所感（felt）

（一）作为创造动力的"眼"——凭所见（saw）

贡布里希认为，西方艺术史最具革命性的变革，发生在公元前 500年。以"短缩法"（foreshortening）为标志——"这真是艺术史上震撼人心的时刻"③，"希腊人开始使用自己的眼睛了"。这是一场基于"眼"的视觉革命，"这场革命一旦发轫，就无法遏止"④，开辟了西方模仿—再现艺术的发展道路。

首先，"眼"确立了西方艺术的"现实性"态度。

在人们的经验中，一个人的手臂被"短缩"或"切去"时，这种不完整是不符合人的"现实"状况的，不"真实"的（这一观念在世界各地早期人类艺术中毫无二致）。在埃及人的观念里，必须把每一事物尽可能清晰且永久地保存下来。因此，他们创造出理想化的正面律法

① 古典艺术，指通常被称为古典时期的希腊—罗马艺术，以及文艺复兴后的新古典主义。古希腊鼎盛时期与中国周代年代相当，古罗马时值中国汉代，而周—汉时代也奠定了中国文化的基础，一直持续到清代。以下所论都以古典时代东西方艺术为案例。

② 由于文明发展相对隔绝的局面直到近现代才被打破。因此，我们这里所说的东方与西方的差异，主要是指轴心时期以来到近代之间的传统艺术的审美差异。

③ ［英］贡布里希：《艺术的故事》，范景中、杨成凯译，广西美术出版社 2008 年版，第 81 页。

④ 同上书，第 78 页。

则，将每样东西以最能表现它的角度画出来。他们运用网格和比例——客观化的知识，将事物完整地定格在网格的尺度之上，希腊人则将古埃及人基于客观知识的"正面律"之"现实性"，发展为建立在"眼"——感官知觉的"现实性"基础上。当古希腊人不再相信关于神祇的古老遗教和传说，开始用艺术表现自己的"眼"中所见的事物，便发现了"眼"中的"现实性"。以古希腊瓶绘上的图案为例：一只脚的正面的样子不再是"实际的"脚的样子，脚趾被画成了"眼中所见"的样子——四五个圆圈——"短缩法"首开先河——准确地表现"眼"中的事物，形成了人类历史上无与伦比的伟大的古希腊艺术。

在古希腊艺术的影响下，模仿"眼"见的"真实"的技术探索，成为西方艺术的集体无意识，它是西方艺术的深层结构。古罗马人继承了希腊艺术的技法和成就，出于表现战功记事的纪实需要，罗马人着力于准确地表现全部细节、清楚地叙事和惟妙惟肖的优秀肖像，以使人们对战役有深刻印象，他们有时甚至用以石膏套取死者面型，所以对于人的头部结构和面貌有惊人的了解……由此成功地实现了既逼真又不平凡的艺术效果。艺术家为了获得比希腊人曾尝试制作的一切更为真实而不加美化①。这样的举动使艺术的性质发生了改变，艺术的主要目标已经不再是古希

图 3 − 1　辞行出征的战士

（攸西米德斯，创作时间为公元前 510—公元前 500）

115

---

① ［英］贡布里希：《艺术的故事》，范景中、杨成凯译，广西美术出版社 2008 年版，第 121—123 页。

腊艺术的和谐、优美和理想性的表现，而是"现实性"地表现"眼"中世界的"真实"状态。

如果说古罗马人对于人体结构的模仿是一种出于本能的方式，那么，文艺复兴时期，对人体解剖的研究，则将对人体结构的模仿提升到一种科学的态度。以达·芬奇为代表，他用长达40年的时间，不仅研究了人体器官构造和年龄性别特征的比例差异，绘制出了精确的解剖图，还详细探讨了人体内部结构在外形上的表现，以及人物的表情、动态的变化规律，这种研究，为西方艺术的"现实性"需求提供了强有力的技术支持。思想的解放和科技的进步，再度激发了"视觉革命"，进一步夯实了西方艺术以满足"眼"之所见的现实性为动力的艺术创造之路。

其次，"眼"进一步拉开了主体与客体的"距离"。

"眼"这一感官的特性是强大的远身感知能力。这为进一步拉开主体与客体、自身与世界的距离提供了条件。这个"距离"解放了艺术家。希腊人乐于在"一定距离"外观察事物，他们能根据眼睛的位移，通过"既定视角"看事物，基于人眼与被观察物的距离、方位以及某个既定时刻的有限却又独特的人类视角，来表现从特定视角观察的视觉差别效果。眼睛与被观察物间的距离预示着"景深"的存在。这个"景深"深深地吸引希腊人的眼球。"景深"作为空间本身，它与人眼的关系创构出无限的魅惑，对空间的竭力模仿是最突出的主题。从文艺复兴时期建筑大师布鲁内莱斯基（Filippo Brunelleschi，1377—1446）和阿尔伯蒂（Battista Alberti，1404—1472）在深厚的几何学与建筑学基础上发现了构造空间的透视法（Perspective），到17世纪的光透视、19世纪的色彩透视——"眼"的视角与"透视"技术，将对自然、对现实世界的模仿的"真实性"一步一步推向了新的高度。

再次，"眼"规定了西方艺术"模仿"与"再现"的本质。

"凭所见"的希腊艺术是对"凭所知"的埃及艺术的学习和进一步发明。根据埃及人的比例理论，雕塑师可以像石匠一般，只需要并完全依赖于那些尺寸便能在任何地方开始工作、复制——更准确地说是生产——任意数量的雕塑部件。古希腊人一方面接过了埃及人将知识客观化为一系列的规则的理性方法，另一方面，他们特别关注眼中的"短缩法"的多样性，以及关注完成的作品将会在怎样的特殊环境中被观赏。[①]"再现""视觉感知"中获得的"视像"，这样的努力，在西方艺术中始终未变。从"眼"——感官感知觉的原理出发，古罗马人甚至利用空间错觉来制造视觉"真实"的沉浸的幻觉，中世纪哥特建筑则用尖券、立柱、拱肋和彩色的排窗，"再现"出超乎现实世界之上的天堂。"真实"感是西方艺术的总体目标。13世纪后，伴随着科技的发展进步，这个目标更为迫切，艺术家们借助科学技术，将希腊人观察自然、对自然的模仿，转向发掘客观规律，使形象显得更加真实可信，把宗教故事叙述得更令人感动、更令人信服。14世纪，画家马萨乔、乔托、曼泰尼亚等重新发现了在平面上造成深度错觉的艺术，皮耶罗、提香等运用光、气、色的技艺，达·芬奇的"渐隐法"（Sfumato）等，强化了表现立体实物的效果，造成景深的错觉。艺术家运用解剖学、透视学及明暗法等科学手段，在二维平面上创造三维空间的真实错觉，将"模仿"技术推向登峰造极的地步。

这个趋势在17世纪以后愈加强烈。画家卡拉瓦乔甚至被指为"自然主义者"（Naturalist），因为他决意要忠实地描摹自然，打算像观看邻居家里正在发生的事情一样地去描绘那些"神圣事件"，尽最大的努力去使古老经文中的人物看起来更加真实、更加可感可触，这种执拗和"忠实"对后来的艺术家有着决定性的影响。此外，一大批艺术家也是

---

① Erwin Panofsky, Meaning in the Visual Arts Chapter Ⅱ *The History of the Theory of Human Proportions as a Reflection of the History of Styles*, University of Chicago Press, 1983.

乐此不疲：鲁本斯笔下活生生的肉体，委拉斯开兹、伦勃朗笔下现实中一个个特殊瞬间和特定的人，荷兰的艺术家像镜子那样忠实地去映现自然的风景……一切"眼之所见"都被永远固定在画布上。

图3-2　〔荷兰〕霍贝玛《林间小道》(1689)

图3-3　〔意〕卡拉瓦乔《以马忤斯的晚餐》(1600)

如果说埃及人运用网格与比例力图表现出永恒性，那么希腊及其之后的艺术家的目标似乎更着意于表现现实世界的瞬间永恒。即便是19世纪末印象主义者的艺术目标，从本质上说，也与文艺复兴以来建立的艺术传统并无二致。他们探索色彩的反射，印象派实验粗放的笔法效果，点彩派用点状纯色制造出合乎光色规律的色彩并置，让无数小色点在观者视觉中混合，从而更完美地复制视觉印象，他们要把自然画成我们"看见"的样子，"把视觉所见以'科学的准确性'描绘在画布上"①。

总之，西方艺术一直重视"眼"之所"见"、"眼"见之"实"。虽然间或有重视内心世界、内在情感的思潮出现，但这从未撼动西方艺术对"再现"外在世界的狂热追求。近现代的光学、化学、电学发明，使这种激情变本加厉，从"窥视镜"到每秒24帧的电影，再到数字虚拟现实，在围绕"眼"的感官技术开发的同时，其他感官的感知原理也被利用来进行艺术创造（如基于听觉的立体声艺术，基于触觉的交互艺术），数字信息技术领衔的虚拟技术，拟真与真实混为一体。西方技术以感官技术的开发为基点，数字技术条件下，向着开发出全部感官的感觉，完美的"模仿"顺利地转型为完美的"虚拟"，从"忠实"地反映出世界，到征服"真实"，制造出现实与虚拟相融合的"虚拟实在"，这是西方艺术发展的必然结果。

（二）作为创造动力的"心"——凭所感（felt）

贡布里希将西方艺术史上的艺术分为三类：一类是凭所知（knew）的艺术，如埃及人的正面律绘画为代表；第二类是凭所见（saw）的艺术，以希腊艺术为代表；第三类是凭所感（felt）的艺术，以中世纪初的宗教绘画为代表②。可谓独具慧眼。但不得不指出的是，由于文化语境所限，他所描述的"艺术的历史"只能是局限在西方艺术的历史背景中和西方文化中心的视域下。虽然在《艺术的故事》里，他曾多次提及中国艺术与西方艺术间存在着迥然相异的风格，却出于种种原因未能对中国艺术详加探析。受贡布里希的启发，如果我们站在更加宏阔的

①　［英］贡布里希：《艺术的故事》，范景中、杨成凯译，广西美术出版社2008年版，第561页。

②　同上书，第165页。

视域下来看人类艺术史，那种与西方艺术风格迥异的东方艺术便会跃然在目。套用贡布里希的话语：如果说西方艺术创造的出发点偏于"凭所见"（saw），其动力系统是主客对立之"眼"，那么东方艺术创造的出发点则偏于"凭所感"（felt），其动力系统是交互建构之"心"。

首先，以"心"为艺术本源的情感逻辑。

中国艺术理论开山的纲领，是诗学中的"诗言志"（《尚书·尧典》）。"诗言志，歌永言，声依永，律和声，八音克谐，无相夺伦，神人以和。""志"是"人之志意也"（孔颖达《毛诗正义·诗谱序》引郑玄注《尧典》），艺术是通过"言志"来达到"和"的理想境界。孔子论诗，诗—乐—文（包括礼乐仪典中的各种艺术）兼论、情—志—意并举。他说"诗亡隐志，乐亡隐情，文亡隐意"[1]，可以说是轴心时代中国诗学理论的总结，在理论层面奠定了中国艺术情感逻辑的基调。

汉代儒家进一步发展了孔子诗论。《诗大序》称："诗者，志之所之也。在心为志，发言为诗。情动于中而形于言，言之不足，故嗟叹之，嗟叹之不足，故永（咏）歌之，永（咏）歌之不足，不知手之舞之，足之蹈之也。"本于"心"的情志之动，发于外在的歌咏舞蹈，这是艺术发生的绝妙论述。汉末魏晋，社会动荡，思想激荡，士人纵浪性情、重情任情，主体意识的觉醒使个性化的风骨性情从礼学的情志中解放出来，"情"成为艺术创造的内在驱力。西晋陆机言："诗缘情而绮靡，赋体物而浏亮。"（《文赋》）"诗缘情"极为精妙地概括了艺术创造的内在机制。与陆机同一时代的刘勰，以体大思精的《文心雕龙》，全面论证了以"心"为本源的艺术论。在《文心雕龙》中，"心"字（112 见），此外，还处处与"情"（148 见）、"志"（75 见）、"意"（79 见），联言互义，亦多与"神""气""风""骨"偶俪相偕。他提

---

① 李学勤：《〈诗论〉的体裁和作者》，载上海大学古代文明研究中心、清华大学思想文化研究所编《上博馆藏战国楚竹书研究》，上海书店出版社 2002 年版，第 52 页。

出"情者立文之本源","五性发而为辞章",确立了"以情立文"的主体基调；指出为文要遵循"情真"的原则，就能达到"情深而文明"，创造出优秀的文学作品。

魏晋以来，各类艺术纷纷觉醒，乐论、画论、书论等等都以"心"为重。如嵇康言："歌以叙志，舞以宣情。"（《声无哀乐论》）郭熙谓：绘画追求的是"林泉之心"（《林泉高致》）。魏晋以来，论文、论赋、论诗、论乐、论舞、论书的文章，重点都落在了"心"上，共同构筑了情志为核心的中国艺术理论框架，形成了中国艺术以"心"为动力的理论体系，虽然在不同的历史时期和现实需求中，情、志、意三者的表达各有侧重，但万变皆统于"心"，中国传统艺术理论史上的"意象""气韵""性灵说""童心说""意境"等，都是在"心"的动力体系中的拓展。

总之，正如梁启超所云，在中国人眼里，"心力是宇宙间最伟大的东西，而且含有不可思议的神秘性"。"情感……是人类一切运作的原动力。"① 因此，中国人论艺术，总是重在人心而鄙薄技巧，甚至贬称其为"奇技淫巧"。

其次，以"心"为机枢的"物我交互"与"感通"。

《礼记·乐记》云："凡音之起，由人心生也。人心之动，物使之然也。感于物而动，故形于声。……乐者，音之所由生也，其本在人心之感于物也。"乐（艺术）、心、物三者之间，以"心"为机枢，交互感通，"心"感于"物"，"乐"本于"心"，因此，可以说中国艺术的创造必须在心物"交互"的感通过程中去完成。如果说《乐记》还是在礼学框架下的经说，那么，魏晋时代的诗人们则将之阐释为艺术的感通美学。钟嵘《诗品序》言："气之动物，物之感人，摇荡性情，形诸

① 孙隆基：《中国文化的深层结构》，广西师范大学出版社 2004 年版，第 18 页。

舞咏。"陆机在其《文赋》中写道:"诗缘情而绮靡,赋体物而浏亮。""缘情""体物"指的是"遵四时以叹逝,瞻万物而思纷。悲落叶于劲秋,喜柔条于芳春。心懔懔以怀霜,志眇眇而临云",心物互动的结果,是"诗""绮靡""赋""浏亮",艺术之美就在心物互动中产生出来。刘勰更是提出艺术创造的独门绝技——"窥意象而运斤"的"独照"(《文心雕龙·神思》)功夫:"独照之匠,此盖驭文之首术,谋篇之大端。"所谓"独照",即"情以物迁""物以情观"(《物色》)。物色相召、物动心摇,情畅、心凝都与季节变换相关,感物兴情是一种再自然不过的心理活动。物因四时而变,情因物容而迁,"是以诗人感物,联类不穷。流连万象之际,沉吟视听之区"(《物色》)。此"物"已经不再是自然"物色",而是以情观物的"情物",辞因情迁而发,感物兴情的思维活动如同水起涟漪,在心物互动的过程中不断地扩展开来,形成意识的流动与绵延。作家创造时,"感物伤情""触景生情",之后,"寂然凝虑,思接千载,情焉动容,视听万里,吟咏之间,吐纳珠玉之声;眉睫之前,卷舒风云之色;其思理之臻致乎。故思理为妙,神与物游……夫神思方远,万途竞萌,规矩虚位,刻镂无形,登山则情满于山,观海则意溢于海,我才之多少,将与风云并驱矣"(《文心雕龙·神思》),"情景交融""物我不分""物与神游""天人合一"是中国艺术追求的圆满境界。

《神思》篇描述了艺术家创作的精神状况:这样的艺术,肇始于物我交互,完成于受众与作品的感通。在交互过程中,可以"使味之者无极,闻之者动心",达到艺术的至高境界。人可以"乐琴书以消忧"(陶渊明《归去来辞》),"著文章自娱"(陶渊明《五柳先生传》),乐"可以导养神气,宣和情志,处穷独而不闷"(嵇康《琴赋序》);诗不仅可以"使穷贱易安,幽居靡闷"(钟嵘《诗品序》),还可以引人"收视反听""澄心凝思"(《文赋》),"陶钧文思,贵在虚静,疏瀹五脏，澡雪精神"（《文心雕龙·神思》）。由伦理情志的感召到审美情志的发扬，是对人的空前的解放，更是艺术的解放。艺术从政教功利的附庸，踏上了独立自由的审美境地。

再次，以"心"构象的"虚拟""表达"。

心物互动的艺术是"凭所感"（felt）的产物，是一种"课虚无以责有，叩寂寞以求音"，"规矩虚位，刻镂无形"，"凭虚构象"（刘熙载《艺概》卷三《赋概》）的"虚拟性"的创造活动，因此，艺术的目的并非反映眼中的"现实"，而是心中的"感悟"。这种感悟"既不是单纯的主体精神活动，不是运思概念的抽象思维，也不是纯粹的事物表象的运动。它是以审美情思为运思动力，以事物表象为运思'实体'的'神'与'物'相互融合的心化活动"①，其所创造出来的审美意象是一种虚拟性的存在，虽然它不是"眼"中所见的"现实"，却因"心"的感知起到"真实"的效用。

以空间艺术的创造为例，在中国艺术家的眼中，"万里江山"不是眼中的，而是心中的。宏阔的空间无须用精确的透视来构图，而是利用留白、布势、主次、对比、均衡、疏密、开合等构图法则实现的。"留白"是中国艺术家最为钟爱的空间艺术创造手段。最有名的例子是马远的《寒江独钓图》。画面上只有垂钓的渔翁独坐一叶扁舟，以及船边寥寥几笔的微波，余皆为空白。无笔墨处之"虚"却表现出茫茫江水、悠悠天空，以及在此无限阔大的时空之中钓翁之"独"，"虚实相生，无画处皆成妙境"（《画鉴》）！

"计白当黑""以少总多"，是中国艺术的"虚拟"策略，表现出虚实相生的"虚拟"特性。中国艺术家最擅长用很少的事物来衬托意境，而不是直接描摹纷繁的景物去"模仿"出情境。

---

① 黄霖：《原人论》，复旦大学出版社2000年版，第78页。

图 3 – 4 （宋）马远《寒江独钓图》

中国画家发明了"三远法"来制造寥廓的空间感。北宋郭熙在所著《林泉高致》中提出"山有三远，自山下而仰山巅，谓之高远；自山前而窥山后，谓之深远；自近山而望远山，谓之平远"，韩拙又继其后再添三远"阔远""迷远""幽远"（《山水纯全集》）。"远"的表现除了视角的因素之外，更主要的是借助于云烟流水的要素。郭熙云："山欲高，尽出之则不高，烟霞锁其腰则高矣。""水欲远足出之则不远，掩映断其脉则远矣。"（《林泉高致》）因虚生实，借虚以见实。总之，胸（心）中有丘壑，才能笔下有烟云，群山莽莽、溪涧回转的无限风光，都是三远法所赐，与科学计算的透视法无关。

中国人物画的重点不在人体结构，而是意在追求"传神"。"气韵生动、形神兼备"（顾恺之《画论》）是绘画要旨，故中国画论上又称人物画为"传神"。特别是魏晋之后，佛学、玄学盛行，追求任情而自然的画风。"线"的艺术被中国艺术家推向了极致。通过线条的力度、节奏、韵律、气势等美感效果来表现对象，创造出"曹衣出水"〔（北齐）曹仲达的线条风格〕、"吴带当风"〔（唐）吴道子的线条风格〕的效果，前者笔法刚劲稠叠，所画人物衣衫紧贴身上，犹如刚从水中出来一般；后者笔法圆转飘逸，所绘人物衣带宛若迎风飘曳之状，并未着意于追究人体结构基础上的衣服的样貌，而是通过表现"出水""当风"
的线条——水与风在人体上的作用，虚拟出人的形体。

图3-5　（唐）吴道子《八十七神仙卷》（局部）

图3-6　麦积山石窟第47窟佛像

125

　　最有虚拟性特征的人物造像是写意人物。南宋画家梁楷创造了大笔
泼墨、简笔人物画，开拓新风气，其作品《泼墨仙人图》《太白行吟
图》等皆运用豪放而简洁的笔墨，生动地表现出人物的神韵，为后世文
人所偏爱，逐渐形成中国人物画的一个主要潮流。

图3－7　（南宋）梁楷《太白行吟图》　图3－8　（南宋）梁楷《泼墨仙人图》

即便是工笔重彩，也不是现实写生，而是程式化的敷染，完全不同于西画的写实。对中国人物画来说，男女老幼的性别年龄的差异、自然环境的变化都对造型的影响不大，画家并不陷入理性规律的精神沉醉，他们在向着人物内在精神的发掘中，有意忽略了"眼"中的"真"，与西方人物造像的"写实"要求相去甚远。

人物画的主人公多为仕女、高士。这样的仕女与高士不是写实的人物画，而是哲学思辨的化身、人物内在精神的写照。傅抱石的高士、仕女身上凝聚着中国文化的精髓。他不是在画人，而是在画心境。破锋飞白的线条，恰如其分地表现出人物的动态与神韵，衣纹手足只勾勒其势，不做确切的描绘，把注意力集中于头面，尤其是眉眼神情，是画家内心的表达。松林、秋风中行走的是空灵的情思、高蹈的灵魂，落叶中挺立的是高洁的风骨。写意画化工整严饬为写意飞动，画中有一种意念贯穿、意深澹远，这与重写实的西方人物画大不相同。

图 3 – 9　傅抱石《松下高士图》

与西方色彩的客观性迥然不同，中国画的色彩是主观的。中国艺术家认为"五色令人目盲"，过滤掉五色，才能达到形而上的精神的本真。为了能更好地表现出万物化生的面貌，可以简省甚至舍弃色彩。在中国人眼中，墨分五彩：焦、浓、重、淡、轻；水分五等：枯、干、渴、润、湿。水墨竟可以虚拟出无穷变幻的色彩。中国画以黑色、红色、青绿色为主，也被称为"水墨丹青"。

图 3 – 10　傅抱石《仕女图》

（唐）王维（699—761）的《雪溪图》仅以水墨渍染，用笔的干湿浓淡，生动地凸显着白雪覆盖之状，浑穆古雅，别有一种萧疏淡远的"禅景"情趣。即便是敷以色彩，也是水墨之上略加点染，如青绿山水（盛于唐）、浅绛山水（盛于元、明、清）、泼彩山水（20 世纪画家张大千开创，被西方艺坛称为"东方之笔"），表达的是追求超越的主体精神。"外师造化，中得心源"，艺术创作并非"眼"中所见"造化"之实景，而是心生感悟的精神山水。

127

图 3-11　（唐）王维《雪溪图》

图 3-12　（元）黄公望《富春山居图》局部

图 3-13　张大千泼彩泼墨图（一）　　图 3-14　张大千泼彩泼墨图（二）

　　中国艺术虽然较少体现逻各斯中心主义的科学精神，但却凭心灵的情感逻辑创造出独具特色的中国艺术："不着一字，尽得风流"的中国

文学、"虽由人做，宛自天开""坐观万景得天全"的园林建筑、"清和淡雅"的古琴音乐，以及在一幅空虚的背景上"以一管之笔，拟太虚之体""无画处皆成妙境"的中国绘画，和讲究"潜虚半腹""笔不周而意已周"的书法艺术，等等。

综而论之，中国艺术可以说就是心—志—情—意与物—景—境—象交互感通、意象纷呈的"虚拟"艺术。由于历史、时代文化的限制，贡布里希并未以模仿的艺术和虚拟的艺术来区分"凭所感"（felt）的艺术和"凭所见"（saw）的艺术，只是隐约提及了中国艺术的迥异性，但是他的敏锐与洞见还是为我们拨开了遮蔽着艺术史真实全貌的历史帷幕。

二 操作系统：比与兴——静观比照的模仿与体物连类的虚拟

"眼"与"心"的出发点，分别源于原始思维方式中，基于相似性的模仿与基于互渗律的虚拟思维，是二者的强化和继续，塑造了两种主导性思维结构类型，也注定了艺术创造操作系统的显著差异。

基于"眼"的思维结构倾向于理性逻辑、分析逻辑，偏向采用观察与反省、分类与分析的概念思维，通过对事物的分析与推理，界定世界，力图将同一类别采用同一个固定的形式来表示，"比照"绝对终极"本体"、"比较"各类事物的异同、运用"比拟""比喻"修辞法、按照科学的"比例"模仿建构出世界的模样；而基于"心"的思维结构倾向于情感逻辑、体验逻辑，偏向采用以己度人、以己度物的类比思维，达成对世界的认知，是由物兴感、心物兴会、意会兴象、兴味感通的动态虚拟机制。在此，我们借用汉语的"比"与"兴"，来比较东西方艺术创造机制的差异。

（一）比：静观比照的模仿机制

首先，西方传统哲学——包括古希腊、古罗马哲学和近代西方哲学的基本的信念，就是设定万物之"本原"的存在，古希腊人相信，万物最初从它产生，最终又复归于它；它作为实体，永远统一；它是万物的元素和本源。因此，柏拉图把艺术比喻成"镜子"，把艺术家描述成用镜子映照天地万物来创造其"仿像"的工匠。

在我们看来，柏拉图关于"艺术是模仿"的定义，恰恰是在"技术"的层面给出的。柏拉图认为，艺术家有一面非凡的"镜子"，这面镜子的根据，就是那个永恒的"理式"，这个镜子越是清晰，"摹本"越是还原，就越能接近"理式"的真实。因此，比照永恒的"本原"，像"镜子"一样真实地反映"本原"，一直是西方艺术的"目的性"宿命。像埃斯库罗斯、索福克勒斯和欧里庇得斯这样的戏剧家，伊克蒂诺、卡利克拉特和姆奈西克里这样的建筑师，米隆和菲迪亚斯这样的雕刻家，以及波利克诺托斯和阿波洛多鲁斯这样的画家和手工艺名匠，都是模仿的高手，创造了灿烂的古希腊艺术。

"镜子说"在文艺复兴时期被加以改造并发扬光大。达·芬奇（1452—1519）说："画家的心应当像镜子一样，将自身转化为对象的颜色，并如数摄进摆在面前的一切物体的形象。"但他又指出，"理性"是镜子的底色，"画家应该研究普遍的自然，就是对眼睛所看到的东西多加思索，要运用组成每一事物的类型的那些优美的部分。用这种办法，他的心就会像一面镜子真实地反映面前的一切，就会变成好像是第二自然"[1]。他所说的"普遍的自然""类型"，就是透视学、光影学、解剖学等方面的科学知识所反映的自然规律。不仅达·芬奇，事实上"镜子说"在文艺复兴时期是普遍观念，只不过在文艺复兴时代日渐占优势的唯物主义观念下，艺术是反映现实的"镜子"，艺术不再是隐藏真理的"假象"（仿像）。

---

[1] ［意］达·芬奇：《芬奇论绘画》，戴勉编译，人民美术出版社 1979 年版；朱光潜选译：《芬奇〈笔记〉》，载于《世界文学》1961 年 8、9 月号。

19 世纪以后的马克思主义实践美学、西方的现实主义文艺思潮，从理论到实践两个方面完善了"反映论"与"镜子说"，发展了"再现说"的艺术观。艺术不再是被柏拉图贬斥的被动的"镜子"，而是能动的反映，不仅反映现象，而且反映本质和规律；不仅反映当下的现实，而且反映事物发展的未来；不仅反映世界，而且通过实践改造世界。即便是唯心主义的立场，如尼采，也是愿意采用"镜子说"来描述艺术的意义。尼采认为，音乐是"世界意志的一面普遍镜子"，直接表现了世界的原始情绪。音乐有唤起形象的能力。他充满情感地说："可曾有人发现，音乐解放精神，为思想添上双翼？一个人愈是音乐家，就愈是哲学家？——抽象概念的灰色苍弯如同被闪电划破；电光明亮足以使万物纤毫毕露；伟大的问题伸手可触及，宛如凌绝顶而世界一览无遗。"[①]总之，西方艺术主客二元的思维模式下，"我"之主体永远屹立在"对象世界"的面前，并运用"模仿"的艺术，以创造世界（本体）的"镜像"作为使命。

其次，面对对象世界的复杂性，西方人发明了分类和概念定义的方法，通过确定事物异同关系给世界贴标签的方式来认知世界，这就依赖"比较"的方法。比较，是按照一定的标准把彼此有某种关系的事物加以对照，从而确定其相同与相异之点，对事物做出分类。虽然概念与定义来自各种不同的领域，有不同的立场以及个体的印记，理论家们"必须跟同义字以及同音异义字进行搏斗"[②]，西方艺术理论家还是通过分类建立了艺术的秩序和条理，比如，具有灵感和理性之美的"诗"（神的代言者）和"音乐"（数的和谐），以及与此密切相关的表演和舞蹈艺术，相比之下，雕塑与绘画因为是手工操作而被称为低级的、机械的

---

① ［德］尼采：《瓦格纳事件》，孙周兴译，商务印书馆 2011 年版，《1888 年都灵通信》第 1 节。

② ［波］瓦迪斯瓦夫·塔塔尔凯维奇：《西方六大美学观念史》，刘文谭译，上海译文出版社 2006 年版，第 11 页。

艺术。文艺复兴之后，人从神学中解放出来，亚里士多德"模仿是一种创造的科学"的说法被再度高扬，人的创造力量被分为感性和理性，在人的理性受到高度的推崇和赞扬的同时，人的感性也成为关注的焦点。正是在这样的背景下，18 世纪感性学——Aesthetics（美学）——由此得以从哲学中分立，在康德、谢林、黑格尔以及无数美学家的不断建设中完善，成为与理性哲学比肩的艺术哲学。

西方人依据"价值论"或审美体验、审美现象的不同性质和特征，通过比较分析的方法，把艺术的审美范畴区分为喜剧与悲剧、崇高与优美。当然，事实上"美"是多种多样的。关于各种各样"美的变相"（塔塔尔凯维奇）一直是西方美学探讨的话题，影响最为深远的是黑格尔（1770—1831）。黑格尔在柏拉图"理念"论的基础上，摒弃了"理念"与"仿像"二元对立的立场，他认为感性形象与理性观念之间是一种暗示或暗喻、类比、转喻、替换的关系，将二者看作辩证统一的关系。在宏观艺术史视野下，他认为，"idea"（理念）在发展过程中"自分化"为三种不同的艺术类型，他把这三种类型分别名之为象征型、古典型与浪漫型艺术。他将理念超越有限事物的形象的原始艺术称为象征型艺术；将"理念自由地妥当地体现于在本质上就特别适合这理念的形象"，"理念和形象形成自由而完满的协调"的艺术称为古典型艺术；将关注丰富复杂的内心生活，择取精神的表现方式，"不再涉及对客观形象的理想化，而只涉及灵魂本身的内在形象……只按照一种内容在主体内心里形成和发展的样子"的艺术称为浪漫型艺术。① 黑格尔宏观的历史分期揭示了西方艺术精神的嬗变，可谓慧眼独具。20 世纪前后的现代派、后现代派艺术所表达出来的荒诞、丑，以及美学中的审丑，是在西方浪漫艺术的余续，依然印证着他对艺术史的分析与判断。

---

① ［德］黑格尔：《美学》第二卷，朱光潜译，商务印书馆 1979 年版，第 96—97 页。

再次，艺术的使命就是不遗余力地去比照"本原"的样子"逼真"地模仿"实在"，运用一切表现手段去还原一个更真实、更本原的"本体世界"。在这一点上，古希腊的数学传统提供了认识论和方法论的基础。依照毕达哥拉斯派，数是宇宙的本原，宇宙是由数的"比例"和各部分的安排构成的、和谐的完美存在；柏拉图也描绘出宇宙间七大天体的七种音调及其自然音阶形成美妙和谐的宇宙音乐。（《蒂迈欧斯篇》）古希腊人的建筑、雕塑、绘画等艺术都遵循确定而明晰的比例原则，并将比例标准化。如神庙都遵循正面与侧面1∶2的八度比例排列（公元前5世纪中叶后变为1∶2加1的比例）；人体雕塑头部是整个身体的1/8，身体各部分的比例正好符合音乐中音程的八度关系。希腊人坚持理想的比例，"比例"提供了巨大的表现力和准确性，塑造出最完美的理想的人体形象，赋予人的肉体和精神以完美的理想，特别适合永恒的理想美的表达。古罗马工程师维特鲁威（Vitruviu，公元前1世纪）将古希腊人"数的和谐"的理性主义及"人体比例"结合起来，发展出以人体比例为依据的美学思想。达·芬奇在此基础上，把人体比例和几何学知识联系起来，绘制出"维特鲁威人"，这个完美、精准的男性形象，又被称为"神圣比例"。

度量、形态与比例作为中世纪神学美学的一项公式，存在长达千年之久。在文艺复兴时期，祛退了神学色彩的比例在各个方面更加完善，冷暖比例的色彩法、明暗比例的布光法、远近比例的构图法、透视比例的空间构造……按比例创造的艺术品具有了"镜像"般的真实感；17世纪法国学院派艺术理论家同样坚信这样的主张，进一步讨论了秩序、位置、排列、形式、数目与比例等约束形式的规则；直到现代，法国建筑大师勒·柯布西埃（Le Corbusier，1887—1965）仍坚持以人体比例为原则进行建筑设计，他以人体黄金分割比（如肚脐到头顶/肚脐到脚底＝肚脐到脚底/身高）为基础，发明了"模数"比例系统，使古典美学原则在机器美学中继续发挥重大的作用。

总之，讲求"比例"使得西方艺术成为"讲分寸的艺术"。在英文中，"ratio"（比例）一词加上"nal"就变成了"rational"（理性的），"比例"是西方艺术理性主义的标志。

最后，西方传统艺术始终面向永恒的客体，由于绝对"本体"（理式、"数"、第一自然、上帝等）是不可见的，就势必出现了"喻体"作为代言。"喻体"之所以成立，是因为"本体"之"真"是永恒的，"喻体"则因其对"真"的模仿，能揭示出本体的强大功能，因而也获取了合法的客体身份。亚里士多德说过："在我们所发表的诸多言谈中，那些不成其为命题的便没有真、假可言，而出现在诗中的言谈正好是这一类，既算不是真，也算不是假，诗人在写出许多不存在和不可能的事物之际，可能会犯下逻辑上的错误，但是尽管如此，它们还是对的。"[①]"喻体"可以通过"假"的手段创造出与"本体"有着各方面的"相似"之处，因此可以将不可见的"本体"转换为感官可以感知的仿像。"一切虚构中的真正的虚假，都只为使真理显得更耀眼。"[②] 例如，为了能逼真地表现"真实"，艺术家甚至可以利用透视的"错觉"，如短缩法、透视法、色彩透视、空气透视、垂直透视或轴向透视法、梯形透视等，刻画景深，在平面上造成深度错觉的艺术。透视的感官性打败了平行线的理性认知，产生出惊人的写实主义作品。达·芬奇发明的渐隐法，使轮廓不再是坚实的线条，看起来不那么明确，仿佛消失在阴影中，这种含糊不清的柔和的色彩，使得一个形状融入另一个形状，将事物的阴影转变成实在，将一切虚构转变成为真实。科雷乔运用光学原理的布光法，在教堂的穹顶画的创作中，试图给予下面中殿里的礼拜者一

---

① ［波］瓦迪斯瓦夫·塔塔尔凯维奇：《西方六大美学观念史》，刘文谭译，上海译文出版社 2006 年版，第 309—310 页。

② ［法］布瓦洛：《书简诗》，转引自朱光潜《西方美学史》（上），人民出版社 1979 年版，第 186 页。

种幻觉，好像天花板已经打开，他们仰望天穹，看到了天堂的荣耀。

　　"喻体"能显现"本体"，能把抽象本体描绘得更加形象生动，但与此同时，喻体也存在着一种僭越"本体"的潜在力量。"比"的方法在完美地实现了"写实"的使命的同时，也为西方艺术埋下了"仿像"与"真实"之间深深的裂痕。"仿像"力图无穷尽地接近"真"，但却走向了"真"的反面。14 世纪的但丁说"诗是美丽的谎言"。18 世纪的博克说"一切艺术当其欺骗时成其伟大"。20 世纪的鲍德里亚考察了"仿像"的历史后下了这样的结论："真实已经死亡。"可以说，在向着"真"的终极目标不断努力中，对"真"的背离成为西方艺术永远挥之不去的焦虑。

　　（二）兴："体物连类"的虚拟机制

　　首先，"兴"是基于互渗律、关联性的虚拟思维的继续。正如叶嘉莹所言：兴，"实在是中国古典诗论中的一项极值得注意的特色"①。如果说，西方艺术创造是基于客观实在的"比"，那么东方艺术则基于内在虚拟的"兴"；"比"法注重两种事物外部特征的相似性，"兴"法则更注重于"体物连类"，"体会"两种事物之间的本质关联。

　　"兴"作为一种思维的方法和心理机制，最初是周代乐官教《诗》的实践过程中总结出来的。在礼乐教化活动的背景下，"兴"是一种唤起情感关联，进而进行礼乐教化的重要的心理基础。"礼作于情，或兴之也。……君子美其情，贵〔其义〕，善其节，好其容，乐其道，悦其教，是以敬焉。"（《郭简·性自命出》第 15 简至 18 简）②此乃中国艺术的"类比"思维与"兴感"的例证。孔子言"《诗》可兴"，是从春秋时代"赋《诗》议政"的实用角度提出的，赋诗，即通过联想和体验的方式，用《诗》的语言来表达思想的方式。汉儒将"兴"作为阐

---

①　叶嘉莹：《比兴之说与诗可以兴》，《光明日报》1987 年 9 月 22 日。
②　李零：《郭店楚简校读记》，北京大学出版社 2002 年版，第 106 页。

释政治的思想武器，将《诗》篇中以花、鸟、树木等动植物、事物的起"兴"释为美刺讽谏之意，之所以长期在《诗》经学中起到权威的诠释作用，是因为"兴"在"事物与事物的关联"的意义上发挥着十分罕见的作用，而这种作用的心理机制，就是东方农业生存模式下，大众所共有的总体性、具体性的思维方式。20 世纪后，学者们从文化学视角揭示了"兴"的奥秘。闻一多指出："以鸟起兴""假鸟为喻"是从图腾崇拜发展而来的一种"修辞术"。"三百篇中以鸟起兴者，亦不可胜计，其基本观点，疑亦导源于图腾。歌谣中称鸟者，在歌者之心理，最初本只自视为鸟，非假鸟以为喻也。假鸟为喻，但为一种修辞术；自视为鸟，则图腾意识之残余。"① 这个观点为我们的想法提供了重要的理据。综观《诗》——礼乐文化的载体、各艺术之集大成者，无处不在的起"兴"，透露出原始图腾仪式中基于互渗律的虚拟交感的痕迹，只不过历史久远，"兴"的图腾意味和交感的思维机制在现代人的意识中早已经被祛除掉了。之所以当代人读《诗》会对其中的"兴"有一些莫明其妙，那是因为，"兴"有三种意义："图腾内涵被压叠在最下层，'兴象'与所咏之辞之间的比喻与象征的修辞上的联系内涵处于中间层，'兴'只在于叶韵起引导作用，而'与意义无关'处在最上层。"② 现代的人们只知道到最上层的"兴"之"表"，而多不知最下层之"兴"之"里"了。"兴"在周汉时期被体认为教化"情志"的心理机制，在魏晋时期，被体认为艺术创作与艺术审美的重要因素。刘勰、钟嵘等明确将"兴"与"情"相连，指出"兴"的作用在引发、唤起人们的某种感情，并远远超出了某一个别、具体的事物，开辟出更加宽广的意境。"兴"的虚拟机制，决定了东方艺术与西方理性主义的模仿艺术具有鲜明的差异。

---

① 闻一多：《诗经通义·周南》，选自《闻一多全集》，开明书店 1948 年版，第 107 页。
② 朱炳祥：《中国诗歌发生史），武汉出版社 2000 年版，第 226—227 页。

其次，"兴"是由心感物而起，本于"仰观吐耀，俯察含章"的"参悟"与心同此理、身同所感的"同情"来认识世界，也是心物互动"兴感""兴会"的过程。基于农耕技术的东方文明，以万物为师，通过观察物候把握自然变化，确定活动时宜，将社会活动与自然变化之间一一对应，社会节奏顺应自然节律，设计了一套相当理想模式化的国家时政礼制①，形成了"《月令》的世界图式"②。以"阴阳五行"和天、地、人"三才"为基本理论框架，将天、地、物、人视为紧密关联、相互因应的统一整体，天、地、万物和人彼此感应，交相作用，一切都按时间规则有序地运行，呈现出一幅自然—社会整体互动的全景图像③。

在这个总的思维模式下，《诗》《书》《礼》《乐》教化人心的作用，不仅在于重复的技术性表达，而且依靠"兴感"的心理机制。例如，孔子云"君子比德于玉焉。温润而泽，仁也"（《礼记·聘义》），这个思维过程并非推理，而是由"玉"到"人"再到"仁"，即由"物"到"人"再到"道德情感"的情感逻辑，这是感于"物"发于"心"的"兴感"机制，也是感悟哲学和文化艺术的普遍机制。中国的画家们把自然山水看作生命活体："山，以水为血脉，以草木为毛发，以烟云为神采。故山得水而活，得草木而华，得烟云而秀媚。水，以山为面，以亭榭为眉目，以渔钓为精神。故水得山而媚，得亭榭而明快，得渔钓而旷落。"［（宋）郭熙《林泉高致·山水训》］以生命感知山水，体现了中国人万物同体、同情、感通的艺术观。感而兴，兴而通，通而变，主客体无别，心与物往还，"感而通天下"，心物感通交会之下，有感而兴情，自然"心生而言立"，"言立而文明"（《原道》），

---

① 王利华：《〈月令〉中的自然节律与社会节奏》，《中国社会科学》2014 年第 2 期。

② 冯友兰：《中国哲学史新编》第 1 册，人民出版社 1962 年版，第 443—450 页。

③ 王利华：《〈月令〉中的自然节律与社会节奏》，《中国社会科学》2014 年第 2 期。

"兴感"是艺术的发生，其深层是比兴的虚拟思维模式。比兴思维是东方文化的内在品性。

"兴"是一种动态关系中的互动思维方式，因此，"兴"也是心物互动的"兴会"，是对永恒本体与静观模仿二元思维方式的超越。因此，"兴"不是镜子般的"反映"，而是一种"触物圆览"（《比兴》）的动态过程。《文心雕龙·比兴》区别了"比"与"兴"，刘勰认为，比的作用在于更能恰当地表达主体之意："盖写物以附意，飏言以切事者也。故金锡以喻明德，珪璋以譬秀民，螟蛉以类教诲，蜩螗以写号呼，浣衣以拟心忧，席卷以方志固：凡斯切象，皆比义也。"然而，在刘勰看来，"夫心术之动远矣，文情之变深矣"（《隐秀》）。有的情志是可以通过"比"的方法，明确地表达出来，有情志却是只能意会，需要曲隐地传达。这就需要"兴"的手法。可见，"切象"而"比义"是明秀之"比"体，"隐"当是"秘响旁通，伏采潜发"，"义生文外""情在词外"的"兴"体。与"比"相比，"比"显而"兴"隐。"兴之托谕，婉而成章，称名也小，取类也大。"（《比兴》）这里说"兴"虽还存有经学的影子，但是也确实指出了比与兴的差别。"比"是"拟容"——造"象"，依心拟容之后的意象追求"切事""切象"；"兴"则是托谕之词，以婉晦曲隐为佳，"取类也大"，"情变所孕"之事物，即凡是可以表达主体内在之"神"（情志意）的物象，都可以用来起兴。

艺术是"流连万象之际，沉吟视听之区。写气图貌，既随物以宛转；属采附声，亦与心而徘徊"（《物色》）之时，"渊岳其心"（《杂文》），或"标心于万古之上，而送怀于千载之下"（《诸子》），这样"凭情以会通，负气以适变"（《通变》），情与气是人的主体精神的代称，通与变是比类思维的结果，而会与适，则是心物互动、主体与万物的感动交通。"兴会"不是主体对客体的"认知"，而是"同声相应，同气相求"(《易经·系辞上》)的心物互动过程。

再次,"兴"的重点不是在"相似性",而在于心物互动产生的"兴象"的"虚拟性"。唐代殷璠首次用"兴象"来描述那种取象立言、意象繁复,层层开阔的"意中之象"。它不是眼之所见,而是心中之象。"兴象"不是耳目所接的外物之"像",而是经过情思变化所孕育的"象",是王昌龄《诗格·论文意》描述的"以心击之,深穿其境",进入无限的时间和空间,便会获得"如登高山绝顶,下临万象"的超越视角,万千的情思应会宇宙万象,从而整个人生、历史、宇宙"如在掌中",人生感、历史感、宇宙感的"意境"便越发显明,形而上的生命感与永恒感便"心中了见",真理的光芒点亮了内在宇宙,获得灵魂的澄明。例如,在中国人眼里,"鼎"也是政治权力本身的象征,"鼎"超越王朝而存在,因德而迁徙。"鼎"的这种"不迁而自行"(《墨子·耕柱篇》)的"生命性"实乃一种虚拟的"兴象"。凭借这种"兴象"的"话语的权力",古代中国建构起了一整套维系宇宙秩序和社会秩序。人们不仅在象征王权的"鼎"等器物上"有威而可畏",而且在歌乐仪典上有"有仪而可象"(《左传·襄公三十一年》)。礼乐之象既是"实象",也是"虚象"。此"虚象"是由潜在的内心建构出现实性的存在感,表现出"兴象"的虚拟性特征。

"兴象"既出,便成为中国古典艺术理论的重要范畴。被历代诗论家反复使用,是历代诗论、画论的重要术语。"兴象""妙处透彻玲珑,不可凑泊,如空中之音,相中之色,水中之月,境中之象,言有尽而意无穷"[(宋)严羽《沧浪诗话》],是心与物浑融交会、象与兴通透一体的境界。"兴象玲珑,句意深婉,无工可见,无迹可求"[(明)胡应麟《诗薮》],"兴象"非实象,乃意中之虚象。

比之于"仿像"的既成性,虚拟的"兴象"具有意象环生的生命性。唐代王昌龄(698—756?)提出"诗有三境":一曰物境。欲为山水诗，则张云石泉峰之境，极丽绝秀者，神之于心，处身于境，视境于心，莹然掌中，然后用思，了然境象，故得形似。二曰情境。娱乐愁怨，皆张于意而处于身，然后驰思，深得其情。三曰意境，亦张之于意而思之于心，则得其真矣（《诗格》）。形似、情深、真意，即是三境，又是层层递升。因此，"兴象"既不是被动地模仿自然，也非镜子的方式反映"道"，而是在主体与客体交融感通的"化境"中自然地开显出"道"。

最后，毫无疑问，"兴象"，是诗人的感通思维，是融会着诗人勃然发动的主观情志的意象，以及这种意象寄意出言的意境。同时，应该看到，"兴象"并非仅是创作思维，它还是中国传统艺术审美接受思维的重要范畴。审美作为一种体验活动，中西方不同文化背景下的人们偏爱不同的感官体验方式。与西方文化选择了保持距离的"视"觉体验不同，中国审美文化选择了近身感觉"味"觉，将审美看成一个"味象"的过程。

"味"是本于颊舌鼻息的身体感知，却被东方古代的思想家、艺术家拿来喻政、谈玄或论艺。此"味"并非肉体感官的"味"，而是建立在比类思维上的精神感受之"兴味"。史载孔子在齐闻《韶》，三月不知肉味，就是以感官的美味来感发礼乐（艺术）的审美之"味"。刘勰更是强调文学的"情味"，以名词之"味"论风格，以动词之"味"论接受，建立了意象诗学审美论的纲领。刘勰强调志深意繁、情深志远、情深意曲、文隐深蔚、志隐而味深，追求"文隐深蔚，馀味曲包"（《隐秀》）。"义味腾跃而生，辞气丛杂而至"之语，生动地描绘出"以情味诗"之"兴"，辞味相生就是"兴味"，"兴味"是以情为本的中国审美接受论。

"味"是一个立足于味觉，贯通于五感的生命感知模式，它经过了由感官到精神的升华，又不脱离鲜活的感知系统。与刘勰同时代的钟嵘更是力倡"滋味"。《诗品序》:"五言居文词之要,是众作之有滋味者也。""干之以风力,润之以丹彩,使味之者无极,闻之者动心,是诗之至也。"可见,此所谓滋味并非仅是味觉与嗅觉,而是由视觉、听觉、嗅觉、味觉、触觉等共同组成。视觉形象、听觉声象、味觉与嗅觉的味象兼容并包呈于目前,五色、五味、五音、五情杂糅并蓄归结于心,五感总为"滋味"。因此,中国文论家常常以五感写"味",中国艺术的审美之思可以用"味"来进行表达,"澄怀味象"〔(南朝)宋画论家宗炳《画山水序》〕,"风味之美,悠然辛甘酸咸之表,使千载隽永,常在颊舌"〔(明)陆时雍《诗镜总论》〕。"味象"作为审美经验范畴,是主体生命与艺术意象互动的体验活动。它使思与感结合在一起,思与诗结合在一起,"使人思而咀之,感而契之"〔(明)王廷相《与郭价夫学士论诗书》〕。因此,"兴象"并非全由作者来完成的,还需要接受者的感通与兴会的心理过程才能建构起来。因此,感通与兴会,既是创作思维,也是审美接受思维,既是美感的体验过程,也是"兴味"的体验过程。

141

总之,"兴象"旨远、兴远、趣远的多义性,依靠兴味来完成。"兴感"—"兴象"—"兴会"—"兴味",是创作的思维论,也是最深刻、最完足的虚拟心理机制。东西方艺术分别以"心"与"眼"的动力系统、"兴"与"比"的操作系统,形成了各自不同的艺术创作论和审美体验论。

三 媒介系统:形与象——主客二分的形式与情景交融的意象

正因为东西方艺术在原始仪式艺术中开辟出各自的动力系统、操作系统,因此,东西方技术系统构成的媒介系统,也各有倾向性地继承了仪式艺术中的"意象媒介"和"形式媒介"系统,铸成东西方艺术魅力独具的表意范式——意象与仿像。

（一）形式媒介：基于主客二分的"仿像"

亚里士多德用"形式"表示每一件事物的本质。他把形式视同行动、能力、目的。通过哲学思辨，分析归纳了艺术的"形式因"（与 eidos 或 idea 同义，即每一件事物的本质）与"形式要素"，开辟了形式美学的先河，同时也在两个路向上规定了仿像理论的方向。

首先，艺术表现为外在的客观形式。形式的要素和原则一直是西方艺术最为关注的问题。形式被界定为"形式和形状的外在的安排"。从古埃及传统工匠固化、机械、静止的客观化"网格"技术体系，到古希腊波利克里托斯富有弹性、动态、相对的比例体系，再到西方现代派的立体主义构成，塞尚、尼科尔森的几何体，蒙特里安的线条，点彩派的色彩分割等，形式都表现为理性、规则，可以用"数"来表示的科学性。西方艺术发展出依照"数"来表达的、体现"可量化的数量之间的关系"的"美的成分"（盖仑）构成的、个体间以及个体与整体间的和谐，这就是西方古典形式美学法则。沿着这一路向，西方艺术对于三角形、S 形线、黄金比、透视、比例、三一律、节奏等形式，以及造型元素——点、线、面、体，色彩元素（色温、明度、色相）等，通过一定的原则组合后产生的符号意义，孜孜不倦地追求"形式的科学"，造就了西方艺术登峰造极的形式美。

其次，艺术创造源于内在先验的形式——"形式因"（eidos）。因此，形式在发展为感知对象的"客观形式"——"仿像"的同时，始终伴随着"主观形式"的思想倾向。从渊源上来说，亚里士多德的"形式"是从其师柏拉图的"eidos"发展而来的。柏拉图将 eidos 视为心灵的形式，他在《泰阿泰德篇》表示：理念（eidos）形成了我们的世界。19 世纪的康德《纯粹理性批判》上承柏拉图的理念（eidos），将其转换为人类心灵的一种属性——认知世界的"先验的形式"，正是这种"形式"（eidos）规定我们以一种特殊的"形式要素"去经验事物、创造美。在 19 世纪末之后，康拉德·费德勒、里格尔、沃尔夫林、里尔等艺术史学家们的实证研究，进一步支持了康德的"先验形式"论。

尽管"客观形式"与"主观形式"的出发点不同，但是最终目的是相同的，就是通过创造逼真的"仿像"去模仿终极"本体"。一方面，一些美学家不得不承认，事物将它们自己呈现在观看者之前的，并非它们实际存在的"形式"，而是它们被诸如环境、光线等多种因素改变的"效应的形式"。事实上，我们无法知觉到实际"存在的形式"，那只是一个抽象的概念；只有"效应的形式"对我们才是真实的。另一方面，如夏夫兹博里所言："美的、漂亮的，好看的都决不在物质（材料）上面，而在艺术和构图设计上面；绝不能在物体本身，而在形式或是赋予形式的力量。"① 面对这个问题，贡布里希感受到了矛盾的苦恼。他在日记中曾经写道："实在并非完全就范于形式的东西。"并且还说："纠缠在我们内心最重大，最强烈、最不可救药的争执，便是由两种基本的倾向所导致的那一种：一方面倾向于需求形式、形态、定义，而另一方面又倾向于反对形态、拒绝形式。"

因此，便有了二者折中的第三种思路②。一些美学家认为，事实上根本就没有现成的形式可供我们确定或知觉；我们必须参与它们的成立和经营。观看者对于形式的关系乃是一种主动的关系。这种观念曾被卡西尔强调过，他主张："形式不能单只是印到我们的心灵上，为了感受到它们的美，我们必须花费苦心将它们完成。"③

总之，直到 20 世纪，西方艺术家仍然认为，"在一件真正的艺术品

① 夏夫兹博里：《道德家们》第三部分第二节，转引自朱光潜《西方美学史》，人民文学出版社 1984 年版，第 216 页。
② ［波］瓦迪斯瓦夫·塔塔尔凯维奇：《西方六大美学观念史》，刘文谭译，上海译文出版社 2006 年版，第七章。
③ 同上书，第 246—248 页。

中，最重要的乃是形式"①。2000 多年来"形式"在西方美学的各种意义之中被谈论到。重重叠叠的思想观念复加其上，使之成为一个无法厘清的概念。"形式"一方面被作为一种拘束艺术创造的人为的规则，另一方面又被作为艺术先验的本质，这种深刻的矛盾正是西方主客二分的哲学观下的必然结果。

（二）意象媒介：基于情景交融的"意象"

南朝时期刘勰集前代之大成，用体大思精的《文心雕龙》（以下简称《文心》）全面阐述了"意象"。如前所述，虽然"意象"一词在《文心》中只一见，但品《文心》可以见出，文中以情为核心，情、志、心、意、性等词互文对举、互文见义，都可以看作人心之"意"，而《文心》所论的采、文、章、象，乃至于风气骨力、清姿嗅味都可以看作为文之"象"，如此，在一个更加宏观的视野中，刘勰的确是创造了一个恢恢大观的意象美学的理论世界②。

以意象为媒介，以生命本身来描述艺术本体，是中国艺术理论的本质特征。虽然中国传统艺术理论中并未酝酿出独立的"美学"或"艺术学"，但是"把文章通盘的人化或生命化"，"把文章看成我们自己同类的活人"，以生命论诗，是"中国固有的文学批评的一个特点"③。并且，不仅文学，一切艺术创造皆推崇生动的生命意象。一件艺术品，必然包括生命的原力——"气"与"脉"、生命的精神——"神"与"骨"、生命的形态——"体""势""形""貌"。此外，艺术因"情"而立，无论是气、神、脉、骨还是而体、势、形、貌，都是突出一个"意"字。总之，神气、血脉、肌肤、风骨、体貌形成了艺术整体性、

---

① ［波］瓦迪斯瓦夫·塔塔尔凯维奇：《西方六大美学观念史》，刘文谭译，上海译文出版社 2006 年版，第 237 页。

② 王妍：《意象与仿像——艺术表意范式的中西对比与当代建构》，社会科学文献出版社 2015 年版，第 46 页。

③ 钱锺书：《中国固有的文学批评的一个特点》，《文史杂志》1937 年第 4 期。

有机性的生命特征，构成了中国艺术形神兼备、筋脉贯通、肌肉丰腴、骨骼强健、气韵生动的美学意象。

其次，"意象"并不是一次性完成式的，而是不断生发的"兴象"过程。心物感通而生"象"，以"象"兴"象"，再引发更加高远的"意象"，这就是"象外之象"。所谓"采奇于象外"（皎然），所谓"象外之象""景外之景"（司空图），无限拓展了象的场域，开显出无限宏阔的"象外之境"。因此，生命意象是一个意象环生的心理图式，其象外之象、味外之味的蕴藉之象及其审美情趣，构成了中国传统意象美学具身体验的生命本体系统。

另外，"意象"以简驭繁，以显示幽，作为生存的感悟、体验与体味的"标记"，成为中国艺术理解世界、表达世界的方式。中国传统文化中的重要观念，都是由"意象"表达。例如，与哲学认识论相关的"道""气""兴""象""和"，与生命哲学相关的"风""骨""力""神""形""味"等。这些"意象"式范畴并非确定性的概念与定义，各各"意象"之间并不见形式逻辑，全凭读者比兴连类、以心推心、心领神会的情感逻辑相关联。中国传统艺术理论就是由这样一些意象范畴所构成，以"意象"释"意象"是中国艺术理论的基本语法。例如，钟嵘说曹操的诗"骨气奇高""古直""悲凉"，就是用其诗的风格意象来形容他的写作技巧。中国艺术理论就是以"意象"话语为形式，以"意象"为质料，以意象范畴为核心，以意象拓展为动力，不断完善，形成独特的艺术理论体系。

意象媒介最突出的特点，就是意象的程式化。例如梅、兰、竹、菊，山、水、田、园，鸟、兽、虫、鱼——所有的自然物都可以因情而兴象，这些事物在漫长的文化积淀过程中，凝结为意义丰赡的文化意象，成为散发着精神芳香的符号。正如傅道彬先生所指出的：在中国传统艺术中，反复涌现、最富有文化和艺术意韵的"经典意象"，如月

145

亮、黄昏、森林、门、钟声、灯烛、雨、船以及石、玉等，都是"人类认识世界和感觉世界的特殊符号"，是"用最简洁的形式贮存着人类惊心动魄的历史"，① 中国艺术诗画同源、诗乐舞同源，因此，这些意象也是构成中国艺术的基本"模件"。山水意象、花鸟意象、文人高士等意象，都有固定的文化内涵。模件与模件的拼合，就是意象与意象的叠加，象象并置，才会生发出更加繁复的意象。

与"形式"的塑造依靠科学规则和科学训练——如速写、素描、写生，以及色彩知识的训练不同，"意象"注重如实与虚、动与静、繁与简、阳与阴、有法与无法等，一系列相反相成而又动态变易（而非矛盾）的美学范畴，注重程式化的"模件"训练，使中国艺术成为贡布利希所说的"程式的堡垒"。"它驱使艺术家用其所学的形式，而非画其实际所见……他们（著者按：中国画家）不从研究大自然入手，而是从研究名家的作品入手，首先学会怎样画云，怎样画松，在掌握了这种技巧后，才去游历和凝视自然之美，以便体会山水的意境……他们把他们内心的松树、山石和云彩的形象组织起来，很像一位诗人把他在散步时心中涌现的形象贯穿在一起。""所以，在画中寻求细节，然后再把他们跟现实世界进行比较的做法，在中国人看来是幼稚浅薄的"，虽然我们对贡布里希说中国画家"不从研究大自然入手"并不认同，但他说的"从研究名家的作品入手"，学习某个"模件"的画法也确是事实，他说，"一旦我们尝试立足于画家的地位，体验一下他对那些巍峨的山峰想必已产生过的肃然心情，我们至少也能隐约感觉到中国人在艺术方面最重视的是什么"②，——"中国艺术使用它们（程式）来沉思冥想"③，此处所言"程式"，实则可以理解为"意象"。用"意象"来

---

① 傅道彬：《晚唐钟声》，东方出版社1996年版前言。

② ［英］贡布里希：《艺术的故事》，范景中、杨成凯译，广西美术出版社2008年版，第153页。

③ 同上书，第561页。

思考，是东方人的思维定式，而遵循科学规则已经构成了西方艺术家的思维定势，为此，贡布里希反思道："我们（著者按：西方画家）拿起铅笔动手勾画，被动地服从于我们所谓的感官印象，这整个想法实际上就是荒谬的。如果我们从窗户向外看，我们看到的窗外的景象可以有1000种不同的方式。哪一个是我们的感官印象呢？然而我们却必须做出选择；我们必须从某处着手；我们必须用街道对面的房屋和房屋前面的树木构成某一幅图画。"①

当然，也许正是因为"意象"的代代相袭和不断出新，"在东方，那些风格持续了几千年，而且似乎没有理由要它们改变。西方就绝不理解这种固定性；西方是不断地探求新的处理方法和新的观念，永不停息"②。两种文明两个路向，运用不同的艺术表意范式，各自表现出独特的文化气质与精神禀赋。

147

第三节　意象与仿像：基于感知技术的审美偏向

一　审美偏向：感知技术的审美现象学考察

1968年，英国考古学家格林·丹尼尔在其出版的《最初的文明》中，明确了文明的三条标准，其中第三个条件是要有复杂的礼仪建筑。这个标准得到普遍的接受与认同。礼仪建筑是集文明形式和艺术大成的、文化的集中标志，是建筑、绘画、雕塑、音乐、舞蹈、戏剧等一切艺术的存在场域，或者说，是所有的艺术共同建构了礼仪建筑。

"一切宗教都是建筑的宗教。"③作为感知技术现象的宗教建筑，是

---

① ［英］贡布里希：《艺术的故事》，范景中、杨成凯译，广西美术出版社2008年版，第561页。

② 同上书，第185页。

③ 赵鑫珊：《哥特建筑——上帝即光》，上海辞书出版社2010年版，第27页。

人们在世俗世界中划定的特殊空间，人们必须把自己投到这特定的空间场域中去，在那里一切都获得了源头和意义。基督教的教堂、佛教的寺庙、伊斯兰教的清真寺、东方的宗庙，这些建筑都是认同感产生的地方，人们在宗教建筑空间的现实和虚拟的天堂、乐园、净土、洞天福地，通过思考和幻想来体验它们。宗教建筑有着梦境价值，在这里，灵魂涤荡，幸福感萌生。从感知技术的角度来看，建筑技术决定了宗教建筑的视觉形式，而建筑材料决定了建筑的技术规则和技艺方式。换言之，材料决定了技术，技术创造了形式，形式决定了感知的尺度和观念的差异。建筑材料与建筑技术互相制约与推动，创造出多彩的、丰富斑斓而风格迥异的宗教建筑艺术与宗教历史。技术开创形式，灵魂居于其中。因此，探究不同文化关于宗教的多种设想，最好的方法之一是考察它们的创造技术。

礼仪建筑的技术决定于其文化类型、制度类型。"不同种类的礼仪美术品和建筑装饰不但在这些场合和空间中被使用，而且它们特殊的视觉因素和表现——包括其质料、形状，图像和铭文题记——往往也反映了各种礼仪和宗教的内在逻辑和视觉习惯"[1]，体现出不同文明的审美偏向。

东方的传统礼仪建筑是宗庙，而西方的礼仪建筑是神庙或教堂。建筑史可见，西方建筑贯用石材，而中国建筑钟情土木。选材的不同，发展出中西方不同的建材造作技术，创造出不同的建筑形式，体现出不同的感知尺度，涵育出不同的观念与文明。在宗教建筑中，空间的延展性占主导地位，每一种宗教都向空间性上寻求其关于如何抵达天堂的途径。

首先，石材与土木决定了中西宗教建筑空间"向上"与"向远"

---

[1] ［美］巫鸿：《礼仪中的美术》，郑岩、王睿编，郑岩等译，生活·读书·新知三联书店 2005 年版，第 2 页。

的两个发展向度。

（一）西方：石材与石作——西方宗教建筑的大、高、上

从古埃及的金字塔、希腊的神庙、古罗马的万神庙、拜占庭的教堂，至中世纪哥特式大教堂，西方古代宗教建筑可谓石作的经典①，以天然石块为最原始的建筑材料开辟了砌体结构的巨大潜力。

大。大空间。早在公元前 3000 年前后，爱琴文明的石砌技术就已经达到很高的水平。石灰岩或是凝灰岩这类的石材在环地中海地区相当丰富，大约在公元前 600 年，古希腊人就地取材，创造了以石柱为核心的"柱式体系"建筑结构，原石被切成大石块并且稍作修饰，用以垒砌堆叠鼓状石柱和墙体，砌块之间有榫卯或金属销子连接，砌块平整精细，砌缝严密。限于技术性能，古希腊神庙的石梁跨度一般是 5 米左右，最宽不过七八米。这令古希腊神庙建筑看起来更像一个巨大的雕塑，但古希腊人发展出另一种建筑——剧场，宏大的剧场为"人"开辟出活动的巨大空间，在这里，涵养了古希腊人神并重的艺术观。在神庙和剧场中，人们体验着人神同性的自由神学和人本主义的人文精神内涵。

石材蕴含着一种特殊的潜质：石块的累加似乎可以不受空间中跨度和高度的限制。当源自古希腊人的科学理性、数学智慧，与罗马人的实用主义与石材的潜质特性相遇，碰撞而生的是灿烂辉煌的西方宗教建筑艺术。古罗马万神殿的大跨度空间正是利用石材特性创造出的惊人的奇迹，这种宏大的形制已远非古希腊神庙所能比。罗马人学习和拿来了伊特鲁里亚人的拱券、石工技术，发明了以浮石做骨料的混凝土技术，在方形平面的四边发券，在四个券之间砌筑以对角线为直径的穹顶。万神庙直径 43 米的半圆形巨大穹顶，由一种轻质耐用的混凝土灌制形成，

---

① 除特别注明外，本文关于宗教建筑的参数资料均来源于《中国大百科全书·土木工程》卷，中国大百科全书出版社 1987 年版；《中国大百科全书·建筑　园林　城市规划》卷，中国大百科全书出版社 1988 年版。

这个奇迹直到20世纪后才被打破。穹顶的集中式建筑形制，拓展了西方宗教建筑的空间，同时，以万神莅临为尺度的空间，使人的存在变得卑微而渺小，古希腊"人"的尺度在此转化为"神"的尺度，而"神"的尺度成为后继西方宗教建筑的准则。换言之，石作技术推动了西方宗教建筑"神"的尺度原则的建立。

高。穹顶石作技术达到了空间跨度的超越，而石材的叠加似乎可以向上延展到无穷的高度，这给了西方宗教建筑一个向上纵向发展的方向与潜力。12世纪的哥特式教堂建筑就是这种技术内驱力的外化。中世纪哥特式建筑变罗马式半圆形拱为矢状券，用加工的天然石和砖砌筑，发展了十字拱、骨架券、二圆心尖拱、尖券等结构形式。骨架券把拱顶荷载集中到每间十字拱的四角，每间十字拱四角的起脚抵住它的侧推力。尖券肋拱技术的发明，改变了教堂建筑构件的形制：减轻了的拱顶变得使建筑的高度和跨度不再受限制，变薄了的墙壁、变得纤细的墩柱或圆柱、开敞通透的半拱券飞扶壁，以及承担墙体的功能，甚至几乎替代墙体的高大的"柳叶窗""玫瑰窗"等，这种新的结构形式推动哥特式教堂在高度上发展到极致。建于1248年的德国科隆大教堂，中厅宽12.6米，高达46米[1]高度与宽度比竟达到了1：3.8，这种狭而高的空间比例体现出哥特式建筑对高度——天堂——的狂热追求。教堂内部成排的方柱垂直而高耸，外部高达157.38米的塔楼更是强调了向高处飞升、直插云霄的动势。

上。向上，成为哥特教堂建筑的全面旨归。哥特建筑的尖券肋拱技术形成了建筑整体上空灵、纤瘦、尖峭、高耸、向上的趋势。所有墙体均由垂直线条统贯，所有门洞、凹龛、扶壁……一切造型和装饰细部都饰以尖拱、尖券、尖顶，所有的塔楼、扶壁和墙垣上端都冠以直刺苍穹

①　袁新华：《中外建筑史》，北京大学出版社2009年版，第169页。

的尖顶。由光彩夺目的白大理石筑成的意大利米兰大教堂，高高的花窗、直立的扶壁及135座尖塔，都表现出向上的努力，教堂整体充满了一种脱离凡尘、向上迁升、抵达"天国"的动感与气势。德国乌尔姆主教堂主体甚至只是一座高达161米的钟塔。向上的企图满足了信众对天堂的狂热的渴望，表达出一种宗教的执着。巨大的单体建筑空间，强烈的高度纵伸感，借助墙体、柱子、尖券、高塔，向上攀爬飞升。向上的极端化追求，形成了西方宗教精神向上开拓的空间广阔性。

（二）东方：木材与木构——中国宗教建筑的深、阔、远

中国古代工匠偏爱木材。从西安半坡遗址发现的木骨泥墙建筑，到河南安阳的殷墟（公元前13世纪前后）的木构宫室和陵寝，迄今为止，5000多年来一直是以木料为主材，以木柱和木梁组成的木构架为主要结构体系。远古的华夏大地，从黄河流域、长江流域到闽粤岭南，"珍林嘉树，建木丛生"。上古先民"构木而巢"，"以避群害"（《韩非子·五蠹》），"木"是构建华夏文明的一个重要因素。对于古人来说，东有"扶桑"，西有"建木"，"木"标志着空间；日出"扶桑"而落于"桑榆"，"木"记录着时间；"都广之野"（据说是天地的中心）的"建木"是沟通天地人神的桥梁，伏羲、黄帝等众帝都是通过这一神圣的梯子上下往来于人间天庭（《山海经·海内经》《吕氏春秋·有始》《淮南子·形训》载），这是政教观；立木以号众的"建中"之制，这是家国观。"太社唯松，东社唯柏，南社唯梓，西社唯栗，北社唯槐"（《尚书·逸篇》），《白虎通义》释云："尊而识之也，使民望而敬之。"此谓宗亲观。汤以身祷于桑林祈雨，事关贤君与民本的思想；岁寒知松柏，是谓人格观。而树木以四时为荣枯的生命能力、嘉惠于人类的庇荫能力，让古人对树木充满着复杂而感恩的情愫。虽然华夏大地石材丰富，但以木为建材，这既是远古中国先民生存环境使然，也是一种基于"木"文化信仰的取材观。

中国的古建筑不论宫殿、坛庙、陵寝、民居，不论东西南北，不论高山平原、内陆沿海，无不采用木结构"梁柱式建筑"构架制度。取材于木的偏好发展出无与伦比的木质结构技术——梁柱结构技术和榫卯结构技术。此等技艺创造出中国宗教建筑深、阔、远的空间广阔性。

深。以抬梁式木结构为例。抬梁式结构是沿建筑进深方向前后立柱，柱端架梁；梁上立短柱，短柱上再架梁、再立柱、再架梁……；梁与柱层层叠垛，梁的长度，自下而上，逐层缩短，在最上一梁的中部，立脊瓜柱。两梁间高度按照一定的规律，自上而下逐层递减。抬梁构架在内部创造出房屋空间纵向的进深，在外部则形成了建筑屋顶优美柔和的曲线，创造出极具特点的大屋顶。决定屋顶坡度及弧线的法则是举折或举架。等级最高的庑殿顶与前后屋面45°相交。大屋顶是中国古典建筑最华丽的乐章。在内部，利用斗拱托举并逐渐上收，创造出深度内敛的藻井。向上深入的藻井体现出高而深的神秘境界。斗拱是木结构的关键技术——榫卯结构的代表。中国古代木构建筑的构架中所有的关节点都是榫卯结合。早在7000年前仰韶时代，中国人就开始使用榫卯技术。斗拱由若干斗形的木块和弓形的短枋木相互交接组合而成、在屋身和屋顶之间由互相嵌入和叠加的木构件构成，用于梁、柱、檩等构件汇集处承托梁架，以将屋顶的重量均匀地分配到立柱上。在柱、墙与屋顶挑檐之间拱的层层出挑，不仅支承出建筑物的深远出檐，使厚重的屋顶与柱、墙之间，产生一种不即不离的效果，创造出屋顶高高上昂的飘逸的翼角，形成了中国古代建筑深檐远出、古朴而清新的装饰效果。抬梁结构的大屋顶体现一种笼罩的安全感，榫卯结构的斗拱技术巧妙地消解了屋顶向下的压力，转为一种在世的从容与轻盈。

阔。中国木构建筑表现在横向空间的拓展。对于单体建筑来说，迎面间数为"开间"，纵深间数称"进深"。中国古建筑强调单体建筑内部空间的宽度要大于高度。李诫《营造法式》卷五《大木作制度二·柱》云:"凡用柱之制……若厅堂等屋内柱,皆随举势定其短长,以下檐柱为则若副阶、廊舍,下檐柱虽长,不越间之广。"[①] 而对于"屋宇之高深"这样重要的整体尺度未作材分规定。"柱高不越间之广",也就是说,柱子的高度不超过开间的宽度,这种思维显然来自木材长度、受力性能的限制而产生的理性的建筑思想。柱高限制了纵向的空间,但"开间"的开"阔"度可以由柱梁接合而无限的增容。元代人更是创造出大额式构架技术,按照面阔的方向,纵向梁架设一条粗大的梁来承担梁架上的荷重,采用"减柱造"的方法,既减少了材料,又使得结构简洁明了,扩大了建筑内部的空间[②],从而创造了"开间"与"进深"的最大化。木材规定了纵向空间的限度,但中国古建筑却创造了庭院式横向绵延的空间构建形式。即以木构架为主要结构,以"间"为单位构成单座建筑,再以单座建筑组成庭院,进而以庭院为单元组成各种形式建筑群,形成了以重要建筑为中轴线,前后串连,左右对称,形成"庭院深深深几许""侯门深似海"的"深"广,在横向的向度上创造出空间的广阔性。永乐宫南北 434 米,东西宽 200 米,占地共 200 亩。武当山的道教建筑群,是中国现存最大的古代宗教建筑的典范。现有四座宫殿、两座宫殿遗址、200 多处庵堂寺庙,占地总面积达 100 余万平方米。与教堂的单体建筑相比,如果说一座教堂一目了然地彰显了通向天堂的途径,那么一座古刹则如一幅长卷,逐层展开,逐级深入,与体道的循序渐进,层层引申的过程是一致的。

远。中国木构建筑虽然受到木材尺度的局限,但在高度上并非不能作为。据《洛阳伽蓝记》、《水经注》及《魏书》等史料记载:北魏熙平年间建造的洛阳永宁寺塔高达 100 米以上。但是,中国宗教建筑更着

---

① (宋)李诫:《营造法式》,人民出版社 2006 年版,第 99 页。
② 杜仙洲:《永乐宫的建筑》,《文物》1963 年第 8 期。

意于空间上的远。大型宫观大多为一串纵向布置，随地平面逐渐升高之院落。最具有代表性的当属山西的永乐宫，永乐宫按照皇宫的样式以平面方形、南北中轴线布局来进行建造，沿着南北中轴线，前后建筑相互呼应，一气呵成，在单体建筑之间，通透的门廊设计使内部空间与外部空间共同构成了空间的绵延。内外空间可以相互进行转化，形成亦虚亦实的灵动效果，将空间意识转化为时间上的绵延，体现了道教追求的宁静、幽深与玄远。当然，中国的宗教并未舍弃对"高"的追求，而是把"高"的意味拓转为对"高远"的追求。自古深山多名刹，中国的宗教建筑大多建筑在崇山之阿，利用自然的高度实现了对"高远"的追求。建置于幽远之深山大岳的道教建筑，结合奇峰异壑、甘泉秀水及参天古树等自然景观，灵活布局，建造出如湖北武当山的南岩宫、太和宫、紫霄宫等许多超逸高雅、玄妙神奇的建筑群，彰显着道教天人同构、返璞归真、自然无为、道法自然、阴阳协调、"天人合一"的道学思想。

其次，不同的建筑技艺、结构给人不同的宗教体验，从不同的层面达到了宗教救赎。

1. 西方宗教建筑：独体空间——通向"天堂"的站台

石砌结构与混凝土技术利于创造出高、大、上的建筑形制，创造独立、封闭的整体空间。哥特式教堂通过券拱技术将所有的内部空间连接为整体，构造出一个独立于世俗的空间，表达出超脱世俗的努力。教堂内部的墙壁与屋顶的交接是券拱结构而非直角相交，柱子向上耸立伸展，在上部形成尖拱形的特殊形式，好像植物的茎向上生长开放出花朵，仿佛把信众的灵魂托举到与天堂最近的地方。黑格尔描述道："方柱变成细瘦苗条，高到一眼不能看遍，眼睛就势必向上转动，左右巡视，一直等到看到两股拱相交形成微微倾斜的拱顶，才安息下来，就像心灵在虔诚的修持中起先动荡不宁，然后超脱有限的世界纷纭扰攘，把自己提升到神那里，才得到安息。"① 塔楼从地面升起，直达一个信仰天空的灵魂的居所仿佛尽其可能地抵达天堂。这种密闭的空间强化了人们对天堂强烈的向往、热爱，以及对自身原罪的厌恶、希求超度的渴望。教堂作为基督临在的标志，其重要性决定了一座城市的规划，整个城市都围绕它而建造。因此，教堂又是城市的地标、城市的灵魂与意象。中心式封闭的教堂造成人在上帝环抱之中的感觉。教堂尽量建得越来越大，能够满足信众由此抵达天堂的心灵需要，米兰大教堂总面积11700 平方米，可容纳 35000 人②。强烈狭长的垂直空间，给每个人异常崇高之感，对教堂的空间沉浸，使得人进入教堂就似乎走进天堂，满足人们对天堂的向往和追寻。教堂的建立表达了人们与神灵相交接的欲望。高耸入云的教堂与周围建筑一般没有太大联系，呈现纵向的结构，表达了西方宗教中自我、独立以及以神为中心的意义③。天国与人间两世界之间相互对立，教堂成为世俗世界中独立的孤岛，也是在罪孽深重的人间的安全岛。

高大的石砌建筑充分利用了光的要素来营造宗教的沉浸感。早在埃及新国王时期的神庙就利用大于柱间净空的粗大的柱子，将光线分割成高低柱间细碎的光点，巨大的阴影造成对人的威压，营造出神庙内虚幻神秘的气氛。万神殿的石材造作技术创造出阔大、单一、封闭而完整的内部空间，使教堂的内部空间获得了极大的自由，阳光通过穹顶直径为8.2 米的采光圆孔泻入神庙，在庙内色彩明艳的大理石地面和墙面的辉映下，制造出万神降临的幻觉。殿堂内沐浴神光的人们，也仿佛能够通过穹顶的圆孔升达天界；圆孔又如上帝悲悯的目光，发出的神圣光芒，抚慰万众的灵魂。哥特式教堂那些叙述宗教故事的彩色大玫瑰窗，以蓝

155

---

① ［德］黑格尔：《美学》第三卷，朱光潜译，商务印书馆 1979 年版，第 93 页。

② 贺玉书：《意大利米兰大教堂素描》，《中国地名》2012 年第 5 期。

③ 陈志华：《外国建筑史（19 世纪末叶以前）》（第四版），中国建筑工业出版社 2010年版，第 116—117 页。

色象征天国，红色象征基督的鲜血，在教堂内部营造出天堂的幻象。光色的隐喻让民众自然而然地感受到上帝的召唤。现世有罪之人只有到了教堂，才可以洗罪、得救、升天堂，可以免除现世的痛苦。高渺的空间，反衬出人的微小，非凡的光辉营造了天堂的幻象。在这与世隔绝的空间中，技术创造出对世俗世界的"去世"以及对天堂世界的"去远"。对现世的否定、对人的否定，召唤信众集结在这里，教堂如同通往天堂的站台，在这里人们获得上帝暂时的荫庇，由此而获得一份安慰、一份安宁和一份期待。这些垂直崇高、整体封闭的教堂空间，是信众待解脱的集结地，是通往天堂的站台。

2. 中国宗教建筑：模块化组合——泊留现世的家园

与石砌结构相比，木结构在天然尺寸上的限度是显而易见的。但中国建筑发展出了模块化组合的建筑模式，用拼合、接长和节点联结等方法，将木料连接成结构和构件。大木作结构构件，按功能可分为柱、额枋、梁、蜀柱、拱、昂、爵头、斗等 12 类。东汉至三国时期"斗"被广泛使用，并成为古代建筑向"模数制""标准化"发展的雏形。宋代李诫《营造法式》"凡构屋之制以材为主，材有八等，度屋之大小因而用之"①，标志着中国古代建筑的模数化的成熟，是典型的构件和节点标准化时期。从制材规格化到构件和节点标准化再到整体标准化，至清《工程做法》，已演化为典型的整体标准化时期②。单体是模块的组合，而整个建筑则是单体组合的群落。如果说西方宗教建筑是一个凝固的、既成的空间，那么中国宗教建筑则如同一个生长着的有机体，只要需要，建筑可以在相应的节点按照模数规则和模块化组合原则，以自相似的分形方式不断生成。

模块组合的方式使建筑空间有序展开，形成一种秩序井然的程式化

---

① （宋）李诫：《营造法式》，人民出版社 2006 年版，第 29—31 页。
② 张十庆：《部分与整体——中国古代建筑模数制发展的两大阶段》，载贾珺主编《建筑史》第 21 辑，清华大学出版社 2005 年版，第 49 页。

序列格局。"高度模数化和程式化，使得单体不再成为设计的主要对象，设计的重心转向群体布局，即程式化单体的组合与配置。伴随着单体被淡化，总体布局亦趋成熟和完善，群体及环境塑造得以强化。……进而群体布局亦逐渐趋于程式化。"① 模块化构成的房屋、院落和城市组成了古代建筑空间。对中国人来说，宗教空间与世俗空间并无二致，这种建造原则是如此不言而喻，它几乎完全是建立在世俗经验的基础上，与西方宗教建筑与世俗的格格不入迥异其趣。与西方宗教建筑封闭空间的幻想避世原则相比，中国宗教建筑向世俗开敞，也向自然开敞，自然的风水与阳光的照耀消除了封闭墙面的沉闷之感，彰显出现世解脱的机缘与从容，而宗教建筑则成为人们泊留现世的家园。

宗教建筑是塑造宗教精神的场域，像一个巨大的容器，具有一种强大的融合力量，把人的思想、回忆和梦融合在一起。这种力量，就是宗教空间的感召力。它是通往终极世界的接口，中西方文明以不同方式的技术开创了不同形式的建筑，不同形式的建筑开创了不同的精神场域，不同的场域触发了不同的宗教体验，不同的体验又影响着不同宗教观念的塑造。宗教追求在人们心中生了根，人们接受它，就好像人们本来就可以创造它，本来就应该创造它一样。人们在宗教建筑的现实和虚拟之中体验它，通过思考和幻想来体验它。在以宗教建筑为核心的宗教场域，听觉技术（音乐）、视觉技术（绘画和雕塑）以及触觉技术、味觉技术通过模仿或虚拟的方式，营造出宗教场域中的体验方式，在这里，技术决定着感知的尺度和感知的方式，构造着宗教的精神和宗教的体验。宗教建筑变成我们的一种新的存在，换句话说，它既是精神表达的生成，又是生存方式的生成。宗教空间不再是从实证角度被切身"体验"，空间就是一切，空间让人们沉静下来，感觉到一种终极的力量在

157

---

① 张十庆：《部分与整体——中国古代建筑模数制发展的两大阶段》，载贾珺主编《建筑史》第21辑，清华大学出版社2005年版，第49页。

心中朴素地涌起。人们在建筑所营构的空间中，在形状、色彩、声音、味道等符号构造的场域中，或幻想或沉浸，或解脱或超越。宗教建筑艺术的精神差异，不如说是感知技术差异的审美现象学。

二 审美范式：宏观艺术史上的双螺旋构象

柏格森曾在《道德和宗教的双重起源》中，按照道德标准区分了西方艺术的两个类别。他将与智力、理性、文明和现代性相联系的技艺看作消极的、破坏性的和非道德的，而将积极的、充满活力的和道德的特征赋予和个体自然倾向、生命力、神秘性和意志力相联系的技艺（Bergson，1932：21 ff.，54；222ff.，249）①。如果我们放下他个人反叛传统的立场，可以发现这一洞见是具有十分重要的启示意义的，那就是这样一个事实的存在：艺术史上存在着"智力、理性、文明和现代性相联系的技艺"和"个体自然倾向、生命力、神秘性和意志力相联系的技艺"，不过前者一直是西方艺术的主流，后者是东方艺术的主流。由于西方文化在人类近现代史上的先进性，西方艺术在世界范围的影响深远，以至于东方艺术逐渐失去了话语权，未能全面参与近现代艺术理论的建构。

在技术现象学的视角下眺望艺术史，一个雄奇瑰丽的宏观画卷清晰地展现在眼前：人类的艺术创造始终存在着模仿与虚拟两种方案，如果我们把源自原始仪式艺术中的模仿与虚拟看作艺术的 DNA，那么在西方艺术和东方艺术的发展过程中，西方将模仿艺术发展到顶峰，东方则运用传统媒介创造出虚拟艺术的奇迹。无论是艺术史、艺术理论史还是艺术审美史，都清晰地显现出模仿与虚拟的双螺旋构象，以下我们用关键词列表的方式加以简略地表示。

---

① 转引自［法］马塞尔·莫斯、爱弥尔·涂尔干、亨利·于贝尔原著，［法］纳丹·施朗格编选《论技术、技艺与文明》，蒙养山人译，罗杨等校，世界图书出版公司 2010 年版，第 19 页。

①宏观艺术史的双螺旋构象

表 3－1　　　　　　　技术现象学视域下宏观艺术史

艺术类型	虚拟艺术		模仿艺术	
动力系统	凭所感（felt）"心"为主导的观念	诗性智慧	凭所见（saw）"眼"为主导的观念	理性智慧
材料系统	意象	动态的生成性艺术	仿像	静态的静观性艺术
控制系统	兴感虚拟物、象、意交互	深于体验	比照模仿形、色、体描述	忠于实在
思维方式	整体思维、关系思维	虚拟思维	二元思维、对象思维	模仿思维
技术操作	无法情感逻辑情感理性	意象并置模件、程式	有法数理逻辑科学理性	比例、计算、规则、程序
主导形态	"意"为主导的形态——意境在现实性与非现实性中转化的虚拟现实	抒情艺术	"像"为主导的形态——形式对现实世界进行模仿的艺术世界	造型艺术

②基于媒介技术的艺术门类及其双螺旋构象

表 3－2　　　　　　　模仿的艺术与虚拟的艺术

艺术门类	虚拟艺术		模仿艺术	
	媒介技术系统	艺术形态	媒介技术系统	艺术形态
1① 古典文学	字象思维意象、体验	虚拟性、具身性、透明性	符号思维逻辑、诠释	模仿性、离身性、遮蔽性
2 古典器乐	八音克谐大音希声妙造自然	感发志意和雅清淡传达弦外之音	赋格交响声学原理人为的循环主题	辉煌雄伟优美庄重追求模仿声音效果
3 古典舞蹈	力与势动势和谐	东方古典舞身体意象	力与形活动的雕塑	西方芭蕾身体形象

---

① 参见王妍《作为观念现象的文字——中西审美思维源发机制探微》，《哈尔滨工业大学学报》（社会科学版）2014 年第 5 期。

159

续表

艺术门类		虚拟艺术		模仿艺术	
		媒介技术系统	艺术形态	媒介技术系统	艺术形态
4	古典美术	笔纸水墨 程式、"六法"	文人画 气韵	画布油彩 形式、比例	人文画 灵韵
5	古典雕塑	泥塑技术 加减灵活	敦煌雕塑	石雕技术 减法的科学	古希腊雕塑
6	古典建筑	土木建材 榫卯结构	宫殿建筑 园林山水	石材、混凝土 券拱结构	教堂建筑 园林古堡
7	古典戏剧	勾栏瓦肆 日常生活空间	曲剧 抒情性 （元杂剧）	剧场 特定空间 科学声场	歌剧 叙事性 （悲、喜剧）

③艺术美学的双螺旋构象

表3-3　　　　　　　　　　模仿美学与虚拟美学

美学体系	审美范式	审美思维	审美体验	审美对象	审美主体	审美趣味	审美理想
模仿美学	仿像	描述、分析、判断 既成艺术：基于作者的艺术	审美静观 审美判断	既成艺术 在探索性、分析性和对象性中"显现"或"完成"的艺术	主体的认知能力和征服世界的主体体验	认知—美感—审美愉悦	"真"之美 再现美学 AESTHETIC OF APPEAR-ANCE
虚拟美学	意象	沉浸性、想象性、交互性 交互艺术：面向受众的艺术	多感官沉浸 审美感悟	体验艺术 在互动性、联结性和转变性中"出现"或"形成"的艺术	主体的感兴能力和与物互动的主体体验	感悟—滋味—精神超越	"味"之美 生成美学 AESTHETIC OF COMING-INTO-BEING

④艺术理论体系的双螺旋构象

表3-4　　　　　　　模仿艺术理论体系与虚拟艺术理论体系

艺术理论	模仿艺术理论体系	虚拟艺术理论体系
实在论	实在的美形（eidos）	大象无形
时空论	现实—情境——空间艺术	兴象—意境——时间艺术
思维论	迷狂（神赋灵感）	妙悟（观、察、品、味、玩、体、感、悟）
作品论	形式美（比例、节奏、线条、形状）	情志美（风、骨、神、韵）

续表

艺术理论	模仿艺术理论体系	虚拟艺术理论体系
方法论	模仿（原理、法则）	感兴（法无定法）
体验论	移情—内模仿	兴会（心与物游）
审美论	崇高、优美、悲—喜剧（净化）	意境、气韵、中和（教化）

总之，原始诗性思维中所蕴含的模仿与虚拟因素，在东方农耕文明和西方海洋文明不同的生存环境和生存技术条件下，得到了选择性继承和发展。艺术创造的技术系统和媒介感知技术的差异性选择，使得艺术创造的历史上呈现出模仿与虚拟的双螺旋构象。"凭所感"的东方艺术与"凭所见"的西方艺术创造出"意象"与"仿像"两种艺术表意范式，并且，作为文化实践和艺术创作的集体无意识"原型"，两种艺术范式也内在地塑造着中西艺术品格、审美心理与审美标准，反复地强化着中西艺术对自身文化的自觉与体认。当然，艺术史是百花齐放、万物竞萌的花园，我们并不否认艺术的多样性和审美的复杂性，但是从宏观的角度来观察，人类创造的艺术的确呈现着以模仿与虚拟为手段、以意象与仿像为范式的恢宏绚丽的双螺旋景观。

三 感知技术：模仿与虚拟的交融与兴替

从宏观的共时性来看，东西方艺术内部分别继承并发展了原始艺术中的虚拟与模仿；从微观的共时性来看，东方艺术和西方艺术同样包括两种艺术倾向，只是两者在艺术史上所占的比例不同罢了，总会有一极显示出其主导性地位，而另一极则掩映在其光芒之下。有意味的是，从历时性来看，西方艺术呈现从模仿到虚拟的发展趋势，而东方艺术则发生了从虚拟到模仿的转变。在东西方艺术的发展过程中，悄然发生着模仿与虚拟的交融与兴替。

西方艺术观念转变的节点，始于 18 世纪中叶。一些西方艺术家的兴趣，开始从古希腊神话、古罗马英雄故事、寓言、《圣经》里的宗教题材和关于圣徒们的传说，转向了描绘内心的体验。弗朗西斯科·戈雅的《巨人》①，那个庞然大物坐在月夜景色之中，好像某个邪恶的梦魇。戈雅是想到了他的国家的厄运，想到战争和人类的愚蠢给予国家的压迫呢，还是仅仅在创造一个像诗一样的意象呢？这只是一个讯号。传统在这里发生了中断，"从自然主义的或对自然的直接模仿的艺术，到基于形式原则和传统常规之上的具有几何图形特征的艺术演变。在这一过程中，具体形象让位于抽象形式，自然主义让位于风格化，写实让位于隐喻，模仿让位于理想化典型塑造。总之，对实在的描摹被流行的常规所替代。这些就是其后各个时代艺术表现的两极现象——对自然表面现象的忠实描摹既观照事物形象的相似性，又在传统规范下开辟了艺术观念化、抽象化和风格化的创作取向"②。这个变化被 M. H. 艾布拉姆斯（1912—2015）形容为从"镜"到"灯"的变化。(《镜与灯——浪漫主义文论及批评传统》，1953)，他把从柏拉图到 18 世纪的主要思想观念概括为"镜"，即艺术是外界事物的反映者，将 18 世纪以后浪漫主义诗人心灵的主导观念比作"灯"，即烛照世界显现世界的发光体。这一趋势到了 19 世纪末，发展为挑战和颠覆传统理性主义的蔚为大观的西方现代主义艺术思潮。超现实主义、未来主义、象征主义、表现主义、意象派等各种艺术流派，反对传统艺术"模仿"外部世界的创作方法，怀疑对认识"真实"的现实世界的可能性和终极意义上的"真理"，纷纷转向对内在感受、心理印象和内心情感的关注。艺术的这种转变，一方面源于认识论上西方传统形而上哲学向非理性主义哲学的转变，柏格森的生命哲学、弗洛伊德的精神分析学说以及尼采的超人哲学，可谓是对传统的离经叛道；现象学、解释学、存在主义、心理学

---

① ［英］贡布里希：《艺术的故事》，范景中、杨成凯译，广西美术出版社 2008 年版，第 488 页。

② ［美］威廉·弗莱明、玛丽·马里安：《艺术与观念》，宋协立译，北京大学出版社 2008 年版，第 21 页。

派、结构主义、解构主义纷纷涌现，一步一步推动了西方哲学从本体论向主体论转向，继而又发生了语言学转向、视觉转向；从崇尚理性到推崇感性，从科学、理性的写实原则，转向了内心的意象与瞬间的感觉，掀起了颠覆传统理性哲学的现代哲学浪潮。另一方面，在西方对新大陆的探索过程中，受到东方文化的影响，19 世纪 20 年代庞德的"意象派"、30 年代卡罗琳·斯珀津的意象批评、40 年代后国诗坛上先后出现意象玄学派和深度意象派等新的诗歌流派等等，这些流派说明，中国传统艺术对西方艺术产生了深层的、深远的影响。风起云涌的现代派大潮推动艺术的表现手法也渐次从物到心，把重心转移到对主观情感的关注上，强调艺术就是用外界事物来完全对应内心的情感，在瓦解"仿像"规则的同时表达出强烈的"写意"的追求，"写意"成为西方现代艺术的主流。

从西方文艺理论史来看，模仿说本身即包含了虚拟论的因素，已经埋下了虚拟说的伏笔。从古希腊时代柏拉图的"艺术是模仿"，到 20 世纪末道格拉斯提出"艺术是虚拟"，其双螺旋的线路便清晰可见。

表 3－5　　　　西方艺术理论的模仿与虚拟双螺旋构象

代表思想家和代表性学说	模仿	虚拟
柏拉图 （公元前 427—前 347）	艺术是模仿 模仿的诗	神启的诗
亚里士多德 （公元前 384—前 322）	模仿自然	诗的普遍性与类型化
贺拉斯 （公元前 65—前 8）	模仿性	创造性
中世纪 （约 476—1453）	神创说	（宗教虚拟思维）
文艺复兴 （14—16 世纪）	镜子说	（人的发现）
夏夫兹伯里 （1671—1713）	（感官）	内在感官

163

续表

代表思想家和代表性学说	模仿	虚拟
鲍姆嘉登 (1714—1762)	理性学	感性学（美学）
叔本华 (1788—1860)	（理性）	非理性 世界作为意志的表象
谷鲁斯 (1861—1946)	（模仿）	内摹仿
表现主义 (20 世纪初)	（外观）	内在情感
格式塔心理学 (20 世纪初)	（形式）	完形
波德里亚 (1929—2007)	（真）	拟真
道格拉斯 (1933—)	（实在）	艺术是虚拟

其中，艺术向虚拟的转变，与技术媒介革命有关系，影像技术和数字技术，是道格拉斯提出"艺术是虚拟"的技术文化背景。

与西方艺术观念在矛盾与悖立中辩证发展的历史不同，中国艺术"写意"的审美精神具有惊人的一贯性与主导性，这一方面与 2000 年来承继不变的文化思想体系有关，另一方面也与代代相因的技艺系统有关。20 世纪初期，曾留学欧洲的徐悲鸿（1895—1953）从绘画的角度指出，"中国画通常之凭借物，曰生熟纸，曰生熟绢。而八百年来习惯，尤重生纸。顾生纸最难尽色"。宣纸这种媒介"为画术进步之大障碍"（《中国画改良论》）。当然，徐悲鸿是从反传统、求新变的角度来看待中国的宣纸的，但正是宣纸的这种特性，决定了中国绘画重"写意"的虚拟性特征。文化运动的启蒙者们借用西方的"民主"与"科学"来反传统，要求艺术"求真"与"写实"。梁启超在《美术与科学》（《饮冰室文集》卷三十八）中提出了"真"与"美"合一的重要命题，认为艺术的创作是科学与艺术的结合，既要有"十二分的兴味"，又要有"纯客观的态度"，"同中求异"的"分析精神"和"锐入的观察法""极精密的科学头脑"。更为重要的是，他提出艺术创作"科学的根本精神，全在养成观察力。……最要紧的是观察自然之真"。传统艺术观的基础"以情立文"——"凭所感"，被代之以"凭所见"，传统艺术的"意象"与"程式"被代之以"——案现世已发明之术，则以规模真景物。形有不尽，色有不尽，态有不尽，趣有不尽，均深究之"（《中国画改良论》）。"传神""写意"的审美情趣被代之以强调"肖"与"实"，强调以"现实已发明之术""规模真景物"，写人写物都应"准以法度"。徐悲鸿强调国画改革要融入西画技法，作画主张运用光线、造型的规律，讲求人物的解剖结构、骨骼的准确把握，要求必须凭实写。

20 世纪初中国知识精英们掀起的新文化运动，不仅以西方艺术为楷模，而且自觉地采取西方的视角来重新整理中国古典理论。王国维采用西方的逻辑思维方式，运用分析的方法和美学的研究框架，将境界作为中国意象美学的核心范畴，将"无欲之我"看作审美的本质，审美观照解为"无利害"的"诗人之观"，将审美与美感分为优美与壮美，审美的标准是"自然"、"不隔"之"真"，而所谓审美自由就是"入乎其内"与"出乎其外"的自由，可以说成功地完成了将"意象"诗话体系与西方美学话语体系全方位的对接。

事实上，中国艺术在写意主导的同时，并没有放弃写实的要求。顾长庚"传神写照"之说（刘义庆《世说新语·巧艺》）可以说一直是绘画艺术的金科玉律，只不过"写照"一直是"传神"的附庸，有时为了"传神"甚至可以牺牲"写照"。中国艺术以抒情艺术为主导，但到了元代（13—14 世纪），蒙古族入主中原，一系列政策使得汉族正统文化受到压制，艺术创造主体——汉族文人士大夫仕途无门，转而将精力投入人间市井百态的描摹刻画，戏曲这种以叙事为主的艺术才发展起来。这是一个值得注意的节点。戏曲，这种发生于市井街头、勾栏瓦肆的民间俗艺术，被文人雅士在抒情的曲词中开拓出叙事的艺术样式。到了清代，戏剧理论家李渔集元、明以来戏曲理论之大成，提出"情节"为"主脑"论，把结构放在首位，主张戏曲要结构谨严、情节紧凑、组织得天衣无缝。他尤其强调，曲文应当贵显浅、重机趣、戒浮泛、忌填塞，宾白应当语求肖似，说一人肖一人（《闲情偶寄》）。此言可以说是中国艺术理论中写实派、模仿说的先驱。

总之，中国传统艺术，以绘画为例，从技艺来说，工笔写实、水墨写意；从时代上看，古典写意、现代写实。中国艺术在 20 世纪中叶前后，受苏联的影响，几乎可以说是全盘接受了西方美学和"反映论"（尽管这里的接受也是中国式的、时代式的），从情志论（心）到反映论（镜），中国艺术理论发生了从虚拟到模仿的转移。甚至一些中国画家开拓出用中国传统绘画的媒介创造超级现实主义具象表现手法，运用工笔画小写意技术，达到了极"写实"的高超境界。可见，中国传统艺术中，同样存在着模仿与虚拟的双螺旋路线。在 20 世纪到来之时，模仿写实的这一端终于转到了历史的前台。

本章小结

从多元文化所建构的艺术成果中我们发现，没有什么能够比文明间的技术、工具、媒介的差别更能呈现出艺术间的差别了。由于东西方的人们所面临的现实问题不同，因而他们的世界观和解决问题的技术系统也是不同的。人们在创造技术的同时创造了艺术，也创造了自身，创造了自己的生活方式，而人们的思想、观念也深刻地嵌入艺术中。文化语境差异这一深层原因，决定了东西方艺术观的差异。作为艺术创造的DNA 密码，虚拟与模仿在东西方艺术中分别得到了长足的发展：东方艺术偏于虚拟系统（情感逻辑、类比思维、意象媒介）；西方艺术偏于模仿系统（符号逻辑、分类思维、形式媒介），形成了东西方感知技术的差异性选择。东西方文明生存技术—产业形式的感知模式、经验技能—信息方式的感知模式、组织技术—规则体系的感知模式等的差异，促成了东西方艺术在动力系统、操作系统、媒介系统等方面的差异。由于媒介技术的差异性，由原始仪式艺术发展而来的歌（文学）、乐、舞、绘画、雕塑、戏剧、建筑各类艺术，在东西方时空环境中逐渐凝结为各自的品格与特征，形成了世界艺术模仿与虚拟的双螺旋变奏史。同时，在东方和西方艺术各自的发展中，又都存在着模仿与虚拟的往复兴替。

技术的发展同解释模式是相适应的，似乎人类把人的机体最初具有的理性活动的功能范围的基本组成部分一个接一个地反映在技术手段的层面上，并且使自身从这些相应的功能中解脱出来。首先是人的活动器官（手和脚）得到加强和被替代，然后是（人体的）能量产生，再后是人感官（眼睛、耳朵和皮肤）功能，最后是人的指挥中心（大脑）功能得到加强和被替代。

——［德］哈贝马斯

第四章 感官技术演进中的艺术类型及其模仿与虚拟

第一节 "感官技术"的发展与艺术类型的嬗变

一 "感官技术":"身体"视域下的技术

何谓技术?

就最一般的意义而言,技术被认为是制造和使用人造物,是人类实践活动中所使用的工具或者手段①。然而,现代技术对人自身越来越显著的影响提醒人们,在创造和使用技术的过程中,人的生存状况发生了作为工具所指向的目的之外的深刻变革。技术与人本身的存在方式、生存方式、认知模式、社会伦理、政治以及宗教文化都有密切关联。自20世纪初以来,技术与人的关系终于成为哲学思考的焦点问题,② 以此为背景,从技术美学的角度看,技术的角色和内涵可以理解为如下四个方面。

1. 技术作为"身体的延伸"

技术是特殊的人造物,比如工具、机器等。而工具、机器并非他

---

① 于光远主编的《自然辩证法百科全书》,中国大百科全书出版社1995年版。

② 吴国盛:《技术哲学经典读本》(第一编历史概述),上海交通大学出版社2008年版,第3—51页。

物，是"人体的延伸"。恩斯特·卡普（Ernst Kapp，1877）最早提出这一观点，他认为武器和工具本质上都是对人类身体的投影。例如，衣服和房屋是皮肤和毛发的延伸，弓弩是手臂的延伸。麦克卢汉（Mshall McLuhan，1964）甚至提出，就像机械技术延伸了人的身体，电子媒介也延伸了人的神经系统。芒福德将艺术客体看作一种特殊的延伸，即"内心体验的符号延伸"。总之，技术与艺术的融合恰恰是一个完整的人——从心灵到肉体的延伸，这印证了马克思主义的观点：人是一种自我创造的存在。例如，人们利用自然物制造马车、船来改进自己的运动能力，扩大自己的感觉范围，同时这些工具也要求人们重新调整感觉和身体控制……技术构造着人的感官，这种现象并不是被动的，而是人的本质欲求决定的。

2. 技术作为"合目的性的过程"

无论是亚里士多德所言的"培育"的技术（cultivation，有助于自然更快更好地出产它凭借自身就能出产的东西，比如医疗、教学和耕作）还是"构造"的技术（construction，迫使自然出产它自己所不能出产的东西，比如建筑），其本质上都在于追求"合目的性"（巴文克 Bernard Bavink，1930），技术的效益（efficiency）和技巧（artifice）本身就容易引起感情共鸣和审美鉴赏。它是使人满足和使世界人性化的一种手段（弗洛曼，Samuel Florman，1974）。西班牙哲学家敖德嘉指出，"人通过技术这一行动系统，力图实现人本身这样一种超自然的筹划"。一切改变都向着自由的目的——超越自己身体与环境的局限。[①]

3. 技术作为"经验性的思维方式"

第一，在制造或使用人造物的过程中存在着无意识的感觉运动技能（sensorimotor skill）。第二，技术谚语（卡彭特）或前科学工作的经验

---

① 吴国盛：《技术哲学经典读本》（第一编历史概述），上海交通大学出版社2008年版，第6页。

方法（rules of thumb）（邦格），如对行动描述的"规则"。第三，描述性定律（descriptive laws）（卡彭特）或"实用定律陈述"（nomopragmatic statements）（邦格），依据的是具体经验。第四，"操作性的"技术理论，将描述性定律系统化或提供一个概念框架对其进行解释。"从一开始就涉及在近乎实际情形中的人的操作和人机综合体。"（邦格）这种把技术看成一种知识的立场，将技术变成了心理学、人种学和人类学对人类思维的范围和结构——人性的固有成分的改变。

4. 技术作为"意志"

技术以人的某种意志活动为基础，这是关于技术的最不成文的，但却约定俗成的看法。对过程的控制依赖于"舵手"的目的、意向、愿望和选择。一切本质上与意志相关联的客体、过程和知识都关联着人的"情绪"和"理解"，也即海德格尔所宣称的"此在"的"在世"的两种基本结构——"现身情态"。身体的基本需要是技术创新的源泉，也是其自身超越的源泉，技术最终不可能是"非人"的、从外部强加于我们而不考虑我们身体存在的现状的。相反，技术与人的计划、宗旨和能力之间有着不可分割的关联。[①] 概而言之，技术是身体的延伸，也是人的心理结构和思维方式的构成部分、本身就是人性某个方面的无意识的表现；技术还关联着人类的情绪与愿望，同时与"合目的性"的审美感性有关。从技术现象学的角度来看，作为人的"现身存在"，身体是感官的也是心灵的，是肉身的也是技术建构的。在面向人的目的性发展的过程中，技术是构成感官的重要因素。在数字信息技术的启示下，我们可以达成这样的认知：技术是身体感官技术的延伸，身体感官技术是本源性的信息技术；在人类生存实践过程中，作为"人"生存于世并参与这个世界的"感觉载体"，身体也得到不断的革新和增强。

---

① ［英］克里斯·希林：《文化、技术与社会中的身体》，李康译，北京大学出版社2011年版，第191页。

简言之，身体是技术发展的重要源泉，"身体"视域下，"技术"可以看作面向超越身体的"感官技术"。"感官技术"这一观念，有利于更加全面地揭示技术的本质。

二 "感官技术"视域下的主导技术分期

技术的分期向来是一个难题。由于出发点不同，技术的分期也是不同的。影响较大的技术史的分期有以下三种①。

其一，以社会历史分期为技术史的分期。这是技术史最常见的分期方式。这种分期方法对应于人类历史的古代社会、近代社会和现代社会，可以很好地反映技术与社会需求在历史上的关联性。一种社会需求欲望的满足又会产生更高的社会需求，由此推动技术的不断发展。这显然是在社会史研究视野下的结论，并不是以技术发展为对象的技术史分期。

其二，以历史与文化史为技术史的分期。如谢勒特（M. Schroter）在《技术哲学》（*Philosophie der Technik*，1972）中把技术史分为 4 个历史时期：①从巫术技术向武器和工具等实用技术的过渡；②从母权制的用锄耕作技术到用犁耕作的农业和城堡的兴起；③从传统的手工工具到科学的可以独立驱动的发动机；④从早期资本主义生产制到以煤为能源的生产体系。这是将技术史作为参照系的文化史研究，具有重要的认识论和方法论意义，但视角标准颇为错综复杂。

其三，以"动力"技术变革史为技术史分期。如汤德尔（L. Tondl）《关于技术与技术科学概念》（*On the Concpt of "Technology" and "Technological Sciences"*，1974）划分为三个历史时期：（1）工具时期——工具由人的体力所驱动，人借助于工具作用于劳动对象，按加工目标由人去控制工艺过程；（2）机器时期——机器由动力源转动机构和特殊的工作机组

---

① 姜振寰：《技术的历史分期：原则与方案》，《自然科学史研究》2008 年第 1 期。

成。但动力源已不再是人力，而是畜力、风力和水力，以及后来更为强大的热机（蒸汽机、内燃机等），工程的控制仍由人进行；（3）自动装置时期——机器应用了自动控制调节的控制论原理，由人设定的程序去控制其运行。其进一步发展是学习机和自组织系统。这种分期将立足点放在了技术的"动力"上，简洁而清晰，但"动力"只是技术系统中的要素之一，是从单一的视角透视宏观的历史。

当代哲学家从人、技术、生存环境的角度出发，显示出对技术改变身体—感官的结果的高度关注，如海德格尔、芒福德、帕茨等。他们以技术与人的关系为核心探讨技术问题，给出了新的技术史分期方案。最有代表性的是，将技术区分为古代技术和现代技术，或有机技术与单一技术。

概括地说，古代技术是感性的、带出的（海德格尔）、印象综合的（麦克卢汉、威廉森和布莱特）、柔性的（洛文斯）、身体的有机技术（芒福德），是传统的直觉技艺中所包含的，每一件手工制品都是一种独特的创造物，即使是像篮子和木碗这样的世俗之物，都是基于人的直觉知识用天然材料制作而成的，风车和水轮仍如艺术客体一般与自然相联系（帕茨）；而现代技术是理性的、机械的、刚性的、挑战的、无机的技术，是"挑起"或"攻击"的技术（海德格尔），强迫自然交出别无他寻的物质和能量，"以释放、转化、存储、调配和转换为去蔽方式"，其理想形式是尽可能完善的相同产品（帕茨），从而获得效益、动力或利润。因此，在他们看来，人类需要从以"让机械化主宰"（Mechanization Takes Command）的单一技术改变为"让人来接管"（Let Man Take Over）的"有机"技术。

尽管技术将"绿色"的"身体"改造成"技术感官"，人作为"技术人"（technological man）、"电子人"（cyborg）甚至人自身与机器成为相互的"弥补"系统（用机器扩展人的功能的）（许拜仁），尽管西方哲学家如海德格尔，最终把现代技术看作对人的"座架"（Ge-stell），使感官脱离了原始的诗意的感官，但数字技术让人们越来越清晰地看到，技术正在向"有机"的、"感性"的、"柔性"的技术发展，数字虚拟现实技术更在力图培养一种能够同时涵盖科学理性和技术力量的"极端感知力"，以"柔性机器人"为代表的当代智能技术，正在展现出技术感官前所未有的魅力。

技术一再以"座架"的方式刺激人们更加强烈地感受到：人是一种感官的存在，人的感官却越来越呈现出一种技术性的存在；"有机技术"驱使人以一种理解技术的方式去解蔽艺术的本质，这启发了我们以"感官"的视角来看待技术发展的历史。从"感官技术"的角度眺望技术史，可以说，一部技术史就是"感官技术"的革新史。

我们以"主导技术"的发展为宏观脉络，以"能够体现技术内在发展的逻辑性，能够体现技术发展不同时期的质的阶段性，能够反映出不同历史时期人们对自然规律的掌握程度及社会生产力发展的水平"为原则，以"技术源于身体，终归要回到身体"为思考路径，技术史便彰显出"感官技术"发展的清晰脉络。

表 4 -1　　　　　　　感官技术演进及其主导技术和技术群①

	感官技术阶段	主导技术	创造艺术形态的技术集群
1	身体感官技术	身体技术	狩猎、采集、耕作，咒语和巫术等
2	感官媒介技术 I	工具技术	书写、雕塑、刻画、建筑技术等
3	感官媒介技术 II	机械—电子技术	摄影、录音、录像、摄像技术等
4	传感技术	数字技术	电子通信、互联网、交互技术等

---

① "主导"意味着"不但重要而且具有导向作用，具有时代的导向性和时代的统制性"。"在每一时期中都有一项技术贯穿始终，代表了该时期技术发展的主流和趋势，围绕这一技术的发展而形成一个技术群。这一群及其中起主导作用的技术的形成、完善与应用，……以主导技术和主导技术群的更迭作为技术史分期的基本依据的结论。"参见姜振寰《技术的历史分期：原则与方案》，《自然科学史研究》2008 年第 1 期。

三　"感官技术"演进中的主导艺术类型

技术决定着艺术的操作逻辑和呈现形态，有什么样的"感官技术"，就有什么样的艺术形态。听觉感官技术创造出音乐艺术、视觉感官技术创造出符号艺术、视—听感官技术创造出影视艺术、虚拟技术催生了虚拟交互艺术，它是包括视觉、听觉、触觉、动觉、味觉、嗅觉等多感官沉浸的新艺术类型。可以说，艺术是感官技术的映射。从最初全感官在场的身体艺术，到感官媒介技术创造的符号艺术、影像艺术，传感技术创造的数字虚拟艺术，艺术形态的发展无疑体现着"感官技术"的进步与完善。反之，技术的发展也以遵循人的感性为原则，感官体验完善的技术，就是艺术追求的最高境界——美的境界。

与主导技术形态相对应，主导艺术形态分别有：①身体艺术（歌—舞—表演艺术等）；②符号艺术（绘画—文学—建筑艺术等）；③影像艺术（电影—电视艺术等）；④虚拟艺术（电子游戏艺术等）。不同的艺术形态在传统的基础上加入了革命性的新艺术语言，不过万变不离其宗——所有的艺术创造方法与艺术呈现，都离不开"模仿"与"虚拟"两种核心方法。

表 4 - 2　　　　　　　感官技术演进中的主导艺术类型

主导性技术形态	主导性艺术形态		创造方法与艺术呈现		
身体感官技术身体技术	身体艺术	歌舞戏剧	模仿	相似模拟	身体—形象
			虚拟	互渗类比	身体—意象
感官媒介技术 I工具技术	符号艺术	造型艺术（绘画—建筑—雕塑）文学	模仿	形式—仿像	符号—形象
			虚拟	程式—意象	符号—意象
感官媒介技术 II机械—电子技术	影像艺术	摄影电影电视	模仿	镜头叙事蒙太奇	影像—形象
			虚拟	蒙太奇镜头内蒙太奇	影像—意象
传感技术数字技术	虚拟艺术	电子游戏艺术	模仿	程序、计算	身体形象
			虚拟	交互、传感	身体意象

177

表4-2试图以感官技术的视角勾勒出艺术类型史的宏观脉络：

第一，艺术类型史可以说是一部感官技术发展的历史。身体技术创造了全感官在场的身体艺术，原始仪式中的歌唱与舞蹈将身体技术发挥到了极致。为了满足跨时空在场的内在需求，出现了感官媒介技术。工具技术创造了符号，符号艺术将身体感知或情感的温度封存其中，感知—情感借助媒介实现了跨时空的交流。然而，符号也限制了感官—感知的灵动性和身体的鲜活性，以电影为代表的感官媒介技术再度拟仿出视觉—听觉的"在场"，并通过运动的影像拟仿出身体的"在场"。然而，电影终归是影像艺术，影像终归是虚假的仿像。人类所有的感官"一个都不能少"的在场愿望，最终催生了虚拟艺术。数字传感技术通过听觉、视觉、触觉、肤觉、味觉、嗅觉等感官体验的模拟，不仅实现了视听感官的在场，而且实现了身体能量的遥在。总之，艺术史上，每当某一感官技术实现了突破，必定会带来艺术形态和审美范式的突破，艺术创造必定发生重大的跃迁，人们总是在新的感官沉浸模式中，唤起身体"在场"的快感体验。

第二，主导艺术呈现模仿艺术与虚拟艺术的双螺旋构象。从全感官的身体艺术（①歌、②舞、③戏剧）、感官媒介的符号艺术（④绘画、⑤文学、⑥建筑）、视—听感官媒介的影像艺术（⑦电影、⑧电视）到传感的虚拟艺术（⑨电子游戏艺术），四大类别九大艺术中，模仿与虚拟作为"传统"的集体无意识和艺术创造的基因模式，规定了一切艺术最终都通过两种途径创造出来：一方面，通过模仿，实现对现实实在的再现；另一方面，通过虚拟，将人的感知还原到再现的"现实"中去，实现"身体"的"在场"，这是人的超越性和意识能动性的高度体现。这使得艺术——人类最辉煌的创造——既有模仿实在的现实性，又始终保持虚拟现实的超越性。

第二节 身体感官技术与身体艺术

一 基于身体感官的身体技术

莫斯在 1935 年提出了"身体技术"（the technique of body）的观念，他说，"我们在许多年中都犯了一个根本性的错误，即认为只有在有工具时才有技术。我们应该回到这样一个古老的观念，回到柏拉图学派关于技术的立场，柏拉图所说的音乐的、特别是舞蹈的技术，并扩展这一观念。我把一种传统的、有效的行为称为技术"。因此，"身体是人第一个、也是最自然的工具，或者不要说成是工具，是人的第一个、也是最自然的技术对象，同时也是技术手段。……在工具技术之前已有了一整套的身体技术"①。这套身体技术是基于人的感官本能自发地发展出来的。人天赋五官，最初，人类只能借助感官这张雷达网来探测和尝试，只能使用感官来寻找、跟踪、理解世界，否则人类根本无法生存。"感觉器官"是在类比物体中显露出来的，是在被构想出来之前首先体验到的，是在感官功能的特殊性中以初始状态被意识到的自然实体。感官—身体是人的"一个唯一世界的前断言明证"②。

事实上，"我们无法知道超越感官之外的事。我们的感官界定着知觉的范围"③。如果说，感官本身是一种自然的恩赐，那么人类的感觉则是在逐渐自觉的过程中进化的结果。在自觉运用感官的过程中，进化出了独一无二的、人类感知的世界。借助"身体"及其感官，以身体

①　[法] 马塞尔·莫斯、爱弥尔·涂尔干、亨利·于贝尔原著，[法] 纳丹·施朗格编选：《论技术、技艺与文明》，蒙养山人译，罗扬审校，世界图书出版公司 2010 年版，第 84—85 页。

②　[法] 莫里斯·梅洛－庞蒂：《知觉现象学》，姜志辉译，商务印书馆 2001 年版，第 172 页。

③　[美] 黛安娜·阿克曼：《感觉的自然史》，路旦俊译，花城出版社 2007 年版，第 3 页。

为中介，"使我们能够成为周遭世界的积极源泉，赋予世界一种特定的情感模式"①，同时，在人类没有语言到逐渐拥有语言的漫长的岁月里，运用身体的行为操作性、具体情景性、实践功利性和混沌未分的整体性，身体独创了"一种自然表达的能力"，"身体把某种运动本质转变为声音，把一个词语的发音方式展开在有声现象中，把身体重新摆出的以前姿态展开在整个过去中，把一种运动的意向投射在实际的运动中"②。通过身体感知"物体"，通过身体理解他人。身体与动作将人与世界整合在一起，意义在动作本身中展开……身体是所有物体的共通结构，至少对被感知的世界而言，身体是"理解力"的一般工具③。

作为理解力的工具，观看、聆听、叫喊、品尝、闻嗅、触摸、运动等身体技术就是最原始，也是最基本的感官技术。直到今天，这套技术仍然是人类最为得心应手的技术，并且正是这样一套技术，引导着技术发展的方向。

二　身体艺术：歌（乐）舞与戏剧

当身体技术不仅仅用来保障生存的基本需要，当内在的情感借助身体技术加以表达，身体艺术便产生了。基于声音技术和体势技术的歌舞与戏剧艺术是原始艺术的主导形式。

（一）歌舞艺术：声音、节奏和韵律

不管我们回顾历史到多远，我们都能见到人类在创造音乐、聆听音乐④，关于音乐的缘起或许存有争议，但大多数哲学观点都认为，在音

---

① ［法］莫里斯·梅洛－庞蒂语，转引自［英］克里斯·希林《文化、技术与社会中的身体》，李康译，北京大学出版社 2011 年版，第 61 页。

② ［法］莫里斯·梅洛－庞蒂：《知觉现象学》，姜志辉译，商务印书馆 2001 年版，第 236 页。

③ 同上书，第 241 页。

④ ［美］黛安娜·阿克曼：《感觉的自然史》，路旦俊译，花城出版社 2007 年版，第 228 页。

乐艺术独立之前，舞蹈与歌乐在原始时代是二而一的东西，身体与音乐之间有着强烈的亲和。初民在劳作中，手脚的动作与口中呼叫协调一致，人声、节奏和舞蹈形成了身体技术这种特殊的技能，比如说，要想歌唱，必然要有一定的嘴形，绷紧声带，产生振动，并且采取某些特定的身体态度和姿势；同时，听觉也至关重要，听觉的反馈有助于调整音调与节奏，与声音技术协作完成歌唱的动作；要想舞蹈，就需要灵活协调身体的躯干和四肢；要想在乐器上制造出音响，就需要灵活协调各个手指，完成复杂的运动模式。此外，音乐需要聆听，舞蹈需要观看，当我们聆听或观看时，我们的身体、神经系统、平衡系统都难以保持平静，我们的脚开始打拍子，手开始摇摆，甚至身体旋转起舞。澳大利亚生理心理学家曼弗雷德做了一些试验，通过测试志愿者听巴赫的乐曲时耳上肌肉的反应，以及这些人感到欢乐、愤怒和其他强烈情感时手部肌肉的反应。测试结果显示，无论被试背景如何、人种如何，音乐似乎产生了所有人共有的具体的情感状态，我们能借助音乐来交流最深的情感，"我们躯体的有些方面似乎是专门为音乐设计的，可以让音乐像光线穿过彩色玻璃窗那样优美地穿过它们"①。

　　"情动于中而形于言，言之不足故嗟叹之，嗟叹之不足故咏歌之，咏歌之不足，不知手之舞之，足之蹈之也。"（《诗大序》）个体与音乐的韵律和节拍融为一体，音乐深深渗透于身体②，身体在深层与音乐的韵律与节拍达成和谐，它也奠定了音乐的基础。乐歌与舞蹈是所有人类都自发产生的、有情感的身体艺术，它们以某种方式将身体素材组织成速率、韵律、音素之间的空间及时间上的"距离""强度"等声音特征——节奏，赋予个体"一些运动、存在和感受的方式"，"无论是我们对身体的体验，

---

① ［美］黛安娜·阿克曼：《感觉的自然史》，路旦俊译，花城出版社 2007 年版，第236 页。

② ［英］克里斯·希林：《文化、技术与社会中的身体》，李康译，北京大学出版社 2011年版，第141 页。

181

还是我们对音乐的体验，都具备某种深度，某种无中介性，某种强度，是通过别的方式无法获得的"①。"人类把节奏加以人化，就是说，使它发生社会的功用——把人们的意志组织起来，使动作可以协调，或者发展到后来，就是把人们的感情组织起来，使他们更密切地团结在相互同情的集体当中。"② 这一点，中国古代的《诗》就是绝佳的例证。《诗》作为礼乐制度的工具和重要部分，正是通过身体艺术的方式达诸心灵、行诸教化的。

因此，音乐—舞蹈能让人感受到、体会出精确情感，不用文字的解释也能唤起情感共鸣，原始时代人们能够得心应手地运用和处理的材料是自己的身体，因此，主导艺术形式是浑然一体的原始身体艺术——歌（乐）舞艺术。

（二）戏剧艺术——场景、扮演、观众

正因为身体与歌舞之间有着深层的调谐，正因为每个人都具有将身体素材组织成动作、姿势和感受方式，以此对个体的行为和认同产生特定的影响效果，这一切为人类创造出基于人体构造的、通过操纵身体的某些方式、遵循"社会中身体互动的模式"③ 来凝聚族群、组织社会群体的极佳的手段和绝妙的机会，为戏剧的产生提供了契机。例如《山海经》记载：

西南海之外，赤水之南，流沙之西，有人珥两青蛇，乘两龙，名曰夏后开。开上三嫔于天，得《九辩》与《九歌》以下。此天穆之野，高二千仞。开焉得始歌《九招》。（《山海经·大荒西经》）

大乐之野，夏后启于此舞《九代》，乘两龙，云盖三层。左手操

---

① ［英］克里斯·希林：《文化、技术与社会中的身体》，李康译，北京大学出版社 2011年版，第142页。

② ［英］乔治·汤姆逊：《论诗歌源流》，袁水拍译，作家出版社1955年版，第19页。

③ ［英］克里斯·希林：《文化、技术与社会中的身体》，李康译，北京大学出版社 2011年版，第140页。

翳，右手操环，佩玉璜。在大运山北。一曰大遗之野。(《山海经·海外西经》)

这既是上古时代的古老仪式，同时也发展出了戏剧艺术的萌芽。在这里，我们发现了戏剧艺术的所有要素。

演员：夏启，"巫师兼国王"

化妆：珥两青蛇，乘两龙

道具：手执翳、玉环、玉璜（享神和避邪之通神之器）

表演：歌《九招》、舞《九代》

情境：飞升天界，与神交通

剧场：天穆之野、大乐（大遗）之野

观众：这里虽未言及观众，但可想而知，这样的记载一定出于史官之观、史官之笔，观众必是少不了的。

夏启集巫、王于一身，垄断神权与王权，同时他也是绝佳的演员，巫歌巫舞就是他王权垄断的注脚。

总之，原始仪式活动具备了后世戏剧艺术的一切要素：场景（舞台），角色扮演（演员），情境（巫术诉求），有歌、舞、音乐和观众（参与者）。在这样综合的身体艺术中，音乐的"说服"功能是通过音乐提升或抑制整体唤起水平（这又维系着一系列行为）的潜力实现的[1]。将身体艺术整合在社会群体活动中，某些个体（或集团）也就可能会以创造性的方式利用这种刺激，以满足他们通过身体艺术去形塑他人行为，以实现期望的社会结果的目的。在这一点上看来，艺术"在政治权力之获得与巩固上所起的作用，是可以与战车、戈戟、刑法等统治工具相比的"[2]。

---

[1] ［英］克里斯·希林：《文化、技术与社会中的身体》，李康译，北京大学出版社2011年版，第150页。

[2] 张光直：《中国青铜时代》，生活·读书·新知三联书店1999年版，第466页。

在古代中国，原始仪式逐渐凝结为"礼乐"的形式，被按照一定的场合情境演奏歌舞于庙堂之上，成为以身体艺术的形式宣示王道的重要文化武器。在《礼记·乐记》中有非常详细的一段记载：

> 宾牟贾侍坐于孔子……孔子曰：夫乐，象成者也。总干而山立，武王之事也。发扬蹈厉，太公之志也。《武》乱皆坐，周、召之治也。且夫舞，始而北出，再成而灭商，三成而南，四成而南国是疆，五成而分周公左，召公右，六成复缀，以崇天子。夹振之而驷伐，盛威于中国也。分夹而进，事蚤济也。久立于缀，以待诸侯之至也。

周武王剪灭了大邑商，在太庙告成功于祖先，这支乐舞《武》，随着无数次地在庙堂之上演绎，其象征的含义日渐深刻而分明了，逐渐积淀为蕴含着周代圣王精神的礼乐舞蹈，到了孔子时代，已经成为后王效法先王的至圣宝典。

总之，无论是在上古中国的礼乐仪式，还是古希腊酒神祭祀中的即兴歌舞表演，通过扮演、歌舞激发人们的情感，个体的身体卷入其中，体会特定场景中仪式的意义，在情绪的起落中感知、识别和体认道德秩序，将自身和他人定位在某一社会环境中，从而将一个个个体凝结成社会共同体。戏剧作为歌舞艺术的高级形态，也是身体艺术的综合形态，是社会进入较高级的原始文明时期的标志。随着文明的进步，仪式活动逐渐"由实在性变为象征性的了"①，仪式上的歌舞念白，由功利性活动转变为象征性和反思性的活动，戏剧也便逐渐成为独立的艺术样式。

三 模拟和交感：身体艺术的模仿与虚拟

文字符号发明以前，在远古人类那里，由于身体直接编织于生存活

---

① ［苏］乌格里诺维奇：《人类学》，王先睿、李鹏增译，生活·读书·新知三联书店1987年版，第213页。

动的过程中，意义表达主要是利用身体的模仿动作及其交感效应。

原始时代最重要的交流语言是"手势语言"，"在那时，手与脑是这样密切联系着以致手实际上构成了脑的一部分"①，所以原始人通过声音图画（Lautbilder），亦即通过那些可以借助声音提供出来的、对他们所希望表现的东西的描写或再现，从而达到对描写的需要的满足。魏斯脱曼（D. Westermann）用了大量的事例说明：埃维（Ewe）人各部族的语言富有借助声音获得印象的手段，这种丰富性来源于土著人一种几乎是不可克制的倾向，即模仿他们所感知的一切，借助一个或一些声音来描写这一切，不仅对于动作，就是对于声音、气味、味觉和触觉印象，也有声音图画的模仿或声音再现。他们说话的时候总要加上手势，而这些手势"多半是描写性的声音手势"②，力图把他们想要用声音来表现的东西传达到听的人的眼睛中去③。

在澳大利亚，土著人按照一种"歌界线"——迷宫般无形的道路来划分土地，然后越过这些无形的道路来进行日常活动。这些"歌界线"虽然古老而神奇，却也是精确的坐标。整个大陆布满了这些纵横交错的迷宫般的"歌界线"，土著人可以沿着它们纵情歌唱。布鲁斯·童特温在《歌界线》一书中描述了这一过程：

不管什么歌词，似乎歌曲的旋律轮廓在描绘着歌曲通过的土地的特征。因此，当"蜥蜴人"蹒跚穿过爱尔潮盐盆时，你会听到一连串长长的降音，就像肖邦的《葬礼进行曲》。如果他在麦克唐奈尔陡坡上跳跃时，你会听到一连串的琶音和滑音，就像李斯特的《匈牙利狂想曲》。有些乐句，有些乐音的结合，被认为是在形容祖先脚的动作……一位出色的歌者可以通过聆听它们的先后顺序来数出他的英雄多少次越

---

① ［法］列维-布留尔：《原始思维》，丁由译，商务印书馆1981年版，第154页。
② 同上书，第157—158页。
③ 同上书，第164页。

过某条河或爬上某座山岭——然后就能计算出自己位于"歌界线"的什么地方，以及在这条界线上走了多远。①

澳洲土著的乐歌在他们的周遭预设了一个实在的世界；而另外一些时候，"在阐明这些重要行动并从其表层突进到其比喻意义的过程中，身体通过这些行动呈现出了一种新的意义核心"②。某一行为经过亿万次的操作，不仅在行为当事人的大脑中形成某种"格"或"模式"，而且当另一行为人观看到这一行为人的操作的时候，同样会在他的大脑中形成类似的"格"或"模式"，身体—模仿行为在秩序了社会规范的同时，也创造了虚拟的身体艺术。

以乐歌为例，世界上最令人心旷神怡的事之一，是由歌唱所诱发人们的冥想。不难想象，当信徒们唱起圣歌，从低音开始直到高音，一步步缓慢地上升，歌唱者也仿佛飞离人间，登上更高的感情境地，仿佛人的精神本身正在升华，这就是人所感觉到的无以言表的情感。结构、比例和节拍造成的痴迷和欢乐，涌荡在歌唱者的体内，这种愉悦"变成一种永久的、积聚起来的、可携带的、可再现的能量形式"③，将内在的交感体验变成"一个能够被听到的思想，一个为耳朵准备的思想，一个有声的思想"④（祖克汉德）。而当"人们一而再、再而三地重复相同的声音，直到这些声音铭刻在记忆中，成为一幅听觉风景画。我们人类能给世界增加新的东西、新的思想、新的创造物，甚至增添这些东西时，它们就会变得像森林一样真实"⑤，这就是身体艺术的虚拟现实。有些

186

---

① ［美］黛安娜·阿克曼：《感觉的自然史》，路旦俊译，花城出版社 2007 年版，第234—235 页。

② ［法］莫里斯·梅洛－庞蒂：《知觉现象学》，姜志辉译，商务印书馆 2001 年版，第146 页。

③ ［美］黛安娜·阿克曼：《感觉的自然史》，路旦俊译，花城出版社 2007 年版，第227 页。

④ 同上书，第 239 页。

⑤ 同上书，第 221 页。

被指向的意义可能无法通过身体的自然手段联系起来，于是，人们便学会利用身体的运动产生一些行为，"经过行为的本义到达行为的转义，并通过行为来表示新的意义"，身体与音乐之间的这种亲和，使音乐有能力引导身体"超出"自身，超越表象的世界，与更深层的实在取得关联①。在自身的周围投射出一个虚拟的文化世界。

远古时代，正是身体艺术的模仿与虚拟，才使世界秩序得到清理，世界才能从自在中的无序走向思想中的有序。歌唱与舞蹈并非仅是身体某个部分的震动或运动，它们在人的心灵上产生了美妙的效果和交感的魔力，并由此确立了人的本质和属人的世界。

第三节　感官媒介技术（Ⅰ）：工具技术与符号艺术

一　基于感官"在场"需求的感官媒介技术

187

当越来越丰富的思想和知识有了传承与传播的需要，"身体"就显出了其局限性。"思想都是在胸中隐藏不露的，别人并不能看见它们，而且它们自身亦不能显现出来。思想如不能传递，则社会便不能给人安慰和利益。因此，人们必须寻找一些外界的明显标记，把自己思想中所含的不可见的观念表示于他人。"② 也就是说，只有当思维的意象模式转化为可见的物质、可感的形式时，思想才能得以明晰地交流、精确地传播和传承。

正是这种传达思想与情感的内在动力，给予了人类"驾驭符号的天赋"③，这一"天赋"超出了各种器官功能，它并不是身体的，而是经

---

① ［英］克里斯·希林：《文化、技术与社会中的身体》，李康译，北京大学出版社2011年版，第140页。

② ［英］洛克：《人类理解论》，关文运译，商务印书馆1991年版，第385—386页。

③ Saussure, Ferdinand De. 1915, *Course in General Linguistics*, New York, 1959, p.11.

由身体、利用自然物的创造能力。创造符号的过程，就是利用技术加工自然的过程，因此，技术就是对身体的延伸，创造出来的符号，就是思想、情感和知识的可感知化。

工具延伸了人的身体，将视觉的、听觉的、触觉的等感官及其杂多的感性经验编织进人工造物，凝结为符号，人们能够以这种符号去统摄所表述的外部对象。因此，符号是通过感觉来显示意义的形式，它既有感觉材料，又有精神意义，既是意义的载体和精神外化的呈现，又具有能被感知的客观形式。所以，符号被认为是"携带意义的感知"[①]。19世纪末与皮尔斯一道建立符号学的英国女学者维尔比夫人（Lady Victorian Welby）建议，符号学应当称为 sensifics 或 significs，即有关 sense（感觉）或 significance（意义）的学说；怀海德与福柯也认为，人类为了表现自己而寻找符号。因此，符号是双向的，不仅包含意义，还是感知的媒介。符号的特性可以概括为以下三点。

188

第一，符号是可感的确定形式。人从漂浮不定的感性世界中抽取出某些固定的成分，抽象为普遍适用的符号，将真实空间如建筑、街道、教堂、学校等标示出来，使之符号化；同时，符号也以确定的形式将精神空间中的价值、权力、财富、意义等呈现出来。符号投射出一个可读的世界，将可感性转变为可读性。

第二，符号不受任何感性材料的限制。符号超越了自然材料、超越了物质结构、超越了自然形式的局限，标志着人类创造行为的自由意志。

第三，符号是普遍性的、理想性的，它是人类意义世界的一部分。因此，各种符号是各种感官的媒介，符号艺术是最高级的情感表达。"如果没有符号系统，人的生活就被限定在他的生物需要和实际利益的

---

① 赵毅衡：《重新定义符号与符号学》，《国际新闻界》2013 年第 6 期。

范围内，就会找不到通向理想世界的道路。"① 人类通过符号，在语言、宗教、艺术、科学之中，建设了一个属于人类世界的"符号的宇宙"②，创造了超越现实的时空，同时也实现了人类跨时空"在场"的愿望。

总之，符号活动作为中介，沟通了人的本质与世界的本质，人通过理性思考创造了人与世界的符号关系。符号活动这种自觉性和创造性是一切人类活动的核心所在，它是人的最高力量，同时也成为人类世界与自然界的分界线。

以"在场"为诉求的符号媒介技术是不断发展变化的。特定技术时代的人类符号活动是这一时期的人类文化诸形态系统的前提，符号所形成的特定的思维方式、情感方式、价值观念。反过来，当符号形态系统发生变化时，新的人性因素便随之产生。因此，人类符号艺术诸形态的渐次生成，是一部人类精神成长的史诗，也是人超越自然、超越身体，不断自我解放的历程。

189

二　符号艺术：造型艺术（绘画—雕塑—建筑）与文学艺术

按照马克思主义的实践理论，人类文化存在分为两大阶段③：第一阶段，建立在"自然产生的生产工具"基础上的文化存在；第二个阶段是"由文明创造的生产工具的阶段"。以此为依据，我们也可以把符号媒介技术划分为两大阶段：依赖自然生产的符号媒介技术和依赖工具生产的符号媒介技术阶段。

在第一阶段，人们的需要首先取决于他们与自然的直接交往。从自然条件出发，并把自然神化为宗教信仰和崇拜的对象，如远古时代的图腾、巫术、神话和宗教仪式，就是运用由自然物——身体、石、骨、泥

---

① ［德］恩斯特·卡西尔：《人论》，甘阳译，上海译文出版社 1986 年版，第 53 页。

② 同上书，第 48 页。

③ 《马克思恩格斯选集》第 1 卷，中共中央马克思恩格斯列宁斯大林著作编译局编译，人民出版社 1972 年版，第 30 页。

土、木材等创造出的乐舞、绘画、文字、雕塑以及盛放这些文化形式的建筑所构成；反过来，这些包含着人类视觉、触觉、听觉、运动觉及味觉和嗅觉的乐舞、绘画、文字、雕塑及建筑，以及仪式活动中的焚香、分食等，也在仪式活动过程中逐渐固化了其符号的意味。

符号艺术诞生于原始仪式的符号场域，最早的符号创造是那些有意为之的刻画和雕刻。迄今为止，我们所能见到的最早的女神雕刻艺术，当属旧石器时代奥地利摩拉维亚的威伦道夫的"维纳斯"（约公元前2.8万—公元前2.5万年之间，高11.1厘米）。她毫无古典美女的曼妙身姿，面目甚至被省略为抽象的纹理，只凸显其巨乳肥臀——这小小的身躯，至今仍然闪烁着最强烈的符号意义，我们仿佛仍能体验远古时代人们瞻视女神时内心涌动的母神崇拜和激动与迷狂。

190

图 4-4 威伦道夫的"维纳斯"

这种生殖崇拜的刻画符号，曾经遍布文明初期的世界各地，这些雕刻艺术如同精神的化石，向人们诉说着人类的历史。同样，远古洞穴中的壁画、摩崖壁画等，都透露着人类掌控世界的决心，把这些图像画在那里，就是将人类的情感、意愿寄托在这些符号之中，起着人与世界之间的沟通作用。当族群建立了城邦，聚落变成了城市，以复杂的礼仪建筑为标志，都、城、宫、殿的建筑形式也成为体现国、邦、族群秩序的重要符号。

雕塑、绘画、建筑，这些造型符号建构了最初的文明，但此时，诸艺术还只是仪式艺术的附庸，一切都是围绕仪式意义的符号建构。

当代感官媒介技术发展到第二个阶段——"由文明创造的生产工具的阶段"，工具——技术完全成为主与客、人与自然之间的媒介，其所创造的符号，也逐渐摆脱了仪式，得以独立。世界上最早的文字系统之一——苏美尔文字，选择"泥"——这种自然材料作为书写的工具，他们将小木条按压在泥板上，形成了一个个楔形文字。在人类创造的各种符号中，文字符号的意义非同小可。与绘画、雕塑、建筑相比，文字可以搬移到其他的空间，可以流传到后代，它创造了比人的记忆更大的空间、更持久和可靠的非凡效果。最初的文字只有"通天地"的少数统治者才有权力使用，是神秘的事物，具有神秘的力量，通常刻在庙墙、陵墓、石棺、雕像、青铜、骨头等宗教物品上，因此被称为"圣书"。文字符号能够让祭司和统治者的意见更加有力、命令更加有强制性、分配财富更加有理据、成千上万的人之间相互协调更加有了规则。书写工具的另一个重要发明是"纸"（公元 100 年前后）。纸突破了自然材料形式，这种加工的材料使方便、廉价地书写文字成为可能，也使文字成为可以复制、能广泛传播的媒介，第一次促进了文明在一定程度上的广泛传播。公元 1045 年前后发明的活字印刷技术，再一次推动了这一技术的发展，大约 15 世纪时，欧洲人在此基础上生产出印刷机，使文化技术的普及成为可能，文化成果借助印刷品得到广泛的传播，迅速提高了全人类的文化品质。

正如迈克尔·海姆所说："将手写的文本转移到传播更广、机械方式印刷的书本。它们不仅影响了人类的知性，而且反过来还对相互作用的认识论产生了影响。从口头文化占主导地位向文字文化的变迁过程中，动摇了原始的部族统一。在产生更大的个人主义和培育出逻辑当中，读写能力切入心灵的从属之根，切断了维系即时的人际间在场的纽带。"① 在这个过程中，仪式艺术中鲜活的感官及其感觉，逐渐被符号所替代，或者说，感官及其感觉被封装进了符号，符号媒介掀起了一场感官媒介技术的革命。借由符号，主客之间，甚至人与人之间借由符号

---

① ［美］迈克尔·海姆：《从界面到网络空间》，金吾伦、刘钢译，上海科技教育出版社2000 年版，第 68 页。

得以连接，人从自然界控制下的生物人，演变为文化含义上的社会人，成为其发展取决于本身活动结果的生物。

三　仿像与意象：符号艺术的模仿与虚拟

符号艺术诞生于原始仪式的符号场域，因此，各种符号艺术的创造都必然遵循原始仪式艺术所积淀下来的创造系统。依循相似性的模仿手法创造出的是与现实相似的符号形式；依循互渗性的虚拟手法是通过暗示或暗喻、类比、转喻、替换的关系，调动联觉意象，表达抽象的精神理念的符号形式。

以造型艺术为例。古埃及雕像艺术要求肖似真实的人，以达到肉身的永恒；在古代美索不达米亚平原上，亚述人将浮雕上每一个鬈卷和每一件雕出的珍饰都刻画得纤微毕露，合于比例；狩猎场面中的每一株植物、花草都刻画得极为细密，显示出他们追求写实的努力，奠定了十分发达的模仿现实的传统，古希腊的柏拉图最终以"模仿说"为艺术的本质下了定义（虽然柏氏的理论是批评的角度），从此将艺术与"模仿"紧密地联系在一起。西方艺术一直行走在向着逼近"实在"的路上，无论是模仿"理念"，还是模仿"自然"、模仿"上帝"……总之，模仿说是古典时代颠扑不破的金科玉律。除了欧洲以外，一些与欧洲毗连的地区也同样尊奉模仿现实的原则。印度哲学家伐蹉衍那（Vātsyāyana）的著作《欲经》（3 世纪）的注释中也以相似性为艺术创造方法的核心，其所列举的六法也以"观""相似"为精髓[1]；古代佛教徒受巫术思想的深刻影响，他们都相信影像即实体，这就引出了三个古老的、十分重要的艺术例题："艺术形象是对现实的形象的模仿"；

---

① 六法：其一为形别（Rupabheda，对于对象外形的认知）；其二为诸量（Pramanam，对于对象的大小及结构有正确的认识）；其三为情（Bhava，对于对象外形的感觉）；其四为美（Lavanya Yojanam，加入优雅及艺术性的表现方法去表达对象）；其五为似（Sadrisyam，与对象的相似性）；其六为笔墨（Varnikabhanga，以艺术性的手法使用颜色及画笔）。

"模仿的真实程度决定所模仿实体的神力的巨大程度"；"真实性是艺术形象的生命"；只有写实的逼真的形象才能产生"法身应矣"的巫术效果。

造型艺术的符号性也体现在媒介的意象作用。公元前3000年中国商代的青铜器，其造型以"饕餮纹"为主。许多青铜器上有猛虎食人的造型图案，著名的如美国华盛顿弗利尔美术馆的商代大刀、河南安阳妇好墓出土的青铜钺、安阳吴家柏树园出土的司母后大方鼎鼎耳、安徽阜阳出土的龙虎尊、山西浑源李裕村出土的鸟兽龙纹壶等，都是猛虎张开大口，噬咬人头，而人露出惊恐神情的造型设计。这动人心魄、触目惊心的一幕，唤起了人们的"在场"体验，视觉带动了身体的疼觉，并将这种体验深入骨髓，其高度精神性特征和强烈的符号意义，就是在这联觉意象产生的过程中得到深刻体认，树立起了王权不可动摇的信仰，统治的力量彻底征服了庶众。这里，造型的模仿与符号的虚拟共同作用于人心。

"猛虎噬人"，既是模仿的，也是虚拟的。这种物象的符号性有着象征意义的模糊性与不确定性，对于人类日趋复杂的精神生活和积累起来的越来越多的技术、经验与情感符号非物质的存在而言，具体物象已经不能满足人类表达的需求。于是，"超出了各种器官功能"的非物质性的符号——图画和文字逐渐成为主导的符号艺术。

相比于雕塑艺术，绘画以一个表面作为支撑面，再勾勒出线条，敷之以颜色，将三维空间减省为二维，同时也将感官和感觉减省至视觉的一维，除了要描摹事物的外观，在相似性模拟的同时，还企图表达控制世界的超现实性。这就要由符号来完成了。符号可以在全部的事物和不可见的思想之间，用"意象"加以联通，从而传达出意义。例如《尚书·益稷》载黄帝云："以五采彰施于五色，作服，汝明。""作服"使民"明"之意，《白虎通》说得很明白："圣人所以制衣服何？以为缔绤蔽形，表德劝善，别尊卑也。"可见，施以五采的服装，是德、善、尊、卑的观念得以附丽的符号，"五采""五色""盖取诸乾坤"（《易经·系辞下》），包括日、月、星辰、群山、龙、华虫、宗彝、藻、火、粉米、黼、黻十二纹章，是模仿世间重要的事物，但其符号意义是发生万物、养成万物，明理崇礼、神武定乱，粉米粒民、君臣相宜，等等。试想，在没有文字的洪荒年代，形诸言语的观念传达受到表征方式的局限，圣人的思想和观念正是通过绘画的图像得以表达和传播。中国历史上每个朝代的更迭，都要"改正朔，易服色"，衣服与人伦秩序的事实之"象"，始终保持着某种密切的联系。

表4-3　　　　　　　　符号艺术的模仿与虚拟

技艺系统	符号艺术的模仿与虚拟		
	模仿		虚拟
动力系统	眼看（saw）		心感（felt）
材料系统	物		象
控制系统	模仿		虚拟
艺术形态	造型逼真，纹饰繁复，雄奇怪异		狞厉威严，震慑人心。藏礼于器，整饬秩序
感性认知的方式	现实性：形、色、体转换信息，获得认知：神兽的威慑力量。从外显的形态来说，具有模拟的相似性特征		虚拟性：言（符号）、象、意转换信息，获得认知：王权秩序的象征。从内在的感知来说，具有非现实的虚拟性

这种将感性形象以暗示或暗喻、类比、转喻、替换的方式传达理性观念的方式被黑格尔称为"象征型"艺术。"象征一般是直接呈现于感性观限的一种现成的外在事物，对这种外在事物并不直接就它本身来看，而是就它所暗示的一种较广泛较普遍的意义来看。"感性形式是"要表达的那种思想内容的符号"①，因此，绘画艺术虽然力图模仿事物

①　[德] 黑格尔：《美学》第二卷，朱光潜译，商务印书馆1979年版，第10—11页。

的外在形象，但是其发挥效力却主要依凭人心的联觉和构象力。

象征型艺术并非只停留在原始文明的低级时代，事实上，当摆脱了神圣理念的象征使命，绘画便创造出独立的符号系统。在中国，在笔、水墨、宣纸的媒介规定下，唐宋以降，绘画越来越成为文人士大夫表达胸臆的手段，他们笔下的自然事物都具有了人格精神的符号特征，为了表达内在精神的超越性，他们甚至宁愿舍弃色彩的丰富性和写实性，以丹青淡彩和水墨渲染的"写意"来传达他们无限丰富的人生感受。对于中国传统绘画而言，需要遵循的六法［（南齐）谢赫《古画品录》］中，最重要的是"气韵"与"骨法"，而"应物象形""随类赋彩""经营位置""传移摹写"却在其次。诗僧皎然说张志和画画，"手援毫，足蹈节，石文乱点急管催。乐纵酒酣狂更好，披嫌洒墨称丽绝。云态徐挥慢歌发，攒峰若雨纵横扫"。可见，中国画家在创作时是一种以生命舞蹈的状态，他们将身体的节奏与气韵写进水墨，水墨便成为象征自由感性的情感符号。就是以"尽其精微"造型为主的工笔画，也是取神得形，以线立形、以形达意为原则。对情感符号的热衷，使中国画宁愿舍弃对客观相似性的现实追求，通过客观相似性的空缺，来创造出虚拟的意境。为了表现出与人的生命意态相关的"气"与"骨"，人们精研笔法、墨法和水法，甚至将水墨泼散或挥洒在纸绢上，任其流淌，相互晕染，变幻无穷，视其形势用画笔略作勾勒添加，便成画作，独创出一套东方水墨神韵，保持了绘画的符号特征。

如果说，水墨是一种动态的、非理性的虚拟符号，那么油画色彩就是一种静态的、理性的写实符号。对于中国画家来说，色彩有时是一种影响生命意态表达的障碍，因此，中国文人画一直以黑白或少量淡彩为主要表达方式（当然，这也是受限于宣纸的特性，它不能承受厚重的色彩及反复涂抹）。西方绘画中的色彩是极为重要的，它是用来区分光影与明暗、描绘质感与体积的，具有超强的造型能力。画家运用色彩的色相、纯度（也称彩度、饱和度）、明度，来表达冷暖感、轻重感、软硬感、前后感、大小感、华丽感与质朴感、活泼感与庄重感、兴奋感与沉静感，可以模仿生活的各种感官感受。模仿造型是西方绘画艺术的重中之重。为了更写实地再现物体，需要素描这种理性的基本功训练，素描由解剖学、透视学、几何学等科学知识为基底，对结构、特征、比例、形体、朝向、节奏要有冷静客观的分析，熟练运用与驾驭点、线、面、黑、白、灰等造型方法。自 15 世纪尼德兰画家扬·凡·艾克（Jan Van Eyck，1385—1441）将传统的蛋彩画改良为用快干性的植物油（亚麻仁油等）调和颜料，在亚麻布、纸板或木板上进行制作的画种以后，颜料的遮盖力和透明性能较充分地表现描绘对象，色彩丰富，立体质感强，画作允许且重视反复修改，西方绘画写实功能更加强化了。总之，油画的"色彩视觉"可以将感官感知的一切内容惟妙惟肖地模仿出来，用色彩、笔触和构图中运动式线条创造画中情节的紧张感，人物心理情绪的表达，被描绘的物象统一在中心焦点的构图中，形成与真实视域同构的效果。通过视觉的通感实现与"真实视域同构"的效果。

最为综合的造型符号当属建筑。从洞穴，到半地穴，到利用土木、石材的高大建筑，建筑已从遮雨避寒的住所转变为具有象征意义的处所。例如，中国古代的"明堂"，即"明政教之堂"，是"天子之庙"，"所以承天行化也"。中国建筑多数庭院都是前后串连起来，通过前院到达后院，昭示着"长幼有序，内外有别"的思想意识，以虚拟的方式呈示着人伦秩序。同样，西方古代的神庙、金字塔等，也早已从为生存的实用功能逐渐转变为政教的实用功能，专注于创造震慑人心、整饬人心的宗教意义。模仿造就了人类创造的物质环境，同时也造就了由代表物或行为符号性要素组成的"符号的一面"。正是这"符号的一面"，使得人类超越了动物性，也超越了时空的局限性。

最纯粹、最抽象的符号非"文字"符号莫属。文字起源于象形的图画，这是可以找到许多证据的。如世界上最早的、发现于美索不达米亚的乌鲁克古城的泥版文书（公元前 3200 年前后）就都是象形符号。这些文字写法简单，表达直观，有时复杂的意思和抽象的概念就用几个符号结合在一起来表达，如把"眼"和"水"合起来就是"哭"，"鸟"和"卵"两个符号合起来就表示"生"，"天"加"水"就表示"下雨"等。后来又发展出可以用一个符号代表多种意义，例如"足"又可表示"行走""站立"等，这些表意符号都是将感官及其感觉封存于其中的文字。从古埃及的圣书文、古中国的甲骨文、古苏美尔的楔形文字、古印度的纹章到中美洲的玛雅文字、南美洲复活岛的"说话板""科哈乌·朗戈朗戈"（rongorongo）、早期希伯来的经文等都是象形的圣书字。

同时，文字也是感官的映射。远古时的文字在原始仪式中，是图画，也是咒语、祷词，是视觉的也是听觉的。文字的"音"与"形"是"感觉极"——仪式中强化、传播、传承观念的重要感知形式，也是文字的"理念极"——原始观念——的现象存在。透过视觉与听觉形式的"感觉极"，人才能领会"理念极"神圣的意义，才能对人的社会行为、情感、价值观加以引导和控制。虽然世界上大部分文字都已经变成了高度抽象的字母文字，但是仍存在像汉字这样，至今仍保留着身体和感觉的文字符号系统，并且仍然鲜活生动地发挥着传播信息的效力。

文字符号中压缩着、封装着相应的感知经验，它又是一种可以刻画、涂画在任意载体上的抽象符号。这种抽象活动如同赋予信息灵敏的双脚，它承载着信息游走于苍苍大地，到处播撒下精神与思想的种子，留下情感与经验的印迹。例如，商代出土的很大一部分甲骨刻辞记录了妇好的家庭生活，商王武丁对于妇好的身体状况、生育记录甚至是否牙疼都有详细记载，可考的甲骨刻辞有 240 多条。通过这种"秀恩爱"的方式，人们完全可以想象，妇好在生前是一位幸福的妻子①。

符号媒介为思想和情感提供了跨时空存在形态，然而，它也成为个体进入内在自然和外在自然的阻隔，表征着人类认知活动过程中感官的缺失，主体只有通过某种认知理性或心理完形建构才能获得"感同身受"的在场体验，人类在向往价值和幸福的意向中限制了自身。为此，文学家们想方设法，通过两种方式来还原身体的"在场"，对于表音的字母文字，身体的五感被替换成代码，须通过语法逻辑和上下文情境，罗织出一个仿像来再现；对于表意的字象文字，事物本身被纳入构成文字的要素，人们可以通过视觉感知的整合和五官感知的联觉来重构现实。到了现代，西方文学家也开始利用超常的联觉能力去表征世界。波德莱尔对自己的感官世界语引以为荣，他的那些描写芳香、色彩和声音之间交流转换的十四行诗极大地影响了喜爱联觉的象征主义运动，伟大的艺术家们在灿烂的感官世界里如鱼得水，他们给这世界再添加进他们自己复杂的感官瀑布②。

符号如同思想和情感的显微镜和望远镜，便于人类近距或遥距地体验身体的在场。叙述和描写、隐喻与联觉、模仿和仿像、虚拟和意象——文学以一定规则的文字排列或一定的意象构成召唤结构，为感官提供了或旁观和全知视角的模拟在场，或主体视角的虚拟在场的条件。符号媒介的革命，使"现实性与可能之间的区别也变得越来越明确了"③。凭借符号媒介，人才能"并不生活在一个铁板事实的世界之中，并不是根据他的直接需要和意愿而生活，而是生活在想象的激情之中，生活在希望与恐惧、幻觉与醒悟、空想与梦境之中"④。

---

① http://www.chinanews.com/cul/2016/03-08/7787994.shtml，中国新闻网，2016年3月8日。

② ［美］黛安娜·阿克曼：《感觉的自然史》，路旦俊译，花城出版社2006年版，第319页。

③ ［德］恩斯特·卡西尔：《人论》，甘阳译，上海译文出版社1985年版，第72页。

④ 同上书，第33—34页。

总之，可以说人类是人类符号活动的结果，人类在自身创造的符号世界中，全方位地体认着人的本质。人类建构了一个充满可分享符号的世界，由此，符号既可能是"空的容器"，也可能是意象丰赡的世界。符号媒介在漫长的传统社会中起着文化一体化的整合作用。然而，正如卡西尔所指出的那样："人类知识按其本性而言就是符号化的知识，正是这种特性把人类知识的力量及其界限同时表现了出来。"[①] 符号媒介一方面延伸了人类的意义空间，另一方面也严重破坏了由声音、手势、形体共同构成的含义丰富、便于理解的完整语言，以及面对面的交流的在场感；符号媒介延伸了身体，也导致了身体的缺席，因此，人类跨越时空进行交流的欲望中始终燃烧着感官重聚的渴望，工具技术的发展一直奔走在复归身体的道路上。

第四节　感官媒介技术（Ⅱ）：视—听感官技术与影像艺术

199

任何一种后继的媒介，都是对过去某一种媒介先天功能不足所做的一种补偿（保罗·莱文森）。也许，正是符号带来的去感官化，才使技术必然是向着补偿感官进展，模拟感官再现现实，是技术发展的必然趋势。在人类的感官中，视觉是"最重要的感觉。所有感官中的垄断者。只有当我们用眼睛来观察世界的时候，这个世界才充满着文化和感官上的美丽"。"我们体内百分之七十的感觉受体都集中在眼睛里"，符号媒介——"我们的语言文字里充满了视觉意象"[②]。因此，视—听感官技术最先得到长足发展也是顺理成章的事。

---

① ［德］恩斯特·卡西尔：《人论》，甘阳译，上海译文出版社 1986 年版，第 72 页。
② ［美］黛安娜·阿克曼：《感觉的自然史》，路旦俊译，花城出版社 2007 年版，第 250—251 页。

一 基于影音摄制与再现的视—听觉技术

迄今为止，增强视觉的技术发明可谓种类繁多，其中最为迷人的是摄影。

摄影技术的工作原理是模拟人眼，包括两个部分，透镜模拟眼角膜、底片模拟视网膜。眼角膜并不能让我们看见东西，它负责摄收外部的视觉信息，视网膜是一个成像系统，摄到的信息经过视网膜的转换变成刺激传入大脑的视神经，从而产生了影像。因此，摄影技术包括拍摄和再现两个方面的技术发明。

自16世纪中叶，消色差透镜（意大利的波尔塔、德国的开普勒、法国的笛卡尔）、氯化银的感光性能（德国纽伦堡阿道夫大学医学教授亨利其舒尔茨、意大利人贝卡利等）、"暗箱"与感光材料（法国的尼埃普斯兄弟、英国人汤姆斯·维吉伍德等）、定影法（英国人赫谢尔）等技术接二连三地发明出来以后，法国人达盖尔最终发明了"达盖尔法摄影术"——在碘化银感光板上，利用水银蒸汽显现图像，并在摄影室内用自然光拍摄了《画室》。1839年，英国天文学家约翰·赫雪尔博士（SirJohn Herschel）首次提出"Photography"（摄影）这个词，开启了现代影像技术时代。

图4-5　左：达盖尔：画室（1837）；

右：达盖尔：坦普尔大街街景（1838年末或1839年）

19 世纪末开始，法国、美国及其他地区的电影发明家们相继发明了能模拟人的眼睛和耳朵的光声记录与还原的技术和机器。从全色底片（Panchrome，1881，可对红橙黄绿青蓝紫全色感光）、感光胶卷（赛璐珞，美国人古德温发明，1887）、柯达公司的"正片"（电影放映所用胶片，1896）到彩色照相机（1899 法国人迪奥隆和勒旭额尔），从电影及相机用胶片的格式与边孔距离的标准（1889，爱迪生与伊斯曼），到电机驱动摄影机（1889，美国爱迪生），再到摄影机运转时能够记录声音的留声机；从生活瞬间的静态再现的照相机，到记录动态生活的"转轮摄影机"（挪威天文学家约翰逊）、"连续摄影机"（法国人玛莱）、电机驱动的摄影机（爱迪生）、"活动摄影机"同时也是"连续放映机"（卢米埃尔）等，摄影技术不仅全面实现了视觉的再现、听觉的再现，而且实现了视听过程的时间维度——动态的再现，一种新的艺术形式——电影艺术瓜熟蒂落。

1895 年 12 月 28 日，卢米埃尔兄弟在巴黎卡布辛大街 14 号大咖啡馆中用"活动电影机"首次售票公映了他们的影片，这个事件标志着电影的诞生。100 多年来，电影的发展从无声到有声乃至立体声，从黑白片到彩色片，从普通银幕到宽银幕乃至穹幕、环幕，从视听的艺术到动感、全息的电影艺术，各种各样的新技术不断地在电影媒介内汇聚，因而也不仅改变着相应的技术形态（如电影院作为建筑艺术——形态、尺寸、比例和声学技术都发生了很大变化），不仅培育了视觉和听觉技术，而且还培育了运动感技术和触觉技术，目前，影院技术对肤觉、嗅觉、味觉技术的模仿正在破土而出，萌芽崛起。经过多感官技术的不懈努力，电影几乎快要"完整"地模拟全部的身体感受。

二　影像艺术：摄影、电影与电视

直到现代社会到来之前，绘画一直是再现世界的最为出色的影像艺

201

术。1911 年意大利诗人和电影先驱者乔托·卡努杜在一篇名为《第七艺术宣言》的论著中宣称，电影是一种综合建筑、音乐、绘画、雕塑、诗和舞蹈这六种艺术的"第七艺术"。从此，电影从一种探索的技术华丽变身，登堂入室，成为艺术的重要一员。

与身体艺术（歌、舞）、符号艺术（绘画、建筑、雕塑、文学）不同，电影艺术是人类知道其确切产生时间和成长历程的艺术，也是最依赖技术、技术色彩最为鲜明的艺术。如今电影、电视接过了绘画"镜像"般真实感的任务。电子影像不仅取代了传统绘画，而且也取代了符号媒介，如海德格尔所言：世界已经被把握成图像了[1]。

如果我们将手工绘画看作影像艺术的第一个阶段，那么，影像艺术的发展可以概括为以下四个阶段（见表 4-4）。

表 4-4　　　　　　　　影像媒介技术与影像艺术的变迁

阶段	影像媒介技术	媒介材料	艺术语言	艺术形态
1	绘画 Painting 手工技术	自然媒介材料 （矿物质—水—油—纸等）	构图 透视 手艺	静态影像 picture；image
2	摄影 Photography 摄影/成像/机械技术	人造媒介材料 （化学—物理—机械）	取景 景深 曝光	静态影像 Photo
3	电影 Imagery 摄像/放映/电子技术	人造媒介材料 （电子—机械）	镜头 特技 蒙太奇	动态影像 Audio andvideo
4	数字影像 Computer Graphics 计算机图形技术	数字媒介材料 （数字存储/还原— 多媒体—智能控制）	软件程序 数字建模 数字蒙太奇	互动影像 interaction

可见，由于媒介材料和技术的革新，影像艺术语言发生了具有革命意义的变化。从爱迪生和卢米埃尔的 17 米到 60 米不等的镜头短

---

① ［德］海德格尔：《林中路》，孙周兴译，上海译文出版社 2004 年版，第 91 页。

片，发展到数百米、上千米的多镜头剪辑的影片，从构图、取景，机械地再现现实、被动地模仿现实空间，发展到表达现实、主动地拟仿现实时空——蒙太奇，从非情节的原始记录，到生活化、戏剧化电影，从动态的影像到互动的影像，经过法国的雷纳·克莱尔，美国的格里菲斯、卓别林，英国的弗拉哈迪，苏联的爱森斯坦、普多夫金等无数杰出的电影艺术家的刻苦奋斗，以及20世纪20年代的先锋派电影、30年代到战后的好莱坞电影、意大利的新现实主义电影运动、法国的"新浪潮"和"左岸派"电影、欧美现代电影、类型化电影……影像艺术最终成长为继符号艺术之后影响最为广泛的主导性艺术。同时，影像艺术与电信技术联姻，发展出电视艺术。从电视新闻、电视剧、电视娱乐节目、电视风光片、电视专题节目到电视电影……以摄影、电影技术的发明为开端，以电视的出现为重要标志，艺术史进入了与现代电子光学技术密切相关、随着现代电子传播媒介发展起来的影像艺术时代。

203

因为影像技术的综合性，艺术再也不是艺术家个人的一己产物；由于影像艺术的娱乐性，艺术不再仅仅关涉意义与宗教、政治等意识形态，而且关涉经济和产业；不仅是精神文明成果，而且是物质文明产品，具有了多重的文化品格。

三　镜头与蒙太奇：影像艺术的模仿与虚拟

模仿与虚拟作为人类艺术创造的先在基因，同样也是内置于影像艺术的前定因素。

现代影像技术的出现，大大提升了艺术模仿现实、再现现实的能力。现实中的要素——空间、时间、运动、声音、视像等一应俱全，电影向着逼真地"还原"现实世界的目标又迈进了一大步。

这一大步的意义是非凡的。因为，在此前，人类发明的一切媒介技术中，"唯有摄影机镜头拍下的客体影像能够满足我们潜意识提出的再现原物的需要"①，电影几乎实现了完整无缺地再现现实的"完整电影的神话"。（［法］安德烈·巴赞）把现实记录下来，是靠机械设备的力量。当然，影像艺术绝不仅仅停留在现实镜像的水平，它还要表达人类超越现实的愿望。法国著名的电影理论家让·米特里在指出摄影机胶片录下的影像具有模仿现实的逼真性之后说道："作为影像，又因为是影像，所以，影像可以超越它所映现的这个现实，再现形式成为它所再现的事物的某种具体符号（信号），同时，又是'凝聚了'被再现的现实的一切潜在特征和'一切存在潜能'的相似体。这种双重蕴涵并非灼然可见，对此很难做到条分缕析，但是，可以从直觉上，甚至无意识地感觉出来。……因为这种'蕴涵'是以一组心理的自动性为依据的，而心理的自动性又是以涉及感知和判断的心理反应为依据的。"② 影像艺术在再现现实的同时，也虚拟了人类的超现实性。只有既反映现实又指向超现实的存在，才能真实地反映出人的本性，而这一点，正是影像艺术最为得心应手的特长。

在影像艺术的探索中，艺术家逐渐分成了两个派别，一派坚持模仿传统，以再现现实为使命，如意大利新现实主义真实美学、法国电影手册派；一派主张虚拟现实，如苏联学派的蒙太奇理论、法国和德国的先锋派理论实践、法国新浪潮运动的电影美学思想体系，皆以表达潜在的超越性为电影艺术的高格。两派之间曾经各执己见，进行过长久的论争。

当我们从影像技术出发考察影像艺术，不难发现，影像技术内在地给予了影像艺术模仿与虚拟的两种能力与禀赋，这种模仿与虚拟的能力本身也是影像艺术从传统艺术中传承而来的本性。艺术家们正是在这两个方向进行了卓有成效的探索，两股潮流交相辉映，共同推动了影像艺

----

① ［法］安德烈·巴赞：《电影是什么?》，崔君衍译，中国电影出版社1987年版，第6页。
② 李恒基、杨远婴：《外国电影理论文选》，上海文艺出版社1995年版，第301页。

术辉煌灿烂的发展历程。

（一）模仿的"镜头"思维与虚拟的"蒙太奇"思维

从总体上来看，影像技术的两大技术手段——"镜头"和"蒙太奇"——赋予了影像艺术模仿与虚拟的巨大能力。

创造这个由"声音、色彩、立体感等一应俱全的外部幻景"，最基本的手段是"镜头"。镜头就是选择一个角度、运用一定的焦距、在某一时间一次拍摄下来，包含画面、声音及运动等因素的一个胶片单元。"镜头"是现实实在的真实影像，是电影的基本语素。

如果说一个镜头只是一个语素，那么，镜头与镜头的组接（包括时间、空间、音响、画面、色彩等相互间的组合关系）就成了构成故事的语句，而如何组接，也即组接的规律构成了影片的逻辑或影像艺术的语法。这个语法，由从建筑艺术借用来的词语——"蒙太奇"（Montage）所命名。如果说"镜头"模仿了人类的眼睛，那么"蒙太奇"则是模仿了人类的思维；如果说镜头的模仿是影像技术先在的本能，那么，蒙太奇思维则是后天形成的虚拟思维。

首先，蒙太奇将"镜头"与"镜头"组接起来，就是将时空与时空相连接，这使得影像艺术的时空构造获得极大的自由。在画面与画面的组接中，观众也随之"化出""化入"，从一个时空跳到另一个时空甚至虚拟的时空；或者随着大大压缩或者无限扩延的"电影的时间"，体验从童年到老年甚至跨越千年的虚拟的感受，影像创造出与实际生活中时间—空间并不一致的影像时间和影像空间，但人们在影像构成的虚拟时空中跨越穿梭的快感，与实际时空的体验并无违和感。蒙太奇可以通过模拟各种各样的视角来构造时空，例如，全知的上帝视角的客观叙述，或人物的主观视角所观察的世界。多种视角的交替组接创造出现实中无法看到，甚至无法想象的宏观世界或微观世界。蒙太奇还可以通过镜头组接创造出心理节奏，从而影响观众的时空体验。总之，这种操纵

205

时空的技术使观众体验到了跨越时空的能力，这种能力构建了影像艺术的虚拟现实。

其次，蒙太奇将"镜头"与"镜头"组接起来，并不仅是"二数之和"，而是"二数之积"（爱森斯坦《杂耍蒙太奇》，1922）。也就是说，当不同镜头拼接在一起时，往往又会产生崭新的内容和意象。例如，格里菲斯将一个在荒岛上的男人的镜头和一个在家中等待的妻子的面部特写组接在一起，观众却分明感受到的是"等待"和"离愁"；卓别林把工人群众赶进厂门的镜头，与被驱赶的羊群的镜头衔接在一起，观众感受到的是现代大机器时代工人命运的悲剧感。经过如此"组接"，在镜头之外，产生了一种新的、特殊的想象——这多出来的部分，就是模仿现实之外的虚拟现实了。

因此，蒙太奇不仅是电影的一种技术手段，更是一种思维方式和哲学理念。爱森斯坦曾经把蒙太奇与中国象形的汉字相类比，古老的汉字就是"象象并置"且产生新意义的艺术。可以说，蒙太奇思维是人类诗性思维的延续。镜头间的组接，激发出潜在于镜头中的丰富含义，彰显着人们揭示潜在性的能力，以及人类反思性与超越性的本质。

（二）模仿的"叙事蒙太奇"与虚拟的"表现蒙太奇"

仅从蒙太奇本身来说，蒙太奇也兼具模仿与虚拟两种能力。艺术理论家们探讨过多种蒙太奇技巧，把它们分为表现蒙太奇和叙事蒙太奇。叙事蒙太奇以交代情节、展示事件为主旨，按照情节发展的时间流程、因果关系来分切组合镜头、场面和段落，从而引导观众理解剧情。这种蒙太奇组接脉络清楚、逻辑连贯、明白易懂。因此，可以说叙事蒙太奇是模仿了现实生活的时空顺序和因果逻辑来组合影片。平行蒙太奇、交叉蒙太奇、重复蒙太奇、连续蒙太奇、心理蒙太奇等都属于模仿性蒙太奇。

还有一些艺术家别出心裁，创造出看似与现实生活逻辑颇有悖谬，但却更加使人深思的表现蒙太奇。譬如，爱森斯坦在《十月》中，用一个仰拍镜头，将克伦斯基的头顶与冬宫一根画柱的柱头相叠，柱头上的雕饰仿佛是罩在克伦斯基头上的光环，暗示出独裁者的无上尊荣；同样，王家卫在《花样年华》中，镜头画面左下方男主人公对着树洞倾吐心声，而镜头右上方是一个注视着他的模糊的和尚的身影，隐喻着凡尘的苦恼皆为空的佛家视角，这类手法被称为"反射蒙太奇"。还有一类手法叫"思想蒙太奇"，例如影片《十月》中表现孟什维克代表居心叵测的发言时，插入了弹竖琴的手的镜头，以说明其"老调重弹，迷惑听众"；再如《花样年华》利用新闻影片中的一段法国戴高乐将军访问柬埔寨的文献资料重加编排，仿佛与剧情无关，实际上极为客观地表达出个人命运的时代背景，个人悲欢在宏大的背景下的渺小和卑微，时代变迁的沧桑感，表达出东方向西方的开放、传统向现代的开放、历史的进步、人的命运受时代的局限等思想。

207

图4-6　［苏联］谢尔盖·爱森斯坦《战舰波将金号》中的"敖德萨阶梯"

思想蒙太奇以视觉形象的象征性和内在含义的逻辑性为根本。例如，［苏联］谢尔盖·爱森斯坦《战舰波将金号》（*The Battleship Potemkin*，1925）中的"敖德萨阶梯"是一个最经典的蒙太奇案例。敖德萨阶梯其实并不长，但是爱森斯坦将不同方位、不同视点、不同景别、不同人物的不同表情、姿势和运动的镜头反复组接，将敖德萨阶梯显得又高又长。扩大变形了的阶梯空间渲染出沙皇军队的残暴，在短短六分钟的屠杀段落里反复组接了屠杀者与被屠杀者的 150 多个镜头，而其中一个婴儿车沿阶梯缓缓滑落的场面，给观众留下了无法磨灭的深刻印象。

可见，表现蒙太奇是隐喻性的，却能激发起观众的情感，观众不由自主地卷入这个过程中，产生思想的共鸣，这种非现实性向现实性的转化，显示出强大的"蒙太奇力量"。

（三）模仿的"长镜头"与虚拟的"镜头内蒙太奇"

同样，作为影像艺术更为微观的语素——"镜头"，因其对现实的"照相"本性而被认为是模仿现实的艺术语言。当初，卢米埃尔兄弟是把摄影机摆在一个固定的位置上，即全景的距离（或者说是剧场中中排观众与舞台的距离），拍摄人的动作，从头到尾一气呵成。他们从未考虑到蒙太奇的问题，因为对他们来说，摄影机天生的力量就是照相写实。坚持摄影的模仿本性的最有代表性的理论家当属法国的影评人巴赞（Andre Bazin，1918—1958）。他认为，"电影的照相本性"使其具有了揭示"真实"的艺术感染力。德国的克拉考尔持有同样的观点，认为电影的任务就是记录客观存在的世界，必须清除我们的感觉蒙在客体上的精神锈斑，冷眼旁观的镜头才能还世界以纯真的原貌。而蒙太奇限制了影片的多义性，是反电影的。巴赞提出了著名的"长镜头"（景深）理论，主张运用景深镜头和场面调度连续拍摄的长镜头摄制影片，景深是为了保持剧情空间的完整性，长镜头是为了保持剧情时间的完整性，达到"真正的时间流程，真正的现实纵深"，实现对现实的真实记录，这一观点获得了许多追随者的认同。

巴赞对电影本性的理解，实质上是对电影艺术模仿性的坚持。但是，事实上，正如有的学者指出的那样，"镜头"由景别、摄像机的运动（拍摄方式）、画面处理技巧、画面与声音构成，景深镜头不能摆脱画面的框子，而且有透视问题的干扰，需要场面调度镜头来配合，"照相本性"仍免不了受到人为的干预。长镜头实际上是利用摄影机动作和演员的调度，来改变镜头的范围和内容，每一个镜头的景别、角度、焦距、长短、运动形式，以及画面与音响组合的方式的处理，就必然包含着摄制者的意志、情绪、褒贬、匠心——从本质上来说，这也是一种蒙太奇，或者可以称为"镜头内部蒙太奇""纵深蒙太奇"。因此，镜头本身也包含着模仿与虚拟的双重功能。

总之，在物理学家麦克斯维用他那个改变了世界的方程式将电、磁、光、热统一起来以后，文字便失去了记录时间、空间和智能的垄断地位。借助照相机，人类捕捉并保留了空间，凭借电影和留声机，人类将时间转化成形象。影像技术使艺术模仿与虚拟的手段如虎添翼，更有效地表达人类理想诉求的艺术时空。在这个时空中，影像不仅能够再现真实，影像还能够创造"真实"，这足以颠覆人们的世界观。

影像媒介技术不仅实现了真实记录、再现现实，而且创造了跨越时空的影像艺术。但是，一个不容忽略的基本事实是：影像只是存储在胶片上的二维影像，它放映出的三维时空和动态影像仍然是既成的、固定的艺术品（与架上绘画的既成性本质上相同），影像时空中的一切，充其量是被制造的视觉幻象，人们观看影像艺术与阅读文本的过程与体验并没有本质的区别，但这一情形在 20 世纪末期发生了重大的改变。

第五节　传感技术与虚拟艺术

20 世纪下半叶发展起来的数字技术革命，将模拟的影像升级为互动的影像，艺术思维与形态也因之发生了重大的变革。步入 21 世纪的人们正在亲历这一场影像革命，人们的生存模式正在发生全面而深刻的改变。

一 基于远程通信与互联网的传感技术

传感技术貌似一个新名词，但从本质上说，它却是一个古老的概念。在不同的媒介时代，它的表征方式是不同的。原始身体技术时代，基于接触律的互渗效应是最早的"传感技术"。直到现代电力技术、一系列远程（tele—前缀，意为"远"）信息传输技术发明以后，"传感"才真正得以实现，传感技术也成为当代技术最具革命性的进展。

（一）电报（telegram）、传真（telecopying）：视觉传感技术

1844 年 5 月 24 日，是世界电信史上光辉的一页。莫尔斯，这位对电磁着迷、有着丰富的想象力的画家，在美国国会大厅里按动电报机按键，将《圣经》中的一句话"上帝啊，你创造了何等的奇迹"发送到了数万米外的巴尔的摩，那嘀嘀嗒嗒的按键声，就是由点、划组成的"莫尔斯电码"，这些电码的伟大构想，实现了人类远距离传输与交换信息的愿望。使用电报技术实现远程转输图像的技术就是"传真"。将记录在纸面上的文字、图像等扫描后，通过光电分解成像素，这些像素的亮度信息由光电变换器件转变成电信号，经各类信道传送到目的地，在接收端通过一系列解码或解调的逆变换过程，硬件条件具备的情况下，可以与发送的原稿一模一样的拷贝。文字、图像的远程传送，是视觉感官的远程在场。

（二）电话（Telephone）：听觉传感技术

电话，由 tele 和 phone（意为"声音"）构成，顾名思义，这是一种可以传送与接收声音的远程通信设备。其原理是，说话声音为空气里的复合振动，可通过电脉冲于导电金属上传递。电话是通过声能与电能相互转换，并利用"电"（电线）这个媒介来传输语言的一种通信技

术。1876年，美国人 A. G. 贝尔用两根导线连接两个结构完全相同、在电磁铁上装有振动膜片的送话器和受话器，实现了远程通话。此后100多年来，碳粉话筒、人工交换板、拨号盘、自动电话交换机、程控电话交换机、双音多频拨号、语音数字采样等一系列技术发明和无数次的改进，以及近年来，ISDN、DSL、网络电话、模拟移动电话和数字移动电话等不断升级，使电话成为人们日常生活中最为普及的、必不可少的电子技术。从有线电话、无线电话到智能电话，电话成为人们联系的最重要的媒介。电话不仅完全真实地再现了声音和听觉，而且实现了任意空间的即时在场交流。

（三）电视（Television）：视—听传感技术

电视可以说是集体智慧的共同结晶。早在1900年，"Television"一词就已经出现。1925年英国工程师约翰·洛吉·贝尔德根据"尼普科夫圆盘"发明了机械扫描式电视摄像机和接收机，这是一个标志性的转折。此后，电子管电视装置、彩色显像管、全晶体管电视接收机、集成电路电视机、彩色电视接收机、彩色电视投影机纷纷亮相。20世纪70年代以来，卫星电视、有线电视、网络电视、数字电视、交互式网络电视、移动电视、户外电视，纷纷成为电视的升级版本。

虽然电视 Television 的英文本义为"远程的观看"，但是电视技术本身却并不只是视觉的远程传送，而是利用电子技术及设备传送活动的图像画面和音频信号，即视—听传感技术。利用人眼的视觉残留效应形成视觉上的活动图像，这与电影技术有相同的工作原理。但是电视系统发送端把鲜活的生活场景的各个微细部分按亮度和色度转换为电信号后，顺序传送，在接收端按相应几何位置显现各微细部分的亮度和色度来重现整幅原始图像。电影是在特定的场所观看特定的作品，而电视则是大众生活的终端，就在他们生活的场景中。

（四）远程通信（Telecommunication）：感官互动传感技术

在各种传感技术纷纷走向成熟的过程中，20世纪70年代以后互联网技术异军突起。互联网 Internet，是以计算机技术为基础的、网络与网络之间所串连成的、以一组通用的协议相连，形成逻辑上的单一巨大国际网络。从最初的美国军用网阿帕网（1969），到如今的万维网、物联网，网络将世界纳入了全球化、一体化的网络系统。运用网络技术、客观现实以及信息、文字、影像等以二进制代码 0 和 1 的形式转换为数字"比特"（bit），再经过一系列的解码再现为可感官感知的信息，"在场"的需求与互联网技术结合，传统媒介的传感技术搭载上了互联网的快车，真实意义上的传感技术——互连互通的互动传感技术正悄然渗入人们的日常生活。

（1）远程视频会议（Remote Video Conference）：视—听"在场"互动技术

远程视频会议是指两个或两个以上不同地方的个人或群体，将声音、影像及文件资料变成数字化信号，通过传输线路及多媒体设备互相传送，在接收端再把它重现为视觉、听觉可获取信息的多媒体通信技术。双方或多方不仅可以互相听到声音、看到会议参加者，还可以共同商讨问题，研究图纸、实物，与真实的会议无异，基于 Web 的视频会议可以使在地理上分散的用户共聚一处，让沟通跨越空间，实现实时可视、可听、可交互的交流，使每一个参与者"身临其境"。

（2）遥在技术（telepresence）：触觉"在场"互动技术

身体的出场是人类生存的自然模式。突破时空的局限达到身体的出场，还需要实现对身体——这个最大感官的模拟。20 世纪 60 年代，现代生理学、生物学与电子技术结合，运用热电偶和电阻应变计，制作出电子皮肤，"各种流量、速度、震动等参数都可以用适当的电子装置测量，这样就构成了超过人能力界限的一系列高级的机械式感觉器官"[1]，

---

① 姜振寰：《理性的狂欢：技术革命与技术世界的形成》，东北林业大学出版社 1996 年版，第 85 页。

电子装置提供了比人的器官更为优越的人造感觉器官，这一线曙光迅速使回归身体触觉交互的技术蔚为大观。以 1962 年托莫维奇和博尼的"灵巧手"[①] 为标志，这是世界上最早的运用压力传感器的触觉主体，此后，机器人触觉传感技术得到了深入的研究与开发。1993 年，第一个连接到 Internet 上的 Mercury[②] 允许使用者控制一台 IBM 机器人和 CCD 摄像机在充满沙子的工作空间中进行物品挖掘；一年后，西澳大利亚大学的 Ken Taylor 等连接到 Internet 的"ABB 工业机器人"[③] 允许用户通过 Web 浏览器控制机器人进行抓取和搬运；2000 年 Paul G. Backes 等建造的"WITS 系统"[④]，它允许 NASA 的专家们使用该系统进行火星探路者的任务规划与控制，同时，公众通过互联网也可以使用该系统进行虚拟操作。2002 年 10 月 29 日，是互联网上的一个值得纪念的日子。这一天，美、英两国的科学家向公众展示了他们发明的网络空间虚拟触觉感应技术，通过网络触觉感应装置，实验双方握住机械臂，可以直接感受到千里之外的人推、拉、颤动等动作，远隔千里的人们也可以进行"隔洋握手"[⑤] 了。虽然传输"虚拟握手"试验数据的网络速度需要 10mbps，比一般家庭使用的网络要快得多，但是人们可以跨越空间进行触觉意义上的交互已经为期不远了。2003 年纽约布法罗大学虚拟现实实验室主任 Caesar Wadas 发明的"触觉传感装置"[⑥]、2008 年发明的基于互联网的"远程搭脉和遥触诊系统"[⑦] 等，这些装置创造了无须在场

①　杨正泽：《中国制造 2025 高档数控机床和机器人》，山东科学技术出版社 2018 年版，第 91—92 页。

②　Goldberg, K., Mascha, M., Gentner, S., et al., *Desktop Teleo Peration via the World Wide Web*, *International Conference on Robotics and Automation*, Nagoya：Omnipress, 1995：659.

③　Taylor, K., Dalton, B., Trevelyan, J., *Web-based Telerobotics*, Robotica, 1999：57.

④　Backes, P. G., Tso, K. S., *Internet-based Operations for Mars Polar Lander Mission*, International Confer-ence on Robotics and Automation, San Francisco：Omnipress, 2000：2032.

⑤　王俊鸣、郑晓春：《科学家开发虚拟触觉感应技术》，《科技日报》2001 年 10 月 31 日。

⑥　新浪网，http：//news. sina. com. cn/o/2003－07－05/0920324683s. shtml，2003 年 7 月 5 日。

⑦　周芝庭、帅立国等：《互联网应用中触觉通信时延问题分析》，《测控技术》2008 年第 4 期。

就可以"实时"接触远方对象的机会。虚拟触觉交互以互动性的经验取代被动经验,"这种感知活动已经脱离了身体而转化为一种可控制的能量信息"①,Internet 使人类自身实现了空间的"跃迁"。

此外,嗅觉、味觉的互动传感技术也在探索中。20 世纪 80 年代初期,在科技文献中出现了技术术语"电子鼻",模拟生物嗅觉的机器嗅觉,通过气味分子被机器嗅觉系统中的传感器阵列吸附,产生电信号;生成的信号经各种方法加工处理与传输;将处理后的信号经计算机模式识别系统做出判断。同样,将喜欢的味道数值化的味觉传感器也备受人们关注,日本 INSENT 智能传感器技术公司研发的味觉分析系统(电子舌)TS-5000Z,味觉传感器的灵敏度相当高,高度仿真人类嗅觉、味觉的传感器,通过互联网进行实时交互也成为可能。

互联网有能力整合此前全部的传感技术,不仅实现了不受空间限制、即时地进行多种感官形式的信息交换,而且可以实现个性化的、高效的、互动性的信息交流。互动传感技术正在全方位地实现对人类的感官模仿。一旦所有感官一个都不少地集体搭载到互联网,这将是怎样一番令人激动或不安的生活场景呢?

二 数字艺术:电子游戏

数字技术出现以来,一切传统艺术形式都纷纷利用数字媒体生发出新的数字形态。但是,真正能体现数字艺术媒介特征的,是电子游戏。电子游戏将计算机技术、互动媒体技术、传统的艺术形式等进行了完美的整合。2011 年 5 月 9 日,在艺术史上又是一个值得纪念的里程碑。美国联邦政府下属的美国国家艺术基金会正式宣布"电子游戏是一种艺术形式",这个观点迅速得到了全世界的认可。因为绘画、雕塑、建筑、

①　梁国伟、王腾:《触觉交互技术与三维网站构造的能量空间形式》,《艺术百家》2010年第 5 期。

音乐、文学、舞蹈、戏剧、电影是人们公认的八大艺术形式，电子游戏因而获得了"第九艺术"的称谓。

最早的电子游戏出现在20世纪50年代，"井字棋游戏""双人网球"等简单游戏都是运行在真空管电脑上的；60—70年代出现了街机游戏和以Atari为代表的家用游戏机游戏；在70—80年代，Atari、世嘉及任天堂、飞利浦和IBM、美国EA电子艺界等著名游戏开发公司，以家用机为游戏平台展开了激烈的竞争，推动了电子游戏的发展，产生了全球热爆的大作"最终幻想"（Final Fantasy）、"勇者斗恶龙"（Dragon Quest）、"生化危机"（Bio Hazard）等著名的电子游戏作品。随着强大的显卡技术以及Pentium芯片的面世、网络技术的成熟，20世纪80年代末，网络电子游戏的出现成为电子游戏发展的转折点。进入90年代以后，微软的视窗系统几乎已经垄断家用电脑市场，"模拟人生""无尽的任务""暗黑破坏神"等是大获成功的电脑平台上的电子游戏。进入21世纪，电脑游戏再次分家，分为单机游戏和网络游戏；网络游戏则被称为最具发展潜力的项目。近年来，智能手机平台则扩展了手机游戏市场，手机游戏成为电子游戏的新宠。

电子游戏除了传统游戏活动（如足球、棒球、国际象棋、组字等）数字化外，分为角色扮演类、策略类、养成类、体育—舞蹈类等电子游戏；题材上有战争类、幻想类、生活类、竞赛类等。

每一种艺术，都有区别于其他艺术的独特个性，这也是它成其为独立的艺术门类的理据。运用了虚拟技术的数字电影、数字戏剧、数字建筑、数字绘画等，都是传统艺术的数字转化，电子游戏艺术的突破性就在于，它不是既成的艺术，而是交互生成的艺术。艺术的重心从创作者中心的一端转向参与者主导的一端，电子游戏允许游戏者参与游戏内容、游戏进程、游戏中角色命运的设计，与设计师协同创造，在参与并得到积极回应的过程中，合作铸成艺术作品的最终结果和最终意义。这

215

集中体现了后现代艺术去中心化的本质特征，是互动生成的过程艺术，创造了全新的艺术模式。

三 仿真与交互：数字艺术的模仿与虚拟

数字技术已经发展成一门涉及计算机图形学、计算机视觉、立体显示技术、传感与测量技术、语音识别与合成技术、多媒体技术、人机接口技术、网络技术及人工智能技术、实时图像处理等多种高新技术集成的综合性学科。数字技术最擅长的能力就是仿真（Simulation）。仿真又称为模拟技术，就是用一个系统模仿另一个真实系统的技术。它能够以仿真的方式给用户创造一个实时反映实体对象变化与相互作用的三维虚拟世界，这个虚拟世界可以是现实世界的再现——虚拟实景（境），也可以是幻想世界的逼真创构——虚拟虚景（境），用户可借助视觉、听觉及触觉等多种传感通道与虚拟世界进行自然的交互。

仿真技术提供的逼真性和实时交互性，无疑是传统媒介模仿与虚拟技术的数字化升级版本，带来了艺术形态的革命性升级。以电子游戏艺术为代表的数字艺术，综合性地集成了一切传统艺术，并将之纳入自身，使之成为自身艺术形态的合理部分。同时，基于互联网的传感技术将每一个个体互相链接，将每个人的行动与感觉连接在一起，在"电子游戏"的赛博空间（cyberspace）——由"信息空间"或"技术空间"构成的虚拟场所（virtual places），人们以电脑或电子为媒介的各种感官的沟通，完全可以实现等同现实的交流互动。

从媒介形态来说，电子游戏是数字艺术，从艺术本质来说，电子游戏是虚拟艺术。因为，在电子游戏中，人们体会的是虚拟的真实，而不一定需要在物质意义上与他人共同在场，电子游戏艺术的本质就是"虚拟现实"（Virtual Reality）。

人们常说，"百闻不如一见"，就是说，真实的存在感仅靠听觉还不能确立，更要靠视觉的确认。如今，虚拟艺术又提供了"以身相试"的机会，玩家不仅可以听、可以看，还可以接收到来自艺术客体的反馈，获得一种"切身"的体会。电子游戏允许玩家做出不同的选择，决定人物的命运，从而赋予玩家极大的创造快感，这种参与感是以往任何一种艺术形态都望尘莫及的。模仿与虚拟在数字技术时代合力创造出新的艺术形态——虚拟艺术。

本章小结

当我们从"身体"的视域来考察技术的历史，不难发现，技术本质上是人的感官的延伸。身体是技术发展的重要源泉，"身体"视域下，"技术"可谓力图超越身体的"感官技术"。人类生存实践过程不断锤炼着"感官技术"，"身体"作为"人"生存于世并参与这个世界的"感觉载体"，也得到不断的革新和增强。"感官技术"发展史包括身体感官技术、感官媒介技术、视—听感官技术、传感技术四个阶段。有什么样的感官技术，就有什么样的艺术形态。艺术类型史可以说是一部感官复归的历史。从最初全感官技术在场的身体艺术（歌舞、戏剧），到感官媒介技术的符号艺术（绘画—建筑—雕塑等造型艺术、文学艺术）、视听感官技术的影像艺术（摄影、电影、电视）、传感技术的数字艺术（电子游戏艺术），四大类别九大艺术，既是艺术形态发展完善的过程，也表征着感官技术的进步。技术既可以揭示未知的事物，又可以改变艺术出现的方式以及观众的审美接受的方式，更新着审美范式、建构着新的审美文化。每一类新的艺术形态都用新的艺术语言加以建构，不过所有的艺术手段都离不开"模仿"与"虚拟"两种核心创造方法。每个阶段的主导艺术都呈现模仿与虚拟的双螺旋构象：身体艺术的相似模拟和互渗虚拟、符号艺术的仿像与意象、影像艺术的镜头与蒙太奇、数字艺术的仿真与交互——任何一种艺术都有着形式（模仿）和意象（虚拟）两种媒介系统和两种呈现方式，这使得艺术——人类辉煌的创造——既有模仿实在的现实性，又始终保持虚拟现实的超越性，由此构造和推动着艺术的发展。

媒介对人们感知空间、物体和时间的方式产生着普遍的影响。它与人类感官能力的进化紧密相关。

——［德］奥利弗·格劳

第五章　作为技术现象的感知模式与审美范式

通常来说，艺术史的分期是以人文历史的标准来划分的。例如，最有影响的西方艺术史家贡布里希撰写的《艺术发展史》，就是按照历史的时间轴，从艺术的起源讲起：埃及、希腊、罗马的传承与发扬，奠定了西方艺术的基础，自 11 世纪到 21 世纪上半叶，作者不厌其详地历数了各个世纪西方艺术史上的重要艺术家、艺术品、艺术发明和艺术风格，可谓是鸿篇巨制。中国艺术史也不例外，大多以中国的朝代更迭作为划分艺术史分期的参照系，都没有摆脱社会历史发展的时间框架。虽然如贡布里希所言，"西方的艺术（或西方艺术的巨大范围）因为其对技术上进步的关注……在古代（普林尼、昆提良）和文艺复兴（瓦萨利）已经根据技术的发展向我们介绍了时期的划分，即根据绘画中的透视缩短、光影、线形透视、油画或钢筋混凝土发现的之前和之后来进行划分"，但是，古希腊艺术、古罗马艺术、文艺复兴艺术等——"正是我们仍然在使用这些传统术语的这个事实……预示了一种智力上的束缚。毕竟，虽然我们成功地消除了它们规范意味的痕迹，但是它们仍然将当时流行的分类和界定冻结在艺术史中，而且这样就阻挡了我们寻找其他选择的可能性"①。

---

① ［美］迈耶尔·夏皮罗、H. W. 詹森、E. H. 贡布里希：《欧洲艺术史的分期标准》，常宁生译，《南京艺术学院学报》（美术与设计版）2005 年第 1 期。

因此，从技术的角度来考察艺术的历史，显然是一项较为困难的尝试。但这并不能阻挡我们探索技术在艺术创造中重要性的好奇心。循此路向，我们可以清楚地触摸到保留在艺术史上的技术革命的深刻烙印。我们发现，正是技术要素，构成着艺术品结构的构造原理和技术手段，决定了艺术的构造和组合型制，材料、动力、控制等要素的革命为艺术创造不断提供新的手段和新的方向，同时也决定着艺术的感官形态，进而决定着艺术品的审美愉悦、审美原则和审美范式。

第一节　作为技术现象的感知模式与审美经验史

一　隐在的技术与外显的艺术

西方语言中的"技术"一词源于希腊语，原指技艺或技能，与"艺术"一词所包含的内容几近相通。中国古代亦"技""艺"联言，指专门的技艺、能力和实现的方法。艺术是感官所见的显性表示，技术是隐藏着的结构机制。

在艺术研究中，作为现象的艺术形态左右着受众审美的方式与审美的感知，因此最容易引起关注和讨论，而作为内在结构机制的技术则因其隐在的状态而不易被察知。然而不得不承认的事实是，虽然受众"看"不到它，但却能"感觉"到它的存在。技术通常是最重要的，它并非仅是功能价值的东西，而是出于人的某种特定目的的选择，因此，技术也是某种基本的感觉，正如美国历史学家托马斯·休斯所说："一旦那些技术系统，特别是那些最庞大的系统得到发展，就有越来越多和越来越大的系统被人们所建设和管理。"这种现象不仅仅是技术的性质，它也是文化。① 技术决定着艺术的形态，以及艺术对受众发挥作用的方式，

① ［美］维克多·马格林：《设计问题：历史·理论·批评》，李砚祖主编，柳沙译，中国建筑工业出版社2010年版，第209页。

从而左右人们看待事物的方式、生存的基本模式和生命的深刻体验。

因此，必须到技术革新的历史中，从技术原理、艺术形态、美学范型三者的关系中，去考察艺术理论的基本问题，考察由技术革命引起的人的感知尺度与感知模式的变化，从而深入理解艺术审美范式的嬗变。

二 技术的要素与艺术的形态

构成自然界的基本因素是物质、能量（能源）和信息，因而构成技术的基本因素是材料、动力和控制，三者有十分明显的应对性。在技术的基本结构中，材料技术、动力技术、控制技术诸因素在技术发展的不同历史时期，所处的地位不同，达到的水平也不同。从历时性来看，三者间的这种不平衡性是技术发展中主导技术更迭的主要原因。古代技术中起主导作用的是材料方面的变革，历史学家将古代分为旧石器时代、中石器时代、新石器时代、青铜器时代（［丹麦］汤姆森，1836），正反映了材料技术革命对古代社会发展的重要性。近代则是动力技术的变革，而现代则主要体现在控制技术的变革方面，由此也体现了主要技术手段由工具到机器再到自动化生产体系的发展过程。① 技术要素与艺术形态同样具有明显的对应性，材料技术决定着艺术的存在形态，动力技术创造着艺术的存在时态，控制技术创造着艺术的传达方式（如图5-1）。

图 5-1　技术要素与艺术形态

总之，构成自然界的基本因素——物质、能量（能源）和信息，构成技术的基本要素——材料、动力和控制——构造着艺术形态、时态

① 姜振寰：《技术的历史分期：原则与方案》，《自然科学史研究》2008 年第 1 期。

和传达的表达方式，技术要素的革新不断创造着新的主导艺术形态。

　　材料是艺术的物质外壳，是人类艺术创造赖以附丽的载体。我们可以把艺术形态史概括为主导性材料技术的变迁史。从身体艺术（歌、舞、戏剧），到造型、雕塑、图画、符号艺术，再到影像艺术、虚拟艺术，正是艺术材料载体的变革，左右了艺术存在形态的变迁和审美模式的更迭。材料技术对艺术的受众产生了深层次的规定性影响，深刻地改变着人类的感知比率与感知模式。

　　动力技术决定着艺术存在的时态。身体艺术是基于人自身体力的艺术。身体既提供表现的形态，又提供动力与控制，因此，最初的人类的艺术——歌舞艺术，就是发挥"体力"用所谓的"态势语言"进行人与人之间的在场交流。"这些活动形成了一个链条，链条中，前面的是后面的示范。正因为这些活动作为符号的价值不止被中介者所知，而且被所有在场的人所知。"① 作为身体艺术的"现在进行时"——远古时代的歌唱、音乐、舞蹈、戏剧艺术，早已经消散在历史的深处了，我们只能通过一些史前留下的物质遗存、绘画以及之后的象形文字来推想"集体性"身体在场交流的生动场景。无论是狩猎、生殖崇拜，还是原始仪式，到处弥漫着"身体"的表征。

　　于是，"身体的表征"就成了最初的"符号"。中国古代经典中记载的六代之乐——黄帝之《云门大卷》、唐尧之《大咸》、虞舜之《韶》、夏禹之《大夏》、商汤之《大濩》、周武王之《大武》，就是人们有意创造出的"身体符号"，"身体符号"作为情感与意义的标本，便于人们以"同情"的方式辨识认知和理解领会，这引领人们彻底走出了通过非理性的、迷狂的歌舞过程和身体经验来积累文明成果的低效率时代。

---

　　① ［法］马塞尔·莫斯、爱弥尔·涂尔干、亨利·于贝尔原著，［法］纳丹·施朗格编选：《论技术、技艺与文明》第八篇《关于传统的一般描述性社会学研究计划的片段》，蒙养山人译，罗扬审校，世界图书出版公司2010年版，第77页。

　　然而，"身体"的物质存在实在短暂，情感和思想的信息又将焉附？"体力"的可达性太有限，身体传承人所创造的成果效率太低……于是，一种基于"人力"的创造开始了，这就是符号艺术。我们无法了解从身体到符号的转化过程，但在早期的绘画中看到了从身体到符号的转化结果。

图 5 - 2　花山岩画·祭神舞蹈图（战国至东汉）

225

图 5 - 3　新石器时代舞蹈纹彩陶盆

　　符号艺术是"人力"——既包括人的体力，又包括人类思想的力量——的结果。

　　首先，它以能指—所指的逻辑系统建立了清晰的世界。其次，它以跨时空的传播能力大大提高了传播效率。再次，人力创造了一个并非由纯粹"实在"所组成的经验世界和意义世界，自然不再是无条件的自在地、绝对地存在着的事实，所谓客观世界不是"在那里"存在，而是一个人类参与干涉了的存在，是由人类通过整个生存活动在我们内心创造出来的世界——人，也由此揖别蒙昧，进入文明时代。

虽然符号在人类自己的文化以外没有什么"自然的"或"客观的"独特地位，但是，符号创造了有序完整的信息形态，如色彩、形状、质感、线条、声音、运动等。每一个符号的形式结构中，都满载着听觉信息、视觉形式和意觉信息，是全息的感性符号，人们则通过符号（能指、所指）返身回到感觉的始源。人们在符号上做一种特殊的精神逗留，在这回归与沉醉之途，感受其特殊的"精神上的芳香"（康定斯基语），因符号而激发的不仅是视觉的感觉器官，还是一整套感觉认知。符号是唤起记忆，提供行为模式以及统一团体、分享信念的强大工具。

符号艺术是一种"过去完成时"——既成的艺术。符号将人的意图、情感以及文化的价值、精神转移、赋载、制造到抽象的形式或物质实体上，一旦被创造出来，就是一个"过去完成式"的存在，无论是绘画、建筑、雕塑还是文学艺术，它们充当了带有一整套固定特征的环境和社会参与者之间的媒介，能以一种客观的程序把意义翻译成可感知的信息。符号就在那里充当记忆工具，等待人们用身心去触摸它，唤起情感和行为的回忆，开启它那符号的封装，品味那精神上的芳香。由于"非物质"性质，符号因此也具有了"永恒性"，在审美观照的过程中，人类的情感、思想、经验等信息，便能够实现跨时空的传达。

符号媒介极大地改善了物质媒介传播的局限性，然而符号也将鲜活的情感和丰富的感觉死死地锚定在一个个客观形式中，这也成为人类文明创造的一个副效应。因此，恢复身体的在场，回归身体的感性，这种种的内在需求使技术的发展自觉地向着回归身体的方向发展。当"电力"技术来临的时候，蛰伏于符号外壳中的艺术终于迎来了羽化成蝶的时机，电影艺术的出现，使艺术从此摆脱了静态的存在形态，展现出动态的生动魅力。当然，不得不正视的现实是，电影艺术的动态只是一种"过去进行时"，是一个设定制作好的影像片段，是拟仿的"动态"——仍然是既成的艺术。

现在，身体通过跨时空"在场"的互动艺术，在 21 世纪到来之际给人们提供了身体可以超时空"在场"的机会，一切的状况取决于受众主体"现在"的正在进行的选择，一切结果都是"将来时"的显现，这种互动虽然不是"现实"时空的，但是其结果和效力等同现实，艺术展现出虚拟互动的新形态。

互动艺术的新形态，是控制技术革命的新成果。

如果说，材料是出自客观自然，动力出自体力和身体的延伸，那么，动力与材料如何相互作用，人们预期获得什么结果，人力之所及是否能掌握对象并使其按主体的意愿活动——对于这些方面的技术手段就是控制。从一般意义上说，控制是指控制主体按照给定的条件和目标，对控制客体施加影响，以达到预定的目的的过程和行为。控制的基础是信息，信息是为了规定某个或某些受控对象的功能或发展而作用于该对象的指令。

身体控制的信息，来自身体的三维空间信息＋时间信息。空间信息是身体所处上下四方的信息，时间信息是身体运动的展开序列和过程。当原始初民手之舞之，足之蹈之，创造身体艺术的时候，他们是以身体控制的方式，来控制社会的模式、传达社会的价值观的。如中国周代集歌、乐、舞三位一体的综合艺术《大武》，就是一个非常具有说明性的典型案例。

《大武》是按照时间顺序歌咏舞蹈的。《大武》① 六成，作为一个舞

---

① 到目前为止，《大武》乐所含的篇目仍因文献有阙而不能详尽。但其中的三篇《武》《赉》《桓》是确定的。关于《大武》乐章其他篇目，历来有诸多学者（如何楷、魏源、龚橙、王国维、高亨、孙作云、张西堂、杨向奎、李山、姚小鸥等）的详尽考证，可谓仁智互见。本文不拟考证《大武》的组成，但从此前诸多专家学者的大量考证和史籍文献所载来看，《周颂》中的《武》《赉》《桓》《般》《酌》《维清》《昊天有成命》《我将》《时迈》这些诗篇当是同属周初所作，并在《大武》乐章的礼乐精神上存在着同一性。

蹈，它是按照动作的空间信息序列展开的。北、南、左、右，盛威于中国；夹振四伐、分夹而进、久立于缀，待诸侯之至。一系列沿空间方位展开的舞步，以身体为动力、以四方—中央的空间方位为控制信息，整齐、规范、平稳的队势表示取得完全的胜利，国家得到统一、安定。通过歌舞——身体信息的控制，确立以"周"代"殷"的合法性和"天命授周"的王权中心思想，传达出周人敬绥天命、偃武修文、仁德治国的价值取向。《礼记·乐记》这样总结道："夫乐者，象成者也。总干而山立，武王之事也；发扬蹈厉，太公之志也；《武》乱皆坐，周召之治也。"《大武》，这组最早的歌唱于各种祭祀或典礼仪式上的颂诗，正是运用身体控制的信息，实现了在人们的思想和意识中确立新王权的绝对合理性和权威性的目的。

礼乐仪式及仪式上的身体艺术——对于礼乐文明的形成是非常有效的"开环控制"，即受控客体不对控制主体产生反作用的控制过程，通过控制初始条件，使系统能不受外界干扰的影响准确无误地转移到目标状态。《礼记·经解》篇托言孔子曰："入其国，其教可知也。其为人也温柔敦厚，《诗》教也。"对于个体来说，包括《大武》在内的《诗》艺术，对于铸造华夏文明推崇的人格精神，即孔子所说的"文质彬彬"的君子品格，对于形成华夏民族的礼乐文化精神，具有强大的塑造力量。

身体的控制信息是空间三维＋时间维发布的。所谓的"维"，是指在物理学中描述某一变化着的事件时所必需的变化参数。身体控制的信息中，时间维度是一个最大的变数。俗语中"物是人非"，生动地说明了"身体"——或者说"时间"的短暂性。信息会随身体的消失而消失，或者说，身体信息会随时间维度的变化而消失，控制的效用自然也就会消失。这也当是后来发展出工具控制、机械控制的原因之一。

工具控制或机械控制是身体控制的延伸，将信息转换成人工的、符号的或影像的形式。符号、影像以二维或三维永固性的存在形式，减省了时间维，避免了身体信息的时间局限，同时，也打破了空间局限。文字、绘画、雕塑、建筑等以空间二维或三维的形式存在，虽然代价是舍弃了时间维度，但是人们可以在符号形式上找到时间的信息，通过符号形式的叙述、态势、节奏、序列或韵律，感受到时间参数的存在。

图 5 – 4 米开朗基罗《哀悼基督》（1498）

229

图 5 – 5 ［法］夏特尔教堂（始建于 1145 年）

　　米开朗基罗的雕塑《哀悼基督》，圣母身体微微后倾，怀中的基督向下滑坠，两个形象构成了一种动态的张力，虽然是静止的大理石，但却给人以时间的动感。欧洲中世纪哥特式教堂的外观，呈现为逐级向上的塔楼，在一切方面都表现为尖角，两侧墙壁上是向上升的飞扶壁，最高的钟楼高耸入天，努力向最高处自由飞升——哥特式教堂感性的外观形式，其形体、空间都在向动态方面转换，一切皆向上"运动"，在静态的形态中寻找时间维度的表达，一切这都在引领人们趋向天堂，同时也是对人们精神领域的强烈控制信息——人们在这些形式上找到强烈的向往、热爱及对自身原罪的厌恶、希求超度的渴望。

　　事实上，时间维度在符号形式中不仅体现为"动势"，还以"人为时间"的方式实现了对"自然时间"的超越。人工控制不仅延展了时间维度，而且因之展开了空间维度。例如，在文学艺术中，通过直叙、

倒叙、插叙等人为控制，时间被剪成段落再加以重新拼合，成为多维的时间；在多维的时间流动中层级展开空间序列，形成环环相生的意境空间，而这又被机械—电力控制的技术革命，转换为影像创造的动态时空。

　　影像将静态艺术幻化为动态的形式，运动的镜头模拟了现实的三维时空，同时又用剪辑技术，重构了多维影像时空，人们在影像时空中自由穿越，仿佛超越了现实时空。但是，必须清醒地看到，镜头的角度、场面的调度、画面与音响等构成了强势的控制系统，看什么，看哪里，怎么看，看多少，什么时候看，都是在不被查知的情况下，不知不觉中被影像操控的。因此，无论是文字、绘画还是雕塑、建筑、影像，同样都是"开环控制"系统。既成的艺术形式赋予了艺术永恒性——它们可以跨越时空存在，在相当长的历史时期充当控制的信息，左右着人们的思维方式和生存模式，塑造着文化的品格和文明的模式，这一状况一

直持续到 20 世纪中叶。

1982 年是个转折点。这一年，一种名为"PC"的产品——个人电脑的出现，彻底搅乱了传统生活的秩序。个人电脑基础上的互联网技术、传感技术解构了传统技术的控制方式，也解构了艺术的时空存在形态，形成了新艺术类型——电子游戏艺术。电子游戏既有"身体控制"的三维空间 + 时间维的"实时在场"的优势，也有"人工控制"和"机械—电力控制"的跨越时空"在场"的优势，尤为重要的是，21 世纪以来传感网技术的成熟，随机分布的传感器、数据处理单元和通信单元的微小节点，能够建构出"智能控制"的无线网络。这种自动化的"智能控制"是一种"自组织"的控制方式，这彻底改变了此前"开环控制"的信息特征，实现了信息的"自组织控制"能力。"自组织控制"通过不断测量客观条件和外部环境的参数变化，及时调整自身的组织结构，达到预期的理想目的。

"自动化—智能化控制"系统，为艺术提供了自组织控制的交互方式的可能。在虚拟艺术中，以"自然"的"身体"行为去控制事物，比如《远程花园》，人们可以在世界任何一个地方，选择任何一粒种子，在任何时间去浇灌远在异国他乡的"花园"，也可以通过遥在系统，在地球上自如地移动月球上的石头，也可以在现实中过虚拟世界的"第二人生"。在虚拟现实艺术的超维时空中，视觉、听觉、触觉、肤觉都是真实的感觉，身体与环境的交互中，二者的反应都是本能的、自组织的，在虚拟影像环境中的行为是"趋利避害"的……数字信息时代，人们可以真正身体力行，跨越现实时空生存于"超维"的时空中。

我们可以通过一个表格来概括上述论述，以期从技术的角度更加清晰地把握艺术发展的脉络（如表 5-1）。

表 5-1　　　　　　　　技术要素的变革与艺术形态的变更

技术要素	艺术形态	身体技术 歌舞表演艺术	符号技术 文学—造型艺术	影像技术 电影—电视艺术	数字技术 电子游戏艺术
材料	形态	身体姿态	符号	影像	综合媒介
动力	时态	体力	人力	机械—电力	机械—电力
		现在进行时	过去完成时	过去完成进行时	现在进行时 或将来时
		在场的生成艺术	既成的符号艺术	动态的影像艺术	互动的虚拟艺术
		动态	静态	拟仿动态	虚拟动态
控制	传达	身体控制	人工控制	机电控制	互动控制
		三维	二维/三维	二维/模拟超维	虚拟超维
		身体信息	形式信息	影像信息	"身体"信息

　　总之，从本质上来看，材料要素、动力要素、控制要素决定着艺术的形态；艺术形态的变更永远指向人类的目的性——人对自身能力的最大化的需求，是人类"自由"度的表征。

三　基于技术革命的审美经验史

　　技术的发展源于技术要素的革命。材料、动力、控制三者之中，是动力技术革命最终将人类历史带入现代文明阶段。古代技术活动中的动力主要是人的体力和畜力，因此，人的技术活动只能是加工自然材料和人工控制。虽然自公元前 3500 年的古埃及人已经学会使用风帆，中国人在东汉时就已利用水力制造了水车，但古代人的技术活动，总体来说是自然动力和人工控制。直到 18 世纪中叶后，"动力"技术发生了革命，瓦特改造了蒸汽抽水机后，蒸汽机成为"万能动力机"，形成了以"蒸汽机"为主导技术的现代工业技术群。蒸汽机、内燃机等巨大的动力带来了其他的可能：铁和铁合金成为主要的生产材料，工厂出现、铁路普及，摩天大楼的建造和现代大城市的出现。19 世纪中叶后，随着电的发明和电磁学的不断进步，电力（人工能源、二次能源）已开始

部分取代蒸汽动力，机电控制方式带来了机械化的大工业生产。到 19
世纪末 20 世纪初，随着水电技术、热电技术、电工材料和送变电技术
的进步，电力技术已成为一种新的动力形式。电能的应用提高了动力的
能力，带来了自动控制，也带动了新材料的诞生，导出了信息控制的新
方式。

　　当我们依技术演进的历史删繁就简，可以勾勒出艺术类型史的大体
框架（见表 5 - 2）。

表 5 - 2　　　　　　　　技术要素的革命与艺术形态演变

技术要素革命	材料技术革命	自然材料（身体、土、石、木、金属等）	人工材料（铁及其合金、塑料等）	数字材料（数据、像素）
	动力技术革命	人力、畜力、自然力	蒸汽动力—电力	新能源
	控制技术革命	身体控制	机电控制	互动控制
	技术史	古代技术	现代技术	当代技术
艺术形态演变	主导艺术形态	乐、舞、绘画、雕塑、戏剧、文学、建筑	现代建筑（摩天大楼）、电影、电视	数字艺术、电子游戏
	艺术史	古代艺术	现代艺术	当代艺术

　　表 5 - 2 试图说明：虽然技术的发展是渐进和不平衡的，因而艺
术史分期在其分界上就必然是交融模糊的，但仍然可以清晰地看到这样
的事实：以自然物为加工材料、以人力等自然力为动力、以人工控制的
艺术形态为古代艺术；以人工材料、机器动力、机电控制的艺术形态为
现代艺术；以数字材料、自动化—智能控制的艺术形态为当代艺术。技
术三要素在各个时期中的作用和影响是不同的。技术既可以创造艺术出
现的方式，又可以改变艺术的形态。技术三要素在各个时期中的作用和
地位是不同的：古代艺术以材料革命为主，动力革命次之；现代艺术
以动力革命为主，材料革命次之；当代艺术以控制革命为主，材料革
命次之。

　　主导艺术类型的变更，势必重塑人类的感知比率，进而改变人们的审美经验。

　　"感知比率"是指人的不同类别的感官在感知事物过程中的数值对比。它反映的是整体知觉中各部分感知之间的关系，即部分与部分或者部分与整体的数量关系。自从人类制造了工具、驯化了火，"技术力量就对人的身体和环境产生了重要影响。人类一旦运用技术来转化其所处环境，也就开始改变自身及身体能力"①，身体便不再是"绿色的"身体了。身体的某些感官功能在技术发展过程中被先后单向度延伸，因而身体总是在这种不均衡的、不全面的单向延伸中，被迫重新调整自己的感官平衡，来适应新的生存状态，因而感知比率也是不断调整和变化的。

　　技术变革对人的感知比率的深刻影响，麦克卢汉说得最为透彻。他说："每一种新影响都要改变各种感知的比率"，"那些经历新技术（不管它是文字还是无线电）的首次出现的人们，反应最为显著，因为由眼或耳的技术扩展而立即建立起来的各种感觉之间的新比例，给人们带来一个惊异的新世界，新世界引起强烈的新的'感觉比例'，或是在所有的感觉之间相互作用的新类型。但是当整个社会将感觉的新习惯吸收进它的工作和交往的领域时，最初的震动也就消散了。然而真正的革命就在后来的漫长阶段中，这时期所有个人和社会生活都为适应新技术建立起来的新感觉模式进行'调整'"②，"任何发明或技术都是我们身体的延伸或自我截肢，而这样的延伸也要求身体的其他器官与延伸部分建立新的比例或新的平衡"③。

　　技术的制造方法和手段，决定了艺术的操作方式和动力方式，因而

---

　　① ［英］克里斯·希林：《文化、技术与社会中的身体》，李康译，北京大学出版社2011年版，第195页。

　　② 张咏华：《媒介分析：传播技术神话的解读》，复旦大学出版社2002年版，第62—63页。

　　③ 同上书，第66页。

也决定了人们的感受方式、感知模式、感知尺度和感知比率。技术的变革不仅是新的艺术形式形成的必要条件，也是培育和形成新的审美实践、审美经验、感知模式和感知比率的关键所在。从审美经验史来看，艺术促逼着技术向着人类的感性复归，促逼着技术将感知比率的平衡还给身体，感官体验完善的技术，就是艺术追求的最高境界。当技术改变了创造物各部分之间或部分与整体之间的关系，重新构成某种和谐的感知比率，以及观众的审美接受的方式、更新着审美范式、建构着新的审美文化，就会产生新的审美标准和审美理想。

因此，研究审美的问题只研究艺术形式、风格及其人文背景是不够的，必须考虑艺术的隐在因素——技术，以及因其对人的感知比率的影响而产生的审美感知、审美经验的变更。从技术与感知比率变更的关系切入，便于清晰地把握人类审美经验的变迁史，利于深入地领会技术带来的感知比率的变迁，进而把握艺术发展的内在规律。身体在技术的变更中发生了何等的变化，身体以何种的状态"成为生存于世并参与这个世界的感觉载体"[1]，以何种的状况进行审美的体验，这是艺术的审美研究所要回答的问题。

第二节　感知模式的变革与审美体验的变更

一　身体艺术的"在场"与具身体验

身体和身体感知，在传统艺术中，尤其是在无书面文字的原始艺术中，扮演着关键角色。身体作为表征世界和情感意志的媒介，各类感官都是极为发达、完全"绿色"地存在于世并成为沟通人与人、人与神、

---

① ［英］克里斯·希林：《文化、技术与社会中的身体》，李康译，北京大学出版社2011年版，第195页。

人与自然的载体和传播的媒介，以其呈现的直接性，传达出思想的广阔性和更为一般的意蕴。

原始时代，身体是万能的。这个思想事实的基础，是原始人的"诗性思维"。原始巫术观念中，身体对客观世界的支配力量是巨大的，无论是人类对自然界的苛责与称赞、谀扬与敬畏，还是皈依与眷恋，主体自身的神秘感受和强烈的主观愿望，都由人的身体和身体的运动来表现。例如，在原始仪式艺术中的歌舞音乐，沟通人、神、天地的巫歌、巫舞与咒语——巫术将人们组织在感官信息——体势、声音、气息、氛围的有组织的感官信息"茧"中，身体制造的节拍和韵律，促使人们动起来，肢体摇摆、手舞足蹈。在这充满活力的身体活动中，"是身体在表现，是身体在说话"①。一切感官信息都深深渗透于身体，"从生理上唤起人们，由此进一步强化那些旨在使人们依附于某一社会群体的符号和仪轨的效果。在这些背景中，人们会变得超出自身，依附于某一集合体，提升、强化（heightens）自己的认同感和归属感"②。这是一种身体体验的现象学。特定的姿态、灵敏的技能，一切的映象、音响和思想都被身体化为一种身体语言传达给他人；反过来，一切身体所表达的信息都经由全部的感官、全方位地感知，接收、体验、感悟，最终转换为思想和行动。身体感官的感知比率在感官之间是平衡而和谐的，在整体感知中每个感官各司其职，都对活动过程中的行动和思想做出各自的贡献。身体投入仪式的集体性歌舞艺术中，沉浸在新颖的、深切的感觉中，并从中体验到超越既存的能力。

美感，就在身体与世界的关系中为身体所发现、所把握。在狩猎、采集和原始耕作的过程中，最初的工具是触手可及的事物，而那些最

---

① ［法］莫里斯·梅洛-庞蒂：《知觉现象学》，姜志辉译，商务印书馆2001年版，第255页。

② ［英］克里斯·希林：《文化、技术与社会中的身体》，李康译，北京大学出版社2011年版，第152页。

"合手"的"工具"，就是圆形的树枝或圆而光滑的石块。"圆"的适悦的感受逐渐凝结为一种感觉的经验，"标志着对象与心理器官或功能之间的某种协调或关系"①，这种关系就是美感的萌芽。合手的"柄"与锋利的"刃"，光滑或锋利的朦胧的感觉与满足获取食物的愉悦感受相关联，逐渐积淀为审美感受力，打制工具的过程中发现了对称性、质感、肌理、打凿痕迹以及轮廓线条的优美、造型的秩序感，这些都被把握为美感的要素。当手触摸物体的时候，当现象与感知产生共鸣，当感官与现象达到一致，是"身体""明白""理解"了美。因为，身体是所有物体的共通结构，至少对被感知的世界而言，身体是"理解力"的一般工具②。身体通过它的全部表面和全部器官迎向五感体验，随之建构"感觉"到的美的世界。身体依靠感官的全方位感知，以全感官沉浸的方式，将世界的意义和主体接受的世界结构整合在一起。身体的综合能力赋予了材料一种感觉的意义，身体又反过来把该意义投射到它周围的物质环境，或传递给其他的主体。

可见，身体技术时期，每一件创造物上，都凝结了人的感官信息和操纵意志。身体，就是一种普遍的链接，身体艺术的意义内在地被我们的身体感官重新把握、重新建构和重复体验。

二　符号—影像的"意象"与离身体验

然而身体作为有边界的维持系统，势必成为生命感知的局限。感官技术发展的历史清晰地见出，"技术总是力图突破自己身体与环境当下遇到的特定限制"③。"超出自身"的欲求促逼出人类巨大的创造能力，

---

① 朱光潜：《西方美学史》上卷，人民文学出版社 1979 年版，第 226 页。
② ［法］莫里斯·梅洛－庞蒂：《知觉现象学》，姜志辉译，商务印书馆 2001 年版，第 241 页。
③ ［英］克里斯·希林：《文化、技术与社会中的身体》，李康译，北京大学出版社 2011 年版，第 195 页。

文明的积累与储存使人迸发出"符号"创造的灵感与能力。

符号是"为表达基本生命而发展了的可塑形式"①。

首先，符号是基于身体的。例如，无论哪一种语言符号都充满了与身体、感觉有关的比喻。我们把进山的通道叫"山口"，把桌子的支撑部位叫"桌腿儿"，把锯子的锋刃部分叫"锯齿"，等等。我们还可以把更抽象的感觉转换为可感知的感觉，例如，我们把内心的情志称为"感情"，把难题说成"棘手"，把人和人交往叫"接触"，在身体感知的基础上，还可以把局势描述为"紧张"，把批评描述为"锋利"，等等。

其次，符号是一种集中、强化了的生命形式，是人类普遍可传达的情绪—情感的外化的形式，具有映象生命能力的形式。符号作为积淀着人类情感、知识和欲望的文明标记，附丽于人类创造的文字、雕塑、绘画、建筑等一切工具技术的创造物中。同样的，人们将期望、需要、动机，以及这些内在要求所产生的情感转化为雕塑、绘画、建筑的规划和设计，使得雕塑、绘画、建筑的形式通过身体可感知的方式来传达思想和意义。凭借这些艺术形式，我们可以跨越地域、跨越文明、跨越时间，体会古希腊哲人对星空的深情凝望、体会魏晋时代竹林七贤的竹下风流，以及从他们的感官里传达出来的信息。中世纪哥特式教堂层级向上的尖塔、中国传统建筑"庭院深深深几许"的群组院落，无不通过感官给人刻印下文化的意义。

符号如同一个个封装着人类感官温度的信息胶囊，储存了情感的强度和思想的力量，"在那里，我们所寻找的情感如此鲜明地体现着，以致每一个人都被强烈地吸引，每个人都不得不全神贯注地经历一番对此

---

① ［美］苏珊·朗格：《情感与形式》，刘大基等译，中国社会科学出版社1986年版，第62页。

情感的无意识感受"①。相对于身体艺术的象征性与经验性，符号更具有内容的明晰性、形式的稳定性和系统性。符号将我们与过去、未来紧密联系在一起。在人类文明的历史长河中，无论在何时、无论在何地，只要我们打开它、阅读它，便会在任意时刻实现跨时空的"在场"体验。

然而，符号并不是"实体的纽带"，而是"功能的纽带"。它减省了身体艺术的第四维——时间，语言文字符号甚至将空间减省为二维，因此，媒介符号的场域中身体感官无法全部到场，人们只能通过单一或几个感官对符号艺术进行"审美静观"，调用一系列心理操作，才能重新唤起身体全方位感知。媒介符号艺术的这一特征，逐渐形成了人类独有的感知模式：离身感知。离身感知需要一系列心理操作。

首先，唤起感知意象的基础是心物同型的心理力。依照格式塔心理学，在进化过程中神经系统对周围环境的适应，形成了物理、生理与心理现象之间的对应关系，因为它们同样具有作用点、方向和强度，与自然界的物理力一样，都服从着同一个基本的组织规律，因而感知结构与物理结构之间是具有一致性的。因此，人们创造的符号艺术，也必须与我们的感觉、理智和情感生活所具有的动态形式是"同构"的。其次，人们要借助符号的形式来唤起各种感受。例如，人们看到三角形会想到坚固性和指向性，看到圆形会感觉到饱满而具有流动性——视知觉自主地把印象和感觉元素积极组织成一个完整的感知意象，使事物不需要用概念的方式便可以理解。因此，符号的形式是激发情感的"召唤结构"。基于召唤结构建构出感知意象的心理能力，被心理学家称为"格式塔"（Gestalt）——"完形"。"格式塔"是感官知觉瞬间的"组织"或"建构"出的整体知觉意象。再次，在符号与身体之间，需要一种

①　［美］苏珊·朗格：《情感与形式》，刘大基等译，中国社会科学出版社 1986 年版，第 21 页。

"移情"的心理机制，正是因为"艺术形式……形式与情感在结构上是如此一致，以至于在人们看来，符号与符号表现的意义似乎就是同一种东西"①，所以人们才喜欢创造和观看那些对称的、规则的图形和那些完美恬静的形象。人们在自己所创造的形式的世界里，对自我情感体验和接受的过程，实际就是"移情"的审美接受机制。

"移情"的基础是"同情心"或"同情的想象"（［英］休谟，1711—1776），在感知的过程中，主体的各种心理因素都被充分调动起来，处于紧张和亢奋的活跃状态：感知、理解、想象，欲望、兴趣、意志，伴随着回忆、幻觉、潜意识，在情感的驱动下并以情感为中心形成了感知意象，将符号还原为可感知、可信任、可理解、可把握的世界。才能实现审美体验。因此，"移情"也意味着主体与客体的鸿沟有多么深远。感知意象成为符号"背后"看不见的逻辑，将一个纯抽象系统中的精神内容与直接体验的单元联系起来，因此，"既成"性符号艺术只能通过"感知意象"加以体验，这是一种"离身"的审美体验。

感官意象的离身体验，势必以割断身体面对面在场的实时性为代价，"符号"只能是"感官媒介"。符号艺术通过延伸视觉感官实现跨时空的传达，但也导致了其他感官的退场与缺席，打破了人类整个感觉系统的平衡与对称。符号切入心灵的从属之根，也切断了维系即时的人际间在场交流的纽带。符号这个"感官媒介"终归是人与现实的中间环节，文字、图像、雕刻造型中的表情只能是一种"音容宛在"，建筑的意味只能通过"形式"与"结构"加以显现。

如果说，符号媒介艺术超越了自然材料、自然结构和自然形式，离身体验超越了身体体验的时空局限，那么，影像媒介艺术，则借助新材料、新动力、新控制的技术革命创造了一种超越传统符号媒介静态形式

---

① ［美］苏珊·朗格：《艺术问题》，滕守尧、朱疆源译，中国社会科学出版社1983年版，第24页。

的影像形态。影像艺术的"镜头"不仅还原了人的眼—耳感官系统的感知，而且使艺术再一次拥有了时间性，影像艺术呈现出动态的形式结构特征，"剪辑"技术则实现了对视听感知的现实时空的超越。表5－3描述了影像艺术通过模拟视听感觉和时空感知创造审美意象的媒介符号系统。

表5－3　　　　　　　　　　影像艺术的媒介符号系统

镜头视听感知模拟	视觉模拟	视觉	构图：取景与构图
			光线：灯光照明
			色彩：化妆、美工、特技、服装、道具、烟火等
		视力	短镜头
			长镜头（10秒以上）
		视角	远景、中景、近景、特写
		动觉	客体的运动　演员表演动作
			主体的运动　摄像机拍摄动作（推、拉、摇、跟、俯、仰）
	听觉模拟	音乐、音响、对话、插曲	
剪辑时空感知模拟	在场模拟	蒙太奇组接	轴线规律、动静组接规律、无缝剪辑
		叙述性蒙太奇	平行式，交叉式，对话式，积累式
		表现性蒙太奇	对比式，隐喻式，抒情式

正是这样一种对"在场"的渴求，驱使着电影向完整地模仿感官的方向发展。声音与色彩先后出现，紧随其后出现的宽银幕、立体电影、全息电影技术、立体声影院技术，身体在场的感官体验似乎正在一步步还原再现，创造出了全方位完整地模仿身体感知的影像，完美地拟仿了人的视—听感官，连贯的立体画面，让观众感受到"身临其境"的"真实"的在场感；更为重要的是，镜头不仅拟仿了人的眼睛，甚至赋予了人以上帝的全知视角——从宏观场景到微观世界，镜头帮助肉眼几乎无所不能见，人的视觉感官得到了极大的延伸；而蒙太奇更给人

带来"穿越时空"的感官沉浸性，人们把影像还原为感觉和感觉的不同组合形式，以来自感觉的观念去把握对象，而不是理性的天赋原则，因而更加具有"真实"的在场体验感，影像所反映出来的甚至比其自身的生活更"真实"。

虽然银幕上的全部运动现象实际上是跳跃的、不连贯的，但观众却仍然把影像意识为一个统一、完整的动作连续。这是因为，影像媒介不仅是生理上"视觉滞留"原理起作用，更是依主体意向的"心理认同"起作用的。观众的自我与银幕中的影像混同，在人物和观众之间似乎是直接的关系，直接的接触。影像瓦解了艺术与观众思维之间的距离，邀请人们积极的感觉上的参与，引导他们认同这种表达性的影像，通过"我"的拟仿意象与影像之间的情感关联，实现"此在"的"我"与影像彼此融合，允许它们将他们引领到它所表达的存在境界。观者不自觉地沉浸其中，这是一种对在场体验的全面的拟仿。表达人类欲望的影像充当了映照出主体自身欲望的"镜子"。

影像因其与现实生活的高度逼真性，似乎消解了"符号"的媒介性。但是，不得不正视的问题是：当观影结束、影院的灯光亮起时，观众又从影像的幻象中回到了现实。影像仍然脱离不了符号艺术那种"隐喻性"，影像媒介语言系统本质上仍然是改头换面了的"情感的形式"，人们的"在场"体验在观影后结束，"拟仿"仍然不过是拟仿，体验仍然是"离身性"的。这个遗憾，只有在数字媒介达到成熟后，才有了能够得到补偿的机会。

三 虚拟艺术的"沉浸"与"具身"体验

与影像技术一起到来的，是现代化工业大机器时代。机械—电力、新材料大大延伸了人的感官和感官的能力。然而，正当人们享受技术带来的身体延伸（甚至替代身体）与欲望满足的快意时，却发现我们的身体今非昔比。我们有时变得像那个电影里的"剪刀手"爱德华，一双剪刀手（按：隐喻各种科技能力）有能力让生活美得如梦如幻，却也可以让我们陷入无法融入人际、无法融入社会、无法融入自然的窘境。

图 5 - 6 电影《剪刀手爱德华》剧照

243

技术源于身体层面也必须回归身体。强烈的异化感催逼着技术再度面向我们的身体、感官及感受。计算机、互联网、交互技术、遥在技术、虚拟现实等数字技术可以说是向着回归身体的节节胜利。当前，新技术再一次大幅度地延伸了我们的感官，同时也使我们再一次调整着我们"身体"的"姿态"。从身体出发，再回到身体，人类已经历了几千年的轮回，技术和工具的发展呈现出向着"身体"的螺旋式回归。

1965 年，萨瑟兰在计算机图形处理（IFIP）研讨会上，发表了题为"终极显示"（The Ultimate Display）的演讲，描绘了一个把显示屏当作观察虚拟世界的窗口，通过这个窗口观察者有身临其境的感觉的愿景。20 世纪 80 年代，美国计算机科学家加隆·兰尼尔（Jaron Lanier）提出了"虚拟现实"（Virtual Reality）的设想，通过建构一个计算机所表示的三维空间资料库环境，用户可以置身其中，并通过眼、手、耳或特殊的空间三维装置，将自己"投射"到这个环境中，并操作、控制环境，与这一虚拟环境中的事物进行视、听、触、嗅、"漫游"等简捷、自然的感知交互活动，让人们在合成的环境中获得"进入角色"的体验。这一畅想迅速发展成为由高性能计算机系统、人工智能、计算机图形学、人机接口、立体影像、立体声响、测量控制、模拟仿真等技术综合集成的虚拟现实技术系统。

虚拟现实技术的革命性在于以下几个方面。

第一，从技术上彻底打破了符号媒介所制造的屏障，从根本上提供了全部感官"在场"的可能性和"透明性"，改变了过去人类除了亲身经历，就只能通过媒介才能了解环境的模式。身体不仅回到了"在场"，而且增强了"在场"的行动力，通过"虚拟实在"技术控制并不"在场"的事物。如 NASA 的 Ames 分部研制出的"虚拟界面环境工作站"（简称 VIEW），工作人员可以借此操纵月球或火星上的物体，通过"在此"观察、伸手、抓住和移动那些"遥在"的目标来完成任务，还可以"进入""虚拟现实"中去体验与现实完全相同的感觉，主体在虚拟的世界图景中获得"遥在"的信息和感官体验，进而支配他的思想和身体的运动，其重大意义在于，它向世人呈现了一个开放性虚位以待的虚拟世界。

虚拟现实技术之前，任何"再现"技术都只是对真实世界的某种模仿式的展示，再现的世界无论多么逼真、多么精彩，它都只是既成的、固定的、不变的，人们只能作为单纯的接受者的被动存在，作为旁观者去欣赏它，却无法作为参与者"进入"其中与之交互。在虚拟现实系统中，人是该系统的一个环节，在接受虚拟系统提供的各种感官信息的同时，人基于过去的经验、现时的体验以及虚拟系统的输出，经过判断和决策而对系统进行操纵和控制，艺术也由静态的表达进入动态的生成。

　　第二，虚拟现实技术增强了感官感知，颠覆了人类感官的感知经验。不断涌现出来的视觉设备、听觉设备、触觉设备，这些穿戴式设备将人的视觉和听觉感官不断增强，甚至代之以计算机产生的"感官"，身体通过穿戴设备的反馈信息在虚拟空间中的活动，不仅能感觉到实在世界，而且也能感觉到实在世界中不存在的事物。与此同时，人们也开始尝试另一种意义的交互性环境——计算机作为受动的主体接受来自人体的信息，人体的自由移动成了计算机要阅读的文本，计算机追踪着用户的身体，将人的运动综合到虚拟环境中去，被捕捉的主体的身体信息输入计算机，对虚拟环境中的物体产生即时的作用，计算机随即更新了主体的身体和主体所看见、听到并触摸到的综合世界的信息。这是依靠自然法则和自然选择绝不可能得到的结果。

　　第三，"虚拟实在"不仅体现着"实在"的特征，而且还通过 VR（虚拟现实）、AR（增强现实）、MR（混合现实）等技术实现超时空的"虚拟实在"——不断生成中的融合现实。拜尔卡在 1995 年指出："当今的虚拟实在已经跨越了一个门槛，这是一个心理学的门槛，在这一点上我们的感觉系统如此地沉浸在模拟之中，以至于使用者开始有种'存在'在那里的感觉。"[1]"虚拟现实技术中人与虚拟环境的交互作用，在本质上意味着它不是预成的而是生成的，不是因循的而是创造的，'构想性'所要表达的正是该技术的这一禀性。"[2] 世界是大脑根据自己所得到的感官信息建造起来的结构，如今，我们可以通过虚拟技术，建构一个"虚拟"却"实在"的世界。与此同时，集成各类传感技术的泛在智能环境越来越具有"透明性"，身体的每一个行为都会被泛在智能环境随时捕捉，进而随时更新主体的身体和主体所看见、听到并触摸到

<hr>

　　[1]　Biocca, F. and B. Delaney, "Immersive Virtual Reality Technology", F. Biocca and M. levy, eds. *Communicatin in the Age of Virtual Reality*, Hillsdale, Lawrence Erlbaum, 1995, p. 124.

　　[2]　曾国屏等：《赛博空间的哲学探索》，清华大学出版社 2002 年版，第 66—67 页。

的综合世界的信息。

总之，虚拟现实技术显示出这样一种努力：不仅要从视觉、听觉、嗅觉、触觉上来全息、立体地再现身体感官和客观实在，更要探索如何让主体能够与这些再现的现实产生如同真实世界那样的互动效果。从再现现实（原本的仿像）这一起点出发，虚拟现实技术走向了无须"原本"的"虚拟实在"。基于数字技术的"身体+"沉浸在不断生成中的"现实+"，正在改变人们被媒介艺术塑造的"离身感知"模式，我们再一次调整着我们"身体"的"姿态"，力图使身体重回到感知比率的平衡，重新获得"具身"体验的审美感受（见表5-3）。

表5-3　　　　　　　　审美要素的变革与审美体验的转向

技术与艺术		感知模式			审美体验		
身体感官技术	歌—舞—戏剧艺术	身体互动三维时空	现实真实性唯一性	身体感官	交互在场	（人—身体）→世界	具身体验
感官媒介技术	文学—造型艺术	符号静态二维/三维	能指现实象征性意象性	部分感官	心理意象	（人—媒介）→世界	离身体验
	电影—电视艺术	影像动态二维/伪三维	现实镜像反思性复制性	格式塔移情联觉	拟仿意象		
传感技术	电子游戏艺术	仿真虚拟互动超维时空	虚拟现实交互性创造性	身体+虚拟感官	交互"在场"沉浸	（人—技术身体）→世界	"具身"体验

Virtual Reality 本是一个技术名词，钱学森先生建议把 Virtual Reality 叫作"灵境技术"，由它构成的信息处理环境称作"灵境"。这是对这一技术最富有诗意的描述。虚拟现实艺术的体验超越了身体艺术的时空局限，超越了符号艺术的媒介框架，人类与技术作为一个统一体，在技术与自然融合的世界中，再次获得了"具身"体验的审美经验。

第三节　技术革命与审美范式的嬗变

经典的美的范式被公认为是"古典主义"的，如恩斯特·贡布里希（1909—2001），他将西方艺术审美范式分为公元前 600 年到罗马人征服西方这段时期的希腊艺术，以及从公元 1000 年前后到 1900 年的西欧艺术。这两部分中间，"艺术发展完美的高峰"分别是从伯里克利到亚历山大大帝的几个世纪的古典希腊艺术，和公元 1500 年前后的意大利盛期文艺复兴艺术。因为，二者皆因"保持了客观的真实性"的伟大贡献被尊为"古典"艺术。其实，古典时代的希腊艺术已达到了完美，这种观念早在奥古斯都、屋大维的时代就已经形成了，普林尼和维特鲁威的著作中都表达了这种看法，并在之后被广泛接受，以古希腊艺术和文艺复兴艺术作为艺术美的标准，那些不能纳入这个标准的艺术，如罗马式、哥特式、风格主义、巴洛克、罗可可和浪漫主义等都被称为"非古典"艺术（《形式与规范》）。这是以"模仿"说为根基的研究进路，以"真实性"为艺术美的标准，以古典主义为审美标准，也是最为普遍接受的划分方法。

但这种方法显然局限在一个微观的、古典中心主义的局面中。更加具有宏观历史主义视野的是黑格尔（1770—1831）。早在 18 世纪，他以"美是理念（idea）的感性显现"为基本出发点，将艺术放在宏观的历史框架中加以考察，发现"美"不是静止的、永恒的，而是发展的、变化的。美的 idea 在其发展过程中"自分化"为三种由低到高的不同阶段，分别为象征型艺术、古典型艺术与浪漫型艺术。

"象征型艺术"阶段，理念还没有定性，理念"把自然形状和实在现象夸张成为不确定不匀称的东西，……企图用形象的散漫、庞大和堂

247

皇富丽来把现象提高到理念的地位"①。如原始时代夸张的艺术形式和
庞大的神庙、墓陵、神像。理念超越有限事物的形象，其意义是抽象的
也是朦胧的、象征的。当"理念自由地妥当地体现于在本质上就特别适
合这理念的形象"时，"理念就可以和形象形成自由而完满的协调"②，
"内容和完全适合内容的形式达到独立完整的统一，因而形成一种自由
的整体"③，创造出"具有无限的安稳和宁静，十全的福慧气息和不受
阻挠的自由"④。如臻于完美的古希腊艺术表现的和悦静穆的古典美，
就是"古典型艺术"的典范。浪漫型艺术在突出精神性之时又越出了
这种统一。中世纪以来的艺术，由于更加关注丰富复杂的内心生活，必
然要择取精神的表现方式，"不再涉及对客观形象的理想化，而只涉及
灵魂本身的内在形象，它是一种亲切情感的美，它只按照一种内容在主
体内心里形成和发展的样子，无须过问精神所渗透的外在方面"⑤。回
到内心世界，回到心灵和情感，这就形成了浪漫型艺术。"精神如果要
获得完整与自由，就须使自己分裂开来，使自己作为自然和精神本身的
有限的一面和原来本身无限的一面对立起来。……通过精神本身的分
裂，有限的，自然的，直接的存在，自然的心，就被确定为反面的，罪
孽的，丑恶的一面，因此，只有通过克服这种反面东西的，精神才能摆
脱本身的分裂而转入真实与安乐的领域。"⑥ 20 世纪前后的现代派、后
现代派艺术所表达出来的荒诞、丑，以及美学中的审丑，仍然是西方浪
漫艺术惯性的余续，以打破和谐的动荡之美为其理想，依然印证着黑格
尔对浪漫型艺术本质的分析与判断，体现着西方艺术审美"逻各斯"的

---

① ［德］黑格尔：《美学》第一卷，朱光潜译，商务印书馆 1979 年版，第 96 页。
② 同上书，第 97 页。
③ 同上书，第 157 页。
④ 同上书，第 227 页。
⑤ 同上书，第 290 页。
⑥ 同上书，第 280 页。

发展路向。总之，"这三种类型对于理想，即真正的美的概念，始而追求，继而到达，终于超越"①。黑格尔宏观的历史分期揭示了西方艺术精神的嬗变，可谓独具慧眼。

但是，黑格尔并没有回答"理念"存在的理据问题，同柏拉图的理论一样，"理念"只是一个先验的抽象存在，黑格尔所有的理论推理和历史逻辑，都是建立在一个先验哲学的基础之上，这在实践美学看来，以抽象的哲学概念为依据进行的历史思辨是缺乏现实存在的理据的。当我们尝试将隐在的"技术"纳入实践美学的领域，可以发现，技术不仅构成了人们的生存模式，而且也是构成代表一定社会历史阶段总体价值的一部分，因而具有社会集体性，该价值对于其当代审美思想具有规定性作用，并围绕这一核心价值形成特定的审美标准、审美理想和审美范式。

从技术革命来看，古代技术的动力机制是体力，人力技术创造了以人的身体感官尺度为标准的审美尺度；现代机械动力技术的变革，创造了以机器尺度为标准的审美尺度；而当代则主要体现在控制技术的变革方面，控制技术创造了以"自由"为尺度的审美尺度。总之，技术塑造着人的感官比率，不断调整的"合适"的"感知比率"，创造出"合适"的审美尺度，是"美"的事物存在的条件。我们把符合人的身体感官尺度的艺术称为古典艺术，符合机器尺度的艺术称为现代艺术，符合"自由"尺度的艺术称为当代艺术。整个审美的历史就是古典美学、现代美学、当代美学审美范式发生、发展、更替的历史。

一　工具—材料革命与古典美学

直到18世纪，人类的活动方式与文明初期的人们相比并没有什么

---

① ［德］黑格尔：《美学》第一卷，朱光潜译，商务印书馆1979年版，第103页。

本质的不同，他们建造房屋的材料、驮运人和物的牲畜、驱动船只的帆和桨、缝制衣物的纺织材料、照明的蜡烛和火炬几乎都没有什么大的变化。究其原因，是因为技术要素中的动力水平决定了其发展的缓慢速度。材料取自自然，加工出自体力，控制信息身手相传，控制方法是经验性的，正因如此，手工技艺时代几乎与人类造物历史一样漫长，这一时期可以统泛地看作古代技术时代，古代技术创造的审美标准，必然受制于"人"的尺度。

（一）人的尺度与美的比例

在远古时代，"……第一个需要确定的具体事实就是这些个人的肉体组织，以及受肉体组织制约的他们与自然界的关系"①。肉体组织——人的生理结构、心理功能、生命活动等自然存在的规律和需要，就是人类造物活动的前提和尺度。

例如：当手在劳动中形成拇指与其他四指对握的"圆"的结构之后，五指对握的"手"就成为一种标准，一种尺度，适合手的结构的圆形的棍棒和石器，会使人产生"适悦"的情调。当被"手"强化起来的眼睛再看到这种"圆"的结构，内心就会本能地涌起爱悦的情感，而这种情感反过来又强化了人们对"圆"的一种追求，它促使人们打掉或磨掉石器表面不顺眼的起伏，从而使之看起来符合"圆"的形式。另外，趋向光洁化的石器又成为唤醒视觉快感本能，并将其提升为审美能力的物质力量②。这是一种相互作用的审美体认，感官也是在这种相互作用中产生出来、发展起来，成为能够审美的感官，"主体的、人的感性的丰富性，如有音乐感的耳朵，能感觉形式美的眼睛，总之，那些能成为人的享受的感觉，即确证自己是人的本质力量的感觉……人的感

----

① 《马克思恩格斯选集》第1卷，中共中央马克思恩格斯列宁斯大林著作编译局编译，人民出版社1995年版，第24页。

② 刘骁纯：《从动物的快感到人的美感》，山东文艺出版社1986年版，第129—153页。

觉、感觉的人性，都只是由于它的对象的存在，由于人化的自然界，才产生出来的。……因此，一方面为了使人的感觉成为人的；另一方面为了创造同人的本质和自然界的本质的全部丰富性相适应的人的感觉"①，造就了以人的感性为基础"审美尺度"。

到了古希腊、古罗马时代，"人的尺度"已经从萌芽状态明晰起来，最和谐的比例存在于人体，人体是最美的，人体及人体的比例已经被总结为艺术创造的理想尺度和重要准则。古罗马建筑师维特鲁威在《建筑十书》（公元前32—公元前22）中十分系统地总结了古希腊建筑经验和罗马建筑的美学原理，认为建筑应该仿照人体各部分的比例关系。比例（ratio）是一系列理性主义的（rational）数的和谐，建筑的整体、局部以及各个局部之间、局部与整体之间的均衡与比例，必须有一个共同的量度单位——人的尺度。古希腊—罗马建筑的柱式——多立克柱式和爱奥尼柱式，就分别体现了男、女、少女人体的比例与美。

"人的尺度"是古典美学的基本原理。作为衡量美的标准在传统时代成为金科玉律，凡是不符合人的尺度的艺术都被认为是怪诞的、丑陋的。文艺复兴时期的瓦萨里（1511—1574）批评哥特式建筑是"通过毫无理性的秩序、处理不当的手法、拙劣不堪的设计、离奇荒诞的发明、了无优雅的优雅、糟糕透顶的装饰来建造"的，因为哥特建筑完全不像人的身体一样是个有机整体。文艺复兴时期，以人体为尺度的思想深入人心，达·芬奇根据维特鲁威在《建筑十书》中的描述，绘出了完美比例的人体——著名的"维特鲁威人"（1487年前后），这幅图画也成了古典主义的象征。与哥特式的"堕落"——夸张的、不对称的、奇特的、轻盈的、复杂的和多装饰的，高耸、阴森、诡异、神秘、恐怖特征——形成强烈的对比，布鲁内莱斯设计的佛罗伦萨大教堂，试图寻

---

① 《马克思恩格斯选集》第1卷，中共中央马克思恩格斯列宁斯大林著作编译局编译，人民出版社1995年版，第125—126页。

求不带神秘色彩的、合理和更富于人性的表现方法，创造了"和谐"的数字、比例和分布，因其适用、得体、理性、简洁、纯洁、端庄和高贵的美感，被誉为世界上最美的教堂，其和谐优雅的古典样式充满了人文理性的特征，成功地表述了古典设计的审美风格，使人们通过认识在空间中无所不在的简洁的规律和比例去把握建筑的奥妙，获得宁静平衡的感觉。继文艺复兴以后，17、18世纪，强调古典法则的审美标准逐渐被接受和理解，并终于被整个欧洲乃至世界接受。对古典艺术的理解，对精致教养的获得，对典雅整饬的追求，对古典比例与装饰的得体传统的深化，最终形成古典美学的主流思想，铸成了古典美学的经典范式。尽管在其后出现过巴洛克、洛可可等违背古典美学原则的风格，但是很快被新古典主义思想，以及回归"原始时代的质朴"，单纯而雅致的装饰风格，强调理性、自然与道德的本原状态相一致，追求"因单纯而美丽""因合宜而优雅"的古典理想的思潮代替。18世纪中叶，艺术史学家、考古学家温克尔曼作为一名古希腊文化的崇拜者，极力推崇复归古希腊艺术的宁静单纯，他的短语"高贵的单纯，静穆的伟大"成了新古典主义的口号，同时也可以说是古典艺术美学最高理想的高度概括。

（二）感官经验与感性的"灵韵"

经过手工创造的艺术品是独一无二的。首先，艺术品是由具有丰富经验、技术熟练的手工艺匠人进行的，传统的艺术家是"全职"的，他们完全控制手中的工具和作品，从创意到创造，其过程是融为一体的，即便是像建筑这样的大型艺术品也是如此。个体的生命体验赋予作品审美和象征的意义内涵，为作品涂上了一层独一无二的"灵韵"。

其次，每一件艺术品的创造都是建立在经验基础上的。艺术家应用简单工具并靠自己的体力操作完成，因此，在创造过程始终保持着人的体力活动和精神活动之间、自然与人之间的交互关系。艺术家对材料的操作经验，意味着对于材料本质的把握过程，是人与自然的相互作用和自然向人的转化，从材料的选择和加工，到整体的成形和试用，手工艺人是根据自己头脑中的意象作为蓝图，通过自己的加工进行制作，因此他可以把个人对产品的期待、个性和感受物化在产品形式中，体现了手工技术设计的经验性和身体体验特征。

二　机器动力革命与现代美学

古典主义美学在 18 世纪达到成熟，同时也伴随着工业革命的到来而走向完结。18 世纪之前，人类在生存环境中进行适应性创造活动，所用的工具无论是石制、木制、铜制还是铁制，都是体力为动力的工具。事情到了近代发生了根本性的改变，技术开始了"科学化"，在科学规律指导下形成技术原理，创造了基于有意识地自觉地运用自然规律的技术发明——机器。

253

图 5 – 7　1851 年水晶宫博览会内景　　图 5 – 8　1933 年布鲁克林桥上的城市景观

机器与工具的本质区别是机器创造出人力所无法企及的动力，它是一种强大的动力机，功率大、效率高。1851 年 5 月 1 日，第一届世界博览会在英国举行。展厅里面巨大的气锤、由蒸汽驱动不断运作着的火车头、开槽机、钻孔机、纺纱机、造币机、抽水机等，无一不展现着工业革命的实绩。这一变革非同小可，人类创造史发生了质的变化。动力越来越不依赖人类劳动，劳动取得了机械形态，大规模的工业、庞大的城市、大量的人口、大量的资源开发、大量的新材料发明成为现代社会的基本特征。

电力技术的发明更是全面革新了人们的时空感受。电光使夜如白昼，电力使生活加速。新材料和造型技能迅速成为现代性的表现和体现。机械化、电气化的技术革命带来的世纪之交的重大变化是整体性的，大型火车站、大跨度的桥梁、吊桥、大空间建筑的支撑材料都由铸铁做成——传统的建筑尺度受到了极大的挑战——古典主义为建筑的拱顶确立了人的尺度，现在，铁的应用威胁着这一尺度，搅乱了价值的等级秩序。城市环境在视觉形象和物质构造上的转变，全面改变了世界的面貌，这一切也以各种方式改变着人们的日常生活经验，又改变着城市体验者的感知尺度。

254

新尺度是在反技术的浪潮中建立起来的。

以诺斯摩尔·普金（1818—1852）、约翰·拉斯金（1819—1900）、威廉·莫里斯（1834—1896）为代表，对机器可谓深恶痛绝。诺斯摩尔·普金认为机器与其产品——如钢铁的建筑和桥梁，是非艺术的劳动，这些机器产品对 19 世纪的人是严重的扭曲。约翰·拉斯金认为，一个不用自己双手而使用其他的装备来构造自己精神造物的人，只要他愿意，他甚至也会给上帝的天使装上令人生厌的器官，让他们能更轻松地歌唱（《建筑的七盏明灯》，1849）。他们认为，机器生产的精密物是单调的、死气沉沉的，机器产品与手工艺品相比，就如同机械地背诵韵文与声情并茂地朗读诗歌，一个是生机勃勃的生命，另一个则象征着死亡；人是不愿意以机器的准确性来工作的；手工艺体现了人性自由，是生命的表现，无拘无束的、生机盎然的，机械的"完美"性必然抹杀人性。拉斯金忧虑地看到，机器造成阶级分化与阶级仇恨，机器助长了社会贫穷、不平等和苦难，而这样的社会又把人变成了机器。所有经过机器冲压的金属，所有人造石，所有仿造的木头和金属——我们整天都听到人们在为这些东西的问世而欢呼——所有快速、便宜和省力的处理，那些以难为荣的方法，所有这一切，都给本来已经荆棘丛生的道路增设了新的障碍。这些东西不能使我们更幸福，也不能使我们更聪明，它们既不能增加我们的鉴别能力，也不能扩大我们的娱乐范围。它们只会使我们的理解力更肤浅，心灵更冷漠，理智更脆弱①。莫里斯甚至认为，作为一种生活条件，机器生产完全是一种罪恶。

然而，历史证明，工业革命和机器不仅创造了新的生存模式，而且改变了人的感知模式，塑造出新的审美范式。

1890—1910 年间在西欧各国，蔚成风气的"新艺术"运动以一种欣然接受的姿态，积极使用曾因伦理上的疑虑而被拒绝的现代材料与技术，并且探索了各种形式的美感，成为传统主义向现代主义转变的中介环节，在新材料、新技术条件下创造出新形式。法国建筑理论家维奥莱 - 勒 - 杜克（1814—1897）热情赞扬工程技术创新带来的丰功伟绩，和钢铁之用于建筑所带来的巨大变化，在他看来，火车的机车简直就像一个生物，它的外形完全就是它力量的表达。因而，一辆机车无疑是存在着风格的……它的真实面貌就是它那粗犷野蛮的强劲力量。铸铁结构也应有独立的规则和美学原则。就是拉斯金、莫里斯们，最终也无可奈何地承认了机器的力量，不得不承认，我们应该成为机器的主人，把它用作改善我们生活条件下的一件工具。

在现代工业革命凯歌高奏的过程中，现代美学终于打破了古典美学的壁垒，建立了机器理性主义的美学范式，同时艺术也以现代主义的方式，反思着机器时代对人的异化。可以说，是现代技术将艺术带入了现

---

① E. T. Cook，"Alexander Wedderbum"，*The Works of John Ruskin*，London & New York，1903—1912，p. 219.

代主义美学时代。

（一）机器尺度与现代理性美学

第一，理性：感性"灵韵"的黜退。

瓦尔特·本雅明（［德］Walter Benjamin，1892—1940）在摄影技术出现时，就敏感地发现，机械"复制"技术对艺术最大的影响是消弭了艺术的"灵韵"。而这一点，在工业机器大规模袭来的时候就显得更加全面而深刻。传统时代世代相传、师徒相传的诀窍和技巧，在近代特别是现代技术中已被精确的机器测量、控制取代，机器生产消除了手工艺所能产生的各种感性经验的因素，对生产工人来说，他只是在工业生产所限定的状态下通过对机器的操纵发挥作用。以生产"流水线""可互换零件"的生产系统为代表的"美国制造体系"，标志着现代大生产的到来。勒·柯布西耶将人的尺度转换为"模度"，"模度"思想符合机器的尺度，是现代主义建筑的基础原则，他设计的马赛公寓，被认为是"新的世界感受，是全人类社会平等"的表现。

流水线祛退了感性的"灵韵"，但增加了科学的"精度"。批量生产、低成本材料、机器冲压技术，启发了注重实效、外型单纯的理性主义的现代美学。

第二，新材料：自然"温度"的消退。

新材料与新技术不仅带来新的结构，也带来新的美学。比如，钢与玻璃材料使建筑的实墙消失，导致美学惯例的转变；作为第一个完全人工合成的新物质，酚醛塑料（1907，美籍比利时人列奥·亨德里克·贝克兰发明）打破了以"真实"与"伪造"为核心问题的传统美学与社会界限，传统手工艺以真实的材料进行创造的时代和方法原则正在消解。

新材料不是自然物质，失去了自然的"温度"。但是，自然"温度"降了，人造的"适度"却升温了。很多强度高、重量轻、韧性大、色彩丰富的复合材料如聚乙烯、聚丙烯、玻璃纤维等相继研制成功。模仿性极强的合成材料越来越多起来，这些产品通过大批量的机器生产满足了普通大众的需要。玻璃纤维及其成型技术，廉价而百变的铝等轻型材料技术，使人造产品得到了极大的改观，进而改变了人们日常生活的感知经验。虽然人造材料造成了客观真实性的缺席，但是，塑料、尼龙等人造材料体现了"物质等级的消除"，进而也加速解构了传统社会的等级、知识阶层等级、性别等级，重构着社会结构；新材料利于根据理性结构原理创造出完全实用的设计。人的感官对它的适应和调整也改变了人的感知比率，人造材料给人们带来前所未有的感知体验和生存体验。艺术家关注设计的合目的性和舒适性以及大众的审美觉醒，艺术家向死的机械产品注入灵魂，再度实现了艺术与技术的新统一，树立了机器尺度。

第三，功能性：形式"象征性"的隐退。

技术发明与生产能力的成果，使人们产生了一种强烈的信念，相信科学和理性的力量能将世界改造得更好。这是 20 世纪早期现代性的一种核心意识形态特征。强大的动力和巨大的钢铁结构，给了建筑师新的关注点，建筑师更加注重"用什么制造""为什么而制造"，重视在技术上的合理化和效率，运用理性，从功能和技术上找出最佳解决方案。1896 年，芝加哥学派的建筑大师沙利文（1865—1924）提出"形式永远服从功能，此乃定律"，要"创造一种适宜于其功能的建筑"，这随即成了 20 世纪功能主义的口号。他设计的摩天大楼，外立面建立在一个完全相同的单元基础之上，以方柱把窗户分隔开，外观产生简洁的节奏感和前所未有的整体性，成为一个线条一致的单元。法国设计师勒·柯布西耶（Le Corbusier，1887—1965）将自己设计的住宅建筑称为"Citrohan"（来自雪铁龙 Citroën 汽车的谐音），他认为，在机器社会里，一切设计品都是为人的机器。弗兰克·劳埃德·赖特（Frank Lloyd

257

Wright，1896—1959）宣称民主建筑的梦想只有拥抱机器才能实现，将建筑形容为"纯净而简单的机器"（《机器的艺术与工艺》，1901）。维也纳建筑师阿道夫·卢斯更是语出惊人，他宣称工业时代，装饰就是一种犯罪。装饰是对劳动力的浪费和对材料的亵渎，装饰的落后是一种更高级文明的表现（《装饰与罪恶》，1908）。装饰——传统艺术中重要的象征性因素，就这样被机器制品精确的结构、标准化的部件、简洁规则的造型、一目了然的功能取代。

总之，机器表现出一种强有力的革命性理念，简单和精确既是机械制造的功能要求，也是 20 世纪工业效率和力量的象征，功能性的追求表达出机器之美的现代性。从另一方面来看，去除装饰的标准化生产，也取消了阶级差别，它本身就向人类许诺了一个可感可知的、理想的乌托邦形式。

第四，机器美学：机器尺度与现代理性主义的建立。

1923 年，法国建筑设计师勒·柯布西耶出版了《走向建筑》（在 1927 年的英译名为 *Toward a New Architecture*），把机器之美和古典之美同等强调，将古希腊的帕提农神庙与雪铁龙汽车相提并论，在他看来，帕提农神庙是一个建立已久的标准的结果，其后的建筑都是在这个标准化的基础上建造的。他说：现在，"一个伟大的时代已经开始了。在这个时代里存在着一种新的精神"[1]。

柯布西耶设计了理想的"光辉城市"，它是高度集中化的"机器时代的机器"，处理得当、秩序良好、环境和谐的城市，可以建立人类、机器和自然和谐相处的新秩序。它们按照新的功能要求而设计，只受到经济因素的约束，因而，更加具有合理性。它们的美学原则是独特的，并不跟随古典艺术的美学原则，机器时代，人们面对这种新的技术状况

---

① 转引自邵宏《西方设计——一部为生活制作艺术的历史》，湖南科学技术出版社 2010 年版，第 311 页。

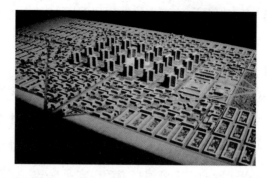

图 5－9　柯布西耶"光辉城市"（1930）

应该建立机器美学的立场和原则。20 世纪 30 年代以后，以新材料与工业相关技术的"好设计"为代表的"机器艺术"不断涌现，立足于使用目的的精致和理性的优雅，随后也成为大众拥趸的、具有普适性的机器美学，机器美学成为新人本主义的象征。

（二）非理性主义与现代派

1909 年未来主义诗歌运动准确地把握了时代的脉搏。意大利青年建筑师安东尼奥·圣·伊利亚发表了《未来主义建筑宣言》（1914 年 7 月），宣言说：历史上建筑风格的更迭变化只是形式的改变。因为人类生活环境没有发生深刻改变，而现今这种改变却出现了，因此，未来在混凝土、钢和玻璃组成的建筑物上，没有图画和雕塑，只有它们天生的轮廓和体形给人以美。这样的建筑物将是粗犷的像机器一样简单，需要多高就多高，需要多大就多大……20 世纪初期迅速发展起来的美国成为新时代的成功样本。"最华美、世界上最引人注目"摩天大楼如雨后春笋般拔地而起，金字塔状的台阶式造型和放射状线条等艺术装饰、造型语言，被作为"现代感"的标志而到处使用，流线型设计给人以速度感和机器的活力感，成为速度和现代精神的象征，表达对技术和速度的赞美，成为走向未来的标志。

机器以它的实际功效和成果建立了以美国各大城市为代表的现代大

都市，但是，这种由机器构建的宏大世界，并未实现人类、机器和自然和谐相处的新世界的诺言。

弗列兹朗（Fritz Lang）的《大都会》（*Metropolic*，1926）描述了100年后冷酷、机械、工业化社会场景——城市拥挤不堪，人与机器相互依存，高耸入云的摩天大厦，蜿蜒连绵的架空天桥……这正是20年代大城市的投影。大都会里，上层社会的资本家建立并策划了整个城市赖以运转的庞大机器，生活在富丽堂皇的摩天大厦之内；像牛群一样的劳动阶级日夜维护机器并居于黑暗的地下城，最终工人暴乱，试图彻底摧毁弗莱德森的机器世界。电影形象而深刻地反映了机器助长了社会贫穷、不平等和苦难和造成阶级分化与阶级仇恨的社会现实。

图5-10　《大都会》剧照（1926）

"重"工业和"重"金属的力量对人的压迫之深重，在艺术大师卓别林（Charlie Chaplin，1889—1977）的影片《摩登时代》（1936）里被揭示得极为深刻。人和机器不仅存在激烈的冲突，而且机器甚至把人也变成了机器。男主角是这个时代的悲剧代表人物，电影里，主人公作为不断加快的流水线上一个环节，被卷入巨大的机器齿轮中的场景，"吃饭机器"不住扇打和他脸上惊恐悲戚的表情……这些情节无不反映了机器时代给人类所带来的恐惧与打击。

正当现代美学刚刚建构起机器美学的框架，已经有艺术家向机器美

图 5 – 11 《摩登时代》（1936）剧照

学本身发起了挑战。

　　勒·柯布西耶，这位 20 世纪 20 年代机器美学奠基人和宣扬者，他那"住宅是居住的机器"的宣言犹在耳，现在又提出"建筑只有在产生诗意的时刻才存在"。1955 年落成的朗香教堂，一反勒氏早年的如萨伏伊别墅（1928—1930）那样的简洁明净的风格，从外观看上去，平面上无规律，立面上无章法，其陌生感、惊奇感、突兀感、困惑感，复杂、怪诞、奇崛、神秘、朦胧、恍惚、变化多端的建筑形制，形象怪诞，超越常规、超越理性。这一切都无法用建筑的结构学、构造学、功能需要、经济原理、建筑艺术的一般规律加以解释。他说，这座教堂像听觉器官一样的柔软、微妙、精确和不容改变，它象征人与上帝声息相通的渠道。这可以说是对他前期机器理性主义的否定。同样的，1966 年罗伯特·文丘里夫妇以"少即烦"（less is bore）否定了密斯·凡·德·罗的"少即多"（less is more），意大利建筑师鲍洛·索莱里、卢森堡的克里尔兄弟用"功能追随形式"否定了沙利文的"形式追随功能"，如此等等。1972 年，一座美国圣路易市现代主义建筑——普鲁蒂 – 艾戈住宅（山崎实设计，1955 年完工）被炸毁，它是按照机器美学的原则建立的，曾被视作人类最理想的居住环境，它的炸毁，被美国建筑理论家和环境规划师查尔斯·詹克斯看作现代主义建筑死亡的标志。

　　机器美学正走向死亡，与此同时，另外一项技术发明——摄影技术，其所拥有的复制能力使得原本与摹本没有了区分，彻底瓦解了古典主义的"原本"—"模仿"—"再现"—"真实性"的美学结构。而近代以来康德的主体性哲学，叔本华、尼采等人的非理性哲学，心理学特别是弗洛伊德心理分析学派的影响下，艺术转而着重于内心的"自我表现"；艺术表现包括机器社会带来的危机感、异化感和荒谬感，反映人与社会、人与自然、人与人、人与自我四种基本关系的矛盾，以及现代人的困惑和精神危机。野兽派、立体派、未来派、达达派、表现派、超现实主义、抽象主义、波普艺术等，他们叛逆传统，以虚无主义、神秘主义和悲观主义、个人主义的非理性主义，和惊世骇俗的艺术实践，最终形成了 20 世纪 20 年代至 70 年代遍及全球的现代派艺术及其非理性的后现代主义，导致了现代以来思想、意识、价值观念、审美范式的变革。

三　信息控制革命与当代美学

自 20 世纪 70 年代始，一种新的控制技术诞生了，世界文明大张旗鼓地进入了信息革命时代。以电子计算机为核心的信息控制技术正在从根本上改变传统生产、生活和社会文化的面貌。而根本地改变艺术的是，信息控制技术为艺术提供了一个强大的媒介平台，和智能交互方式的可能。古典主义和现代主义、后现代主义都成为传统。艺术从艺术家的手中解放出来，成为一种具有直接交流能力的大众主义和多元化艺术（查尔斯·詹克斯 1977 年出版的《后现代建筑语言》）。相较于现代艺术，后现代美学和当代技术一起，瓦解了传统美学的"永恒""本原""中心""主客二分"的"距离"的核心问题，重新建构了美学框架。

（一）去"永恒"的活态生命形式

首先，后现代主义解构了传统美学推崇的永恒的比例或永恒的静态美。20 世纪六七十年代，英国建筑团体"阿基格拉姆"成员彼得·库克的"插入式城市"（Plug-in City，1963—1964），没有建筑，只有框架，可供标准化构件随时插嵌拆换。功能不再是形式满足，而是通过机械的和电子的服务得以实现；布莱恩·哈维和罗恩·赫伦的"行走城市"（Walking City，1964），可以整体迁徙到资源丰富的地方，被传统西方文化视为象征着永恒的建筑物竟然可以是一种活态的"生命体"，其超前的想象在当时看起来是怪异而荒诞的。在21世纪信息控制技术成熟的今天有了实现的可能。信息控制技术条件下，"交互艺术"应运而生。由作者制定规则、设定框架、提供元作品，交互技术鼓励访问者参与其中，参与者有选择的权利。受众能够通过参与影响艺术的创造顺序、情节、状态，艺术作品形态的最终形态由访问者决定。总之，信息控制技术自身的特性，使参与者有条件全身融入其中，与技术系统，甚至和他人产生互动，而非仅仅是远距离"观看"、不同参与者的行为导致同一件作品的不同呈现结果，是受众个体意识的直接转化，出现独特的、个性化的全新产物，表现出个体化的关系、思维与经验。艺术不再是纪念碑式的象征物，不再是一个既成品，而是一个生命有机体，古典艺术、现代艺术只允许受众从旁静观，而当代技术美学则推崇活态生命的互动美。电子艺术的瞬间性和经验性构成了当代艺术的精神本质。

（二）去"本原"的"非逻辑"仿象

对于古代艺术来说，一切艺术创造都缘起于对"本原"的模仿，模仿是最基本的逻辑，"本原"是艺术的终极价值；现代艺术将"本原"转化为现代技术的科学理性，一切符合科学理性的艺术才是最美的艺术。后现代艺术则将本原与理性逻辑进行了解构，如伯纳德·屈米（1944—）设计的位于巴黎的拉维莱特公园（1987），采用了多种组织规划原则，公园各部分之互相碰撞、彼此抵消、互相妨碍并互相破坏，各体系之间仿佛不再有逻辑关系，偶然性和变动感觉成为结果的决定因素，其无序、随意、不确定性造型象征了对自然、社会和人自身复杂无序的本质。

如果说解构主义建筑艺术是在形式层面解构了理性逻辑，那么，后现代的视像文化则更加彻底。以 1955 年开幕的美国主题公园迪士尼乐园为标志，它颠倒了文化形成的一般程序，传统的惯例倒置——二维的迪士尼动画世界在现实空间中得到了"再现"，从"想象"创造真实，从纯视觉创造物质——"仿像"代替了"本原"，"真实"与"人造"变得越来越难区分。20 世纪 60 年代末，以法国哲学家德里达（1930—2004）为代表的解构主义者对这种逻各斯中心主义的理性主义思想传统进行了深刻的批判。后现代艺术以一种无序的非线性逻辑向现代理性主义发起了挑战。"真实"已死！波德里亚的惊呼可谓振聋发聩，传统的逻辑被倒置。在传统的模仿艺术观念中，一个形象（摹本）的创造是和特定的原本（模特、风景等）密切相关的，两者之间永远存在着差异，机械复制时代则不再依循某种原本来复制，而是自我复制。数字技术时代是代码的形而上学，正如波德里亚所指出，"本原"与"仿像"之间的关系"不再是原型与仿造的关系，既不再是类比，也不再是反映，而是等价关系，是无差异关系。在系列中，物体成为相互的无限仿象"①。此"仿象"已非彼"仿像"，"仿象"起源于 0 与 1 这"二进制系统那神秘的优美"，"所有生物都来源于此；这就是符号的地位，这种地位也是意指的终结"②。"仿象"是一种模拟符号的生成模式，它与现实具有同一性。艺术不再只是一个"本原"的"仿像"，它就是本原的真实存在。

（三）去"中心"的大众狂欢

传统的古典美学是传统中心—边缘的古典结构，对传统社会起到至关重要的文化一体化的整合作用。后现代主义已经对这个"中心—边缘"模式发起了挑战。20 世纪 60 年代以来，当工业技术遇到大众消

---

① ［法］波德里亚：《象征交换与死亡》，车槿山译，译林出版社 2006 年版，第 76 页。
② 同上书，第 82 页。

费，Pop、Punk 等流行文化掀起的大众狂欢，抛弃了古典规范，而艺术家们以复归历史和地方性语言解构着传统的真理，同时也瓦解了西方中心主义和传统价值观。华裔建筑师贝聿铭（1917—2019）的大卢浮宫金字塔（1989），把最富现代感的玻璃、钢铁和最具历史感的金字塔象征形式统一在一起，与古典的卢浮宫建筑群相映照，传统与现代、西方与东方文化特质的强烈反差，创造出一种超越时空的意象。

如果说解构主义艺术家还是运用传统的符号意象发起对传统的挑战，那么，信息控制技术则是将这一进路推进到了实质性进展。互联网是一个重构等级、跨越国界、没有中心的自主式的开放平台。信息自由流动、用户自主使用、传播自媒体化……"自"突出了"个人"的特色，突出了"自由"的特征，使人鲜明地感知自身的存在。传统社会，理性、整体性、中心—边缘的二元性、结构性等组成的固化框架，以及所有现代主义所渴求的理性主义与普世性，在人人参与的互联网时代悄然瓦解。大众价值观念越来越成为世界的一部分，互联网的舞台上演的是大众的狂欢。

（四）去"远"的能力解放

"远"是空间的，也是时间的，"远"是束缚人的身体能力的客观条件。这是传统物理时空的感知尺度。信息传输技术、互联网和赛博空间，给了人们"去""远"——消除时空距离的能力，是对人自身能力的空前解放。正如迈克尔·海姆所言："虚拟世界的最终目标是消解所泊世界的制约因素，以便我们能够起锚。"①

网络、虚拟现实、智能手机……这些随处拥有、便利、便携的智能化工具，不断增长着人们的能力，人们的生活模式发生着重构，人的整个感觉正在发生着一场彻底的革命，网络空间、数字信息和人类知觉的

265

---

① ［美］迈克尔·海姆：《从界面到网络空间》，金吾伦、刘钢译，上海科技教育出版社2000年版，第140页。

结合地带，成为人类文明的新的基质，展现出崭新的生存世界图景。当技术过程可以自动化进行，人获得了创造性利用自己能力的条件，当人与机器的联系获得一种自由的形式，意味着人类向着艺术化理想性生存又迈进了一大步。

当然，也许当人们沉溺于技术营造的虚拟世界里享受沉浸的快感时，有可能正在落入新技术的囚笼，迷失其中，找不到通往现实世界的出口，但是，如麦克卢汉所言：艺术可以"培养出对抗延伸和新技术的免疫机制"。艺术与审美永远是技术的良心，技术革命演进中审美范式的变革，意味着人类文化的发展始终面向着属人的本性及其最终的完善。

本章小结

艺术由界限之上的显性形态和界限之下的技术机制构成。构成技术的基本要素——材料、能源动力、控制三大要素的变革，决定了艺术的存在形态、艺术形态的时态和艺术形态的维度的变更。因为技术三要素在各个时期中起到不同的主导作用，艺术史可以划分为古代艺术（以材料革命为主，动力革命次之）、现代艺术（以动力革命为主，材料革命次之）、后现代艺术（以控制革命为主，材料革命次之）。艺术形态的变更，势必重塑人类的感知比率，进而改变人们的审美经验。"审美"是感知尺度和感知模式，以及形成"美感"的方式。

从身体技术创造的歌（乐）舞身体艺术、感官媒介技术创造的符号—影像艺术到传感技术的电子游戏艺术，感知比率发生了巨大而深刻的变化。从身体在现实时空中真实性、唯一性的感官交互，到符号媒介艺术中对现实镜像的反思性，及其象征性、意象性的感知格式塔（移情或联觉），再到"身体"（包括虚拟感官）在虚拟现实的虚拟交互，技术源于身体层面也正在向身体层面回归。审美体验经历了身体体验、离身体验到具身体验的嬗变。数字化所构造出来的感性逻辑之真，完成了对身体的感官真实、符号的逻辑真实的超越。

技术是构成一定的信念、价值的手段，对于其当代审美思想具有规定性作用，因而具有社会集体性，形成一定的审美范式。古代技术的动力机制是体力，人力技术创造了以人的身体感官尺度为标准的审美尺度；现代机械动力技术的变革，创造了以机器尺度为标准的审美尺度；而当代则主要体现在控制技术的变革方面，控制技术创造了以"自由"为取向的审美尺度。从古典美学、现代/后现代美学到当代美学，审美范式的更替表征着人类生存模式的变迁。

新创造出的技术形式根本上同山脉、河流、冰河时期以及行星的诞生一样是自主的。通过这个过程，进行中的创造的惊人范围得到了加强——这是我们见证，不，参与协作的创造。这是个宏大的命运，积极参与创造，让我们造出的东西留在可见世界中，以不可思议的自主力量持续运转下去。这是凡人在尘世中最伟大的体验。

——弗里德里希·德绍尔

第六章 增强感官技术与当代文艺理论的"经验转向"

第一节 从模仿到虚拟:感官技术的汇聚与感官的增强

在前数字化时代,感官技术分别从身体感官的各个层面去模仿其原理,试图还原身体在场的感知并开拓其能力。但是,在传统媒介技术条件下,事实并不如人愿,相对于视觉和听觉,触觉、动觉等近身感官或内部感官的能力并没有增强,这些感官能力甚至因为视听感官的增强而被削弱。人类超越现实的愿望只能寄托于"仿像媒介"或"意象媒介"来实现,虽然其完美的幻象具有强大的媒介力量,但只能通过迷惑人们的感官,引导甚至控制观众的感知或行动,人们根据场景或形式的逻辑,通过联想和想象实现最大的内在意识力量,才能达到身临其境的效果。"媒介"作为一个中介系统是永远无法消除的,媒介制造的沉浸,其实对感官具有"欺骗性",人终究受制于中介系统的制约而只能羁留于现实的物理时空。

历史的进程在 20 世纪下半叶发生了重大的改变。进入数字时代,虚拟技术通过信息控制技术,使意识中的超越变成了现实中的行动,"超现实"的生存成为一种身体力行的生存方式和实践方式。数字技术集成、综合了一切已有感官技术，集计算机软硬件技术、人工智能、电子学、传感技术、智能控制、心理学及多媒体等技术于一身的数字技术掀起了一场颠覆性的感官技术革命，体现出向着创造全面的、全新的感官技术模式发展的趋势，提供了感官和感性的真实体验，以及"等同实在"甚至超越"真实"的存在。当今时代的人们正身处新技术创造出的生存模式之中，参与并经历着前所未有的创造，新的艺术形态正在形成，人们同时也经历着数字艺术所带来的前所未有的非凡体验。

一 技术的返魅：感官技术的汇聚

人们习惯将人类的技术时代划分为"前现代技术"（以手工工具为标志）、"现代技术"（以机器为标志）和"后现代技术"（以信息技术等"高新"技术为标志），并认为前现代技术时代比现代技术更人性化、更社会化、更具不确定性从而更富神秘性的"魅力"，认为现代技术是"祛魅"的时代[①]。

在我们看来，前现代技术时代就是身体技术时代，现代技术所"祛"之"魅"，就是在技艺同根共体的身体技术时代，伴随着"技艺"的产生和发展并附着其上的人的情感、欲求以及人的身体感官经验——"感性"的烙印。"人"的"感性"之"魅"被现代技术的明晰性、准确性、精密性、必然性、统一化、标准化去除；现代工业生产过程中，产品被分解为片段，被解释为规则，人在流水线的某个环节上重复零件的加工和单一的动作；对人来说产品只是材料、尺寸和比例；机器、人与产品是隔膜与冷漠的，个人并不理解劳动的产品，产品无关个人的需求，只有效率和准确。这样的情形被生活于 19 世纪机器时

---

① 肖峰：《技术的返魅》，《科学技术与辩证法》2003 年第 4 期。

代的托马斯·卡莱尔准确地描述为："如今不仅外在与物质方面由机器所操纵，内在与精神方面也是如此……这种习惯不但规定了我们的行动模式，也规定了我们的思想与感觉模式。人的手固然变成机械，脑和心也是如此……他们的整个努力、寄托、看法都转向机器，而且全部具有机械性质。"①

于是，机器从技术上摒弃了"感官性"，成为"祛魅"的技术。"机器速度和生产速度内在地主宰着现代社会的生活，现代社会就此变成了一个机器社会——不仅是人们的生活离不开各种各样的机器，不仅被这各种各样的机器束缚，而且人们的生活本身就表现出机器的性质。生活实践不再是根据个人的欲望而表出一种偶发性，而是遵循一种非人化的机器模式：循规蹈矩，充满计算——所有这些都表现出机器的可操纵性特点。人最终陷入了机器的统治中——也因此陷入了机器速度的统治中。"② 机器与人的结合，虽然增加了人的能力，但感官被异化，被刻上了机械的痕迹，人们对机器强烈的依赖感加速了人们自身能力的退化。本雅明从艺术的技术化倾向发现这个异化现象，惊呼机械复制技术将艺术带入了一个"灵光消逝的时代"。艺术在技术化的浪潮中也未能免于"祛魅"的命运，这也是 19 世纪以来现代派艺术的宏大背景。

但是，人类必须正面技术给人类社会带来的一切状况，"迎向灵光消逝的时代"（本雅明）是我们必须采取的从容态度。冲突、消融、转化是人类历史不断循环上演的史剧。当代，对于技术来说，必须关注如何使技术真正成为属"人"的感官技术。感官也从现代心理学之初的单一式研究，到 20 世纪 60 年代初，被确定为处理嗅觉、听觉、视觉、

---

① ［英］雷蒙·威廉斯：《文化与社会》，高晓玲译，吉林出版集团有限责任公司 2011 年版，第 108—109 页。

② 汪民安：《感官技术》，北京大学出版社 2011 年版，第 76 页。

味觉、触觉的整体，八九十年代，艺术广泛讨论身体与技术的关系，到2013年，人体的五感——听觉、嗅觉、视觉、味觉、触觉都已经可以通过信息技术模拟实现了——多维的感官技术发展最终汇聚为一种新的技术形态，这就是虚拟技术。

我们可以回顾一下虚拟技术发展的历史。依照感官技术的视角来看，通信技术是听觉—视觉的远程传输技术，显示技术是听觉—视觉的空间临场技术，传感技术是身体在场技术，三者汇聚于数字时代，就是交感技术的数字化。我们用简单图表的方式大致勾勒出感官技术（书名号内为艺术产品）在20世纪中叶以来汇聚的盛大场景（见图6-1）。

虽然挂一漏万，但却力图一目了然。通过以上的图示可见，感官技术发展的总体趋势如下。

274

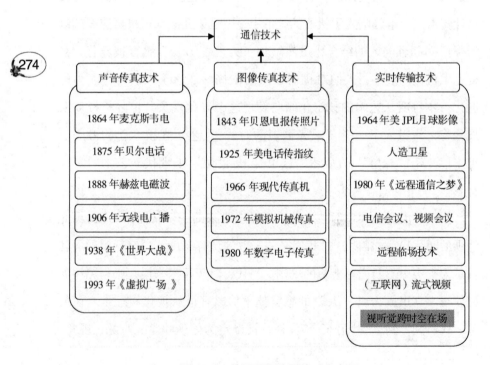

图6-1 从远程通信到跨时空在场

（1）通信技术：从声音技术走向声像技术——部分感知觉的跨时

空在场；

（2）显示技术1：从显示声像走向控制声像——身体的模拟在场
（见图6-2）；

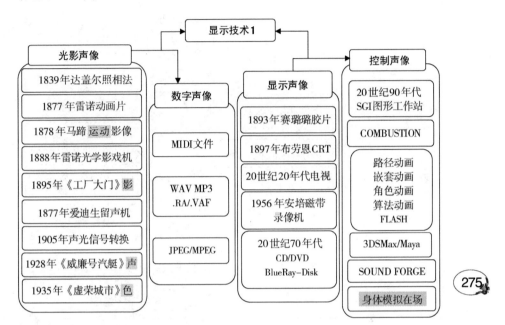

图6-2　从显示声像走向控制声像

（3）显示技术2：从模拟声像走向虚拟声像——身体的"在场"
（见图6-3）；

（4）传感技术：从身体感知走向身体交互——身体的远程临场
（见图6-4）。

通信技术是物质媒介的视—听感官技术的电子化，显示技术是视—
听感官技术的动态影像化，传感技术不仅是视听传感技术的数字化，而
且实现了身体触觉感官技术的数字化，各种感官技术终于汇聚为虚拟技
术，感官终于再度成为一个整体。虚拟现实技术的主要特征被定义为沉
浸性，沉浸性是视、听、触、味、嗅等感官各要素的"在场"感，感
官技术的汇聚构成了虚拟现实（见图6-5）。

275

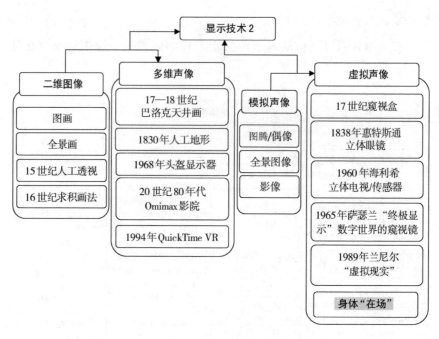

图 6-3　从模拟声像走向虚拟声像

276

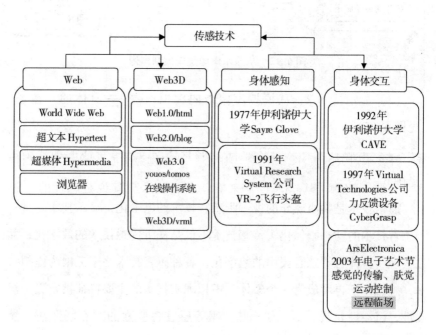

图 6-4　从身体感知到身体交互

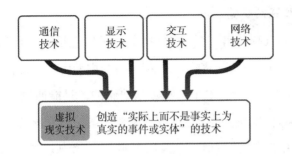

图6-5　虚拟现实技术：感官技术的汇聚

总之，20世纪下半叶以来，一切感官技术的发展呈现出万流汇聚的趋势，感官技术的汇聚、身体的超越性存在、身体感知比率的再平衡，这一切寓示着感官技术融合、成熟的新时代，"在人类虚度了理性时代之后，再次发现了我们自己"①。"以信息技术为标志的新技术时代的到来，正在改变上述情况，使技术越来越具有人性化、艺术化等'返魅'的特征。"②

三　技术的赋魅：感官能力的增强

人类创造了技术，技术也创造着人类。作为"后现代技术"，虚拟现实技术不仅回归感性，而且强化了感官感知能力。从没有一种技术像虚拟技术这样有意识地设计成人类感官的延伸。技术的人性化、艺术化意味着技术对人的关注。"用户为中心""体验为中心"已经成为当代技术的核心问题。从这一点上来看，虚拟技术与其说是感性的"返魅"，毋宁说是人本的回归与人性的"赋魅"。

21世纪以来，感官可以说是在环境精心培育后的感官，增强的感官不仅感觉能力得到提升，而且更具有活力。

① ［英］罗伊·阿斯科特：《未来就是现在：艺术，技术和意识》，袁小潆编，周凌、任爱凡译，金城出版社2012年版，第88页。

② 肖峰：《技术的返魅》，《科学技术与辩证法》2003年第4期。

（一）增强的嗅觉

人无法与气味分离，"有些气味甚至可以直接触碰到我们的心灵，决定着人们对事物好坏的判断，气味有关我们的生活，爱，恨，厌恶与欲望"①。但是，传统艺术中，嗅觉是缺席的，只能通过符号媒介的联想意象来体味。现在，感觉艺术家西塞尔·图拉斯开发出一种新的语言NASALO，用来描述"闻"的感觉逻辑，有效地表达气味的情感②。2013 年 3 月佛罗里达奥兰多举行的 IEEE 虚拟现实大会上展示出日本人发明的一种"发出气味的屏幕"（smelling screen），在二维显示屏上小范围散发出气味，让用户感觉到气味好像是从屏幕上某个特定区域发出的，如屏幕上的汉堡的气味③。2013 年 4 月，Google Nose 测试版，用户可以通过闻一闻的功能来进行信息搜索④。2016 年，杭州的"气味王国"⑤ 发现物质气味的"基因图谱"，通过纳米技术及对精密电磁微控技术的研发应用，利用独立装置实现气味传输与复现，建立、编制了庞大而缜密的"数字气味字典"，通过 DSP 自动控制、气味还原、HIFI 嗅频装置、气味传感器、气味配比、数字排序系统等技术，可以为人们提供完善、成熟、具备沉浸感的极致嗅觉体验。

（二）增强的听觉

"声音艺术"近年来更受关注，成为"当代艺术的实验场"⑥。如德国声音艺术家库碧诗（Christina Kubisch）的"电子漫步"项目⑦，通过

---

① http：//xn-btry2dz25ap0g. com/Suskind P, *Perfume. The Story of a Murderer*, New York：Alfred A. Knopf, 1986, p. 161.

② Caroline A Jones, *Sensorium—Embodied Experience, Technology and Contemporary Art*, Mit Press / Mit List Visual Arts Center, 2006, p. 7.

③ http：//phys. org/news/2013-03-tokyo-smelling-screen-demo-scents-virtual. html.

④ http：//www. google. com/landing/nose/.

⑤ http：//www. google. com/landing/nose/.

⑥ 雅昌艺术网，雅昌艺术网专稿《纽约现代艺术博物馆将举办首个"声音艺术展"》2013 年 4 月 8 日，http：//news. artron. net/20130408/n434683. html.

⑦ 搜狐《德国第一代声音艺术家"电子漫步"项目国内首秀，带你感知城市中隐秘声音》2018 年 10 月 29 日，https：//www. sohu. com/a/272038640_ 197308。

特制的电磁耳机,将城市不可见的电磁波转换成可听的声音,人们带上耳机以"电子漫步"的方式,以"倾听"的方式感知城市中的隐秘声音,通过亲身体验的方式,反思环境的变化甚至恶化。美国声音装置艺术家迪马利尼斯(Paul DeMarinis)的镭射声音装置经典作品《阿尔法拉比算盘上飞舞的萤火虫》(*Firefiles Alight on the Abacus of Al_Farabi*,1993),利用声波震动的导引镭射光束映照出微妙的视觉图腾,建立了古代与当下的自然与科学的奇异声光对话艺术形式。荷兰艺术家海德(Ediwin Van DerHeide)的作品《超越扩音器的世界》(*A WorldBeyond the Loudspeaker*,2003)将 40 个独立的扩音器连接成一面音墙,艺术家以荷兰海边收录的声音谱成长曲,将声音视为发展作品的过程,以转义或诠释来表现其特质。

(三)增强的视觉

视觉艺术是最古老也最重要的艺术。数字时代,视觉艺术形式得到空前的发展,如 3D、4D、IMAX 和全息投影等影视技术的出现,使我们可以如现实中一般观看立体图像。这些技术的出现也产生了新的视觉艺术创作形式,例如:2008 年 3 月,在韩国首尔的生活展览馆中,米开朗基罗开口向观众介绍他的技艺特点,古埃及纸纱草纸画上的人物自己解释"生死的秘密"——静态的画作肖像都"活"了起来,这是 3D 技术、全息技术和声音技术融合的产物①。虚拟现实(Virtual Reality)和增强现实(Augmented Reality)技术,使用户通过手机、电脑、iPad、头盔等外部设备直接看到虚拟的物体。2012 年 4 月 4 日,谷歌公司在其社交网络 Google + 上公布了名为"Project Glass"的电子眼镜,它是一款经典的增强现实产品,戴上这款"拓展现实"眼镜,用户可以用自

① 2008 年 3 月 19 日 CCTV. com 报道《韩国:全息影像艺术展古代艺术家能说话》,http://www.cctv.com/program/dysj/20080319/104293.shtml。

己的声音控制拍照、视频通话和辨明方向①。

（四）增强的触觉

随着移动网络、数字电视网络及互联网技术的三网融合，催生了以触觉传感为特征的"物联网"时代，这意味着人类的感知模式正在发生着继"视觉转向"之后的"触觉转向"②。科学技术的发展不断增强触觉感知度。2011 年 7 月德国科学家菲利普·迈特纳多佛（Mittendorfer P.）开发出一种能让机器人产生多种感觉的"电子皮肤"。这种"皮肤"不仅能够帮助机器人更好地适应周围的环境，也使其成为能够获得实时的"自体感受"的触觉主体③。2011 年 10 月，迪士尼研发中心和卡耐基·梅隆大学的研究者在美国计算机协会计算机图形专业组年会（SIG-GRAPH 2011）上展示了一种"环绕触觉"的技术，利用人脑的错觉来模拟更真实的触觉，让人离虚拟世界更近一些④。

（五）增强的味觉

味觉是最难模仿的人类感觉。1997 年，莱金、路德尼兹卡亚、乌拉斯夫等（Legin A.，Rudnitskaya A.，Vlasov Y.，et al.）发明了电子舌（Electronic tongue），用以品尝识别饮料⑤。2009 年，钟海军、田师一、邓少平发明了智舌（Smartongue），以非修饰电极组成的传感器阵列为基础，应用组合脉冲弛豫技术，结合特定模式识别系统，能对酒、饮料及茶等液体食品进行整合特征评价与检测⑥。2013 年 2 月，MIT 媒

---

① http：//baike. baidu. cn/view/8293822. html.

② 王妍、吴斯一：《触觉传感：触觉意象到虚拟触觉》，《哈尔滨工业大学学报》（社会科学版）2011 年第 5 期。

③ Mittendorfer, P. , Cheng, G. , "Humanoid Multimodal Tactile-sensing Modules", *IEEE Transactions on Robotics*, 2011 (3): pp. 401 – 410.

④ 中国投影网投影资讯，http：//www. ty360. com/2011/10/2011_ 1_ 45506. html。

⑤ Legin, A. , Rudnitskaya, A. , Vlasov, Y. , et al. , *Tasting of beverages using an electronic tongue*, Sensors and Actuators B: Chemical, 1997 (1): pp. 291 – 296.

⑥ 钟海军、田师一、邓少平：《智能型电子舌的虚拟仪器构建技术》，《仪表技术与传感器》2009 年第 10 期。

体实验室的科学家最近开展了一项名为"Tongueduino"的实验，人不需要吃任何东西，只需要将条状传感器含在嘴里，就能让舌头直接将各种滋味传送到大脑里面，让你体验到各种滋味①。

　　总之，在过去的几十年，身体所处的环境已经有巨大的改变。放大的、屏蔽的、信道的、模拟的、刺激的——我们今天的感官比过去的感官受制于更多的媒介，但是，我们的感官与传感设备的融合，使感官感受被放大，并与自我感觉同步。21世纪初，技术与身体已经融合为一种新的"技术感官"——我们的身体感官被各种因素影响着，我们身体的周围及内脏周围布满了耳机、触屏、传感器等各样眼花缭乱的新媒体，左右着我们产生各种新的观念和想法。技术"入身"构成身体的部分，我们的感官已经逐渐成为技术化感官，同时技术也成为"具身的技术"。正如罗伊·阿斯科特所言，从发展趋势来看，"我们的理解、认知及交流的技术——能够调节意识与构筑现实的复杂计算机系统的交界——越来越趋向于融入人体，甚至大脑之中。键盘和鼠标总有一天会成为历史"；他把"自然"和"人工"之间交界的部分称为"后生物体"②，我们理解为"虚拟身体"。"媒介"越来越透明了，当我们控制远程物体的时候，我们只注意到那个被操控的物体，而不是操控的那只手，如同我们在现实生活中那样。身体活动不再需要借助意识表象的中介，可以通过"本己"的具身体验来揭示它的存在。

　　技术使身体并非仅是世界中的物质存在，它绝不只是神经生理学意义上的身体，它可以通过增强的感官构建和阐释经验世界。后技术媒介下的身体是各部分没有紧密关系的碎片，因其是碎片的，就可以被反复改变、重组、锻铸。互联网、传感网使我们与外部环境之间的接口正变得日益数字化。自我与非线性系统、分层语言、意义操控、直觉提升和

①　http：//www.cnbeta.com/articles/227194.html.
②　［英］罗伊·阿斯科特：《未来就是现在：艺术，技术和意识》，袁小潆编，周凌、任爱凡译，金城出版社2012年版，第79页。

自我创造能够产生互动的有趣游戏，取代了线性系统、严谨的因果关系和分析的必然性①，"自我"和身体不必一定有一个对应的关系，一个人能够同时栖居于真实世界与虚拟世界，在同一时间既可以待在这儿也能到其他任何地方去，这使得我们产生了一种新的自我意识以及新的思考与感知方式——赛博知觉（Cyberception）。赛博网已经成为我们感觉器官的一部分。如今，经验通过远程通信技术得以与大家分享；赛博知觉甚至将使用者的实践经验提升到了超越自我的地步，超个人艺术、通信技术、分享、合作，这类技术能使我们自我转化、表达自己的思想、超越自己身体的极限。任何接入网络的接口都会产生一种虚拟的临场效果；赛博知觉将会作为我们的心与眼，为我们测量它未知的表面。每个人都是连接体。……赛博知觉集合了概念与知觉的过程，在此过程中，远程通信技术的网络联结性起到了作用②。互联网允许我们用数字存在的形式来交换和共享我们的身体体验，我们能够交换和共享"身体体验"或"生活体验"的"感官数据"，虚拟现实已经成为身体交互关系的另一种形式。计算机数字技术也从"桌面"抵达人的皮肤和身体，深入我们居住的物理环境，身体不再是存在的肉体的边界。

总之，技术正在"向内部移动，侵入、重构并愈益支配身体"，正在打造出我们的"技术态身体"③。这一切都拜信息控制的增强感官技术所赐。"身体（Body）此前为自然属性，现在是仿生改造的站点，在这里我们可以重新创造自己和重新定义什么是人类。"④

---

① ［英］罗伊·阿斯科特：《未来就是现在：艺术，技术和意识》，袁小潆编，周凌、任爱凡译，金城出版社2012年版，第71页。

② 同上书，第85—86页。

③ ［英］克里斯·希林：《文化、技术与社会中的身体》，李康译，北京大学出版社2011年版，第188页。

④ ［英］罗伊·阿斯科特：《未来就是现在：艺术，技术和意识》，袁小潆编，周凌、任爱凡译，金城出版社2012年版，第94页。

第二节 虚拟技术:交感技术的数字化革命

虚拟技术将人类突破身体能力的欲望显露无遗,这提醒我们反思"是什么东西在虚拟与现实空间中控制着我们的自我创造"①。作为新媒体艺术之父,罗伊·阿斯科特的探索充满着敏感而又敏锐的先锋意识。他将研究的目光投向历史的深处,深入人类自己的内部历史,超越西方的形而上学,跨越文化,从传统西方哲学完全不同的维度与方法去观察,试图在原始文化和东方文化中,找到技术智力艺术进化属性的根源。为此,罗伊深入印第安群体的库苦鲁人中发现,萨满教巫师探索心灵空间和当代艺术家探索网络空间的经验之间存在着共性。从本质上说,在关注于远程交互性和联结性方面,萨满教是依赖互渗律,运用植物媒介作用于精神和心灵感应,当代艺术家则运用计算机远程技术,两者都是"用来延伸、转换或模仿人类心灵的技术";巫术的 VR (Vegetal Reality,植物现实技术) 与数字技术的 VR (Virtual Reality,虚拟现实技术) 同为"虚拟现实",前者是植物意象虚拟现实 (通过植物技术实现的意识转变),后者是技术智能的虚拟现实,而巫术是技术智力艺术进化的历史根源。如此,在萨满文化意识和远程通信文化之间,罗伊有了一个重要的发现,那就是,从哲理和技术方面来看,二者在构建现实世界方面,其手段和方式、工作原理和作用机制是毫无二致的②。当然,从媒介技术来看,Vegetal Reality (植物现实技术) 和 Virtual Reality (虚拟现实技术) 显然是不同的,植物现实技术是作用于精神的植

283

---

① [英] 罗伊·阿斯科特:《未来就是现在:艺术,技术和意识》,袁小潇编,周凌、任爱凡译,金城出版社 2012 年版,第 114 页。

② 同上书,第 145 页。

物技术——是致幻的、精神的；虚拟现实技术是交互式数字技术——是现实的、行为的。

罗伊还提出了建构现实的第三种模式——验证现实（Validated Reality），验证现实是反应机械技术——是单调、信仰牛顿学说的①。这一见解可谓目光如炬、洞幽烛微。三种建构现实的方法，为我们全面揭示出人类建构现实的技术方式及其本质，其文化学、人类学考察成果，为我们的研究提供了强大的科学理据、丰富的文献佐证，使我们确信研究思路的合理性。我们在第二章中，曾经就艺术的发生学问题进行了探讨，我们认为，原始巫术中的交感技术是最早的虚拟技术。依靠相似律、互渗律的心理机制，实现万物互联、远程呈现，创造了早期文明的虚拟现实；原始仪式上的各种艺术形式体现了虚拟艺术的本质——人类对理想性生存境界的建构；虚拟现实是人类凭借技术媒介与生存世界的信息转换和意义建构。在我们看来，早期仪式艺术酝酿了两个艺术媒介系统——模仿的和虚拟的，在不同的文明背景中形成了模仿艺术与虚拟艺术的审美偏向，以西方的模仿艺术和东方的虚拟艺术为代表，表现出人类创造艺术的双螺旋构象（当然这种双螺旋还体现在中观的民族艺术史和微观的媒介艺术当中），而在现代技术和信息技术带来的全球化背景中，模仿与虚拟、西方艺术与东方艺术，在数字时代发生了融合与交汇（详见第二、三章的分析）。而罗伊所提出的技术的"植物现实""验证现实""虚拟现实"，正对应着东方的"意象艺术"、西方的"模仿艺术"、当代的"虚拟艺术"。

尽管人类建构现实的方式在不同的文化地域、不同的媒介时代是不同的，但是，对现实性的超越——这是任何时代、任何技术背景中人类的共同愿望，无论是原始的 VR——"植物现实技术"，还是当代的

---

① ［英］罗伊·阿斯科特：《未来就是现在：艺术，技术和意识》，袁小潆编，周凌、任爱凡译，金城出版社 2012 年版，第 151 页。

VR——"虚拟现实技术",同样"涵盖了远程呈现、感觉渗透和非物质连接的整个本体论,这提供了完全从世俗物理的限制中解放出来的新世界构建"的手段与方法①,只不过,前者是非理性野蛮时代的超越方式,后者是历经了理性的技术革命,运用科学技术的模仿与仿真达成的超越。在生命体验的本质层面,数字技术时代网络空间的虚拟生存,与原始技术时代意象空间的虚拟生存、传统技术时代仿像空间的虚拟生存,在本质上毫无二致,超越现实所带来的高峰体验,在本质上是没有区别的。因此,虚拟技术是原始交感技术的数字化,虚拟艺术是超越现实的理想在数字时代的显现。

一 虚拟:从意象现实到身体现实

在前数字虚拟技术时代,由于技术水平和技术模式的局限,互动更多是停留在意识层面的,一切的交感技术都是以"心物互动"的方式实现的。

原始时代,巫术的效力主要发挥在意识的层面。巫师通过意识的非正常状态,"通过不同的眼睛观看世界,用不同躯体操纵世界"的超知觉(psi-perception),是一个双重目光的问题,能够立刻看见世界的内在现实和外在表面。在这样的文化活动中,意识占据了诸多领域②。这种意识活动使人有穿越现实、与各种不同时空中存在的实体或其他世界的神祇及现象进行多级层次交流的能力,将意象、过程、象征和隐喻联结为一个网络,并且把它们的效力编织到一起,建立一个万物互联的意识网络,"世界"是基于互渗律的虚拟交感和心灵建构的"意象现实"。

轴心时期以来,巫术中的神秘主义逐渐为成熟的人文理性所摒弃。

---

① [英]罗伊·阿斯科特:《未来就是现在:艺术,技术和意识》,袁小潆编,周凌、任爱凡译,金城出版社2012年版,第158页。

② 同上书,第118页。

但是，东方文化仍对运用超知觉的"双重目光"建构世界的方式情有独钟。在古代东方哲学家眼里，万物自然被描述为一个相互关联的完美网络，在这里所有的事物和事件以一种"阴阳""五行"的规则和无限复杂的"易"的方式相互作用。古代汉民族将宇宙四方、天地万物编织在互动变通的"象"之网络中，以"天象"为法象的人事世界的现象建构，以"数象"为易象的哲理世界的现象建构，以"乐象"为"秩序"的人伦世界的现象建构，形成了中国古代世界天、地、人三位一体的宇宙模式。"象"由观而生、由目及心，是对"道"的本质直观。"观象"这种心物互动的思维逻辑，形成了中国传统文化中的政治世界、哲学世界、伦理世界①。借助物质或符号搭建出"天人合一"的"意象现实"，世界呈现出灵动变易但又可以感知把握的稳定结构。在后续的艺术发展过程中，无论是绘画、书法、舞蹈、诗歌还是音乐制作，东方艺术始终坚持意象美学的审美情趣，强调写意传神的意象美，获得一种精神层面上"精骛八极，心游万仞""观古今于须臾，抚四海于一瞬"的超越与自由。在引入虚拟技术之前，"意象现实"始终是一种东方艺术的心灵建构。

技术的发展在 21 世纪似乎回归到原始巫术和东方意识那样一种万物互联的思维状态，因为计算机可以超光速地、整体地处理新物理学展现的非线性、不确定的、混杂和不连续的东西，如物质的潜在流动性、电子的不确定性运动、量子的不同声音、通道和转换。如今，行走在街上，你身旁边的一个任何场所都会很快成为网络入口，你不仅能感知物，也能够利用增强感官技术"看"到、"听"到不在场的事物，就好像你已经身临其境；计算机在智能化地自动处理那些我们视野之外、身体感知能力之外的连接、系统、作用力和场，物质环境因此也变得越来

---

① 王妍：《意象与仿像——艺术表意范式的中西对比与当代建构》，社会科学文献出版社 2015 年版，第 37 页。

越智慧，感知技术赋予物以"生命"，物能感知人，它们越来越能"听"到、"看"到和"感觉"到我们。只要你在线浏览新闻、商品，计算机察知了你的意识流程，你的一切意识过程都是可视的。每一个人的在线空间都是个性化的意识呈现。这是对我们传统感知和认知的进化性超越，是将"意象现实"付诸"身体现实"的一个普通的例证。虚拟技术让物有感知、有性格、有个性，建立人与物之间的沟通渠道。这令我们既存在于日常世界，也可以在同一时间访问多个截然不同的经验领域；不仅在心灵空间"出神"，还可以在计算机技术辅助下，通过超链接、传感和互动的途径，毫不费力地穿越网络空间，在同一时间把自己融入物质世界的结构中——在现实空间中"出场"，践履"正常"的经验领域，实现"真实"的"身体现实"。它不仅在意识层面，而且在身体层面，实现了对现实的超越。

　　需要强调的是，数字虚拟技术是运用计算（程序等）作用于人的交感技术，与以往任何交感技术相比，其革命性的区别在于，经过技术"赋魅"的数字交感技术，是精神的，也是身体的。虚拟技术实质上就是数字媒介革命时代的交感技术。换言之，人类一贯操之有素、行之有效地建构现实、超越现实的交感技术，在一波又一波科学革命、技术革命的浪潮中蓄积着能量，在数字时代羽化成蝶，终于将在"身体"的层面，实现对"现实性"存在的超越。

二　模仿：从再现现实到虚拟现实

　　与古代东方人不同，西方文化摒弃了感官的、非理性的因素，选择了思辨的、理性的思考路向。古代西方哲学家最终将意识与物质世界对立起来，形成了主客二分的世界观。一切知识都是从人对物的认知出发。他们仰望星空，谛视自然，运用观察和计算，为宇宙绘制出理想的和谐景象。他们不仅在数目和比例中看出幽深的本原之"相"，而且将

287

之作为整个世界存在的基础和原理。他们把世界分成"共相"与"现象"两个部分，认为现象世界是"共相"的"仿像"，人们可以通过观察现象中流动变易的"事物"——"仿像"来感知"共相"；这个世界是可能通过人们掌握的客观规律和科学规则加以验证的，通过科学验证，世界最终会呈现一个逻辑清晰的"验证现实"。

经历了漫长的经验积累，技术终于在 18 世纪这一百年中发生了华丽的蜕变。高歌猛进的现代技术，使人们越来越相信，通过几乎是臻善臻美的科学，借助越来越多的发明创造及观察测量的科学仪器，不用感官，单凭科学技术，就一定可以清晰、完整、系统地描绘出物理世界的图画，完美地解释所有已经观察到的物理现象，建构起因果"常识"中的宇宙图景，这一切加强了人类无所不能、对世界全面认知的自信。甚至在 19 世纪的最后一日，在欧洲著名科学家们欢聚一堂的时刻，英国物理学家威廉·汤姆生踌躇满志地发表演说称：以经典力学、经典电磁场理论和经典统计力学为三大支柱的、基础牢固、宏伟壮观的经典物理大厦已经落成，所剩只是一些修饰工作。

然而，事实上，科学大厦的建构工程并不像人们想象的那么井然有序和理想乐观。一种来自科学技术内部的喧哗声音越来越大。首先是天空飘过的"两朵乌云"（威廉·汤姆生语）：经典物理学家迈克耳逊—莫雷的观测"以太风"实验和卢梅尔等人的黑体辐射实验，最终酿成了一场颠覆经典世界观的风暴。包括爱因斯坦相对论、海森堡和薛定谔等科学家的量子力学、霍金等人的宇宙膨胀论，以及"自组织"和"耗散结构"理论、协同论和突变论、混沌论、分形论，这些理论将经典物理学"确定性"世界那纯净、晴丽、明晰的天空搅得波诡云谲。1996 年，伊利亚·普里戈金（［比利时］1917—2003）《确定性的终结——时间、混沌与新自然法则》一书宣布：从经典物理学到现代物理学，科学进入了非线性科学的时代。自组织和耗散结构，以及肇始于混沌概念的不稳定系统动力学，影响着从宇宙学到经济学、社会科学等所有科学领域的思想，旧有的思想秩序开始瓦解了。"确定性"终结了，世界是在恒常与变易过程中不断创生，由不可预测的新鲜事物组成，理性活动仅仅是人的意识活动的一部分，这是新的世界观的基本理念。

对于艺术来说，艺术品自然不再是"那边"的确定性的某样东西，不再是逻辑的、可分析、"可理解性"的；世界不再是一架静态的自动机，不再是决定论的、必然性所预言的世界；艺术不再能以"相似性"与"自然"相对应，世界也不再是被艺术以客观视角、多愁善感地憧憬着的梦幻般的理想化存在。

世界不确定了，本原不确定了，艺术作为"镜子"，模仿什么？如何反映？艺术遇到了的前所未有的迷茫。西方哲学家将目光投向了东方。在东方世界观中，早已存在的、一种与西方科学的经典还原论不同的整体自然观表明，确定性从来就是相对的。在东方哲学动态、变通、互动、互联的"易"世界观中，现实可以由不确定性的"象"的本质直观加以把握，这足可以为当代新感性、新美学提供新的理论依据。

如果说不确定性的"象"是"道"——真理的本质直观，也是意识层面的精神操作，那么，数字时代的信息技术，则有可能将这种世界观与方法论与大数据计算结合在一起，信息技术对处理现实世界中动态变易的、大量的数据十分拿手，转换信息的屏幕——虚拟现实的多媒体界面（端口）——"超媒介"——代替了"反映的镜子"，模仿的思路转向了对"过程""出现"的仿真，意识层面的精神操作实现了可视化、可感知化、可身体操作了。"赛博意识"和"双重凝视"给了我们如同原始巫术的经验和感觉，数字艺术不是对定局的验证，而是非物质、虚拟、超现实中瞬间的可能性概率和待发之势。"确定性"的标准不能适应这种环境。身体、欲望与意志一起，重新成为新艺术形态中起主导作用的力量，这力量是精神的，更是物质的。艺术不再是模仿了，

289

艺术表现出对模仿现实的超越。

《确定性的终结》的作者认为，我们愈益接近两种文化传统的交会点。我们必须保留已证明相当成功的西方科学的分析观点，同时必须重新表述把自然的自发性和创造性囊括在内的自然法则。这是一种跳出西方语境的科学的态度，决定论界定了我们是什么，不确定性解放了人类。人不仅是日常经验的现实存在，还是超经验的虚拟存在，生活在现实中，也生活在虚拟现实中。

从验证现实到虚拟现实，艺术不再仅强调主体对客体的模仿、验证与揭示，而更加注重仿真的虚拟现实。模仿不仅是外观的模仿美学，而且是模仿"关系"的"关系美学"；不仅模仿人对物的感知，而且使物智能化，让物感知人。虚拟现实不是静态的框架，而是能够回应我们的目光、感应热度、聆听声息、关注我们的肢体动作并做出应答。世界是一个感知我们、与我们互动产生的不确定的未知环境，并根据我们的行动随时进行微妙的智能转换的世界。人类的生存模式和社会结构、文化形式，将会因此而发生深刻的改变。虚拟技术的互联性（Interneticity）、连通性（Connectivity），"使我们能够从城市移到网络社区里，毫不费力地在真实和虚拟现实之间穿梭，在相同的连续体上实现真实身体和远程呈现的碰撞"①。在此，网络空间和意象空间合并，物质世界和虚拟世界融合并共同演化。模仿意味着感知的仿真，虚拟意味着行动的未来性；模仿是现实的外观体现，虚拟是蓄势待发的趋势的显现。艺术只有实现了这种"出现"过程的真实性，才终于摘掉了"镜子"的帽子，摆脱了"仿像"反映本质却又与生俱来的虚假性、谎言、伪装等悖谬的尴尬境遇。艺术建构是动态生长、不断涌现的、生生变易的变化现实（Variable Reality）②，

---

① ［英］罗伊·阿斯科特：《未来就是现在：艺术，技术和意识》，袁小潆编，周凌、任爱凡译，金城出版社2012年版，第95页。

② 同上书，第104页。

而不再是机械地模仿或验证静态的"确定性"的现实。

第三节 虚拟艺术:数字媒介革命与
文艺理论的"经验转向"

毫无疑问,虚拟技术是基于感官"在场"需求的感官媒介技术进化到 21 世纪的产物。如今,数字化的感官媒介技术已经与传统的感官媒介技术不可同日而语。当增强的感官和智能化的虚拟现实相遇,虚拟艺术的媒介形态发生了颠覆传统的变革。虚拟技术的概念力量和建设性力量影响深远,对于此前艺术"固有"的本质和时空形态认知都发出了挑战。科技为身体延伸和艺术探索提供了许多机遇,也为重新认识艺术提供了新视角。

291

一 从干媒体到湿媒体:虚拟艺术的技术革命

自从技术超越于日常生活的目的,其所创造的造物就具有了艺术的形式。而艺术凭借造物的形态,也便具有了象征与审美的意味。换言之,特定的造物作为情感—意志的"标本",总是一个有固定结构的有限物体或过程。在历史的深处,艺术如同在固定的时间节点上凝固的香料,每当人们对它进行审美观照之时,便会因心物的互动而散发出精神的芳香。现在,让我们看看艺术的形态发生了怎样的变化。

(一)材料:艺术媒介物质性的解构

传统艺术强调将理念加载在质料之上。乐舞、绘画、文学、雕塑、戏剧,以及盛放这些文化形式的建筑,都是由自然物——身体、石、骨、泥土、木材、金属等构成的,即便是电影、电视的动态影像艺术,也是由胶片等人造物所承载。远古时代的金字塔、中世纪的教堂及现代由钢铁和机器制造的"光辉城市",总是指向那乌托邦"理想王国"的美好。如今,正如罗伊所言:"艺术将日益出现于计算机空间和生命空间之间,处于电子和生命有机体之间,介于干的硅和湿的生物学之间,简言之,它将由处在无尽的科技智力环境中并具备联结和承担特性的湿媒体构成。"① 在数字技术中,计算机系统和生物系统融洽地结合在一起,"它正引导我们从迄今多媒体和生物媒体中分散的发展朝向湿媒体发展"②,罗伊所说的湿媒体,"是指包含计算机程序、硅屏幕和像素的媒体,它们分别为媒体提供了分子基础、生物化学基础和纳米科技基础"③。"湿媒体不是完全人工或者完全自然的,而是一种全新的物质,具有人工生命的属性。"④

"湿媒体"解构了艺术的物质性。虚拟艺术一方面整合了人类符号艺术和感知元素,另一方面超越了以往一切物质媒介材料,创造了全新特质的媒介——数字媒介(bit),它既不是自然物质的存在,也不是人造物质的形式,而是以代码的形式,将物质、身体(声音、手势、动作、感知)、图像转化为数字化的代码表达和形式,将物质和能量的存在方式转换为信息的数字化存在方式,花岗岩、混凝土、钢铁、玻璃等正在被悄悄解构为包括超光速路径、智能体结构及可变形的甚至非物质形态,画家也不再调和颜料,而是调整"像素",不再拘泥于构图,而是全息全元素视角构造虚拟空间,意象转化为真实的感觉之网(Sentient Net,罗伊·阿斯科特)。

虚拟艺术更着意于调动物质和力而不是质料和形式,其价值存在于永久变化之中而不是永恒的同质之中。21 世纪的艺术将更注重从物质

① [英] 罗伊·阿斯科特:《未来就是现在:艺术,技术和意识》,袁小潆编,周凌、任爱凡译,金城出版社 2012 年版,第 171 页。
② 同上书,第 150 页。
③ 同上书,第 164 页。
④ 同上书,第 150 页。

的作品创造向非物质的关系艺术、从面向模仿"本原"的艺术到面向"为感觉的"艺术的转变。

（二）动力：从人力、机械—电力到人工智能

直到18世纪，艺术的创造都是依赖人工的能工巧匠。18世纪以后，机器的出现和工业化进程，出现了以机械—电力为动力的新阶段，使艺术具有了前所未有的宏大、力量、速度、理性之美。到了20世纪中叶，这种机器美学在大众文化和波普艺术中悄然瓦解，以大众为中心的消费主义、非理性主义形成了后现代主义浪潮。伴随着计算机数字技术向着人工智能发展，当技术可以模仿人的意识，人们就已经不能容忍点击鼠标、触摸屏幕那种"我和机器在互动"的隔膜，"身体"再次来到了技术的前台。ECCEROBOT（Embodied Cognition in a Compliantly En-gineered Robot，具身认知的顺从机器人）① 非常引人注目，它不仅拥有一个能"反省"（自我错误修正能力）的大脑，还有着与我们高度相似的人造骨骼、关节和肌腱，从而能够完成各种复杂运动。在研发者看来，我们的生理结构会影响我们的思考，但如果没有身体，人工智能根本无法存在。机器需要拥有和人类一样的身体才能思考和说话。与剥离身体的"冷"认知相比，不使用逻辑或者其他表征、直接模拟人类与身体有关的功能（比如感知和运动），有"体温"的人工智能才是真正的仿生系统。与此相对应，这种有"温度"的情感也是人工智能必须重视的方面。如果说"反省"是机器人的"经验学习"，那么察言观色则是机器人的"情感计算"。真正的人工智能应该像人类那样，除了会从经验中学习之外，还会创造，即通过直觉和想象获得"灵感"或"顿悟"。因此，人工直觉和人工想象是情感计算的最高境界。仿生性一旦涉足意识与情感（这一相关需求、关乎人类意志的创造性活动），

---

① http：//eccerobot.org/.

293

艺术创造的动力就从机器再次回归了人本身。以建筑为例，比尔·盖茨的豪宅号称全世界"最有智慧"的建筑物，这是一个"既有丰富的感情，又有实用性；既有直觉性，又有组织性"①的建筑，它能读懂我们的思维和身体，是"有知觉"的智能建筑，体现出人工生命的"湿媒体"艺术特征。现在，至少有一点可以肯定，我们不再是和机器互动，而是在和智能生命互动。

（三）控制：从艺术技法到程序算法

艺术从产生之初，始终是一件有计划的自上而下进行的事物，规划和技法必不可少。传统艺术关注于如何将有限的物体，通过艺术经验技法变成一个一定形式且组织有序的结果，以映射真理、反映现实。为此，人们发明了许多艺术表现技巧，如语法修辞，营造空间的透视法、色彩法，穿梭时空的蒙太奇等，一切都在人工可控的范围之内。现在，相比传统上的艺术，"今天的艺术关心的是互动、转换和出现的过程"②。而计算机的普适计算为今天的艺术提供了最好的控制方案。

算法是将输入转为输出的一系列计算步骤。归并排序、快速排序及堆积排序、傅里叶变换与快速傅里叶变换、迪杰斯特拉（Dijkstra）算法、RSA算法、安全哈希算法（SHA）、整数因子分解、链接分析、比例积分微分算法，数据压缩算法、随机数生成算法以及机器学习和矩阵乘法等③，算法——几乎成为21世纪之初主宰全球的、一切人类文化活动实践的基础。

以算法、程序为基础形成了软件或者是系统软件，或者是应用软件，或者是两者之间的中间件，"软件在这个数字实在中隐藏了有关我

---

① ［英］罗伊·阿斯科特：《未来就是现在：艺术，技术和意识》，袁小潇编，周凌、任爱凡译，金城出版社2012年版，第166页。

② 同上书，第94页。

③ http：//www.csdn.net/article/2014-06-03/2820046-Algorithm.

们在数字环境中应如何做和如何想的特殊观念"①。当然也决定了艺术家的创作思维。例如，画家可以运用 Photoshop、Adobe image、AutoCAD 等用高级算法语言编写的绘图软件系统，传统绘画的一切功能一应俱全。Painter 是一种拥有全面和逼真的模仿自然画笔的优秀的绘画软件，而 3Dmax 和 Maya 则具有强大的建模功能和逼真的真实感，对于建筑、景观、动画、电影艺术最为拿手。但是，拿色彩来说，它不再仅仅关涉色彩调和的经验，还涉及图层、数字色彩原理等数字绘画思维；再如，人们可以运用 CAKEWALK PRO AUDIO（电脑音乐软件）、CUBASE VST（音频即时响应效果器）、AMMER（自动伴奏软件）、SOUND FORGE（单轨音频处理软件）、COOL EDIT（多轨音频处理软件）等制作乐曲；2012 年由詹姆斯·卡梅隆导演的电影《阿凡达》，全程运用动作捕捉技术（Motion capture）完成，虚拟影像成为主角；动作捕捉技术运用在互动式游戏设计中，玩家与游戏环境中的角色动作合一，如同现实一样通过自身的动作左右游戏的进展和结局，这给游戏者一种全新的参与感受。不仅如此，只要搭载上网络，艺术还可以是一个自下而上的过程，文本交换、图像转移、声音合成、虚拟空间、控制结构及遥感遥在——通过远程临场的方式实现思想会晤、远程呈现和远程协作。艺术家可以对复杂关系和动态系统进行精细的构筑，实现对逐渐演化的、短暂易变的事物和过程的模拟与仿真，创造出无穷变化的、流动的艺术。

　　从呈现到出现、从技法到算法，数字技术条件下新的控制技巧和方案越来越成熟，这一转变是控制要素革命引起的艺术变革。正如罗维·阿斯科特所描述的，未来，艺术过程的基质将有可能包含在位元、原子、神经元和基因中，"湿媒体可以通过它的远程策略把计算智能扩展

　　① ［美］迈克尔·海姆：《从界面到网络空间》，金吾伦、刘钢译，上海科技教育出版社 2000 年版，第 44 页。

到最基本水平的分子和物质。可以启发我们期望量子计算提供的人工思想和意识的模式"①。关于意识层面的思维和感知的技术——虚拟艺术，以绘画为例——已经超越了传统艺术"架上"的"干媒体"形态，材料、控制和动力技术的革命，推动了艺术的媒介技术从"干媒体"艺术到"湿媒体"艺术的根本性变革。

三 从热媒介到冷媒介：虚拟艺术的形态变更

加拿大学者马歇尔·麦克卢汉依据媒介提供信息的清晰度或明确度和信息接收者想象力的发挥程度及信息接收活动中的参与程度，天才地将媒介划分为冷媒介与热媒介。所谓的热媒介，是指那些作用于一种感官且不需要更多联想的媒介，如书籍、报刊、广播、无声电影、照片等，接受过程中参与程度低，想象力发挥程度低；而冷媒介是指传达的信息量少而模糊，在理解时需要动员多种感官的配合和丰富的想象力，为媒介也为受众自己填补其中缺失的部分，如手稿、漫画、电影、电话、电视、口语等。模糊的信息提供了机会，调动了人们再创造的可能性。

虽然麦氏的概念区分并不明晰，他的具体的案例解释也令人产生矛盾和困惑，但对于我们所讨论的问题来说，有着十分重要的启示作用。

如前所述，西方传统艺术致力于对本体的模仿，向着全面揭示本质和模仿逼真的程度可谓不遗余力。西方古典主义艺术，无论是绘画、雕塑和建筑，除了其人文理性的光辉，还有其可谓无处不细节的镜像般的全面映照。因此，可以说西方古典艺术是极为典型的"热媒介"艺术；相对而言，中国传统艺术讲究计白当黑，留白写意，立足于人们视觉不可及的意象、意境之上，给受众留下了广阔的心灵空间，可以说是典型

---

① ［英］罗伊·阿斯科特：《未来就是现在：艺术，技术和意识》，袁小潆编，周凌、任爱凡译，金城出版社2012年版，第151页。

的"冷媒介"艺术。现代西方艺术更青睐"冷媒介"的东方艺术，以文学家庞德为首的意象派、电影家爱森斯坦的蒙太奇理论，以及印象派和印象主义批评，无不显示出东方艺术的深刻影响。画家康定斯基的抽象主义、杜尚的杂货店的既成品、波洛克的随机的色点、考尔德等待观众的动态雕塑等，已经完全背离了西方模仿美学的写实主义传统。未来主义与行为主义也起到了推波助澜的作用。西方现代派的创作启发了西方艺术的现代精神，是西方"冷媒介"艺术的开端。但是，尽管20世纪60年代是转折点，"开放性的概念、过程和系统取代了艺术对象的霸权地位"①，艺术家们所使用的媒介仍然是传统的，变革还是观念层面的，在媒介形态上没有本质的改变。

直到计算机技术、网络技术的出现和成熟，真正具有"冷媒介"特征的虚拟艺术出现了。虚拟艺术的交互性、连通性，赋予了艺术形态的"冷媒介"特征。

首先，虚拟艺术可以是一个"空"的"容器"。计算机显示器的屏幕作为相互作用的用户界面提供了用户逻辑和用户渴求的感知与洞察力的条件。虚拟艺术不追求一个确定的结局，其结果是由交互行为所决定的。交互式艺术的探索早在20世纪五六十年代就已经开始了，那时候杜尚就提出，艺术的意义在观众与艺术品相互作用之间产生；弗兰克·波普的《艺术、行动和参与》探讨了互动的问题。但直到1989年才在西方电子艺术节出现真正的"交互艺术"。现在，"交互"已经成为日常生活中最平凡的概念和最平凡的事件，在不久的将来，物联网时代，交互将构成人们交往、工作、娱乐、交通、工作的全部生活。虚拟艺术是动态的、未完成的、不完整的、开放的，处在连续地变化与转换的流动状态，艺术变身为一个转化系统，具有鲜明的冷媒介特征。

---

① ［英］罗伊·阿斯科特：《未来就是现在：艺术，技术和意识》，袁小潆编，周凌、任爱凡译，金城出版社2012年版，第140页。

其次，参与者决定艺术的出现。意义不再是只由艺术家创造、通过网络传播并由受众接收的。人们通过界面（interface）进入一个计算机语言及数据空间构成的交互环境，从一个"看客"变成一个参与者或创造者。每个参与者都是调用一切感官，以多样性、延伸性，分布式的、多感官参与的"在线体"，而由交互式计算机等软硬件组成的一种媒体，能够感知参与者的位置和动作，使人产生或增强一种或者多种感觉反馈，从而产生一种沉浸于或者出现在虚拟世界中的感觉。人们借助网络毫不费力地在真实和虚拟之间穿梭，在信息交换中获得体验，并且通过与网络上川流不息的数据信息互动来诠释其中含义，在无形的网络空间与有形的现实空间中体验生存的意义。由受众创造自己的虚拟现实，揭示了每一个生命个体都具有独特的生存样态这样一个基本事实，体现了冷媒介参与性高、创造性强的特征。

从热媒介到冷媒介，艺术形态发生了本质的变更。

298

三 新感性：文艺理论的"经验转向"

（一）文艺理论中的"转向"问题

文艺理论中的"转向"问题，实质上是西方美学框架下的哲学讨论。因为美学作为感性学从西方经典哲学中分立出来是晚在近代的事，而近代以来，西方文化以其机器工业、资本经济突飞猛进的优势，迅速成为引领世界的先进文化，其思想观念、意识形态必然影响非西方文化，导致本土艺术话语的解构和淡化，或最终采纳西方美学的话语体系。因此，近现代以来文艺理论中的"转向"，可以说是以西方美学话语方式对美学发展宏观面貌的揭示。

1. 主体论转向

自从柏拉图集前代之大成提出"模仿说"，2000多年以来，西方哲学家在哲学的角度下，以本体论为基础建构了恢宏壮丽的模仿美学，这一理论框架一直规定着看待艺术和美的视角和方法。模仿论的主旨是，艺术是对本体（理念/自然/上帝）的模仿的"仿像"，因此，艺术"美"的标准是透过现象揭示本质，从本体到仿像，是一个逻辑清晰的等差关系。"艺术是模仿"仿佛已经成了天经地义的信条，毫无悬念地内置于人们的观念中。模仿美学就是本体论美学。

直到 19 世纪末，随着科学的发展，人们发现世间各种不同的事物，哪怕是它们存在共同的本质或本性，也并非都是可以用一个词语来"定义"、认识和把握的。源于古希腊亚里士多德的本质主义、理性主义也并非全面解决认知世界的良方，这个发现动摇了西方传统理性哲学的根基。较早向理性主义发难的，当属德国哲学家亚瑟·叔本华（1788—1860）。他用"意志"替换了柏拉图的"理念"和康德的"物自体"，把"意志"看作第一性的、最原始的因素，他的唯意志论开创了西方非理性主义先河。继之，德国哲学家弗里德里希·威廉·尼采（1844—1900）、法国哲学家亨利·柏格森（1859—1941）也纷纷著书立说，表示理性认识并不能直达对象的真实本质，世界是"为理性所不能理解的""用逻辑概念所不能表达的"，理性把功利主义的先入之见和大量的概念、标签铺盖到对象上，遮蔽了对象的本来面目，只能认识物质世界的假象，获得暂时的相对真理。只有直觉的思维方式才能得到生命（精神）的、永恒的绝对真理或世界的本质。法国的雅克·马利坦（1882—1973）提出"在认识中通过契合或通过同一性对他自己的自我和事物的隐约把握"① 的无意识的"创造性直觉"这一概念，作为思维方法的非理性"直觉"与理性"逻辑"形成了分庭抗礼的局势。在同一时代，关于生物、生理、心理科学以及人类学的实证研究结果证明，"无意识"与"潜意识"以及相似律、互渗律的心理机制作为人类意识

---

① ［法］雅克·马利坦：《艺术与诗中的创造性直觉》，刘有元、罗选民等译，生活·读书·新知三联书店 1991 年版，第 94 页。

的深层次结构和本能方式，都是创造性的直觉，为非理性哲学提供了科学的基础。所有的研究殊途同归，凸显了人的主体性，推动了哲学的"主体论"转向。

2. 语言学转向

非理性主义颠覆了西方理性主义思想模式，主体论哲学反转了本体论视角。然而，在认识到理性未必能抵达真实、客体未必能够清楚认知的同时，哲学又发生了新的危机。瑞士语言学家索绪尔（Ferdinand de Saussure，1857—1913）发现了令西方人震惊的事实：语言（能指）与事物（所指）之间的关系是人为的、随意的（约定俗成），意义是由语言符号之间的关系来决定的。曾经被深信不疑、忠实而可靠的"再现"世界的工具——语言，与它所表示的意义并非"真"是一一对应的，用语言描绘出来的世界也未必是一个"真实"的世界。从柏拉图的"理念"、亚里士多德的"第二实体"、基督教的"上帝"、康德的"物自体""自由"、叔本华的"意志"等，都是任意的语言符号，其真实的意义却都几乎是无法言说的，面对这些事实，西方哲学家们也看到了语言的无能为力，维特根斯坦甚至说："对不可说的，要保持沉默。"（［奥］维特根斯坦，《逻辑哲学论》）对符号的"任意性"的发现，打破了西方人对语言的信仰，可谓西方语言学中的"哥白尼革命"，而"语言"却面临了"表征的危机"。

德国哲学家马丁·海德格尔（Martin Heidegger，1889—1976）进一步发现，语言与被再现、被模仿、被表达的事物并非同一的，语言并非忠实地或"透明"地的充当人与世界的中介，并非人在操纵语言，相反是语言在支配人。语言是人理解事物的"先在"的条件，语言的表达方式不同，世界显示的方式也就不同。"语言是存在的家园。"① 语言

① ［德］马丁·海德格尔：《存在与时间》，陈嘉映、王庆节译，生活·读书·新知三联书店 2014 年版。

系统规定着我们这样而不是那样地去感知、思想、说话和行动。因此，哲学关注的焦点只能是符号系统本身，只能是语言的结构和形式。"语言"（符号/形式）再也不是工具性的事物，而被认为是一种支配人的主体性力量，这就是文艺理论的语言学转向。

语言学转向在艺术理论的广度上影响了欧美现代艺术的整体趋势。对现代主义艺术来说，艺术模仿的对象是什么不再重要了，重要的是用什么"语言"去表达。超现实主义艺术家热衷于将形式元素进行偶然的碰撞，创造出偶发的新意象，以此对抗和瓦解传统的约定俗成的隐喻意象。这是从传统艺术到现代主义艺术的根基层面的"语言学转向"。"语言学转向"引发了广义的形式主义批评，致力于发现使艺术成为艺术的那种特殊的语言形式或结构规律，形成了以语言意象为本体的艺术新批评浪潮。

3. 视觉转向

1839 年，第一张摄影照片产生，传统艺术形式在 19 世纪上半叶开始悄悄地发生了变化。影像成为主导艺术形式，其模仿现实的逼真程度，已经远非传统手工艺的绘画所能企及。照相机是"镜子"的终极体现，又是对它的赞美和简化。往昔需要终其一生的努力和神奇的天赋才能达成的工作，现在借助照相设备只是举手之劳的事。有了底片，影像可以被无区别地、无限制地复制下去，"原本"的本体意义已经不那么重要了，摄影术的出现微妙地改变了"真实"的含义。之后，电影技术出现了。这个因为两个好事者的一场关于"马跑蹄子是否落地"的打赌事件，经过爱迪生等众多发明家之手，在 19 世纪最后几年，终于在卢米埃兄弟手中脱颖而出，发展为一种崭新的艺术形式——电影。电影影像不仅模仿真实，甚至创造真实。摄影机技术彻底改变了主体的观察方式和记录方式，德勒兹在《电影 1：运动—形象》和《电影 2：时间—形象》中，揭示了一个现象：摄像机的视窗超越了人类感知而走向另一种感知，这是一种非人类的眼光，在事物之间和内部的一种眼光，而"蒙太奇"能够做到对"原生"世界——复杂的、"超维"的世界的探求，创造出超真实的"仿像"景观。"在看电影时，观众通过把他们自己视作对电影化的符号负责的主体（我通过感知电影而制造了它）而误识他们的情境，事实上，他们也因此被作为机构和装置的符号化的电影指令所建构。"① 海德格尔认为，"世界被把握为图像了"②。世界被把握成图像，不是说世界被看成图像，而是世界是通过主体视觉建构显现为世界图像。

"图像"正逐渐获得一种类似"语言"在哲学转向中的主体地位。1992 年 W. J. T. 米切尔（W. J. T. Mitchell）在《艺术论坛》（*Art Forum*）中，在引述了哲学史的一系列"转向"之后提出了"图像转向"（the pictorial turn）；德语艺术史家波姆（1992）、戈特弗雷德·伯姆提出"图符转向"（the iconic turn, 1994）；后来马丁·杰伊将这种现象名之为"视觉转向"（the visual turn, 2002），美国艺术史家莫克西（Keith Moxey）在 2008 年第 2 期的《视觉文化杂志》发表了《视觉研究和图像转向》一文，首次系统概括了哲学史上这一新的方向——"制造视觉图像的新方法标志着历史的转折点"③。一种"视觉或图像的转向的感知"④。"这个转向正朝向跨媒体的图像、形象和图符。"⑤ 这就是发生在新世纪之交的"视觉文化的转向"。

（二）经验转向：基于新感性的虚拟美学

"视觉转向"只是一个开端。感官技术在 21 世纪初始阶段发生了巨大的进步。仿真技术增强了感官，交互技术创造了虚拟现实，人类感性世

① ［英］丹尼·卡瓦拉罗：《文化理论关键词》，张卫东、张生、赵顺宏译，江苏人民出版社 2006 年版，第 133—134 页。

② 选自海德格尔《世界图像时代》，孙周兴译：《海德格尔选集》，上海三联书店 1996 年版。

③ ［美］W. J. T. 米歇尔：《图像理论》，陈永国等译，北京大学出版社 2006 年版，第 15—16 页。

④ 章戈浩：《可见的思想》，山东文艺出版社 2008 年版，第 15—16 页。

⑤ W. J. T. Mitchell, *Cloning Terror*, Chicago and London：The University of Chicago Press, 2011, p. 69.

界的革命带来了不同于以往的全新的感觉和看法。这种新感性不仅是增强的感官、智能的感官，而且是重构的感性。技术"入身"构造了新的感知模式与感知尺度，在身体与技术和设备之间，"技术化的感官"在"旺盛地生长，逐渐弥合两者之间的巨大鸿沟"，"在我们赤裸的身体和技术之间，美学与伦理学呼唤一种精致的平衡"①，我们必须在具身技术的背景中探讨"自由"的问题，技术如何参与一切身体的活动，包括身体的技能化应付、入身、身体空间等，以及技术如何形成新的技术感官、身体图式与身体意象。20 世纪以前的艺术理论正在被不断涌现的具身技术和具身理论冲击着，当代美学的人本关切，酝酿着一场美学革命的来临。这些都表明了我们正在经历的新的美学范式的转型。

在我们看来，从上古时代的身体感官技术，到古代—近代—现代的感官媒介技术，再到当代的传感技术，"每一轮技术创新浪潮带给我们的，正如马克思所想象的，是更复杂的、更奇幻的、更完整的感性生命，在我们的感觉'锐化'的同时，我们'原来的'感官也不可避免地与我们渐行渐远"。② 从身体技术的身体艺术、感官媒介技术的符号艺术（静态），到感官媒介技术的影像艺术（拟动态），到传感技术的数字艺术（交互），九大艺术形式的发展呈现出这样的趋势：从感知机制的互渗，到感知的意象补偿，再到感官感知的互联，虚拟现实技术整合了一切感官技术的最新成就，从视觉、听觉、视听觉，到触觉、嗅觉技术，虚拟现实技术几乎完成了全部感官的集合，人类的历史已经走到了一个新的高度。按照西方文艺理论中艺术与现实的对应关系，艺术经历了这样的变更历史：

第一阶段：身体感知建构基本现实；

① Caroline A. Jones, *Sensorium-embodied Experience*, *Technology*, *and Contemporary Art*, Mit Press/Mit List Visual Arts Center, 2006, p. 44.

② Ibid. , p. 11.

第二阶段：通过感官媒介艺术反映基本现实；

第三阶段：通过感官媒介艺术语言建构基本现实；

第四阶段：增强的"身体感知"建构基本现实。

由此可见，从远古时代的原始交感美学，先后经历了客体为本体的模仿美学、艺术形式为本体的语言论美学、视像为本体的图像美学、交互为本体的互动美学；在主体论转向、语言学转向、视觉转向之后，现在，技术与艺术正在回归人的感性，美学发生着"经验转向"。对于西方模仿美学来说，"这是起源和目的性的颠覆"[①]。从哲学角度的本体论/认识论美学、艺术角度的语言学/形式美学、身体角度的图像美学/互动美学，美学先后发生了主体论转向、语言学转向、视觉转向和经验转向（见表6-1）。

表6-1　　　　　　　　　　文艺理论的"转向"

技术阶段		艺术形态	感性学			
身体感官技术（上古）		身体艺术	原始交感美学			
感官媒介技术I（古代—近代）	希腊—罗马—中世纪 文艺复兴	符号艺术	哲学角度	本质与现象的关系 艺术对本体的模仿	本体论美学	模仿美学
	19世纪末—20世纪初			主体能力的角度 主体对世界的建构	认识论美学	主体论转向
			艺术角度	语言形式 对于世界的建构	语言论美学（形式美学 意象美学）	语言学转向
感官媒介技术II（现代：20世纪以来）		影像艺术	身体角度	视觉对于世界的建构	图像美学	视觉转向
传感技术（当代：20世纪下半叶以来）		交互艺术	身体角度	身体感官对于世界的建构	互动美学	经验转向

面向身体的"经验转向"是历史的必然。对于人类而言，生命以

[①]　[法]让·波德里亚：《象征交换与死亡》，车槿山译，译林出版社2006年版，第78页。

身体界限和局限为标志，技术从诞生之初，就始终向着"超出自身"而努力。技术始终是与人的意志—计划、情感—宗旨和智力—能力之间有着不可分割的关联。艺术作为人类意志—情感的形而上追求，与技术一道，共同推动了感性学的发展。从身体到"身体"，从传统媒介的离身体验向数字媒介具身体验的"经验转向"，"艺术悄悄地向我们证实，今天我们的感受方式足以去回应新的任务了"。①

　　虚拟技术改变了艺术要素的格局。对 21 世纪的艺术家来说，"对网际网络、生物电子学、无线网络、智能型软件、虚拟实境、神经网络、基因工程、分子电子科技、机器人科技等的兴趣，不仅关系到人们作品的创作与流通，也关系到艺术的新定义"，这种技术产生的并非"'外形'美学（AESTHETIC OF APPEARANCE）"，而是"在互动性、联结性和转变性中艺术的'出现'或'形成'的美学（AESTHETIC OF COMING-INTO-BEING）"②。如果说传统美学关注艺术对实在的模仿的"外形"美学，关心"真"的绝对价值，那么虚拟艺术则更关注"呈现"美学，关注透过技术与世界中看不见力量的互动，关注的是互动形成的主体经验。艺术创造的规则、艺术的本源、功用及类型都要重新考量。总之，经验转向标志着技术感性——新感性学的全面建构。

　　处身于当代变革之中艺术转型的初始阶段，以我们的洞察力无法建立起完善的新美学框架，但我们尝试通过与认识论的模仿美学相对照，通过描述文艺理论的几个基本概念，触摸虚拟美学的基本框架（见表6－2）。

---

　　①　［德］瓦尔特·本雅明：《迎向灵光消逝的年代》，许绮玲、林志明译，广西师范大学出版社 2008 年版，第 100 页。

　　②　［英］罗伊·阿斯科特：《艺术与转化的科技》，慕容青译，文章来源：《CANS 艺术新闻》，ABBS 建筑论坛，2005 年 7 月 14 日 http://www.abbs.com.cn/bbs/blog/6410236.html。

表 6 – 2 模仿美学与虚拟美学的比照

文艺理论基本问题	基于认识论的模仿美学	基于新感性的虚拟美学
艺术品	世界之镜或心灵之灯	融合现实的接口
	静态的形式	动态的界面
	既成物	过程中
	展现/表现/永恒性	出现/生成/个体性
	阐释的	体验的
	自然物	在线体
艺术家	透视	赛博知觉
	自上而下的理性	分布式的感知
	模仿现实	虚拟现实
受众	被动接收	自主建构
	意象游牧	远程游牧
	远观/静观/距离	沉浸/参与/遥在
艺术	模仿/再现现实的摹本	虚拟/虚拟现实的环境
	必然性	偶然性
	形式的创造	创造的模式

306

1. 艺术品

虚拟艺术品不再是一个美学定局，一个完成的结论，一个在二维或三维的空间里固定的、完整的、有限的、封闭的体系。由于虚拟时空破坏了古典时空，艺术品不再是静态的形式，而是动态的界面；不再是"在那儿"的既成物，而是在"我"的经验的过程中。虚拟艺术的空间是现实空间与网络空间的融合现实。虚拟艺术只有"交融"，没有"原作"。

虚拟艺术品不再是通过形式或形象展现永恒性、表现理想化的工具；不再以确定性为基础，以对现实的精准描述为使命。虚拟艺术打破了关注外观、表象和既成现实的数千年的传统，是一个联结、交互、转换、出现的生成过程，具有生命性。虚拟现实是我们培养的"自然"，虚拟现实中，身体不仅是技术感官的，也具有自然属性。

虚拟艺术品不再是"理念"、"神"或"人性"、"理性"、"情感"

的符号、象征，也不再是证明性的、诠释的或表达性的，不再只依靠联想和想象，把世界呼唤到心灵中，建构一个虚拟的时空。虚拟艺术是感性的、功能的、协助性的，是模拟人的感知的网络，人们运用增强的感官和认知能力，构造出微妙的、亲密的、无处不在的互动艺术，"通过一种'自然的'、'直觉的'和'身体上密切接触'界面，最大限度地激活人的多种感官。根据这一幻觉技术程序，模拟立体声、质感和触感，以及温度，甚至动觉的感官全部得到整合，向观看者传达存在于自然界复杂结构空间内的幻觉，并尽可能营造最强的沉浸感"①。因而，艺术品不是在阐释绝对真理，而是以体验的方式触发生命。只要我们开启增强了的感官，我们的世界便是闪闪发光的屏幕、海量的数据集库、复杂的图案和微妙的感官艺术。

　　艺术品不是自然物，也不是摹本，更不是摹本的摹本，它是"在线体"。人们以自己的感性、个性作为自己最基本的"在线体"，所有交流活动不仅是具体的、独特的，而且永远是一次性的、不可重复的、独一无二的生命发抒和个性展现。从某种意义上说，虚拟现实似乎更切实地表现着强烈的生命意志和鲜活的生命力量。

　　2. 艺术家

　　虚拟艺术品的形式、内容和意义都发生了深刻的变化，那么在这样的情况下，艺术家的角色是什么？

　　艺术家不再是那个运用"透视"逻辑进行空间建构的理性模仿者。他们不是把计算机多媒体和远程技术简单地看作用来扩大绘画和雕塑、表演音乐或文学出版的新工具，而是以赛博知觉（赛博知觉意味着一个整体感觉就要像宇航员观看地球一样纵观全局)②、增强感官作为心与

---

　　① ［德］奥利弗·格劳：《虚拟艺术》，陈玲译，清华大学出版社2007年版，第10页。

　　② ［英］罗伊·阿斯科特：《未来就是现在：艺术，技术和意识》，袁小潇编，周凌、任爱凡译，金城出版社2012年版，第87页。

眼，以感知经验为引导，以建构现实为原则，积极探索创造艺术的最新模式。交互艺术、遥在艺术和生成艺术表明，艺术家是通过数字技术来创造计算机控制的虚拟空间中独立生成能力和生动的生命系统图像，以及包罗万象的感官领域及其发展过程，他们以虚拟技术为建构现实的轨迹和工具。

艺术家不再是以自上而下的理性的方式来思考与看待事物，也不是运用分析、归纳、综合的线性逻辑来思考现象与本质，不再以反映、再现、表达或诠释的观念来创造艺术。他们利用计算技术与分布式感知网络，以及增强感知、多通道交互，创造多重的、无限性与复杂性，使丰富变化的现实得到更加"真实"的体现。

艺术家不再是创作出优秀的艺术品供人观赏，他们更多的是虚拟环境的设计者，设计出供参与者建构经验和意义的场所。而这对艺术家提出了新的要求，不仅要具有对现实、人生敏锐、深刻的洞察力、丰富的感觉和经验智慧，还需要具备赛博意识、数字技巧。艺术家应该作为建构现实与虚拟融合接口的建构者，并邀请参与者进入其中，在互动和转化的世界里体味人生的意义。艺术家在数据之间、人机之间开拓人际之间、思想之间的艺术领域。

3. 受众

正如罗伊所言，我们必须摒弃"受众"这个旧词，用"参与者"代替。① 虚拟艺术的受众不再只是被动接收者。受传统艺术媒介技术所限，受众审美体验主要通过远距离感觉——视觉与听觉捕获信息，加以联想和想象，在内心形成审美意象，才能完成审美体验的过程。受众别无选择，只能保持双重意识世界，比如真实的、想象的，精神的、物质的。在自然和心理意识之间、在愿望需求和日常生活之间、在艺术与现

① ［英］罗伊·阿斯科特：《未来就是现在：艺术，技术和意识》，袁小潆编，周凌、任爱凡译，金城出版社 2012 年版，第 126 页。

实之间的界限是始终存在的。

现在，最有颠覆意义的是受众拥有了与艺术家同等的"技术感受性"。数字媒介改变着人的感知方式，也赋予受众以"技术智力"（远程信息技术是完全关乎头脑与思想，涉及知觉的技术①）。以触觉技术仿真为主线，近身感官技术成为新时代的主角，人们获得了"等同身体"的"自然化"感知方式。从被动接受到自主建构，"受众"的身份发生了"参与者""合作者"的角色转换。虚拟艺术的受众与艺术之间不再存有无法逾越的"距离"，与传统艺术审美的距离——理性静观不同，虚拟艺术更多的是沉浸—参与的知觉艺术。

传统媒介艺术中，受众只能通过形式符号或动作痕迹去建构看不见的"身体"和"意境"。如今，虚拟艺术的受众不再只享受精神自由的"意象游牧"，用精神远游实现对身体局限的突破，他们可以借助网络的每一根光纤、每一个节点、每一个服务器的"超链接"，实现身体的"远程游牧"。远程体验为受众提供了一种新的存在感。在线的、沉浸式的虚拟现实，互联网创造了受众新的主体意识——"我＋"——我是我的联结性的延伸，借助虚拟艺术"呈现"系统，受众有机会在同一时间"出现"在不同的"远方"，实现身体的、意识的多重"遥在"（Telepresence）。一旦进入网络，生命便会如同花朵一样绽放在辽阔无边的虚拟现实。

4. 艺术

最后，我们来探讨艺术。

艺术是模仿，是再现现实的摹本——2000 多年来这个定性的定义已经深深植入美学思想中，始终是艺术美学的信条。现在，在当代虚拟艺术的启发下，我们发现，艺术固然模仿现实，但归根结底，本质上是

---

① ［英］罗伊·阿斯科特：《未来就是现在：艺术，技术和意识》，袁小潆编，周凌、任爱凡译，金城出版社 2012 年版，第 117 页。

虚拟现实。虚拟现实是人的超越现实性的表征。传统媒介技术时代，艺术总是按照我们的需求和欲望被设计出来，在形式符号之上，利用人们的心理机制建构虚拟现实。数字媒介时代，通过虚拟技术手段创造理想的感觉环境和信息环境，利用感觉机制创构虚拟现实，"它的终极承载，或许是要改变和补救我们的现实感——这是最高级的艺术曾经尝试去做的事情"①。营构一个超越现实的平行世界并生存于其中，这可以说就是古往今来全部艺术的终极理想。

数字虚拟艺术启发我们在更加宏观的立场上看待艺术。传统艺术的标准以是否反映了必然性来判断是否达到了"真"的美；虚拟艺术更倾向于看其是否体现出世界的偶然性、不确定性和多元秩序。"真"的内涵发生了变化。在网络空间中交往，在虚拟现实中会晤，在远程互动中临场，无疑会产生像"真实"世界一样的情感体验和认知体验。现在，当我们看到所谓的"虚拟"成为实际的，并且我们认为是"实际的"东西在某种意义上是虚拟的时候，当人工的东西现在成为我们自然的一部分，而自然很大一部分是人工的时候，未来将很难区分梦想与现实、戏剧与日常生活②。这也许就是艺术所追求的"诗意地栖居"与审美化生存。

毋庸置疑，艺术是创造活动。传统媒介艺术是"形式的创造"。无论是古典美学的和谐形式，还是现代美学的抽象形式，后现代美学的解构形式，传统艺术通过"形式"建构了文明社会各阶段的虚拟现实。现在，虚拟艺术提供"创造的模式"，它并不是一个确定的"形式"，也不是一个确定的"实在"，但它提供一套行为体系，一种全新的感知，一个虚拟的环境和交互的平台，一种创造的模式，具有塑造语言和

---

① Jos de Mul, *Cyberspace Odyssey*, www. Demul nl, 2004；www. lw26. com, 2007 - 1 - 19.

② ［英］罗伊·阿斯科特：《未来就是现在：艺术，技术和意识》，袁小潇编，周凌、任爱凡译，金城出版社 2012 年版，第 151—152 页。

思想的力量，表达感性和情感的潜能，任何一个人都因其具有更加强大的创造力量。这是文明史上又一次技术的革命和普及。技术与艺术融合、作者与受众融合、艺术与生活融合、创造与审美融合……传统艺术形式——音乐、舞蹈、戏剧、电影、游戏……媒体艺术之间的界限变模糊了，这必然出现跨界艺术实践，将形成新的艺术形式，预示着艺术的解放和辉煌时代的到来，而这一切将带来人类文明的新景观。

艺术始终如一，坚持不懈，在技术发展的进程中，不断重新调整美学的框架，永远是人类超越性的精神标志。回首来路，宏观地看，原始时代以虚拟艺术为主导，古典时代以模仿艺术为主导；西方以模仿艺术为主导，东方以虚拟艺术为主导。然而，无论何时，无论何地，无论何种观念、何种形式，艺术帮助人们超越现实的初衷不变。在 21 世纪初，艺术又一次处在进化螺旋的拐点。现代以来，全球化、数字化浪潮的推动下，艺术又回到了虚拟艺术为主导艺术的时代。当然，艺术史是螺旋上升的，此虚拟艺术非彼虚拟艺术，但艺术的本质一如既往。

真正的传统是不断前进的。尽管技术正在造成身体和技术之间界限的消失，尽管来自技术的"座架"（海德格尔）感更加强烈，我们的身体不可避免地将越来越深地沉浸在我们自己制造的技术里，但是，只要人类存在，身体存在，"我们就可以继续运用感官来理解计算机的工作，来观察监视器，来判断某项分析，来设计更新的人工智能梦。我们将永远不会离开我们感觉这座宫殿"①。虽然"我们生活在感官的掌控之中。感官在扩大我们的世界的同时也限制了我们、束缚了我们，但这种限制和束缚是多么美好啊"②！正是这种限制和束缚，才能约定感性学的框

①　［美］黛安娜·阿克曼：《感觉的自然史》，路旦俊译，花城出版社 2007 年版，第 33 页。

②　同上书，第 6 页。

架，才能有人类的"美"的存在。

人类需要艺术，因为人类是一种超越性存在；人类需要美，因为人类是一种感性的存在。所以，艺术不会像黑格尔曾预言的那样终结于理性的哲学，现在，也不会像罗伊·阿斯科特预言的那样会终结于电子消费的非理性狂欢①。历史表明，艺术是人类永远的家园，在那里，人类实现着超越现实的理想之梦。只要有人的存在，艺术就不会终结；只要身体存在，美就不会消失。

当然，在感官技术的座架下，艺术的发展还需人类及时的反思与把握，不过，艺术不会湮没于感性的泛滥，因为艺术永远表达着对现实的超越，对理想的追求。感性认知的完善就是美，虚拟艺术再一次证明了感性和感性学是人类文明的重要基石。

本章小结

我们正处在一个生活大变动的时期，感官技术汇聚为虚拟现实技术。从意象现实到身体现实、从模仿现实到虚拟现实，虚拟技术表征着人类超越现实的欲望，是原始交感技术的数字媒介形态。

从干媒体到湿媒体、从热媒介到冷媒介，新艺术形态正在形成之中。技术"入身"构造了新的感知模式与感知尺度。从身体回到"身体"（技术感官），从多感知回到"多感知"（赛博知觉），从在场到虚拟临场，模仿的"仿真"与虚拟的"超现实"在数字技术时代融合为一种新的"身体能力"。从人感知物到物感知人，从心物互动到具身互动的转变，从传统媒介的离身体验向数字媒介的具身体验，审美范式从

---

① ［英］罗伊·阿斯科特：《未来就是现在：艺术，技术和意识》，袁小潆编，周凌、任爱凡译，金城出版社 2012 年版，第 189 页。

"本体论"美学出发，先后发生了"语言"转向、"视觉"转向和"经验"转向。

　　"经验转向"的视角下，文艺理论基本问题呈现出新的美学框架：艺术品不再是一个现成品、一个世界之镜或心灵之灯，而是融合现实的接口；从静态的形式转型为动态的界面，从既成物转为过程、从诠释性转为互动体验，艺术的使命不再是理性地模仿现实、反映现实、揭示永恒性，而是借助技术感性创造一个提供交互的虚拟环境；受众不再是被动接受者，而是能够借助技术互动参与、远程遥在、自主建构独特的生存世界和生存体验；艺术不仅模仿现实，而且虚拟现实；艺术不仅是一个情感的形式，而且提供一种创造的模式；艺术不仅揭示必然性，而且揭示世界的丰富性与复杂性、多元性。这将带来一个新世纪的全新的社会景观。

主要参考文献

Caroline A. Jones, *Sensorium—embodied Experience, Technology, and Contemporary Art*, Mit Press/Mit List Visual Arts Center, 2006.

Matthew Potplsky, *Mimesis*, Routledge, 2006.

Oliver Grau, *Virtual Art from Illusion to Immersion*, The MIT Press, 2004.

Popper Frank, *From Technological to Virtual Art*, The MIT Press, 2007.

［法］安德烈·巴赞：《电影是什么?》，崔君衍译，中国电影出版社 1987 年版。

［日］大沼正则：《科学的历史》，宋孚信等译，求实出版社 1983 年版。

戴勉编译：《芬奇论绘画》，人民美术出版社 1979 年版。

［美］黛安娜·阿克曼：《感觉的自然史》，路旦俊译，花城出版社 2007 年版。

［英］丹尼·卡瓦拉罗：《文化理论关键词》，张卫东、张生、赵顺宏译，江苏人民出版社 2006 年版。

［法］德勒兹著，陈永国、尹晶主编：《哲学的客体：德勒兹读本》，陈永国译，北京大学出版社 2010 年版。

［德］恩斯特·卡西尔：《人论》，甘阳译，上海译文出版社 1986 年版。

［德］恩斯特·卡西尔：《神话思维》，黄龙保、周振选译，中国社会科学出版社 1992 年版。

［加］埃利克·麦克卢汉、弗兰克·泰格龙编：《麦克卢汉精粹》，何道宽译，南京大学出版社 2000 年版。

傅道彬：《诗可以观》，中华书局 2010 年版。

葛兆光：《中国思想史》，复旦大学出版社 2001 年版。

［英］贡布里希：《艺术的故事》，范景中、杨成凯译，广西美术出版社 2008 年版。

［英］哈登：《艺术的进化：图案的生命史解析》，阿嘎佐诗译，广西师范大学出版社 2010 年版。

［德］海德格尔：《林中路》，孙周兴译，上海译文出版社 2004 年版。

［德］黑格尔：《美学》，朱光潜译，商务印书馆 1979 年版。

黄霖、吴建发、吴兆路：《原人论》，复旦大学出版社 2000 年版。

贾珺主编：《建筑史》第 21 辑，清华大学出版社 2005 年版。

姜振寰：《理性的狂欢：技术革命与技术世界的形成》，东北林业大学出版社 1996 年版。

［英］克里斯·希林：《文化、技术与社会中的身体》，李康译，北京大学出版社 2011 年版。

［法］克洛德·列维－斯特劳斯：《面具之道》，张祖建译，中国人民大学出版社 2008 年版。

［德］雷德侯：《万物——中国艺术中的模件化和模件化生产》，张总等译，生活·读书·新知三联书店 2006 年版。

［英］雷蒙德·威廉斯：《文化与社会》，高晓玲译，吉林出版集团有限责任公司 2011 年版。

李恒基、杨远婴：《外国电影理论文选》，上海文艺出版社 1995 年版。

李零：《郭店楚简校读记》，北京大学出版社 2002 年版。

［法］列维－布留尔：《原始思维》，丁由译，商务印书馆 1986 年版。

［法］列维－斯特劳斯：《野性思维》，李幼蒸译，商务印书馆 1987 年版。

315

刘骁纯：《从动物的快感到人的美感》，山东文艺出版社1986年版。

[美] 鲁道夫·阿恩海姆：《视觉思维》，滕守尧译，光明日报出版社1987年版。

[美] 露丝·本尼迪克特：《文化模式》，王炜等译，生活·读书·新知三联书店1988年版。

[英] 罗伊·阿斯科特：《未来就是现在：艺术，技术和意识》，袁小潆编，周凌、任爱凡译，金城出版社2012年版。

[英] 洛克：《人类理解论》，关文运译，商务印书馆1991年版。

[德] 马丁·海德格尔：《存在与时间》，陈嘉映、王庆节译，生活·读书·新知三联书店2014年版。

《马克思恩格斯全集》，中共中央马克思恩格斯列宁斯大林著作编译局编译，人民出版社1980年版。

《马克思恩格斯选集》，中共中央马克思恩格斯列宁斯大林著作编译局编译，人民出版社1972年版。

[意] 马里奥·佩尔尼奥拉：《仪式思维》，吕捷译，商务印书馆2006年版。

[法] 马塞尔·莫斯、爱弥尔·涂尔干、亨利·于贝尔原著，[法] 丹纳施朗格编选：《论技术、技艺与文明》，蒙养山人译，罗扬审校，世界图书出版公司2010年版。

[美] 迈克尔·海姆：《从界面到网络空间》，金吾伦、刘钢译，上海科技教育出版社2000年版。

[法] 莫里斯·梅洛-庞蒂：《知觉现象学》，姜志辉译，商务印书馆2001年版。

[法] 让·波德里亚：《象征交换与死亡》，车槿山译，译林出版社2006年版。

[新西兰] 史提夫·罗杰·费雪：《文字书写的历史》，吕健中译，博雅

书屋有限公司 2009 年版。

［美］苏珊·朗格:《情感与形式》,刘大基等译,中国社会科学出版社 1986 年版。

孙隆基:《中国文化的深层结构》,广西师范大学出版社 2004 年版。

孙周兴编译:《海德格尔选集》,上海三联书店 1996 年版。

童芳:《新媒体艺术》,东南大学版社 2006 年版。

［美］W. J. T. 米歇尔:《图像理论》,陈永国等译,北京大学出版社 2006 年版。

［波］瓦迪斯瓦夫·塔塔尔凯维奇:《西方六大美学观念史》,刘文谭译,上海译文出版社 2006 年版。

［德］瓦尔特·本雅明:《迎向灵光消逝的年代》,许绮玲、林志明译,广西师范大学出版社 2008 年版。

汪民安:《感官技术》,北京大学出版社 2011 年版。

汪子嵩:《希腊哲学史》,人民出版社 1997 年版。

王利华:《〈月令〉中的自然节律与社会节奏》,《中国社会科学》2014 年第 2 期。

［意］维柯:《新科学》,朱光潜译,人民文学出版社 1987 年版。

［美］维克多·马格林:《设计问题:历史·理论·批评》,柳沙译,中国建筑工业出版社 2010 年版。

［苏］乌格里诺维奇:《人类学》,王先睿、李鹏增译,生活·读书·新知三联书店 1987 年版。

［美］巫鸿:《礼仪中的美术》,郑岩、王睿编,郑岩等译,生活·读书·新知三联书店 2005 年版。

吴国盛:《技术哲学经典读本》,上海交通大学出版社 2008 年版。

肖峰:《技术的返魅》,《科学技术与辩证法》2003 年第 4 期。

［法］雅克·德里达:《论文字学》,汪堂家译,上海译文出版社 1999

年版。

［法］雅克·马利坦：《艺术与诗中的创造性直觉》，刘有元、罗选民等译，生活·读书·新知三联书店 1991 年版。

叶维廉：《饮之太和》，时报出版社 1980 年版。

袁新华：《中外建筑史》，北京大学出版社 2009 年版。

［英］詹·乔·弗雷泽：《金枝》，徐育新、汪培基、张泽石译，中国民间文艺出版社 1987 年版。

张光直：《中国青铜时代》，生活·读书·新知三联书店 1999 年版。

张咏华：《媒介分析：传播技术神话的解读》，复旦大学出版社 2002 年版。

章戈浩：《可见的思想》，山东文艺出版社 2008 年版。

赵鑫珊：《哥特建筑——上帝即光》，上海辞书出版社 2010 年版。

朱炳祥：《中国诗歌发生史》，武汉出版社 2000 年版。

朱光潜：《西方美学史》，人民文学出版社 1984 年版。

后　记

英国科学哲学大师卡尔·波普尔在 1965 年 4 月 21 日做了一次题为"关于云和钟"的演讲。波普尔向我们描述了这样一个事实：在西方经典物理学的信念之中，世界如"钟"一般，准确无误。世界上所有一切都是一个精密运行的结果。然而，这个幻象被量子力学打破了。在量子力学"不确定"的观念下，世界其实就像那千变万化的"云"，不规则、无秩序。所谓的规则性、有序性和高度可预测性，其实是人类自设的"钟"。

"云"在左边，"钟"在右边，而人则在中间的某处。

艺术，亦可作如是观。

一方面，艺术受制于"钟"——它曾经是"理念"，或"上帝"，或是"实在"，抑或是人类的"心灵"……总之，艺术在"钟"的控制下理性地模仿"本原"；另一方面，艺术表征人的情志，因此，人类在接受"钟"的控制的时候，还持有强烈的意志、欲望的感性之"云"。

宏观文化视域下，模仿与虚拟，就是在"本原"之"钟"与"情志"之"云"之间摇摆中的艺术。在确定性经典物理学传统及受其影响的西方话语体系中，艺术即模仿；而在东方传统的变易性与整体性宇宙观中，或在"确定性终结"的今天，艺术即虚拟。

从历时性来说，模仿与虚拟，也是在"理性"之"钟"与"感性"

之"云"之间摇摆中的艺术。由非理性的原始意识逐渐沉淀为理性之"钟",又在遵循理性的过程中摆向"感官技术"和"赛博意识"的感性之"云"。在虚拟与模仿之间,艺术如钟摆。

从艺术创造的角度来说,模仿在左边,虚拟在右边,而艺术则在中间的某处。无论艺术处在哪里,都始终坚持不懈地构建着人类超越性生存的"虚拟现实",这就是艺术的意义。

感谢艺术,它将理想的光辉照进庸常的人生。

感谢学术领域的前贤们在本领域的辛勤开拓,本书的写作参考了大量前辈的研究成果,谨表虔敬的谢意。

感谢哈尔滨工业大学给本研究提供了学术思考的空间,并资助本书出版。感谢课题组的同学们,齐卫颖整理了大量英文资料,李晗睿、段俐敏、王恒玉分别作了第三章、第六章的部分资料收集,感谢他们的辛苦工作。

作者谨志

丙申年冰城